As PIRÂMIDES DE Napoleão

William Dietrich

As Pirâmides de Napoleão

Tradução
Fábio M. Barreto

unicórnio azul

As Pirâmides de Napoleão

Título original: Napoleon's Pyramids

Diretora Editorial:	Júlia Bárány Yaari
Editor Responsável:	Fábio M. Barreto
Marketing e Comunicação:	Yáskade Carnizello Mancuzi
Produção Editorial:	Heda Maria Lopes
Tradução:	Fábio M. Barreto
Revisão:	Walter Chede Domingos
Projeto Gráfico e Capa:	GXavier.com
Ilustração do Medalhão:	Steve Stone

2ª edição revista

Dados Internacionais de Catalogação na Publicação (CIP)
(Câmara Brasileira do Livro, SP, Brasil)

Dietrich, William
As Pirâmides de Napoleão / William Dietrich -
São Paulo: Mercuryo, 2006.

ISBN: 978-85-86052-21-7
1. Ficção norte-americanaI. Título.

06-7542 CDD-813

Índice para catálogo sistemático:
1. Ficção: Literatura norte-americana 813

2007

Al. dos Guaramomis, 1267, Moema, São Paulo, SP, Brasil
CEP 04076-012, Fone/Fax: (11) 5531-8222/5093-3265
atendimento@mercuryo.com.br - www.mercuryo.com.br

"O que é Deus? Ele é comprimento,
largura, peso e profundidade."

São Bernardo de Clairvaux

Para minha filha Lisa

França Revolucionária

1798

Capítulo Um

O problema todo começou com a sorte nas cartas. Assim como com a decisão de me alistar no exército a caminho de uma invasão maluca que parecia ser a melhor solução para a enrascada em que me envolvi. Ganhei uma jóia e quase perdi minha vida; então, aprenda uma lição: jogar é um vício.

Mas acredito que também seja algo sedutor, natural e parte da vida, como respirar. O próprio nascimento pode ser comparado a um lance de dados, uma mera questão de sorte para definir se um bebê será um servo e o outro nasceu para ser rei. Na onda da Revolução Francesa, os riscos tinham simplesmente aumentado demais, com advogados gananciosos ditando o ritmo e o pobre rei Luís perdendo a cabeça.

Durante o Reinado do Terror, o fio da guilhotina fazia da existência em si uma questão de pura sorte. Então, com a morte de Robespierre, veio um alívio insano e casais felizes dançavam sobre os túmulos do cemitério de Saint Sulpice ao som de um novo passo alemão chamado *valsa*. Agora, mais de três anos depois, a nação mergulhava em guerras, na corrupção e na constante busca pelo prazer.

Fardas marrons sem vida foram substituídas por uniformes brilhantes, o pudor cedeu lugar a decotes generosos, e mansões saqueadas passaram a ser usadas como salões intelectuais e câmaras de sedução. Se o conceito de nobreza ainda era repugnado, a riqueza revolucionária criava uma nova aristocracia. Uma elite de autoproclamadas "mulheres maravilhosas" desfilava pelas ruas de Paris ostentando sua "luxúria insolente em meio à deplorável condição pública". Os bailes eram freqüentados por donzelas com fitas vermelhas no pescoço, zombando da guilhotina. A cidade contava com quatro mil casas de jogo, algumas tão simples que os jogadores levavam seus bancos dobráveis, outras tão opulentas que serviam aperitivos em bandejas dignas das catedrais e possuíam banheiro interno.

Meus colegas norte-americanos consideravam ambas as práticas igualmente escandalosas.

Os dados e as cartas não param: *creps*, vinte-e-um, faraó, biriba, e por aí vai. Enquanto isso, a inflação era calamitosa e ervas daninhas cresciam nos jardins abandonados de Versailles. Para completar, exércitos marchavam pelas fronteiras da França. Vivendo tudo isso, arriscar uma boa quantia e torcer por um nove no *chemin de fer* parecia tão natural e tolo quanto a própria vida. Como eu poderia saber que aquela aposta me levaria a Bonaparte?

Se eu fosse um pouco supersticioso, poderia ter levado em conta que a data – 13 de abril de 1798 – era uma sexta-feira. Mas era primavera na Paris revolucionária, o que significava que, pelo novo calendário instituído pelo Diretório, era o vigésimo quarto dia do mês de Germinal no Ano Seis e que o próximo dia de descanso ainda distava seis dias, e não dois.

Nenhuma reforma havia sido tão inútil quanto aquela. A arrogante medida do governo de descartar a cristandade fez com que semanas passassem a ter dez dias em vez de sete. A intenção dessa revisão era substituir o calendário papal por uma alternativa uniforme de doze meses com trinta dias cada um, com base num antigo sistema egípcio.

Até edições da Bíblia foram desmontadas para se abastecer a produção de cartuchos de papel para armas nos dias sombrios de 1793, enquanto a semana bíblica fora guilhotinada para dar lugar a meses divididos em três *décadas* de dez dias cada, com o ano começando no equinócio de outono, e a inclusão de cinco ou seis feriados para balancear o idealismo com a órbita solar.

Não satisfeito com a reformulação do calendário, o governo introduziu um novo sistema métrico para pesos e medidas. Existiam ainda propostas para uma nova duração do dia com exatos cem mil segundos marcados no relógio. Razão, razão!

O resultado foi que todos , inclusive eu – cientista amador, investigador da eletricidade, empreendedor, franco-atirador e idealista –, não sabiam mais quando eram os domingos. O novo calendário era um tipo de idéia lógica imposta por pessoas inteligentes, mas que ignoram completamente o hábito, as emoções e a natureza humana. Tudo isso, com certeza, apontava para o fracasso da Revolução. Pareço um profeta? Para ser honesto, ainda não estava habituado a pensar na opinião pública de modo tão calculista. Eu aprenderia isso com Napoleão.

Pois é, meu pensamento estava dedicado à contagem das cartas no jogo. Se eu fosse um homem da natureza, poderia ter deixado os salões para me deliciar com os primeiros aromas do ano e passear entre as folhas verdes, e, quem sabe, me dedicado a contemplar as senhoritas no Jardim das Tulherias ou, pelo menos, as prostitutas do Bois de Boulogne.

Eu escolhi as mesas de jogo de Paris, aquela cidade gloriosa e suja com seu perfume, poluição, monumentos e lama.

Minha primavera era à luz de vela; minhas flores eram cortesãs, cujas roupas eram tão apertadas que seus seios pareciam querer escapar desesperadamente; e meus companheiros formavam a nova democracia de políticos e soldados, nobres sem poder e comerciantes recentemente enriquecidos, mas, todos, com uma coisa em comum: cidadãos iguais. Eu, Ethan Gage, era o representante da luta norte-americana pela democracia nos salões e nas mesas de jogos.

Eu tinha uma formação básica graças a meu período como aprendiz do grande e, infelizmente, já falecido, Benjamin Franklin. Ele me ensinou o suficiente sobre eletricidade para que eu pudesse entreter uma seleta audiência, por exemplo, ao girar um cilindro para transferir uma carga estática para as mãos das moças mais bonitas e, então, desafiar os homens a tentarem, literalmente, dar um beijo, digamos, chocante.

Também era um pouco conhecido por minhas demonstrações de tiro. Além da eletricidade, eu exibia a precisão do rifle longo norte-americano: tinha que acertar seis balas numa bandeja de estanho a duzentos passos e, com um pouco de sorte, cortar a pluma do chapéu de um general incrédulo a cinqüenta.

Embora se limitasse, às vezes, a tentativas frustradas, meu trabalho garantia parte do meu dinheiro com o esforço de firmar contratos entre a França, com sua pressão militar, e minha jovem e neutra nação. Uma tarefa ingrata, devo dizer, já que o hábito revolucionário de abordar e confiscar navios norte-americanos tornava tudo mais difícil. Entre uma reunião e outra, meu maior problema era não ter muitas opções para ocupar meus dias: eu era mais um dos jovens que ficavam à deriva esperando o futuro chegar. Além disso, o dinheiro era pouco para garantir meu sustento de maneira confortável em Paris, com sua inflação proibitiva. Justamente por isso, eu tentava a sorte nas cartas.

Nossa anfitriã era a misteriosa madame d'Liberté, uma daquelas mulheres de negócios cheias de beleza, ambição, vontade e esperteza que emergiram da anarquia revolucionária. Quem diria que as mulheres poderiam ser tão ambiciosas, inteligentes e sedutoramente convincentes? Ela dava ordens como um sargento veterano e, mesmo assim, entrava na nova moda de usar vestidos clássicos para exibir seus charmes femininos. Os tecidos eram tão transparentes que os mais observadores podiam encontrar o triângulo negro apontando para seu templo de Vênus. Seus mamilos eram devidamente maquiados num leve tom de vermelho e despontavam acima de seu sutiã como soldados espiando para fora de uma trincheira. Uma outra cortesã era mais direta e exibia seus seios por inteiro, como um par de melões prontos para a colheita.

Até os homens entravam na onda do visual. Para não serem engolidos pelo deslumbre provocado pelas mulheres, muitos dos exibidos abusavam de modelitos extravagantes com direito a capas que iam até os joelhos, sapatos tão delicados quanto as patas de gatinhos e brincos dourados que reluziam em suas orelhas.

Não foi nenhuma surpresa eu me arriscar a retornar a Paris, não é? Quem não amaria uma capital que tivesse três vezes mais produtores de vinho do que padeiros?

"Sua beleza perde apenas para sua sabedoria", um embriagado jogador e negociante de arte chamado Pierre Cannard disse para a madame assim que ela cortou seu fluxo de uísque. Essa foi sua punição por ter derramado bebida em seu recém-adquirido e inimitável tapete oriental. Ela pagou uma alta quantia a um nobre falido, que estava se desfazendo de todas as riquezas para conseguir dinheiro. Todos os nobres faziam o mesmo.

"Elogios não vão limpar meu tapete, *monsieur.*"

Cannard não desistiu. "E sua sabedoria perde apenas para sua força; sua força, para sua teimosia; e sua teimosia, para sua crueldade. Sem uísque? Com essa frieza feminina, eu bem que preferiria comprar bebida de um homem!"

Ela devolveu. "Você se parece muito com nosso novo herói militar."

"Você quer dizer o jovem general Bonaparte?"

"Um porco da Córsega. Quando a brilhante Germaine de Staël perguntou que tipo de mulher ele admirava, Bonaparte respondeu: *Aquela que cuida melhor da casa.*"

Os presentes riram. "Com certeza!", Cannard gritou. "Ele é italiano e sabe bem o lugar de uma mulher!"

"Então, ela tentou novamente, perguntando quem é a mulher mais distinta entre todas as outras. E o bastardo respondeu: *Aquela que pode dar à luz mais crianças.*"

Fomos ao delírio. Foi impressionante o modo como revelamos nossos sentimentos em relação às mulheres. Realmente, qual era o lugar da mulher na sociedade revolucionária? Elas receberam direitos, até mesmo o de divórcio, mas o recém-afamado Napoleão tinha a mesma postura de todos os outros milhões de reacionários que prefeririam revogar essa decisão. Qual, então, seria o papel do homem? O que racionalidade tinha a ver com romance e sexo, duas das maiores paixões francesas? O que ciência tinha a ver com amor, igualdade com ambição, ou liberdade com conquista? Todos sentíamos as coisas de um jeito diferente no Ano Seis.

Madame d'Liberté havia comprado um apartamento no primeiro andar acima da loja de chapéus. Ela gastou uma bela quantia para mobiliar e abrir o estabelecimento tão rápido que eu ainda podia sentir o cheiro da pasta do papel de parede misturado ao aroma de colônia e fumaça de tabaco. Os sofás eram alcovas ideais. Cortinas de veludo estimulavam o tato. Um novo piano, muito mais moderno que a espineta aristocrática, enchia o ambiente com uma mescla de melodias sinfônicas e patrióticas. Vigaristas, prostitutas, oficiais de licença, comerciantes tentando impressionar as fofoqueiras, escritores, burocratas pomposos, informantes, mulheres em busca de casamento estratégico e herdeiros falidos: todos esses tipos poderiam ser encontrados ali. Sentados à mesa comigo estavam um político libertado da prisão oito meses antes; um coronel que perdera um braço na conquista da Bélgica; um mercador de vinhos endinheirado por ser fornecedor dos inúmeros restaurantes abertos pelos *chefs* que tinham perdido seus empregos nas casas de aristocratas; um capitão do exército de Bonaparte na Itália, que gastava sua parte do saque mais rápido do que havia ganhado. E, claro, eu.

Fui secretário de Franklin durante seus últimos três anos em Paris, exatamente antes da Revolução Francesa, e retornei aos Estados Unidos para me aventurar no comércio de peles, depois trabalhei um pouco como agente de carga em Londres e Nova York no ápice do Terror. Agora, voltara à cidade na esperança de que meu francês fluente me ajudasse a fechar negócios com madeira, fibras e tabaco entre meu país e o Diretório. Sempre há uma chance de se ficar rico durante uma guerra. Sinceramente, também esperava ser respeitado como "eletricista" – uma palavra nova e exótica – e continuar as pesquisas de Franklin baseadas em sua curiosidade sobre os mistérios maçônicos. Ele acreditava que eles poderiam ter aplicações práticas. Na verdade, alguns estudiosos garantiam que os Estados Unidos haviam sido fundados por maçons com um propósito secreto – ainda não revelado – e que nossa nação tinha uma missão. Infelizmente, o conhecimento maçônico só é revelado depois de um tedioso processo de crescimento em seus vários níveis.

O bloqueio naval britânico impediu meus esquemas de negócios. Uma coisa a Revolução não mudou: o tamanho e a velocidade da implacável burocracia da França – era fácil conseguir uma audiência, e impossível obter uma resposta. Conseqüentemente, eu acabava tendo muito tempo para outras ocupações, como o jogo.

Era um jeito mais que agradável de manter uma pessoa ocupada durante a noite. O vinho era aceitável, os queijos eram bons e, à luz de vela, cada rosto masculino parecia esculpido e toda mulher era maravilhosa.

Ao contrário do normal, meu problema naquela sexta-feira 13 não era estar perdendo. Eu estava ganhando.

Naquele período as ordens de pagamento e apólices revolucionárias tinham perdido seu valor e virado lixo. Por isso, minha pilha de ganhos consistia não apenas em francos de ouro e prata, mas também em um rubi, a escritura de uma propriedade abandonada em Bordeaux – que eu não tinha a menor intenção de visitar e que seria utilizada numa próxima rodada – e fichas de madeira que eram uma promessa de uma refeição, uma garrafa de vinho, ou uma mulher. Até mesmo uma ou duas moedas de ouro com a face do rei Luís apareceram no meu lado da mesa.

Eu estava com tanta sorte que o coronel me acusou de querer ganhar seu outro braço, o mercador de vinhos lamentou não ter conseguido me embebedar e o político queria muito saber quem eu tinha subornado.

"Eu simplesmente conto cartas em inglês", tentei brincar, mas a piada não funcionou, já que a Inglaterra era sabidamente o próximo alvo de Bonaparte, que retornava de seus triunfos no norte da Itália. Ele estava acampado em algum lugar na Bretanha, observando a chuva e torcendo para que a Marinha Britânica fosse embora.

O capitão pegou uma carta, pensou e corou. Era como se ele avisasse a todos o que estava pensando. Isso me lembrou da história da cabeça de Charlotte Corday, que, após ser guilhotinada, teria ficado indignada ao ser repetidamente esbofeteada por seu carrasco diante do público. O fato gerou um debate científico sobre o momento preciso da morte, o que inspirou o doutor Xavier Bichat a levar corpos de vítimas da guilhotina para seu laboratório e tentar animar seus músculos com eletricidade, usando a mesma técnica que o italiano Galvani aplicava em sapos.

O capitão queria dobrar sua aposta, mas foi frustrado por sua bolsa vazia. "O americano levou todo o meu dinheiro!" Eu dava as cartas no momento e ele me olhou. "*Monsieur*, crédito para um soldado honrado."

Eu não estava com humor suficiente para financiar uma guerra de apostas com um jogador excitado com suas cartas. "Um banqueiro cauteloso precisa de garantias."

"Qual? Meu cavalo?"

"Não tenho necessidade de um em Paris."

"Minhas pistolas? Minha espada?"

"Faça-me o favor, eu não seria cúmplice de sua desonra, cavalheiro."

Ele ficou emburrado, considerando novamente o que possuía. Então, teve o tipo de inspiração que normalmente significaria problemas para qualquer pessoa. "Meu medalhão!"

"Seu o quê?"

Ele retirou de seu pescoço um volumoso e pesado medalhão que trazia escondido, embaixo da camisa. Era um disco de ouro, cheio de escrituras e perfurações que formavam um curioso traçado de linhas e furos, com dois longos braços semelhantes a ramos pendurados na parte de baixo. Ele parecia bastante gasto e rudimentar, como se tivesse sido forjado na bigorna de Thór. "Achei na Itália. Vejam o peso e como é antigo! O carcereiro de quem eu o tomei disse que pertenceu a Cleópatra!"

"Ele conhecia a moça?", perguntei sem nenhum sinal de entusiasmo.

"Foi o conde Cagliostro quem contou a ele!"

Isso chamou a minha atenção. "Cagliostro?" O famoso curandeiro, alquimista e blasfemo que era querido nas cortes da Europa, mas fora aprisionado na fortaleza do papa em San Leo e morrera de loucura em 1795? Tropas revolucionárias tinham invadido a fortaleza no ano anterior. O envolvimento do alquimista com o Caso do Colar, mais de uma década atrás, ajudara a precipitar a Revolução ao fazer com que a Monarquia parecesse gananciosa e tola. Maria Antonieta o desprezava e o chamava de feiticeiro e enganador.

"O conde tentou usar isto para subornar o guarda e escapar", o capitão continuou. "O carcereiro simplesmente confiscou o medalhão e, quando atacamos o forte, eu o tomei dele. Talvez ele tenha poderes, é muito velho, foi passado adiante através dos séculos. Vou vender para você por..." – ele olhou a minha pilha – "mil francos de prata."

"Capitão, você está brincando. É uma história interessante, mas..."

"Ele veio do Egito, o carcereiro me contou! Tem valor sagrado!"

"Egípcio?", disse alguém com o timbre de um grande gato. Urbano e preguiçosamente interessado. Olhei para o alto e vi o conde Alessandro Silano, um aristocrata de ascendência franco-italiana que havia perdido a fortuna na Revolução e, de acordo com os rumores, estava tentando conquistar novas riquezas ao se tornar democrata e desempenhar papéis tortuosos nas intrigas diplomáticas. Dizia-se que Silano era um operador de Talleyrand, ministro das Relações Exteriores da França. Ele também se apresentava como estudioso dos segredos da Antiguidade nos moldes de Cagliostro, Kolmer e Saint Germain. Alguns arriscavam dizer que sua reabilitação nos círculos do governo tinha algo a ver com o uso de magia negra. Ele tirava proveito de tanto mistério, por exemplo, blefando nas cartas ao dizer que sua sorte estava garantida pela magia. Mesmo assim, ele perdia tanto quanto ganhava, então ninguém sabia se deveria levá-lo a sério.

"Sim, conde", disse o capitão. "Você, acima de todos os outros, deve reconhecer seu valor."

"Devo?" Ele se sentou a nossa mesa com sua tradicional languidez, seus fortes traços sombrios, seus lábios sensuais, olhos escuros e pesadas sobrancelhas, e o porte físico de um Pã. Ele era capaz de conquistar mulheres como o famoso Mesmer, que as submetia a um feitiço chamado hipnose.

"Quero dizer, por sua posição no Rito Egípcio."

Silano acenou com a cabeça. "E meu período de estudos no Egito. Capitão Bellaird, certo?"

"Você me conhece, *monsieur*?"

"Pela reputação de um soldado honrado. Eu acompanho os boletins da Itália com atenção. Se o senhor me conceder a honra de sua companhia, gostaria de me juntar ao seu grupo."

O capitão ficou lisonjeado. "Mas é claro."

Silano se sentou e as mulheres se aproximaram, atraídas por sua reputação de amante, duelista, apostador e espião. Também era conhecido por ter aderido ao desacreditado Rito Egípcio da Maçonaria – lojas fraternais que admitiam tanto homens quanto mulheres. Essas lojas heréticas realizavam várias práticas ocultas, e não faltavam histórias apetitosas sobre cerimônias secretas, orgias de nudez e horríveis sacrifícios. Talvez dez por cento de tudo isso fosse verdade. De qualquer maneira, o Egito tinha a reputação de ser a fonte do conhecimento ancestral e muitos místicos garantiam ter descoberto poderosos segredos em peregrinações longas e misteriosas por lá. Em conseqüência, a moda era possuir itens antigos de uma nação que estava fechada para a maioria dos europeus desde sua conquista pelos árabes, treze séculos antes. Silano havia estudado no Cairo antes de os regentes mamelucos começarem a atacar comerciantes e estudiosos europeus.

Agora, o capitão gesticulava desesperadamente para reforçar o interesse de Silano. "O carcereiro disse que os braços podem apontar para um grande poder! Conde, um homem de estudo como você pode entender o significado dele."

"Ou pagar por uma bobagem. Deixe-me vê-lo."

O capitão levantou um pouco o medalhão. "Veja como ele é intrigante."

Silano pegou o medalhão e, exibindo seus longos e fortes dedos de esgrimista, o virou para examinar os dois lados. O disco era um pouco mais largo que uma hóstia. "Não é bonito o suficiente para Cleópatra." Quando ele o segurou perto de uma vela, a luz brilhou através dos buracos. Um entalhe se estendia por toda a volta do círculo. "Como você sabe que isto veio do Egito? Pela aparência poderia ter vindo de qualquer cultura: assíria, asteca, chinesa, até mesmo italiana."

"Não, não, ele tem milhares de anos! Um rei cigano me disse para procurá-lo em San Leo, onde Cagliostro morreu. Embora alguns digam que ele ainda vive e é um guru na Índia."

"Rei cigano. Cleópatra." Silano lentamente devolveu a peça. "*Monsieur*, você deveria ser um autor de teatro. Dou duzentos francos de prata por ele."

"Duzentos!"

O nobre deu de ombros com os olhos ainda na peça.

Fiquei intrigado com o interesse de Silano. "Você disse que ia me vender."

O capitão concordou, especialmente por estar esperançoso de que nós dois tivéssemos caído na história. "Sem dúvida! Talvez ele até seja do faraó que perseguiu Moisés!"

"Então, vou dar trezentos."

"E eu ofereço quinhentos", disse Silano.

Sempre queremos o que o outro quer, certo? "Compro de você por setecentos e cinqüenta", eu disse.

O capitão olhava alternadamente para mim e para Silano.

"Setecentos e cinqüenta e esta apólice no valor de mil libras", complementei.

"O que significa setecentos e cinqüenta e algo tão artificialmente inflacionado que poderia ser usado para limpar o traseiro", Silano contra-atacou. "Dou mil francos, capitão."

O preço que o soldado queria havia sido alcançado tão depressa que ele estava em dúvida. Como eu, ele imaginava a razão do interesse do conde. Esse preço era muito acima do valor da peça em ouro. Ele pareceu tentado a colocar o medalhão de volta dentro de camisa.

"Você já me ofereceu por mil", eu disse. "E, como um homem de honra, faça a troca ou saia do jogo. Vou pagar o valor que me pede e vou ganhá-lo de volta dentro de uma hora."

Ele se sentiu desafiado. "Feito", ele disse, definitivamente um soldado na defesa de seu ideal. "Aposte nesta rodada e nas próximas e eu vou ganhar o medalhão de volta."

Silano observou desesperançoso este *affaire d'honneur*. "Pelo menos me dê algumas cartas." Fiquei surpreso por ele ter desistido tão facilmente. Talvez ele só estivesse ajudando o capitão a reduzir meus ganhos. Ou ele acreditava que poderia ganhá-lo no jogo.

Se fosse isso, ele ficaria desapontado. Eu não tinha como perder. O soldado apostou tudo num onze e perdeu. Também perdeu outras três rodadas ao apostar contra as probabilidades, desatento demais para contar quantas cartas de figura haviam sido distribuídas. "Maldição", ele murmurou. "Você está com uma sorte dos diabos. Estou tão quebrado que vou ter que voltar para o *front*."

"Vou lhe poupar de pensar." Coloquei o medalhão em meu pescoço enquanto o soldado olhava com cara feia, então levantei para pegar uma taça de vinho e exibir meu prêmio para as donzelas, como um boi desfilando numa feira rural. Quando me encostei em algumas delas, o medalhão atrapalhou, então resolvi guardá-lo dentro da camisa.

Silano se aproximou.

"Você é o homem de Franklin, não é?"

"Sim, tive o prazer de servir àquele estadista."

"Então, talvez, você possa apreciar meu interesse intelectual. Sou um colecionador de antiguidades. Ainda quero comprar esse colar de você."

Infelizmente, uma cortesã com o delicado nome de Minette, ou Gatinha, já havia sussurrado sobre a beleza do meu colar. "Eu respeito sua oferta, *mon-*

sieur, mas pretendo discutir história antiga nos aposentos de uma donzela." Minette tinha saído mais cedo para aquecer seu apartamento.

"Uma consulta perfeitamente compreensível. Mesmo assim, posso sugerir os serviços de um verdadeiro especialista? Esta peça tem um formato interessante, com sinais intrigantes. Homens que têm estudado as artes antigas..."

"Podem apreciar quão afetuosamente eu me sinto em relação a minha nova aquisição."

Ele se aproximou. "*Monsieur*, eu insisto. Pago o dobro."

Não gostei da persistência. Seu ar de superioridade afrontou minha sensibilidade norte-americana. Além do mais, se Silano queria tanto assim o medalhão, então talvez ele valesse um pouco mais. "E devo insistir que o senhor me aceite como o vencedor de direito e sugerir que minha assistente, que também tem um formato bem interessante, pode me abastecer precisamente com o tipo de conhecimento especializado de que necessito?" Antes que ele respondesse, fiz uma reverência e o deixei.

Totalmente bêbado, o capitão me interpelou. "Não é prudente rejeitar uma oferta de Silano."

"Pensei ter ouvido você dizer que o colar tinha grande valor, de acordo com o rei cigano e o carcereiro papal."

O oficial sorriu maliciosamente. "Eles também disseram que o medalhão é amaldiçoado."

Capítulo Dois

Que tentativa patética de revanche verbal. Fiz uma rápida reverência à madame e saí para dar de cara com uma noite um tanto sombria, graças à neblina industrial causada pela Nova Era. Era só olhar para o oeste e ver o brilho escarlate provocado pelo crescimento das fábricas nos subúrbios de Paris, sem dúvida o prenúncio do surgimento de uma época ainda mais mecanizada.

Um lanterneiro estava perto da porta à espera de clientes. Eu realmente estava com sorte. Sua aparência era um pouco obscura por causa da capa e do capuz que vestia, mas, com certeza, era mais escuro que um europeu: marroquino talvez, disposto a fazer um trabalho desqualificado típico de imigrantes. Ele se inclinou levemente e revelou seu sotaque árabe. "*Monsieur*, tens a aparência de um homem de sorte."

"E estou prestes a me sair melhor ainda. Quero contratar seus serviços para me guiar até meu apartamento e, depois, ao endereço de uma donzela."

"Dois francos te satisfazem?"

"Três, se você me afastar das poças de lama." Como é maravilhoso ser o ganhador da noite.

Contratar um guia era fundamental já que a Revolução havia se dedicado a tudo com fervor, exceto limpeza e reparos das ruas. Os esgotos estavam entupidos, só metade das lanternas públicas era acesa, e os buracos cresciam cada vez mais. E também não ajudava o fato de o novo governo ter rebatizado mais de mil ruas com os nomes de heróis revolucionários, e todo mundo ficava constantemente perdido na cidade.

Por isso meu guia indicava o caminho carregando uma lanterna que ficava pendurada em um cajado de duas mãos. A madeira do bastão era trabalhada à mão. As laterais tinham fissuras que davam mais firmeza e o pólo que segurava a lanterna tinha o formato de uma cabeça de serpente. A boca do réptil segurava a argola de sustentação da lanterna. Era quase certo afirmar que se tratava de uma obra de arte vinda da terra natal do guia.

Fui ao meu apartamento primeiro. Precisava guardar a maior parte dos ganhos da noite. Sabia muito bem que não era seguro levar todas as minhas riquezas para a alcova de uma prostituta e, especialmente sabendo do interesse de todos, também resolvi esconder o medalhão. Demorei alguns minutos para decidir onde guardá-lo. Resolvido o impasse, retornei às ruas escuras de Paris e segui o caminho para a casa de Minette.

Mesmo que a cidade ainda fosse gloriosa por seu tamanho e esplendor, ela podia ser comparada a uma mulher de certa idade: era bonita a distância, mas um desastre de perto. Casarões haviam sido saqueados. O Palácio das Tulherias estava interditado e vazio, com suas janelas lembrando órbitas cegas. Monastérios e igrejas foram arruinados e trancafiados, e ninguém parecia ter aplicado sequer uma camada de tinta em toda a cidade desde a Queda da Bastilha.

A Revolução foi um desastre econômico, menos para generais e políticos. Poucos franceses ousavam reclamar abertamente; afinal de contas, governos sempre encontram maneiras de justificar seus erros. O próprio Bonaparte, até então um oficial de artilharia pouco conhecido, fez sua grande jogada no último levante revolucionário e garantiu sua ascensão.

Passamos pelos escombros da desmantelada Bastilha. Desde sua tomada, vinte e cinco mil pessoas haviam sido executadas pelo Terror e dez vezes mais conseguiram escapar. Cinqüenta e sete novas prisões foram construídas para suprir o debilitado sistema penitenciário. Sem qualquer senso de ironia, o lugar passou a ser chamado de "Fonte da Regeneração": com uma grandiosa estátua da deusa Ísis que, quando acionada, lançava dois jatos de água partindo de seus seios. De longe, podiam-se ver os contornos de Notre Dame – agora renomeada "Templo da Razão" –, sabidamente construída sobre o templo romano dedicado à mesma deusa egípcia.

Um recado do destino sobre o que me aconteceria? Duvido muito, dificilmente percebíamos o que nos esperava naquele tempo. Quando paguei o lanterneiro, nem percebi que ele havia ficado um pouco mais que o usual em frente ao apartamento, depois que eu entrei.

Acompanhado por rangidos e um constante cheiro de urina seca, subi a escadaria de madeira até o quarto de Minette. Seu apartamento ficava no desvalorizado terceiro andar, logo abaixo do sótão, onde moravam serventes e artistas. Pela altitude pude ter idéia do desempenho medíocre de seu negócio, sem dúvida alguma prejudicado pela economia revolucionária tanto quanto o dos fabricantes de perucas e outros adornos. Minette tinha acendido apenas uma vela, cuja luz era refletida pela bacia de cobre que ela usou para lavar suas coxas. Ela estava vestida apenas com uma camisa branca com laços no pescoço. Claramente, um convite a uma exploração mais minuciosa em breve. Ela veio me receber com um beijo com gosto delicado de vinho e licor.

"Você trouxe meu presente?"

Puxei-a para perto e aproximei minha cintura. "Você já pode senti-lo agora."

"Não." Ela recuou e colocou a mão no meu peito. "Aqui, perto do seu coração." Ela alisou e desenhou o lugar onde o medalhão deveria tocar a minha pele. "Quero usá-lo para você."

"E correr o risco de um de nós se furar com ele?", e a beijei novamente. "Além do mais, não é seguro carregar prêmios como esse por aí no escuro."

As mãos de Minette já exploravam meu torso. Só para garantir. "Eu esperava mais coragem."

"Vamos fazer uma aposta. Se você ganhar, eu o trago na próxima vez."

"Apostar como?", disse ela, de maneira suave e profissional.

"O perdedor vai ser aquele que gozar primeiro."

Ela deixou sua cabeça deslizar pelo meu pescoço. "E as armas?"

"Qualquer coisa que você consiga imaginar." Suavemente, eu a inclinei um pouco para trás, usei a perna que já estava encostada em seu calcanhar para fazer um movimento e deitá-la na cama. "*En garde.*"

Eu venci nossa pequena disputa, mas ela insistiu numa revanche, que eu também ganhei, assim como a terceira rodada, que a deixou gemendo. Pelo menos, eu acho que ganhei – você nunca sabe quando as mulheres realmente são honestas nesse quesito, ainda mais uma cortesã. De qualquer forma, foi o suficiente para mantê-la dormindo profundamente quando me levantei antes do amanhecer e deixei para ela uma moeda de prata. Antes de sair, coloquei mais uma tora de madeira na lareira para manter o quarto aquecido quando ela acordasse.

O céu cinzento foi o sinal para os lanterneiros irem embora, e com isso os trabalhadores de Paris acordavam para mais um dia. Carros de lixo disparavam pelas ruas. Homens com tábuas cobravam para fornecer pontes temporárias sobre ruas tomadas pela água estagnada. Carregadores de água levavam seus baldes para as casas mais afortunadas. Meu bairro – Saint Antoine – não era chique nem desprezível. Ficava no meio termo ao acolher profissionais como artesãos, marceneiros, chapeleiros e chaveiros. O aluguel sempre era baixo por causa do forte cheiro que misturava o aroma das cervejarias e tinturarias. Tudo isso, porém, era apenas mais um elemento no interminável odor parisiense de fumaça, pão e esterco.

Bastante satisfeito com minha última noite, subi as escadas escuras de meu edifício com a única, e deliciosa, intenção de dormir até o meio-dia. Por isso, quando abri a porta e entrei em meu quarto, resolvi encontrar meu colchão em vez de perder tempo com velas. Mesmo sonolento, pensei se poderia penhorar o medalhão por um valor suficiente para conseguir um apartamento melhor. Já que Silano havia se interessado tanto, seu valor poderia ser ideal para meus propósitos.

Então, senti uma presença. Virei-me e notei uma sombra entre sombras.

"Quem está aí?"

Uma leve brisa passou e, instintivamente, tentei me virar enquanto algo zunia pelo meu ouvido e atingia meu ombro. Não era algo afiado, mas a dor era intensa do mesmo jeito. Caí de joelhos. "Mas que diabos?" O porrete havia deixado meu braço paralisado.

Alguém me empurrou e caí de lado, todo desengonçado. Não estava preparado para isso! Dei um chute meio desesperado, acertei um calcanhar e ouvi um grito que me causou certa satisfação. Deslizei para o lado, tentando agarrar alguma coisa. Valia tudo naquela hora. Encontrei um cinto e puxei do jeito que deu. O invasor caiu no chão comigo.

"*Merde*", ele vociferou.

Levei um soco direto no rosto enquanto agarrava meu agressor. A idéia era livrar minha bainha para poder sacar a espada. Eu esperava que ele me empurrasse, mas, em vez disso, senti uma mão apertando minha garganta.

"Está com ele?", outra voz perguntou.

Quantos homens estavam ali?

Até agora, eu tinha atingido um braço, um pescoço e acabado de acertar um safanão numa orelha. Meu adversário gemeu novamente. Consegui me virar e sua cabeça bateu no chão. No meio da confusão, minhas pernas atingiram uma cadeira que caiu e fez um barulho enorme. Ouvi um berro do andar de baixo: "*Monsieur* Gage!". Era minha senhoria, a srta. Durrell. "O que você está fazendo com a minha casa?"

"Ajude-me", gritei ou tentei gritar. A dor era muito forte. Rolei para o lado, peguei minha bainha e comecei a sacar meu florete. "Ladrões!"

"Em nome de Cristo, você pode ajudar aqui?", meu atacante disse a seu companheiro.

"Estou tentando achar a cabeça dele. Não podemos matá-lo enquanto não encontrarmos o que viemos buscar."

Então alguma coisa me acertou e eu apaguei.

Quando acordei, devia parecer estar mortinho da silva. Todo maltrapilho e com o nariz sangrando no chão. Madame Durrell estava agachada perto de mim como se inspecionasse um defunto. Quando a mulher me rolou para o lado e eu pisquei, e ela quase caiu de costas.

"Você!"

"*Oui*, sou eu", murmurei. Por um momento, não me lembrava de nada.

"Olhe o seu estado! O que você está fazendo ainda vivo?"

O que *ela* estava fazendo quase deitada sobre mim? Seu cabelo ruivo sempre me assustava um pouco, parecia uma nuvem infernal de fios querendo fugir em todas as direções. Será que já era dia de pagar o aluguel? Com aqueles calendários malucos eu vivia confuso sobre quando precisava pagar.

Foi, então, que me lembrei do ataque.

"Eles disseram que estavam relutantes em me matar."

"Como você tem coragem de trazer arruaceiros como esses aqui para dentro? Você pensa que pode criar uma bagunça dessas em Paris do jeito que você faz na América? Você vai pagar cada centavo dos consertos!"

Mesmo meio tonto, sentei. "Consertos?"

"Um apartamento totalmente revirado, uma boa cama completamente arruinada! Você sabe quanto custa oferecer a qualidade dos meus apartamentos hoje em dia?"

Comecei a organizar as idéias e a ligar os fatos mesmo com uma espécie de gongo soando em minha cabeça. "Madame, sou tão vítima quanto a senhora." Minha espada havia desaparecido assim como meus agressores. Bom, pelo menos eu não ia sentir falta dela, já que servia mais para exibir que para usar propriamente: nunca fui treinado para manejar aquela coisa e ela batia insistentemente na minha coxa. Sempre que podia escolher, ficava com meu rifle longo ou minha machadinha algonquiana. Comecei a usar a arma indígena durante meus dias de mercador de peles; aprendi com os índios e viajantes que ela serve como arma, martelo, machado, barbeador, cortador de unha, cortador de corda e ainda faz ótimos escalpos. Nunca entendi ao certo como os europeus se viravam sem uma dessas.

"Quando eu bati na porta, seus amigos disseram que você estava bêbado depois da gandaia! Que você estava fora de si!"

"Madame Durrell, eles eram ladrões, não amigos." Comecei a olhar o lugar com mais atenção. As cortinas estavam abertas, permitindo que toda a luz possível entrasse, e meu apartamento parecia ter sido atingido por uma bala de canhão. Armários abertos, tudo jogado no chão como os restos de uma avalanche. Uma cômoda estava tombada, enquanto meu colchão de penas havia sido destruído e revirado.

Embora eu não tivesse muitos livros, eles causaram uma boa bagunça quando a estante foi tombada. Tudo que ganhei na noite anterior foi levado de dentro do livro oco de Newton, que Franklin havia me dado de presente – com certeza ele não esperava que eu lesse muita coisa mesmo – e, para terminar, minha camisa estava rasgada até meu umbigo. E, é claro, eu sabia que ela não havia sido destruída para admirarem meu peito. "Sofri uma invasão."

"Invasão? Eles disseram que você os convidou!"

"Eles quem?"

"Soldados, arruaceiros, vagabundos... eles usavam chapéus, capas e botas pesadas. Disseram que vocês tiveram uma discussão por causa das cartas e que você iria pagar pelos danos aqui."

"Madame, eu quase fui morto! Estive fora a noite toda, voltei para casa e fui surpreendido pelos ladrões, que me deixaram inconsciente. O estranho é que não sei o que eles poderiam roubar aqui." Olhei para as paredes e vi que vários buracos estavam abertos nas partes ocas. Será que meu rifle ainda estava lá? Meus olhos se moveram diretamente até o local onde ele ficava. Continuava lá. Bom.

"Realmente, o que ladrões iriam querer com um pé-rapado como você?"

Ela me olhou friamente. "Um americano! Todo mundo sabe que gente como você não tem dinheiro nenhum."

Peguei um banquinho e sentei com força.

Ela estava certa. Qualquer vendedor da vizinhança poderia ter dito aos bandidos que eu devia bastante. Devia ter sido o lucro da noite de ontem, incluindo o medalhão. Pelo menos até o próximo jogo, eu teria sido rico. Alguém devia ter me seguido da jogatina até ali e, sabendo que eu sairia logo para ir ver Minette, armara tudo. O capitão? Silano?

Só sei que atrapalhei os planos dos ladrões com meu retorno. Ou eles esperaram porque não encontraram o que estavam procurando? Mas quem saberia de meus planos com Minette? Bom, ela mesma, por exemplo. Ela chegara junto rápido demais. Será que ela estava trabalhando com algum armador? Era bastante comum alguém ser enganado por prostitutas.

"Madame, eu me responsabilizo totalmente pelos reparos."

"Gostaria de ver o dinheiro que faça a promessa valer, *monsieur*."

"Eu também." Levantei meio desequilibrado.

"Você deve falar com a polícia e explicar tudo!"

"Posso esclarecer melhor o que aconteceu depois de conversar com alguém."

"Quem?"

"A jovem donzela que me enganou."

Durrell suspirou e parecia demonstrar um pouco de simpatia. Um homem ser ludibriado por uma mulher? Tipicamente francês.

"A madame me permitiria a privacidade de arrumar meus móveis, consertar minhas roupas e cuidar de meus ferimentos? Apesar do que a senhora pensa, eu tenho pudor."

"Você precisa é de cataplasma. E de aprender a manter suas calças afiveladas."

"Sem dúvida. Mas também sou um homem."

"Bem." E ela se levantou. "Cada franco disto vai ser incluído no seu próximo aluguel, então é melhor você conseguir de volta o que perdeu."

"Pode ter certeza disso."

Assim que ela saiu, fechei a porta e arrumei as grandes peças de mobília. Por que eles simplesmente não me mataram? Não encontraram o que procuravam, claro. E se eles retornassem, ou se madame Durrell resolvesse fazer uma limpeza por conta própria? Vesti uma camisa nova e fui verificar o estado de minha arma predileta. Ótimo, meu rifle estava em perfeitas condições. Ele era meio chamativo para se carregar pelas ruas de Paris e, ao mesmo tempo, muito complicado de ser penhorado, já que seria relacionado imediatamente a mim. Minha machadinha também estava lá e foi ela que coloquei em meu lugar favorito, um pequeno compartimento na parte de trás da jaqueta. E o medalhão? Fui checar o penico.

Lá estava ele. Embaixo da minha própria sujeira. Consegui pescá-lo de seu esconderijo, lavei as mãos na bacia e joguei os dejetos e a água suja pela janela no jardim noturno.

Como eu suspeitava, era o único lugar que não seria vasculhado por um ladrão. Amarrei o medalhão devidamente limpo em meu pescoço e saí para confrontar Minette.

Não admira ela ter me deixado ganhar nossa disputa sexual! Ela queria pegar meu medalhão de outra maneira, me mantendo distraído!

Fiz o mesmo caminho de volta ao apartamento e comprei pão com as poucas moedas que me restavam no bolso. Com o avanço da manhã, Paris virava um formigueiro humano. Vendedores me ofereciam vassouras, lenha, café torrado, brinquedos, ratoeiras e tantos outros produtos. Bandos de jovens apalermados se amontoavam em torno de fontes, extorquindo dinheiro das pessoas em troca de água. Crianças marchavam para a escola como tropas uniformizadas. Carregadores entregavam todos os tipos de engradados e barris nas lojas. Um tenente com bochechas rosadas saiu de um alfaiate, resplandecente com seu uniforme de granadeiro.

Isso, aquele era o edifício dela! Subi as escadas em disparada. Precisava pressioná-la antes que ela acordasse e fosse embora. Entretanto, mesmo antes de chegar a seu andar, senti que algo estava errado. O prédio parecia estranhamente vazio.

A porta do apartamento estava levemente aberta. Chamei, mas não obtive resposta. A maçaneta havia sido forçada, a fechadura estava alargada. Quando abri um pouco a porta, um gato de bigodes avermelhados disparou para fora.

Uma única janela e as brasas ainda acesas da lareira iluminavam o lugar. Minette estava na cama do jeito que eu a havia deixado, mas descoberta do lençol. Sua barriga fora aberta por uma faca. Uma poça de sangue fresco havia se formado no piso de madeira embaixo da cama e o gato, com certeza, a lambera.

O assassinato não fazia sentido.

Olhei o resto do quarto. Não notei sinais de arrombamento. A janela, pelo que vi, estava intocada. Abri para espionar o quintal lamacento atrás do prédio. Nada.

O que fazer? Pessoas nos viram cochichando no salão e ficara claro que eu pretendia passar a noite com ela. Agora ela estava morta, mas, por quê? Sua boca estava entreaberta e seus olhos estavam virados.

Enquanto ouvia botas pesadas subindo as escadas, vi que a ponta de seu dedo indicador brilhava com seu próprio sangue, que ela havia utilizado para desenhar alguma coisa nas tábuas de pinho. Eu não estava entendendo nada.

Era a primeira letra do meu último nome. A letra "G".

"*Monsieur*", disse uma voz na porta. "Você está preso."

Virei-me e vi dois *gendarmes*, membros da polícia criada pelos comitês revolucionários em 1791. Atrás deles estava um homem que se comportava como se suas suspeitas tivessem sido confirmadas. "É ele", disse o sujeito esquisito com um sotaque árabe.

Era o homem que eu contratara como lanterneiro.

Mesmo que o Terror tivesse passado, a justiça da França Revolucionária tinha a tendência de guilhotinar primeiro e investigar depois. Era melhor evitar ser preso, para garantir. Deixei a pobre Minette, escancarei a janela do quarto, quebrei o batente, pulei e cai facilmente no lamaçal abaixo. Mesmo a noite longa e cansativa não tinha afetado minha agilidade.

"Alto lá, assassino!" Houve um estampido e um tiro de pistola passou zunindo ao lado da minha orelha.

Para espanto de um galo, pulei uma cerca de madeira. Abri caminho a pontapés pelo território de um cachorro possessivo, encontrei uma passagem para as ruas movimentadas e corri. Ouvi gritos, mas não sei dizer se eram de alarme, confusão ou simplesmente comércio. Felizmente, Paris era um labirinto de seiscentas mil pessoas e eu estava rapidamente infiltrado na bagunça dos mercados de Les Halles, com suas suculentas maçãs, cenouras chamativas e enguias brilhantes. Nada melhor que novos estímulos para acalmar meus sentidos depois do forte choque de ver um corpo dilacerado. Vi as cabeças de dois *gendarmes*, numa corrida desenfreada na seção de queijos, então, segui na direção oposta.

Eu estava enfiado até o pescoço no pior dos problemas: aquele que você não sabe ao certo o que é. O saque do meu apartamento eu podia aceitar, mas quem matara minha cortesã? Os ladrões que eu pensava estarem trabalhando com ela? Por quê? Ela não tinha nem meu dinheiro nem meu medalhão. E por que raios Minette me incriminaria com uma inicial de sangue? Eu estava, ao mesmo tempo, desnorteado e assustado.

Para ajudar, sentia-me especialmente vulnerável por ser um norte-americano em Paris. Sim, tínhamos dependido da ajuda francesa para conquistar nossa independência. Sim, o grande Franklin fora uma celebridade durante seus anos como diplomata, e sua figura tinha sido estampada em tantas cartas, miniaturas e taças que o rei, numa rara manifestação de espirituosidade real, ordenara que o rosto de Franklin fosse pintado dentro do penico de uma admiradora. E, sim, minha ligação com ele me garantira alguns amigos bem estratégicos na França. Mas as relações haviam se deteriorado desde que a França decidira interferir em nossos carregamentos neutros. Políticos norte-americanos, que de início abraçaram o idealismo da Revolução Francesa, ficaram enojados com o Terror. Se eu tinha alguma função em Paris, era tentar explicar uma nação a outra.

Eu viera a Paris pela primeira vez catorze anos antes. Foi o jeito que meu pai encontrou para me afastar de meus sentimentos por Annabelle Gaswick e das ambições sociais de seus pais. Ah, sim. Ele também aproveitou para me manter bem longe de sua herança. Embora eu não soubesse ao certo, ela poderia estar grávida. Definitivamente, não era uma união que minha família apreciaria. O então jovem Ben Franklin teria vivido um dilema semelhante, que o teria levado a se mudar de Boston para Filadélfia, e meu pai apostava que o estadista seria solidário a minha situação. Ajudou muito o fato de Josiah Gage ter servido no Exército Continental como major e, especialmente, ser um maçom de terceiro nível. Franklin, maçom de longa data em Filadélfia, havia sido eleito para a Loja das Nove Musas, em Paris, em 1777. No ano seguinte, ele foi fundamental para a iniciação de Voltaire, na mesma reunião imponente na qual ele havia sido recebido.

Como eu tinha feito várias viagens de negócios a Quebec, falava um francês passável e era razoavelmente talentoso com as letras (nesse momento, estava no segundo ano de Harvard, embora já estivesse impaciente com clássicos obrigatórios e intermináveis debates sobre questões sem respostas), meu pai sugeriu meu nome como possível assistente para o embaixador norte-americano em 1784. A bem da verdade, Franklin estava com setenta e oito anos – envelhecendo com vigor – e não tinha a menor necessidade dos conselhos de um jovem ingênuo. Mas, sem dúvida, estava disposto a ajudar um irmão maçom. Quando cheguei a Paris, o velhote gostou de mim mesmo com minha clara falta de ambição. Foi ele quem me apresentou tanto à Maçonaria quanto à eletricidade.

"A força secreta que anima o universo está na eletricidade", Franklin me disse. "Na Maçonaria, por sua vez, está o código do comportamento e do pensamento racional que seria capaz de curar o mundo de seus males."

Ele me contou que a Maçonaria havia surgido no princípio do século XVIII, na Inglaterra, mas que suas origens seguem até os construtores que vagavam pela Europa erguendo as grandes catedrais. Eles eram "livres",[1] pois podiam utilizar seus talentos para conseguir trabalho em qualquer lugar onde fossem necessários e cobrar um salário justo por isso. Mesmo assim, as raízes do grupo vão mais longe no passado, até o movimento dos Cavaleiros Templários, cujo quartel-general ficava no Templo do Monte, em Jerusalém, durante as Cruzadas, e que gerou os principais banqueiros e líderes militares da Europa.

Os Templários se tornaram tão poderosos que sua fraternidade foi esmagada pelo rei da França e seus líderes foram queimados na fogueira. Ficou a cargo dos sobreviventes semear a nova ordem. Como muitos grupos, os maçons têm um certo orgulho por seu passado de perseguição.

"Até mesmo os mártires dos Templários são descendentes de grupos mais antigos", Franklin dizia. "A Maçonaria relaciona seus ancestrais com os sábios de nosso mundo, até os escultores e carpinteiros que construíram o Templo de Salomão."

Os símbolos maçônicos são cunhas e ferramentas dos pedreiros, pois os integrantes do grupo admiram a lógica e a precisão da engenharia e da arquitetura. Embora o iniciado na Maçonaria precisasse acreditar num Ser Supremo, nenhum credo era defendido nas reuniões. Aliás, os membros eram proibidos de discutir religião ou política. Era uma organização política baseada na racionalidade e no questionamento científico e fundada por um pensamento livre gerado em contraponto às guerras entre católicos e protestantes ao longo dos séculos. Entretanto suas práticas envolviam misticismo antigo e preceitos matemáticos arcanos. Sua ênfase na boa conduta moral e na caridade, no lugar de dogmas e superstições, torna seus ensinamentos, baseados no bom senso, um tanto quanto suspeitos aos olhos dos religiosos conservadores. Seu caráter exclusivo torna a Maçonaria alvo de inveja e rumores.

[1] N. do T.: Aqui o autor faz alusão ao nome original da Maçonaria, *Freemasonry*. Ele usa o radical *free* (livre) para mostrar a natureza dos primeiros membros do grupo em sua versão européia.

"Então, por que todos os homens não a seguem?", perguntei a Franklin.

"Muitos humanos trocariam alegremente um mundo racional por um supersticioso se isso aliviasse seus medos, lhes garantisse *status* e desse alguma vantagem sobre seus iguais", escutei do filósofo norte-americano. "As pessoas sempre têm medo de pensar. E, aliás, Ethan, a integridade é sempre prisioneira da vaidade e o bom senso é facilmente sobrepujado pela ganância."

Embora apreciasse o entusiasmo de meu mentor, nunca tive muito sucesso como maçom. Os rituais me cansavam e a cerimônia maçônica parecia obscura e interminável. Havia uma quantidade imensa de discursos longos, memorização de tediosos procedimentos e vagas promessas de esclarecimento que viria apenas com o avanço dos níveis maçônicos. Em resumo, a Maçonaria era chata e necessitava de mais dedicação do que eu estava disposto a conceder.

Minha partida para os Estados Unidos com Franklin no ano seguinte garantiu um certo alívio. E sua carta de recomendação e minha proficiência em francês atraíram a atenção de John Jacob Astor, um ascendente comerciante de peles de Nova York. Como fui obrigado a manter distância da família Gaswick – Annabelle se casara às pressas com um prateiro –, aproveitei a chance de entrar no ramo das peles no Canadá. Viajei com franceses até os Grandes Lagos, aprendi a atirar e a caçar e, a princípio, acreditava que encontraria meu futuro no Oeste. Entretanto, quanto mais longe ficávamos da civilização, mais eu sentia falta: não só da América, mas também da Europa. Um *saloon* era o refúgio naquela vastidão solitária. Ben costumava dizer que o Novo Mundo era destinado a mostrar a verdade direta, enquanto o Velho ficaria destinado à sabedoria semi-esquecida em sua longa espera pela redescoberta. Ele passou toda a sua vida dividido entre os dois continentes, assim como eu.

Finalmente, desci do Mississípi até Nova Orleans. Aquela miniatura de Paris era quente, exótica e precocemente decadente com seus cruzamentos de negros, crioulos, mexicanos, cherokees, de putas, mercadores de escravos, especuladores de terras e padres missionários. Toda essa energia atiçou meu desejo de retornar aos confortos urbanos. Embarquei num navio para as ilhas açucareiras francesas – produzindo com mão-de-obra escrava – e tive minha primeira experiência real com as mazelas da vida e a cegueira da sociedade para suas maiores atrocidades. O que nos separa das outras espécies não é apenas o que os homens podem fazer com outros homens, mas sim quão incansavelmente eles conseguem justificar tais atos.

Depois disso, tomei um navio até Le Havre em tempo de ouvir as notícias da Queda da Bastilha. Que diferença entre os ideais da Revolução e os horrores que eu acabara de ver! Terminei ficando anos longe da França por causa do crescente caos e, enquanto isso, passei a viver como representante comercial entre Londres, Estados Unidos e Espanha. Não tinha objetivo definido, meu propósito não existia. Deixei de ter raízes.

Assim que o Terror perdeu força, finalmente voltei a Paris na esperança de fazer fortuna numa sociedade caótica e em polvorosa. A França fervilhava com uma sofisticação intelectual indisponível nos Estados Unidos. Toda a Paris era uma garrafa de Leyden, uma bateria carregada de faíscas elétricas. Talvez, a sabedoria perdida pela qual Franklin lutou tanto pudesse ser redescoberta! Paris também tinha mulheres consideravelmente mais charmosas que Annabelle Gaswick. Se eu ficasse por ali, a sorte poderia me encontrar.

Agora, a polícia é que estava a ponto de fazer isso.

O que fazer? Lembrei-me de algo que Franklin escreveu: "A Maçonaria fazia homens com a mais hostil das atitudes, das mais distantes regiões e nas mais diversas condições correrem em auxílio dos companheiros". Ocasionalmente, eu ainda usufruía suas conexões sociais. A França tinha trinta e cinco mil membros espalhados em suas seiscentas lojas, uma fraternidade tão hábil e poderosa que foi acusada de ter tanto fomentado a Revolução, quanto conspirado para revertê-la. Washington, Lafayette, Bacon e Casanova foram todos maçons. Assim como Joseph Guillotin, que inventou a guilhotina como um meio de aliviar o sofrimento dos enforcados.

No meu país, a ordem formava um panteão de patriotas: Hancock, Madison, Monroe, até mesmo John Paul Jones e Paul Revere. Justamente por isso, muita gente suspeita que a minha nação foi uma invenção maçônica. Eu precisava de conselho e tinha que recorrer a meus irmãos maçons, na verdade, a um específico: o jornalista Antoine Talma, que me acolhera durante minhas visitas irregulares à loja, principalmente devido a seu bizarro interesse pela América.

"Seus peles-vermelhas são descendentes de civilizações perdidas que encontraram a serenidade que nos falta hoje em dia", Talma gostava de teorizar. "Se pudéssemos provar que eles são uma tribo de Israel, ou refugiados de Tróia, descobriríamos o caminho para a harmonia."

Obviamente, ele não havia visto os mesmos índios que eu vira, que eram tão frios, nervosos e cruéis quanto eram harmoniosos, mas eu não podia acabar com a ilusão dele.

Solteirão pouco interessado pelas mulheres, Antoine era escritor, jornalista e dono de pensões perto da Sorbonne. Consegui encontrá-lo não atrás de sua mesa, mas sim num dos novos cafés perto da Pont Saint-Michel entretido com uma "limonada" que ele garantia ter poderes curativos. Talma estava sempre um pouco doente e experimentava ininterruptamente purgantes e dietas exóticas para conquistar uma saúde ilusória. Ele era um dos poucos franceses que eu conhecia capaz de comer a batata norte-americana – a maioria dos parisienses considerava o tubérculo digno apenas de porcos.

Ao mesmo tempo, ele sempre lamentava não ter aproveitado a vida o suficiente e ansiava se tornar o aventureiro que imaginava que eu fosse, desde que não precisasse correr o risco de apanhar um resfriado. Confesso que, em algumas ocasiões, exagerei em meus relatos e, em segredo, adorava seus elogios e cumprimentos sobre minhas aventuras.

Ele me recebeu bem, como sempre. Tinha ares de jovem, chegava a aparentar inocência e ostentava cabelos bagunçados, mesmo depois de um corte curto – nova moda republicana –, e vestia, durante o dia, uma capa rosada com botões em tons cinza.

Educadamente, fiz como se avaliasse seu novo remédio e pedi uma bebida menos inofensiva, com café e um doce. O governo "denunciava" constantemente os poderes viciantes da cerveja preta para tentar esconder o fato de que a guerra dificultava, cada vez mais, a chegada dos grãos. "Você poderia pagar a conta?", perguntei a Talma. "Tive um infortúnio recentemente."

Ele me olhou mais cuidadosamente. "Meu Deus, você caiu num poço?" Eu estava sujo, maltrapilho, com a barba por fazer e olhos muito vermelhos.

"Ganhei nas cartas." Notei que a mesa de Talma estava cheia de bilhetes de loteria. Nenhum premiado. A sorte dele com as apostas não chegava nem perto da minha, mas o Diretório apostava em pessoas otimistas como ele para garantir esse tipo de suporte financeiro. "Preciso de um advogado honesto."

"Tão fácil quanto encontrar um político com escrúpulos, um açougueiro vegetariano e uma prostituta virgem", Talma respondeu. "Se você experimentasse a limonada, ela poderia ajudar a corrigir um pensamento confuso desses."

"Estou falando sério. Uma mulher que passou a noite comigo foi assassinada. Dois *gendarmes* tentaram me prender por isso."

Ele levantou as sobrancelhas, ainda incerto sobre se eu estava brincando. Mais uma vez, eu despertara seu desejo de aventura. Eu também sabia que ele estava pensando se aquela seria uma história interessante para ser vendida aos jornais. "Mas, por quê?"

“Eles têm um lanterneiro que contratei como testemunha. Não era nenhum segredo que meu destino ontem seriam os aposentos dela: até o conde Silano sabia.”

“Silano! Quem acreditaria naquele tratante?”

“Acho que ele foi bastante convincente com o *gendarme* que disparou um tiro de pistola bem perto da minha orelha. Sou inocente, Antoine. Pensei que ela estava envolvida com ladrões, mas, quando voltei para questioná-la, ela estava morta.”

“Calma aí. Ladrões?”

“Eu os surpreendi revirando meu apartamento e eles me nocautearam. Eu ganhei um bom dinheiro nas mesas, ontem de noite, e também um medalhão estranho, mas...”

“Por favor, fale devagar.” Ele estava esvaziando os bolsos à procura de um pedaço de papel. “Um medalhão?”

Tirei a corrente e mostrei. “Você não pode escrever sobre isto, meu amigo.”

“Não escrever! Seria o mesmo que não respirar!”

“Isso só pioraria minha situação. Você deve me proteger com seu sigilo.”

Ele insistiu. “Mas eu poderia expor a injustiça.”

Coloquei o medalhão na mesa de mármore, escondi-o da visão de qualquer outra pessoa e fiz com que deslizasse até meu amigo. “Veja: o soldado de quem eu ganhei isto disse que ele veio do Egito Antigo. Silano ficou curioso, deu um lance e até tentou comprá-lo, mas eu não vendi. Não consigo ver por que vale a pena matar por ele.”

Talma cerrou os olhos, virou a peça de ponta-cabeça e brincou com os braços da peça por um minuto. “O que são estes símbolos?”

Pela primeira vez, olhei com mais cuidado. O sulco através do disco – como se marcasse o diâmetro do objeto – eu já havia notado. Acima dele, o disco era perfurado de forma aparentemente aleatória. Abaixo, havia três séries de marcas em ziguezague, como se uma criança tivesse desenhado uma montanha a distância. Abaixo de tudo, listras arranhadas como se fossem patentes militares formavam um pequeno triângulo. “Não tenho a menor idéia. É muito grosseiro.”

Talma abriu os dois braços da peça e formou um V de ponta-cabeça. “E o que você acha disso?”

Ele não precisava explicar. Parecia o símbolo maçônico do compasso, a ferramenta de construção usada para inscrever um círculo. O simbolismo secreto da ordem freqüentemente mostrava o compasso ao lado do esquadro da carpintaria, um sobreposto ao outro. Se você esticasse os braços do medalhão até o limite de alcance, eles desenhariam uma circunferência três vezes maior que o próprio disco. Seria o medalhão alguma ferramenta matemática?

"Não consigo identificar nada", eu disse.

"Mas Silano, que fez parte do herético Rito Egípcio da Maçonaria, estava interessado. O que significa que talvez o disco tenha algo a ver com os mistérios de nossa Ordem."

Dizia-se que as imagens maçônicas tinham sido inspiradas pelos antigos. Algumas eram ferramentas comuns como marreta, colher de pedreiro, cavalete, mas outras eram mais exóticas, como o crânio humano, pilares, pirâmides, espadas e estrelas. Tudo era simbólico e feito para sugerir uma ordem à existência, mas que eu sempre achava difícil identificar no dia-a-dia. A cada grau maçônico, mais símbolos eram explicados. Algum elemento ancestral de nossa fraternidade estaria em minhas mãos? Hesitamos em falar sobre o assunto na cafeteria, pois membros da loja juram segredo. Aliás, é esse segredo que faz com que nosso simbolismo seja mais intrigante para os não-iniciados.

Fomos acusados de todos os tipos de magia e conspiração, embora o que mais façamos seja nos reunirmos vestindo aventais brancos. Como alguém sagaz já disse, "Mesmo que este seja o segredo – que eles não têm nenhum segredo –, ainda assim é um grande feito manter isso em segredo".

"O medalhão remete a um passado distante", eu disse, enquanto colocava o disco em volta do pescoço novamente. "O capitão de quem ganhei afirmava que ele havia vindo com Cleópatra e César até a Itália e que, depois, ficou em posse de Cagliostro, mas o soldado levava tudo isso tanto em consideração que o apostou na mesa do *chemin de fer*."

"Cagliostro? E ele disse que era egípcio? E Silano ficou interessado?"

"Pareceu casual na hora. Pensei que ele só estava me induzindo a aumentar o lance. Mas agora..."

Talma ponderou. "Talvez tudo isso seja coincidência. Um jogo de cartas, dois crimes."

"Talvez."

Ele tamborilava sobre a mesa. "Entretanto, tudo também pode estar relacionado. O lanterneiro levou a polícia até você por ter calculado que sua reação ao ataque a seu apartamento seria você sair correndo desavisado para uma terrível cena de crime, ou seja, tornar-se passível de interrogatório. Veja a seqüência dos fatos. Eles queriam simplesmente roubar o medalhão. Ele não estava no seu apartamento. Nem nos aposentos de Minette. Você é pouco conhecido, por isso de difícil acesso. Mas, se fosse acusado de assassinato e revistado..."

Minette havia sido morta simplesmente para me incriminar? Minha cabeça estava a mil. "Por que alguém quer isso tanto assim?"

Talma estava empolgado. "Porque grandes eventos estão em andamento. Porque os mistérios maçônicos, que você irreverentemente chacoteia, podem, finalmente, afetar nosso mundo."

"Quais eventos?"

"Tenho informantes, meu amigo." Ele adorava ser esquivo, sempre pretendendo conhecer grandes segredos que, de algum modo, acabavam não chegando às impressoras dos jornais.

"Então, você concorda que sou alvo de uma armação?"

"Sem dúvida." Talma me tinha em alta conta, sempre. "Você tem que ir ao homem certo. Como jornalista, eu busco a verdade e a justiça. Como amigo, acredito em sua inocência. Tenho contatos importantes."

"Mas como posso provar?"

"Você precisa de testemunhas. Sua senhoria atestaria seu caráter?"

"Acho que não. Eu devo o aluguel."

"E o lanterneiro, você pode encontrá-lo?"

"Encontrá-lo? Eu quero ficar longe dele!"

"Faz sentido." Ele pensou um pouco, bebendo mais de sua limonada. "Você precisa de abrigo e de tempo para encontrar algum sentido para tudo isso. Os mestres da nossa loja podem nos ajudar."

"Você quer que eu me esconda numa loja?"

"Quero que você fique seguro enquanto eu descubro se esse medalhão pode ser o passaporte para uma oportunidade incomum para nós dois."

"Para quê?"

Ele sorriu. "Ouvi rumores, e rumores de rumores. Seu medalhão pode ser mais antigo do que você imagina. Preciso falar com as pessoas certas. Homens de ciência."

"Homens de ciência?"

"Homens próximos ao jovem e ascendente general Napoleão Bonaparte."

Capítulo Três

Com seus quarenta e nove anos, o químico Claude-Louis Berthollet era o aprendiz mais famoso do guilhotinado Lavoisier. Ao contrário de seu mestre, ele se fez necessário à Revolução ao encontrar o nitrato capaz de substituir o salitre, indispensável para a produção de pólvora. Chegando à liderança do novo Instituto Nacional, que havia tomado o lugar da Academia Real, ele dividira com seu amigo matemático Gaspard Monge a tarefa de ajudar a pilhar a Itália.

Foram os estudiosos que aconselharam Bonaparte a escolher as obras-primas que valia a pena trazer para a França, como, por exemplo, a *Mona Lisa*. Este fato ajudou ambos os cientistas a se tornarem confidentes do general e conhecer muitos segredos estratégicos. O expediente político da dupla me lembrava o de um astrônomo que, ao fazer pesquisas sobre um novo sistema métrico, fora forçado a trocar suas bandeiras brancas – utilizadas como marcadores – por tecidos tricolores, já que o branco era visto como um símbolo do rei Luís. Nenhuma profissão escapou da Revolução.

"Então, você não é um assassino, *monsieur* Gage?", o químico perguntou esboçando um sorriso. Com uma testa alta, nariz proeminente, queixo e boca sisudos, e olhos tristes, ele parecia um proprietário rural que considerava a crescente aliança da ciência com o governo da mesma maneira ambígua como um pai contemplaria o pretendente da filha.

"Juro por Deus, pelo Grande Arquiteto dos Maçons, ou pelas leis da química."

Suas sobrancelhas levantaram levemente. "Forças nas quais eu devo acreditar, certo?"

"Só estou tentando ratificar minha sinceridade, doutor Berthollet. Eu suspeito que o assassino seja um capitão do exército ou o conde Silano, que demonstrou grande interesse pelo medalhão que eu tinha acabado de ganhar."

"Um interesse fatal."

"Soa estranho, eu sei."

"E a garota escreveu a inicial do *seu* nome, não do nome deles."

"Isso *se* ela escreveu."

"A polícia afirma que a caligrafia dela combina com a escrita no chão."

"Eu só dormi com ela e paguei o combinado. Não tinha motivo para matá-la, ou ela de me acusar. Só eu sabia onde o medalhão estava."

"Hum, sim." Ele pegou um par de óculos. "Deixe-me ver."

Enquanto examinávamos, Talma apenas acompanhava a distância, dobrando um lenço, caso, por alguma razão, ele precisasse espirrar. Berthollet virou o disco assim como Silano e Talma fizeram e, finalmente, inclinou-se para trás. "Tirando uma quantidade módica de ouro, não entendo a razão para toda essa confusão."

"Nem eu."

"Nenhuma chave, nenhum mapa, nenhum símbolo de algum deus e nenhum outro atrativo em particular. Acho muito difícil acreditar que Cleópatra tenha usado isso."

"O capitão disse apenas que pertenceu a ela. Como rainha..."

"Ela teria tido tantos objetos atribuídos a ela quanto lascas de madeira e frascos de sangue relacionados a Jesus." O cientista chacoalhou a cabeça. "Uma afirmação muito atraente para inflacionar o preço de uma jóia esquisita, não?"

Estávamos sentados no porão do Hotel Le Cocq, usado por um braço da Loja Oriental da Maçonaria por causa de sua orientação leste-oeste. Uma mesa com tecido e um livro fechado descansavam entre dois pilares. Bancos misturavam-se com a bruma embaixo dos arcos do porão. A única iluminação era provida por velas, que bruxuleavam entre hieróglifos egípcios que ninguém sabia como ler e passagens bíblicas do Templo de Salomão. Um crânio estava à vista numa prateleira, nos lembrando de nossa mortalidade, mas sem contribuir para a discussão. "E você garante a inocência dele?", o químico perguntou ao meu amigo maçom.

"O americano é um homem da ciência como você, doutor", Talma disse. "Ele foi aprendiz do grande Franklin e também é um eletricista."

"Sim, eletricidade. Relâmpagos, papagaios voadores e faíscas num salão. Diga-me, Gage, o que *é* a eletricidade?"

"Bem", eu não queria me exibir perante um renomado cientista. "Doutor Franklin considerava a eletricidade uma manifestação do poder básico que anima o Universo. Mas a verdade é que ninguém sabe. Podemos gerá-la ao girar uma manivela, armazená-la numa jarra, então, sabemos que ela *é*. Mas quem sabe *por quê*?"

"Precisamente." O químico considerou, virando o medalhão sobre a mão. "E ainda assim, e se as pessoas *soubessem* num passado distante? E se elas controlassem poderes inatingíveis mesmo em nosso tempo?"

"Eles conheciam a eletricidade?"

"Eles sabiam como erguer monumentos extraordinários, não sabiam?"

"É interessante que Ethan tenha encontrado este medalhão e vindo até nós neste momento específico", Talma acrescentou.

"E, ainda assim, a ciência não acredita em coincidências", Berthollet respondeu.

"Momento específico?", perguntei.

"Entretanto, devemos reconhecer oportunidades", o químico continuou.

"Que oportunidade é esta?", eu estava começando a ficar esperançoso.

"De escapar da guilhotina e entrar para o exército", Berthollet disse.

"O quê?!"

"Ao mesmo tempo, você pode ser um aliado da ciência."

"E da Maçonaria", Talma complementou.

"Vocês estão loucos? Que exército?"

"O exército francês", disse o químico. "Veja bem, Gage, como um maçom e homem da ciência, você pode jurar manter um segredo?"

"Eu não quero ser um soldado!"

"Ninguém está pedindo isso a você. Você jura?"

Talma me olhava com grande expectativa, enquanto segurava seu lenço perto dos lábios. Engoli e concordei. "É claro."

"Bonaparte deixou o Canal e está preparando uma nova expedição. Até mesmo seus oficiais não sabem o destino, mas alguns cientistas sabem. Pela primeira vez desde Alexandre o Grande, um conquistador está convidando sábios para acompanhar suas tropas, realizar pesquisas e registrar o que presenciarem. Essa é uma aventura capaz de fazer frente às de Cook e Bougainville. Talma sugeriu que você e ele integrassem a expedição, ele como jornalista e você como especialista em eletricidade, mistérios antigos e nesse medalhão. E se ele for uma pista valiosa? Você vai, colabora com nossas especulações e, quando você retornar, todo mundo vai ter esquecido da infeliz morte de uma puta."

"Uma expedição para onde?" Eu sempre fui cético em relação a Alexandre, que pode ter feito coisas incríveis num curto período de tempo, mas tinha morrido com um ano a menos que minha própria idade – um fato que me fazia não recomendar sua carreira de maneira alguma.

"Para onde você acha?", Berthollet disse impacientemente. "Egito! Não vamos só para tomar uma rota comercial vital e abrir a porta para nossos aliados lutarem contra os ingleses na Índia. Vamos para explorar o nascimento da história. Ainda pode haver segredos úteis lá. Por isso é melhor que homens da ciência como nós tenham mais pistas do que os hereges do Rito Egípcio, não?"

"Egito?" Pela alma de Franklin, que interesse eu poderia ter lá? Poucos europeus haviam visto o lugar, que ainda estava envolto em mistério como os contos árabes. Tinha uma vaga idéia de areia, pirâmides e fanatismo exagerado.

"Não que você seja muito cientista ou maçom", Berthollet alfinetou. "Mas como americano e explorador, você pode oferecer uma perspectiva muito interessante. Seu medalhão pode ser um lance de sorte. Se Silano o quer, ele pode ter significado."

Eu não escutei muita coisa depois da primeira frase. "Por que não sou muito cientista ou maçom?" Eu estava na defensiva, pois, em segredo, eu concordava.

"Ethan", disse Talma. "Berthollet quer dizer que você ainda precisa deixar sua marca."

"Estou dizendo, *monsieur* Gage, que, aos trinta e três anos de idade, sua realização é muito aquém de sua habilidade e sua ambição é tímida demais por ser tão cuidadosa. Você não contribuiu com relatórios para os acadêmicos, não avançou de nível na Maçonaria, não acumulou fortuna, não começou uma família, não comprou uma casa nem mesmo escreveu algo merecedor de distinção. Francamente, estava cético quando Antoine o recomendou. Mas ele acha que você tem potencial e, nós racionalistas, somos inimigos dos místicos seguidores de Cagliostro. Não quero ver o medalhão escorregando de seu pescoço guilhotinado. Tenho grande respeito por Franklin e torço para que, algum dia, pelo menos se iguale a ele. Então, você pode tentar provar sua inocência na corte revolucionária. Ou pode vir conosco."

Talma segurou meu braço. "Egito, Ethan! Pense nisso!"

Isto mudaria minha vida completamente, mas quanta vida eu tinha para me preocupar? Berthollet fez uma irritante e precisa análise de meu caráter, embora eu fosse bastante orgulhoso de minhas viagens exploratórias. Poucos homens tinham visto tanto da América do Norte como eu, e, admito, feito tão pouco com isso.

"Mas o Egito já não tem dono?"

Berthollet gesticulou. "Ele é nominalmente parte do Império Otomano, mas está realmente sob o controle de uma casta de escravos renegados chamados mamelucos. Eles ignoram Istambul e oprimem os demais egípcios. Eles não são nem da mesma raça! Nossa missão é de liberação, não de conquista, *monsieur* Gage."

"Vamos ter que lutar, certo?"

"Bonaparte garante que vamos tomar o Egito com um tiro ou dois."

Bem, aquilo era otimista. Napoleão parecia ser um general oportunista e astuto ou cego feito pedra. "Esse Bonaparte, o que vocês acham dele?" Todos ouviam elogios por suas primeiras vitórias, mas ele passava tão pouco tempo em Paris. Em geral, era um desconhecido. Pelos rumores, ele era um homem arrogante.

"Ele é o homem mais enérgico que eu conheço e vai ser um sucesso espetacular ou um fracasso mais espetacular ainda", Talma disse.

"Ou, como na maioria das ambições do homem, vai fazer os dois", Berthollet completou. "Não há como negar seu brilhantismo, mas é o julgamento que gera a grandiosidade."

"Eu teria que abandonar todos os meus contatos diplomáticos e de negócios", disse. "E fugir como se fosse culpado por homicídio. A polícia não pode encontrar o conde Silano e o capitão que perdeu o jogo, colocar todos numa sala e deixar a verdade surgir?"

Berthollet olhou para o outro lado. Talma suspirou.

"Silano desapareceu. Temos a informação que o ministro das Relações Exteriores ordenou sua proteção", meu amigo disse. "E quanto ao seu capitão, ele foi pescado do Sena noite passada – torturado e estrangulado. Naturalmente, dado o seu desaparecimento, você é o principal suspeito."

Engoli seco.

"O lugar mais seguro para você agora, *monsieur* Gage, é no meio de um exército."

Se eu ia fazer parte de uma invasão, era prudente fazer isso armado. Meu rifle longo, datado de minhas jornadas no mercado de peles, ainda estava guardado na parede de meu apartamento. Fabricado em Lancaster, Pensilvânia, coberto com níquel e estanho para dar durabilidade, ainda permanecia fantasticamente preciso, como eu ocasionalmente demonstrava no *Champ de Mars*. Igualmente importante, a curva da coronha era graciosa como as coxas de uma mulher e o filigrana trabalhado em metal era tão confortável quanto uma bolsa de moedas. Não era apenas uma ferramenta, mas sim um companheiro fiel, tranqüilo, que nunca reclamava, feito de ferro e com o perfume de grãos de pólvora, linhaça e óleo.

Sua alta velocidade dava a seu pequeno calibre melhor chance de matar a longa distância que o mosquete de grande calibre. A crítica, como sempre, era a esquisitice de uma arma de fogo que era apoiada perto do queixo. A recarga demorava muito para as salvas rápidas dos combates europeus. E ele não acomodava a baioneta. Mas até aí, toda a idéia de ficar numa fila esperando para levar um tiro era totalmente descabida para os americanos. A grande desvantagem de qualquer arma era a necessidade de recarregar depois de um tiro e a grande vantagem de um rifle preciso é que você poderia, efetivamente, acertar algo com aquele primeiro tiro. A primeira ordem do dia era recuperar minha arma.

"Seu apartamento é exatamente onde a polícia vai procurar você!", Talma protestou.

"Já faz mais de dois dias. Esses homens ganham menos que um aprendiz de padeiro e são mais corruptos que um juiz. Acho pouco provável que eles ainda estejam esperando. Vamos hoje de noite, subornamos o vizinho e atravessamos pela parede do lado dele."

"Mas eu tenho bilhetes para a carruagem da meia-noite para Toulon!"

"Tempo de sobra, se você ajudar."

Decidi ser prudente e entrar no prédio como eu saí, pela janela do quintal dos fundos. Mesmo que a polícia tivesse ido embora, madame Durrell ainda estaria zanzando por ali e eu não estava nem perto de poder pagar os reparos e o aluguel. Naquela noite, Talma, mesmo relutante, decidiu me ajudar a invadir meu próprio apartamento.

Olhei para dentro e tudo estava do mesmo jeito. O colchão ainda revirado e penas espalhadas pelo lugar como flocos de neve. Entretanto a fechadura tinha sido trocada. Minha senhoria estava tentando garantir que eu pagasse as dívidas antes de pegar minhas coisas. Além do mais, ela morava exatamente abaixo do meu quarto, por isso decidi ser o mais cuidadoso possível.

"Vigie a janela", sussurrei para meu amigo.

"Depressa! Eu vi um *gendarme* na rua de baixo!"

"Vou entrar e sair sem dar um pio."

Cheguei à janela do meu vizinho, Chabon, um bibliotecário que toda noite ensinava crianças. Como eu esperava, ele não estava. A verdade é que eu nem esperava poder subornar um homem sério como ele. E eu estava contando com isso. Quebrei um vidro e abri a janela. Ele ficaria perturbado ao encontrar um buraco na sua parede, mas, afinal de contas, eu estava numa missão para a França.

A sala cheirava a livros e fumaça de cachimbo. Arrastei um baú pesado para longe da parede e usei minha machadinha para abrir um buraco. Eu mencionei que ela servia como cunha ou alavanca também? Acho que quebrei algumas coisas, mas, também não sou nenhum carpinteiro. Estava fazendo mais barulho do que pretendia, mas se eu fosse rápido, não faria diferença. Vi meu chifre de pólvora e o apoio da minha arma.

Então, eu ouvi um clique na fechadura da minha porta e passos no meu apartamento. Alguém ouviu o barulho! Enrolei o chifre rapidamente, peguei o rifle e comecei, lentamente, a retirá-lo da parede.

Eu tinha acabado de soltá-lo quando alguém agarrou o cano no outro lado.

Espiei pelo buraco. Dei de cara com a imagem de madame Durrell: seu cabelo ruivo parecia emitir raios elétricos e sua horrível boca estampava um sorriso de triunfo. "Você acha que não conheço seus truques? Você me deve duzentos francos!"

"Pelos quais estou viajando para ganhar", sussurrei o melhor que pude. "Por favor, solte minha arma, madame, assim poderei quitar minhas dívidas."

"Como? Matando outra pessoa? Pague ou chamo a polícia!"

"Eu não matei ninguém, mas ainda preciso de tempo para organizar as coisas."

"Começando pelo seu aluguel!"

"Tenha cuidado, eu não quero machucar você. O rifle está carregado." Era um hábito que aprendi com os viajantes em meus tempos de explorador.

"Você acha que tenho medo de sujeitos como você? A arma é parte do pagamento!"

Puxei, mas ela deu um tranco de volta com muita vontade. "Ele está aqui! Veio roubar as coisas dele!", ela gritou. Ela segurava como se tivesse as mandíbulas de um *terrier*.

Então, em desespero, eu abruptamente reverti o movimento e a empurrei através do buraco na parede. Derrubei mais peças e atravessei. Cai dentro do meu apartamento. De repente, eu estava em cima da minha senhoria, segurando a arma e coberto por pedaços de madeira e poeira. "Desculpe, eu queria ter feito isso silenciosamente."

"Socorro! Estupro!"

Cambaleei em direção à janela e arrastei a madame comigo, já que ela estava agarrada na minha perna.

"Vai ser guilhotina pra você!"

Olhei para fora. Talma havia desaparecido do quintal lamacento. Um *gendarme* estava em seu lugar olhando para mim, surpreso. Maldição! A polícia não mostrou metade dessa eficiência quando eu dei queixa pelo roubo da carteira uma vez.

Minha atenção foi para o outro lado: a tentativa de madame Durrell morder meu tornozelo falhou por sua latente falta de dentes. Os poucos que tinha não causaram nenhum efeito. A porta estava fechada e a chave, sem dúvida, estava no bolso de minha senhoria, e eu não tinha tempo para polidez. Liberei a arma, conferi a munição, mirei e atirei.

Um som ensurdecedor tomou conta do quarto, mas, pelo menos, Durrell largou minha perna assim que a trava foi feita em pedaços. Chutei a porta e corri para o corredor. Uma figura encapuzada bloqueava meu caminho na escada. Lá estava o lanterneiro, armado com um cajado, que levava uma cabeça de cobra na extremidade superior, e com os olhos assustados pelo barulho do tiro.

A fumaça começava a tomar o lugar.

Ouvi um clique e uma ponta de espada surgiu da cabeça da cobra. "Entregue-o a mim e eu o deixo ir", ele sussurrou.

Hesitei um pouco. Minha arma estava descarregada. Meu oponente estava postado como um hábil lanceiro.

Foi então que algo voou da escuridão e atingiu a cabeça do lanterneiro em cheio, deixando-o zonzo. Eu avancei, usando o apoio de meu rifle para atingir seu externo como se fosse uma baioneta. Ele ficou sem ar, curvou-se e rolou escada abaixo. Desci logo atrás, pulei seu corpo esparramado e corri para fora.

Dei de cara com Talma.

"Você está louco?", meu amigo perguntou. "Policiais estão vindo de todas as direções!"

"Mas eu consegui", disse com empolgação. "Que diabos você usou para acertá-lo?"

"Uma batata."

"Então, elas são boas para alguma coisa afinal de contas."

"Peguem eles!" Madame Durrell estava gritando de uma janela de frente para a rua. "Ele tentou se aproveitar de mim!"

Talma olhou para cima. "Espero que sua arma valha tudo *isto*."

Imediatamente, estávamos em disparada pelas ruas. Mais um *gendarme* apareceu na outra extremidade, então Talma me empurrou pela porta de uma estalagem. "Outra loja", ele falou baixinho. "Imaginei que precisaríamos disso." Entramos com tudo e, rapidamente, puxamos o proprietário para um lugar mais reservado. Depois de um ágil aperto de mão maçônico, Talma apontou para a porta do porão. "Assuntos urgentes da Ordem, amigo."

"Ele é maçom também?" O dono da estalagem apontou para mim.

"Ele tenta."

Ele nos seguiu pelo caminho e trancou a porta atrás de nós. Paramos sob arcos de pedra e pudemos respirar um pouco.

"Há alguma saída?", Talma perguntou.

"Passando os barris de vinho há uma grade. O buraco é grande o suficiente para se esgueirar e leva até os esgotos. Vários maçons escaparam por ali durante o Terror."

Meu amigo ficou ressabiado, mas não se acovardou. "Qual o caminho para o mercado de couro?"

"Direita, eu acho." Ele nos parou com a mão. "Espere, vocês vão precisar disso." E acendeu uma lanterna.

"Obrigado, amigo." Passamos pelos barris, retiramos a grade e deslizamos por um túnel de dez metros cheio de lodo até chegarmos à rede principal de esgotos. Era escuridão por todo lado. Nossa luz fraca iluminava apenas os ratos. A água era gelada e fedorenta. A grade fez um barulho acima de nós quando nosso salvador a travou novamente em seu lugar.

Tentei examinar meu casaco verde todo lambuzado. Era o único em bom estado que me restava. "Admiro sua disposição em descer aqui comigo, Talma."

"Melhor isso e o Egito do que a prisão parisiense. Sabe, Ethan, alguma coisa acontece cada vez que estou com você."

"É interessante, não acha?"

"Se eu morrer aqui, minhas últimas memórias vão ser de sua senhoria histérica."

"Então, vamos evitar morrer." Olhei para a direita. "Por que você perguntou sobre o mercado de couro? Pensei que o terminal das carruagens fosse perto do Palácio de Luxemburgo, não?"

"Exatamente. Se a polícia encontrar nosso benfeitor, ele vai despistá-los." Ele apontou. "Vamos para a esquerda."

Chegamos à carruagem meio molhados, fedidos e sem nenhuma bagagem, exceto pelo rifle e a machadinha. Fizemos o melhor possível para tentarmos nos limpar na fonte. Meu casaco verde de viagem estava arruinado e todo manchado. "As poças estão ficando cada vez piores", Talma explicou de maneira pouco convincente a um carteiro. Nossos lugares não eram os melhores, já que Talma havia comprado os bilhetes mais baratos, o que nos deixava na parte traseira – logo depois da cabine fechada – com toda a poeira e barulho que o diabo podia enviar.

"Isso vai nos manter longe de perguntas impertinentes", justificou Talma. Como boa parte do meu dinheiro havia sido roubado, eu nem podia reclamar.

Só podíamos torcer para que a carruagem rápida nos levasse logo até Toulon, pelo menos, antes de a polícia chegar e começar a fazer perguntas nas estações. Do jeito que estávamos, com certeza seríamos lembrados. Assim que chegássemos à frota de invasão de Bonaparte estaríamos seguros: eu carregava uma carta de apresentação de Berthollet. Adotei a identidade de Gregoire e justificava meu sotaque estranho ao dizer que era nativo do Canadá francês.

Antes de ir se aventurar comigo, Talma havia despachado sua valise, por isso, pude pegar uma camisa emprestada antes que colocassem a mala no teto do transporte. Minha arma foi alojada no mesmo lugar, então, a machadinha era a única coisa que evitava a sensação de estar totalmente sem defesa.

"Obrigado pela roupa", eu disse.

"Tenho muito mais que ela", meu companheiro se gabou. "Trouxe algodão especial para o calor do deserto, tratados sobre nosso destino, vários cadernos com capa de couro e um cilindro de penas novas. Meus remédios vão ser reabastecidos com as múmias do Egito."

"Com certeza você não acredita nessa charlatanice." O pó dos mortos havia se tornado um remédio muito popular na Europa. Nem preciso dizer que a venda do que parecia ser um frasco de sujeira encorajava todos os tipos de fraude.

"Exatamente pelo fato de o remédio ser pouco confiável na França, quero uma múmia para mim. Depois de recuperar nossa saúde, podemos vender os restos."

"Um copo de vinho faz mais bem e com menos trabalho."

"Ao contrário, o álcool pode levar à ruína, meu amigo." Sua aversão ao vinho era tão peculiar quanto sua afeição a batatas.

"Por isso você prefere comer os mortos?"

"Mortos que foram preparados para a vida eterna. Os elixires dos antigos estão em seus restos mortais!"

"Então, por que eles ainda estão mortos?"

"Será? Ou atingiram algum tipo de imortalidade?"

E, com aquela lógica confusa, partimos. Nossos companheiros de viagem eram um fabricante de chapéus, um mercador de vinhos, um especialista em cordas de Toulon e um oficial alfandegário que parecia determinado a ficar dormindo por toda a extensão da França. Torci pela presença de uma donzela ou duas, mas nenhuma embarcou. Nossa passagem pelas avenidas de Paris foi tranqüila, mas tediosa, como qualquer outra viagem. Dormimos o resto da noite e o dia foi uma rotina chata de paradas curtas para a troca de cavalos, comprar quinquilharias e usar os banheiros do interior. Sempre que podia, eu olhava para trás, mas não havia sinais de perseguição. Quando cochilava, tinha sonhos com madame Durrell cobrando o aluguel!

Ficamos entediados rapidamente e Talma começou a matar o tempo com suas incansáveis teorias de conspiração e misticismo. "Você e eu podemos estar numa missão de importância histórica, Ethan", ele disse enquanto nosso cocheiro descia em direção ao vale do Rhône.

"Pensei que estivéssemos meramente fugindo de meus problemas."

"Ao contrário, podemos contribuir de forma vital para esta expedição. Entendemos os limites da ciência. Berthollet é um homem da razão, pensa tudo friamente como simples fatos químicos. Mas nós, maçons, respeitamos a ciência e sabemos que as respostas mais profundas para os grandes mistérios estão nos templos do Leste. Como artista, sinto que meu destino é descobrir segredos para os quais a ciência ainda é cega."

Olhei de forma cética e lembrei que ele já havia engolido três elixires milagrosos com água dos esgotos, reclamado de cólicas estomacais e pensado que o fato de sua perna ter adormecido era sinal de paralisia geral. Seu casaco de viagem era lilás, tão militar quanto um par de chinelos. Este homem estava realmente viajando para uma fortaleza muçulmana? "Antoine, existem doenças no Leste das quais nem sabemos os nomes. Estou surpreso que você esteja indo, no fim das contas."

"Nosso destino tem jardins, palácios, mesquitas e haréns. É o paraíso na Terra, meu amigo, um repositório do conhecimento dos faraós."

"Pó de múmia."

"Não zombe. Ouvi falar de curas milagrosas."

"Francamente, todo esse papo maçônico de segredos do Leste não fez muito sentido para mim", disse enquanto esticava as pernas. "O que há para ser aprendido sobre ruínas?"

"É por isso que você nunca ouve, de verdade, as nossas reuniões", alertou Talma. "Os maçons foram os primeiros homens do ensino, mestres construtores que ergueram as pirâmides e as grandes catedrais. O que nos une é a reverência ao conhecimento e o que nos distingue é nosso desejo de redescobrir verdades de um passado distante. Magos antigos conheceram poderes que nem somos capazes de sonhar. Hiram Abiff, o grande artífice que construiu o Templo de Salomão, foi assassinado por seus rivais invejosos e foi elevado dos mortos pelo próprio Mestre Maçom."

Maçons tinham que participar de parte desta história na iniciação, um ritual que me deixou com cara de bobo. Uma versão da história sugere a ressurreição, enquanto a outra defende a simples recuperação de um corpo das mãos de um assassino covarde, mas nenhuma delas indicava um milagre. "Talma, você não acredita nisso de verdade, acredita?"

"Você é apenas um iniciado. Conforme subimos de nível, aprendemos coisas extraordinárias. Milhares de segredos estão enterrados nos antigos monumentos e os poucos com coragem de desvendá-los tornaram-se os grandes professores do mundo. Jesus. Maomé. Buda. Pitágoras. Todos aprenderam o conhecimento secreto egípcio originário de uma Grande Era há muito perdida, de civilizações responsáveis por trabalhos que não sabemos mais como reproduzir. Seletos grupos de homens como maçons, cavaleiros templários, *illuminati*, luciferianos e os seguidores de Rosa Cruz buscaram recuperar esse conhecimento."

"Verdade, mas essas sociedades secretas estão freqüentemente em conflito umas com as outras, como, por exemplo, a Maçonaria Tradicional e o Rito Egípcio. Os luciferianos, pelo que sei, consideram Satã em pé de igualdade com Deus."

"Não Satã, Lúcifer. Eles simplesmente acreditam na dualidade entre bem e mal e que deuses possuem naturezas dúbias. De qualquer maneira, não estou me equiparando a esses grupos, estou simplesmente dizendo que eles reconhecem que o conhecimento perdido é tão importante quanto uma descoberta científica no futuro. Pitágoras gastou dezoito anos estudando com os sacerdotes em Memphis", explicou Talma.

"E onde esteve Jesus por um período similar em sua vida? Aquele que os Evangelhos não mencionam? Alguns acreditam que ele pode muito bem ter estudado no Egito. Em algum lugar lá existe o poder para refazer o mundo, para restaurar a harmonia, para reconstruir uma Era de Ouro, e é por isso que nossa frase de ordem é 'Ordem a partir do Caos'. Homens como Berthollet examinam rochas e rios. Eles são hipnotizados pelo mundo natural. Mas você e eu, Gage, sentimos o mundo sobrenatural que acontece sutilmente. Eletricidade, por exemplo! Não a vemos, mas ela está lá! Sabemos que o mundo de nossos sentidos é apenas um véu. Os egípcios também sabiam. Se pudéssemos ler os hieróglifos, seríamos mestres!"

Como todos os escritores, meu amigo tinha uma imaginação fértil e nenhum senso. "Eletricidade é um fenômeno natural, Antoine. São raios no céu e choques nas atrações da feira. Você parece com aquele charlatão, Cagliostro."

"Ele era um homem perigoso que queria usar os ritos egípcios com propósitos sombrios, mas não era nenhum charlatão."

"Quando ele praticava alquimia na Polônia, foi pego trapaceando."

"Ele foi incriminado pelos invejosos! Testemunhas dizem que ele curou doentes desenganados por médicos comuns. Ele integrava a realeza. Ele pode ter vivido durante séculos, como Saint Germain, que era, na verdade, o príncipe Ragoczy da Transilvânia, que conheceu pessoalmente Cleópatra e Jesus. Cagliostro era aluno do príncipe. Ele..."

"Foi desacreditado, desprezado e morreu na prisão depois de ser traído por sua própria esposa, que tinha a reputação de ser a maior puta da Europa. Você mesmo disse que o Rito Egípcio era *nonsense*. Qual a prova de que qualquer um desses autoproclamados feiticeiros tenha séculos de existência? Escute, eu não duvido que existam coisas interessantes para se aprender nas terras muçulmanas, mas eu fui recrutado como cientista, não sacerdote. Sua própria Revolução menosprezou religião e misticismo."

"E é por isso que existe tanto interesse em misticismo hoje em dia! A Razão está criando um vácuo para o pensamento. A perseguição religiosa gerou sede por espiritualidade."

"Você não acredita que as razões de Bonaparte sejam..."

"Quieto!" Talma apontou para a parede da carruagem. "Lembre-se de seu juramento."

Ah, sim. As identidades do líder de nossa expedição e seu destino final deviam ficar em segredo, como se algum idiota pudesse adivinhar a partir de nossa conversa. Acenei em concordância, sabendo que, por causa do barulho da roda e nosso lugar no fundo, eles poderiam ouvir pouco de qualquer maneira. "Você está dizendo que esses mistérios são nosso verdadeiro propósito?" Disse mais rapidamente.

"Estou dizendo que nossa expedição tem propósitos múltiplos."

Encostei na parede e fixei meu olhar nas colinas soturnas cobertas por tocos de árvores criadas pela fome insaciável das novas fábricas por madeira. Parecia que as árvores também estavam sendo recrutadas para as guerras. Enquanto as indústrias ficavam ricas, o campo ficava empobrecido e vazio, e as cidades ficavam encobertas por névoas fedorentas. Se os antigos podiam fazer coisas com magia limpa, melhor para eles.

"Além disso, o conhecimento a ser buscado *é* a ciência", Talma continuou. "Platão levou o assunto para a filosofia. Pitágoras para a geometria. Moisés e Salomão para as leis. Todos são diferentes aspectos da Verdade. Alguns dizem que foi o último grande faraó nativo, o mágico Nectanebo, quem dormiu com Olímpia e gerou Alexandre, o Grande."

"Já disse que não quero me espelhar num homem que morreu aos trinta e dois."

"Talvez você conheça o novo Alexandre em Toulon. Talvez."

Ou, talvez, Bonaparte seja simplesmente o mais novo herói do momento – esperando a primeira derrota para ser esquecido. Enquanto isso, eu ficaria a seu lado para conseguir um perdão para um crime que não cometi, me comportando da maneira mais agradável que eu conseguir. E suportar.

Deixamos o campo desmatado e chegamos a uma estrada que já havia sido um parque aristocrático. Ele foi confiscado pelo Diretório de algum nobre ou notável da Igreja. Já tomado por camponeses, poceiros e grileiros, o lugar estava abarrotado por acampamentos rudimentares espalhados entre as árvores e pude ver várias trilhas de fumaça saindo das fogueiras. A noite estava caindo e eu torcia para que chegássemos a uma estalagem logo. Minha bunda doía por causa das batidas.

De repente, o cocheiro gritou e algo bateu lá na frente. O transporte parou. Uma árvore havia caído e os cavalos empacaram, relinchando em confusão. A base da árvore parecia ter sido cortada. Figuras enegrecidas saíam da floresta com os braços apontando para o cocheiro e seu assistente.

"Ladrões!", eu gritei, buscando minha machadinha sob meu casaco. Mesmo com minhas habilidades enferrujadas, eu sabia que podia acertar o alvo a uns dez metros. "Rápido, peguem as armas! Talvez possamos afugentá-los!"

Mas assim que eu desci da carruagem, fui recebido pelo oficial de alfândega sonolento, que a essa altura estava bastante acordado. Ele pulou do transporte e caiu à minha frente, apontando uma pistola enorme para o meu peito. A boca da arma parecia tão grande quanto a de uma pessoa gritando.

"*Bonjour, monsieur* Gage", ele disse. "Jogue sua pequena machadinha selvagem no chão, por favor. Estou aqui para levar você, ou seus restos, de volta a Paris."

Capítulo Quatro

Os ladrões ou agentes – eles costumavam ser a mesma coisa na França Revolucionária – nos alinharam como estudantes num pátio da escola e começaram a nos despir de valores. Somando o suposto oficial de alfândega, eram seis homens ao todo, pelo que pude ver na penumbra do entardecer. Dois deles pareciam ser os *gendarmes* que tentaram me prender em Paris. Será que o lanterneiro estaria ali também? Não o vi. Alguns tinham pistolas apontadas para o cocheiro, enquanto os outros se concentravam nos passageiros, levando bolsas e relógios de bolso.

"A polícia encontrou um novo jeito de recolher impostos?", perguntei causticamente.

"Não tenho certeza de que ele *realmente seja* um oficial de alfândega", disse o chapeleiro.

"Silêncio!" O líder do grupo apontou sua arma para o meu nariz como se eu houvesse esquecido que ele a carregava. "Não pense que não estou agindo em nome de pessoas de autoridade, *monsieur* Gage. Se você não entregar o que eu quero, você vai encontrar muito mais policiais do que gostaria nas celas de uma prisão estadual."

"Entregar o quê?"

"Acredito que o nome dele seja Gregoire", o chapeleiro tentou ajudar.

Meu interrogador engatilhou a pistola. "Você sabe o quê! Ele deve ser entregue a estudiosos que possam colocá-lo em uso adequado! Abra sua camisa!"

O ar esfriou meu peito. "Está vendo? Não tenho nada."

Ele se irritou. "Onde está então?"

"Paris."

A arma mudou de direção e encontrou a têmpora de Talma. "Pegue-o agora ou eu estouro os miolos de seu amigo."

Antoine perdeu a cor. Tinha quase certeza de que ele nunca havia tido uma arma apontada em sua direção antes, e, agora, eu estava ficando realmente incomodado. "Cuidado com essa coisa."

"Vou contar até três!"

"A cabeça de Antoine é dura feito pedra. A bala vai ricochetear."

"Ethan", meu amigo clamou.

"Um!"

"Eu vendi o medalhão para financiar esta viagem", eu tentei.

"Dois!"

"Eu usei para pagar o aluguel." Talma estava balançando.

"Trê..."

"Espere! Está na minha mala, em cima da carruagem."

Nosso algoz apontou a arma para mim novamente.

"Na verdade, vou ficar feliz de me livrar daquela coisa. Só me trouxe problema."

O valentão gritou para o cocheiro. "Jogue a mala dele aqui pra baixo!"

"Qual delas?"

"A marrom", eu disse, enquanto Talma olhava para mim.

"Todas são marrons no escuro!"

"Por todos os santos e demônios..."

"Vou pegá-la."

Agora, o cano da pistola estava encostado nas minhas costas. "Depressa!", meu inimigo olhou em direção à estrada. Mais tráfego chegaria em breve e eu tive a agradável visão mental de uma carroça de feno passando por cima dele bem devagar, mas de propósito.

"Vocês podem me ajudar a descer a mala? Estou sozinho e vocês são seis."

"Cale a boca, ou atiro em você agora mesmo, arrebento cada mala e encontro eu mesmo!"

Subi até o compartimento de bagagem na carruagem. O ladrão estava bem perto, mas um pouco abaixo de mim.

"Ah, aqui está."

"Passe para baixo, cachorro *yankee*!"

Enfiei uma mão e encontrei meu rifle, que estava embaixo da bagagem leve. Pude sentir o pequeno compartimento onde estavam os cartuchos e balas e também o chifre de pólvora. Uma pena eu não tê-lo recarregado desde o tiro na porta do meu apartamento: nenhum viajante teria cometido este erro. A outra mão pegou a mala de meu amigo. "Pegue!"

Eu joguei e mirei bem. A mala acertou a pistola e ouvi um *bang* quando a arma caiu e disparou acertando a mala de Talma. Os cavalos recuaram. Todo mundo gritava. Eu aproveitei para rolar de cima da carruagem para o lado oposto ao dos ladrões, levando meu rifle. Houve outro disparo e pedaços de madeira voaram sobre minha cabeça.

Em vez de correr para a floresta, rolei para debaixo do transporte. Comecei a recarregar meu rifle enquanto estava deitado – um truque que aprendi com os canadenses. Limpei o cano, joguei pólvora e prensei.

"Ele está fugindo!" Três dos bandidos pensaram que eu tinha fugido e começaram a correr por trás da carruagem, em direção às árvores do lado que caí. Os passageiros também pareciam preparados para correr, mas dois dos ladrões ordenaram que ficassem onde estavam. Enquanto praguejava, o falso inspetor de alfândega lutava para recarregar sua pistola. Terminei minha recarga, coloquei o rifle em posição e atirei nele.

O *flash* foi capaz de cegar naquela escuridão toda. Conforme ele ia para trás com a força do tranco, pude notar que algo estava pendurado dentro de sua camisa e, agora, estava à vista. Era o emblema maçônico do esquadro cruzado com o compasso, sem dúvida, ligado ao Rito Egípcio de Silano. Havia uma letra familiar no meio. Então, aí estava a explicação!

Rolei, levantei e girei minha arma, segurando pelo cano o mais forte que pude para atingir outro bandido com a coronha. Foi ótimo ouvir o *crack* no instante em que cinco quilos de bordo puro e ferro atingiram o osso. Saquei minha machadinha. Onde estava o terceiro pilantra? Então, outra arma foi disparada e alguém gemeu. Comecei a correr em direção às árvores para o lado oposto ao que os três primeiros seguiram. Ao mesmo tempo, os outros passageiros, incluindo Talma, dispersaram.

"A mala! Pegue a mala dele!", gritava o homem em que eu havia atirado, mesmo com toda sua dor.

Sorri abertamente. O medalhão estava seguro na sola da minha bota.

A mata estava escura e ia ficando mais negra conforme a noite avançava.

Corri o melhor que pude, sozinho, usando meu rifle como guia para não dar de cara com nenhuma árvore. E agora? Os ladrões estavam ligados a algum braço do governo francês ou eram apenas impostores? O líder deles tinha o uniforme correto e também sabia de meu prêmio e minha posição, o que sugeriria que alguém com conexões oficiais – além de ser aliado de Silano e membro do Rito Egípcio – estava no meu encalço.

Não foi só a rapidez do bandido em engatilhar a pistola na minha cara que me assustou. Dentro de seu símbolo maçônico, ia me lembrando, estava a letra padrão para representar Deus[2], ou *gnosis*, conhecimento, ou talvez, geometria.

A letra "G".

Minha inicial é a mesma letra que a pobre Minette havia escrito com seu próprio sangue.

Teria sido esse emblema sua última visão na vida?

Quanto mais ansiosas outras pessoas estivessem por meu medalhão, mais eu ficava determinado em mantê-lo. Tem que haver alguma razão para toda essa popularidade.

Parei na floresta para recarregar, colocando a bala, prensando e escutando com cuidado depois de carregar. Um galho quebrou. Alguém estava me seguindo? Eu os mataria assim que estivessem ao alcance. Mas, e se fosse o pobre Talma tentando me achar na escuridão? Bem que ele poderia ter simplesmente retornado para a carruagem, mas não arrisquei atirar, gritar ou fazer qualquer outra coisa perigosa. Então, corri para dentro da floresta.

O ar da primavera estava frio. A adrenalina da escapada evaporava e me deixava arrepiado e com fome. Estava traçando um círculo de volta à estrada tentando encontrar uma fazenda, quando vi uma luz constante de uma lanterna. Então, outra lâmpada e mais uma. Bem no meio da floresta. Agachei e ouvi vozes baixas numa língua diferente do francês. Aqui sim é um lugar para me esconder! Havia acabado de encontrar um acampamento do povo de *Rom*[3], os ciganos!

Ou, como muitos pronunciavam a palavra, *gipcianos*, tidos como Andarilhos do Egito. Os ciganos não faziam nada para desencorajar essa crença e diziam

---

[2] N. do T.: A menção à letra "G" deve ser considerada com relação à inicial de *God*, que significa Deus em inglês.

[3] N. do T.: *Rom* é um termo correspondente ao cigano, por conta de sua língua tida com original, o Romani, proveniente do Norte da Índia.

ser descendentes de sacerdotes dos faraós, mesmo assim, alguns os consideravam uma praga de malandros nômades. Essa alegação de autoridade antiga encorajava amantes e golpistas a pagarem bem por seus agouros.

De novo, um som atrás de mim. Minha experiência nas florestas da América entrava no jogo. Busquei camuflagem nas folhas e usei uma sombra feita pela lanterna mais próxima para me esconder. Meu perseguidor, se é o que ele era, foi diretamente para minha antiga posição. Ele parou depois de espiar o brilho das carroças, analisou, assim como eu, e, então, foi adiante, sem dúvida, imaginando que eu havia buscado refúgio lá. Quando seu rosto apareceu na luz, não o reconheci nem como atacante nem como passageiro. E, agora, tudo estava mais confuso ainda.

Independentemente, suas intenções eram inquestionáveis. Ele carregava uma pistola.

Conforme o estranho se aproximava da carroça mais próxima, aproveitei para me mover silenciosamente atrás dele. Ele estava olhando para a maravilha multicolorida dos *vardos*[4] ciganos quando minha arma deslizou sobre seu pescoço e parou colada ao seu crânio.

"Acredito não termos sido apresentados", eu disse calmamente.

Um longo silêncio dominou a cena. Então, ele disse, em inglês, "Sou o homem que acabou de ajudar a salvar sua vida."

Fiquei surpreso e incerto se respondia na minha língua nativa. "*Qui etes-vous*?", exigi de maneira direta.

"*Sir* Sidney Smith, um agente britânico suficientemente fluente na língua da França para saber que seu sotaque é pior que o meu", ele respondeu novamente em inglês. "Tire o cano da arma da minha orelha e eu explico tudo a você, amigo."

Estava atordoado. Sidney Smith? Tinha encontrado um impostor maluco ou o mais famoso fugitivo da França? "Solte sua pistola primeiro", eu disse em inglês. Então, eu senti alguma coisa cutucar minhas costas. Era pontuda e afiada.

"Assim como você vai largar seu rifle, *monsieur*, já que está em minha casa." Em francês novamente, mas, desta vez, com um distinto sotaque oriental: um cigano. Mais meia dúzia deles surgiu das árvores ao redor. Todos usavam lenços e chapéus, cintos presos à cintura, botas até os joelhos e tinham aparência dura e vulgar. Todos tinham facas, espadas e porretes. Nem percebemos que havíamos sido surpreendidos.

---

[4] N. do T.: Carroças ciganas.

"Tenha cuidado", eu disse. "Pode haver mais homens me perseguindo." Baixei meu rifle até o chão, assim como Smith entregava sua pistola.

Um homem forte me encarou, com sua espada em punho, e deu um sorriso. "Não mais", ele passou o dedo de um lado ao outro da garganta enquanto pegava o rifle e a pistola. "Bem-vindos ao *Rom*!"

Quando entrei na área iluminada pelas fogueiras dos ciganos, era como se tivesse entrado em outro mundo. As carroças em forma de barril pintadas em diversas cores criaram uma vila encantada entre as árvores. Senti cheiro de fumaça, incenso e cozidos suficientemente temperados com alho e ervas para serem considerados exóticos. Mulheres em vestidos coloridos, com cabelos chamativos negros e argolas douradas nas orelhas desviavam o olhar de seus potes fumegantes. Seus olhos eram tão profundos e imensos quanto os lagos dos Antigos.

As crianças estavam agachadas perto das carroças como diabretes em vigília. Pôneis desgrenhados relinchavam nas sombras perto das carroças mais distantes. Tudo levava um tom de âmbar por causa do brilho das lâmpadas. Em Paris, tudo era razão e revolução. Aqui era algo mais antigo, primitivo e livre.

"Sou Stefan", disse o homem que nos desarmou. Ele tinha olhos negros e cautelosos, um grande bigode e um nariz tão amassado e dobrado por alguma luta antiga que parecia uma cordilheira. "Não ligamos para armas, já que elas são caras na hora de comprar, mais caras na manutenção, barulhentas para usar, chatas para recarregar e fáceis de serem roubadas. Então, expliquem suas razões para trazê-las ao nosso lar."

"Eu estava a caminho de Toulon quando nossa carruagem foi abordada", disse. "Estou fugindo de bandidos. Quando vi suas carroças, parei e o ouvi" – apontei para Smith – "chegando atrás de mim."

"E eu", disse Smith, "estava tentando falar com esse cavalheiro depois de ajudar a salvar a vida dele. Atirei no ladrão que estava prestes a atirar nele e, devo dizer, ele corre feito um coelho."

Então, aquele havia sido o outro tiro que ouvi. "Mas, como?", questionei. "Quero dizer, de onde você apareceu? Não te conheço. E como você pode ser Smith? Todo mundo acha que você fugiu para a Inglaterra."

Em fevereiro, um notável capitão naval britânico – terror da costa francesa – conseguiu, com ajuda de uma mulher da realeza, fugir da Prisão do Templo, em Paris, que havia sido construída num antigo castelo dos Cavaleiros Templários. Ele estava desaparecido desde então. Smith fora capturado enquanto tentava roubar uma fragata francesa na boca do rio Sena. Sua audácia e notoriedade com ataques rápidos eram tamanhas que as autoridades se recusaram a aceitar pagamento de resgate ou mesmo uma troca. Gravuras com sua descrição estavam espalhadas tanto em Londres como em Paris. Agora, ele dizia estar aqui.

"Eu estava te seguindo na esperança de te avisar. O fato de eu chegar a sua carruagem pouco depois de uma emboscada não foi coincidência. Estou atrás de você o dia todo, sempre a uma milha de distância. Meu plano era falar com você na estalagem agora de noite. Quando vi os guardas, temi pelo pior para o seu grupo. Seu plano de fuga foi brilhante, mas você estava em inferioridade numérica. Quando um dos agressores mirou, atirei nele."

Continuei suspeitando. "Avisar de quê?"

Ele olhou para Stefan. "Povo do Egito: vocês são de confiança?"

O cigano empertigou-se. "Enquanto você for convidado do *Rom*, seus segredos permanecem aqui. Assim como você protege este fugitivo, inglês, nós o protegemos. Nós também vimos o que aconteceu e sabemos distinguir os criminosos das vítimas. O ladrão que tentou seguir vocês dois não retornará a seus companheiros."

Smith consentiu. "Bem, então somos todos companheiros nas armas! Sim, eu escapei da Prisão do Templo com ajuda real e, sim, eu pretendo retornar à Inglaterra. Estou simplesmente esperando os documentos necessários serem forjados para que eu possa escapar pelo porto da Normandia. Novas batalhas me aguardam. Mas, enquanto estive preso naquele edifício horrível, dediquei algum tempo para conversar com o diretor da prisão, que fora um aluno dos Templários e aprendeu todas as histórias de Salomão e seus maçons, do Egito e seus sacerdotes, e dos poderes e amuletos perdidos nas brumas do tempo. *Nonsense* pagão, mas interessante para diabo. E se os antigos conhecessem poderes hoje perdidos?"

Continuou. "Então, enquanto planejava minha fuga, os monarquistas transmitiram rumores de forças francesas se organizando para uma certa expedição para o Leste, e que um americano foi convidado para se juntar a eles. Ouvi falar de você, senhor Gage, e de sua especialidade em eletricidade. Quem não teria ouvido falar de alguém próximo ao grande Franklin? Os agentes não só notificaram sua partida para o Sul, como também informaram que facções rivais no governo francês tinham um interesse especial em você e num certo artefato: algo a ver com as mesmas lendas que eu ouvi de meu carcereiro. Facções governamentais o queriam sob custódia. Parece que temos inimigos em comum e a idéia de conseguir sua ajuda antes que nós dois deixemos a França me ocorreu. Decidi segui-lo discretamente. Por que um americano seria convidado para uma expedição militar francesa? Por que ele aceitaria? Ouvi histórias do conde Alessandro Silano, uma aposta num salão de jogo..."

"Acho que você sabe absolutamente tudo sobre mim, senhor, e é impressionantemente rápido para repetir em voz alta. Qual seu objetivo?"

"Descobrir qual é o seu e alistar seus serviços para a Inglaterra."

"Você é maluco."

"Escute-me. Stefan, meu novo amigo, podemos compartilhar um pouco de seu vinho?"

O cigano concordou e bateu palmas ordenando a uma jovem chamada Sarylla, que tinha cabelos cacheados e belos olhos. Uma figura digna de um museu de cera, ou a uma casa de prazeres masculinos. Pensei logo nisso, já que sou *um pouco* bem apessoado. Poderia me dar bem.

Ela serviu um copo de vinho.

Por Cristo, eu estava morrendo de sede! Crianças e cães reuniam-se perto das obscuras rodas das carroças enquanto bebíamos e não perdiam a chance de nos olhar, como se, do nada, fôssemos revelar chifres ou penas por todo o corpo. Assim que matou sua sede, Smith se aproximou. "Agora, você possui alguma jóia ou instrumento, é isso?"

Deus do céu, Smith também estava interessado no meu medalhão? O que o coitado do capitão francês havia encontrado na Itália? Será que eu também acabaria estrangulado e boiando em algum rio por ter ganhado aquela coisa? Seria ele realmente amaldiçoado? "Você está desinformado."

"E outros o querem, não é?"

"Você também, presumo."

"Ao contrário, quero garantir que você se desfaça dele. Enterre. Tranque em algum lugar. Jogue fora, derreta, esconda ou pelo menos mantenha essa maldita peça fora de vista até essa guerra acabar. Não sei se meu carcereiro sabia apenas contos de fadas, mas qualquer coisa que esquente esta disputa com a Inglaterra ameaça a ordem civilizada. Se você acha que essa coisa tem valor financeiro, posso conseguir que o almirantado o compense por ela."

"Senhor Smith..."

"*Sir* Sidney."

Sua ordenação foi concedida por serviços mercenários ao reino da Suécia, não à Inglaterra, mas ele tinha uma reputação por se auto-engrandecer. "*Sir*

Sidney, compartilhamos apenas a língua. Sou americano, não inglês, e a França se aliou a minha nação em nossa recente revolução contra o seu país. Minha pátria é neutra em relação ao conflito de vocês e, acima de tudo, não faço a menor idéia do que o senhor está falando."

"Gage, escute aqui." Ele se postou como um falcão, a ansiedade em pessoa. Tinha a constituição de um guerreiro, ereto e com ombros largos, peito estufado e cintura firme e, agora que observei isso, talvez Sarylla estivesse prestando atenção *nele*. "Sua revolução colonial foi pela independência política. O movimento na França é sobre a própria ordem da vida que conhecemos. Meu Deus, um rei guilhotinado! Milhares massacrados! Guerras deflagradas em todas as fronteiras da França! Apoio ao ateísmo! Terras da Igreja confiscadas, dívidas ignoradas, propriedades tomadas, a ralé armada, tumultos, anarquia e tirania! Vocês são tão parecidos com a França quanto Washington se parece com Robespierre. Você e eu não compartilhamos apenas a língua, mas sim uma cultura e um sistema político de lei e justiça. A loucura que tomou conta da França vai desestabilizar a Europa. Todos os homens de bem são aliados, a não ser que acreditem na anarquia e na ditadura."

"Tenho muitos amigos na França."

"Assim como eu! São seus tiranos que devem ser removidos. Não estou pedindo que traia ninguém. Espero que você continue seu caminho até onde o tal jovem Napoleão indique. Tudo que peço é que você mantenha o talismã em segredo. Guarde-o para você, não para Bona, Silano ou qualquer outro que o peça. Leve em consideração que o futuro comercial de sua nação segue, inevitavelmente, ligado ao do Império Britânico, não a uma revolução fadada ao fracasso. Mantenha seus amigos franceses! Faça de mim seu amigo da mesma maneira e, talvez, possamos ajudar um ao outro qualquer dia desses."

"Você quer que eu espione para a Inglaterra?"

"Não, absolutamente!", ele pareceu ofendido e olhava para Stefan na esperança do cigano apoiá-lo em sua evidente inocência. "Eu simplesmente ofereço ajuda. Vá para onde deve ir e preste atenção em tudo que vir. Mas, se você se cansar de Napoleão e precisar de ajuda, contate a Marinha Britânica e apresente a qualquer homem o que lhe mostro agora. Este anel traz o meu brasão: um unicórnio. Vou notificar o almirantado de sua autenticidade. Use-o como garantia de salvo-conduto."

Smith e Stefan olhavam para mim com grande expectativa. Eles achavam que eu era bobo? Eu podia sentir o volume do objeto na sola falsa da minha bota.

"Em primeiro lugar, não sei do que estão falando", menti novamente.

"Segundo, não sou aliado de ninguém, nem da França nem da Inglaterra. Sou meramente um homem da ciência, recrutado para observar um fenômeno natural enquanto um certo problema legal que eu tenho seja resolvido em Paris. Terceiro, se eu tivesse o objeto de que fala, eu não admitiria, considerando o letal interesse que todos parecem ter pela coisa. E quarto, toda esta conversa é inútil, pois qualquer item que eu possa ter possuído – mesmo nunca tendo –, não estaria mais em meu poder, uma vez que os ladrões levaram minha bagagem quando fugi." Pronto, pensei. Isto acabaria com o assunto.

Smith sorriu. "Bom homem!", gritou, dando tapinhas em meu ombro. "Eu sabia que você tinha instinto! Ótimo *show*!"

"E, agora, comamos", Stefan disse, pelo jeito também aprovando minha *performance* e considerando o assunto resolvido. "Conte-me mais sobre suas aulas na Prisão do Templo, *sir* Sidney. Nós, *Rom*, remetemos nossas origens até os faraós, Abraão e Noé. Esquecemos de muita coisa, mas nos lembramos de tantas outras, e ainda podemos prever o futuro e mudar as linhas do destino. Minha Sarylla aqui é *drabardi*, uma adivinha, e talvez ela possa ver o seu futuro. Venham, venham e sentem-se. Deixem-nos falar da Babilônia e de Tiro, Memphis e Jerusalém."

Será que todo mundo, menos eu, estava perdido na Antiguidade? Coloquei o anel de Smith, afinal de contas, não faria mal ter mais um amigo.

"Quem me dera, mas eu ameaço a todos com minha presença", Smith disse. "Para dizer a verdade, um pelotão de cavalaria francesa está em meu encalço. Queria ter esta conversa, mas preciso partir antes que eles encontrem o assalto, fiquem sabendo de meu tiro providencial e procurem nesta mata." Ele balançou a cabeça. "Francamente, não sei o que fazer com esta fascinação com o oculto. Meu carcereiro, Bonifácio, era o pior tipo de tirano jacobino, mas, constantemente, falava de segredos místicos. Todos nós acreditamos em mágica, mesmo nós, adultos, que somos levados a pensar o contrário. Um homem estudado deixaria o assunto de lado, por ser bobeira, mas, às vezes, cultura demais pode nos cegar."

Pareceu um pouco com o que Talma havia dito.

"Os *Rom* mantiveram os segredos de nossos ancestrais egípcios por séculos", Stefan disse. "Mesmo assim, somos meras crianças perante as artes antigas."

Bem, a conexão deles com os egípcios pareciam incertas para mim – o próprio nome deles sugeria a Romênia como uma terra natal mais provável – mas, de qualquer modo, era um grupo agradável e colorido, com muitas roupas, jóias, lenços, além de algumas figuras de Anúbis e sua cabeça de cachorro e também típicas *cruzes ansada*[5]. As mulheres podiam não ser iguais a Cleópatra, mas elas, realmente, tinham uma beleza estonteante. Que segredos sexuais elas guardariam? Pensei nesta questão por algum tempo, afinal de contas, sou um cientista.

"*Adieu,* meus amigos", Smith disse. Ele deu uma bolsa a Stefan. "Aqui está o pagamento para conduzir o *monsieur* Gage e o talismã que ele não tem em segurança até Toulon – ele vai passar despercebido em suas carroças desengonçadas. Fechado?"

O cigano analisou o dinheiro, jogou uma moeda para o alto e riu. "Por tudo isso eu o levaria até Istambul! Mas, por ser um homem perseguido, eu também o levaria de graça."

O inglês fez reverência. "Acredito que você o faria, mas aceite a generosidade da Coroa."

Viajar com os ciganos me manteria separado de Talma até chegar em Toulon, mas sem dúvida isso seria mais seguro tanto para o meu amigo quanto para mim. Ele ficaria preocupado, mas, até aí, ele sempre se preocupa mesmo.

"Gage, até nosso próximo encontro. Não tire meu anel de seu dedo; os franceses não vão reconhecê-lo – eu o mantive escondido na prisão. Enquanto isso, mantenha sua percepção sempre vigilante e lembre-se da velocidade com que idealismo se transforma em tirania e como libertadores podem se tornar grandes tiranos. Quem sabe você, por alguma razão, não precise aparecer na pátria mãe de sua jovem nação?" Então, ele mergulhou em direção às árvores tão habilmente quanto havia aparecido na primeira vez. Sem dúvida, um encontro no qual ninguém acreditaria.

Encontrar novamente? Não se eu pudesse fazer algo a respeito. Eu não imaginava como Smith poderia, eventualmente, reaparecer em minha vida, estando eu a milhares de quilômetros de onde estou agora. Eu estava simplesmente aliviado pela partida do fugitivo.

"Agora vamos ao banquete", disse Stefan.

O termo banquete foi um exagero, mas o acampamento se serviu de um rico guisado, acompanhado com pão grosso e pesado. Senti-me seguro en-

[5] N. do T.: Do original *Ankh*, a *cruz ansada* era, na escrita egípcia, o símbolo da vida, ou da vida eterna. Os egípcios a utilizavam para a vida após a morte. A forma do *Ankh* assemelha-se a uma cruz, com a haste superior vertical substituída por uma alça ovalada.

tre estes estranhos nômades e, inegavelmente, um pouco espantado com sua pronta hospitalidade. Eles pareciam não querer nada além de minha companhia. Eu estava curioso para saber se eles realmente tinham idéia do que eu escondia na sola de minha bota.

"Stefan, não que eu esteja admitindo que Smith estivesse certo sobre o pingente. Mas, se tal objeto existir, qual o motivo que faz os homens tão gananciosos?"

Ele sorriu. "Não é pelo colar em si, mas pelo fato de ele ser uma espécie de pista."

"Pista para quê?"

O cigano descontraiu. "Tudo que sei são velhas histórias. A lenda mais comum diz que os antigos egípcios, nos primórdios da civilização, enclausuraram o poder que consideravam perigoso até que a humanidade tivesse a qualidade moral e intelectual para utilizá-lo adequadamente. Uma chave para esse poder foi deixada na forma de um colar. Acredita-se que Alexandre, o Grande, tenha recebido essa peça quando iniciou sua peregrinação pelo deserto até o oásis de Siwah, onde foi declarado filho de Zeus antes de sua marcha para a Pérsia. Conseqüentemente, ele conquistou todo o mundo conhecido. Como ele conseguiu tanto em tão pouco tempo? Aí ele morreu jovem na Babilônia. Doença? Ou assassinato? O rumor é que Ptolomeu, um dos generais de Alexandre, levou a chave de volta para o Egito com o intuito de conseguir grandes poderes, mas ele não foi capaz de entender o significado do amuleto."

A explicação ficava cada vez mais complexa. "Cleópatra, que era descendente de Ptolomeu, levou a jóia quando acompanhou César até Roma. Então, César também foi assassinado! E isso continuou pela história com grandes homens se aproximando e encontrando a ruína. Reis, papas e sultões começaram a acreditar que o medalhão era amaldiçoado, mesmo com magos e feiticeiros atribuindo a ele o poder de desvendar grandes segredos. Entretanto ninguém mais se lembra de como usá-lo. Uma chave para o Bem ou para o Mal? Ninguém sabe. A Igreja Católica o levou para Jerusalém durante as Cruzadas, mas foi em vão. Os Cavaleiros Templários se tornaram seus guardiões e primeiro o esconderam em Rodes; depois em Malta. O medalhão ficou esquecido por séculos até que alguém reconhecesse sua importância. Agora, talvez, ele tenha chegado até Paris... e, então, entrado a pé em nosso acampamento. É claro, essa parte você negou."

Não gostei nem um pouco dessa história do medalhão gerar tantas mortes. "Você realmente pensa que um homem comum como eu tropeçaria nessa chave?"

"Eu já criei uma centena de pedaços da Verdadeira Cruz e encontrei os dedos e dentes dos grandes santos. Quem pode dizer o que é real e o que é falso? Só tenha em mente que alguns homens têm interesse demais nesse medalhão que você diz não carregar."

"Talvez Smith estivesse certo. Supondo que eu o tenha, acho que deveria jogá-lo fora. Ou dá-lo a você."

"Eu não!", ele parecia alarmado. "Não sei como usar nem como compreender essa coisa. Se as histórias são verdadeiras, o medalhão só vai fazer algum sentido no Egito, onde foi forjado. Além do mais, ele traz má sorte para os homens errados."

"Isso eu confirmo", confessei amargamente. Uma sova, assassinatos, fugas, emboscadas... "Ainda assim, um homem como Franklin diria que é tudo superstição *nonsense*."

"Ou talvez ele usasse sua nova ciência para investigá-lo."

Estava impressionado com a falta de ganância de Stefan, especialmente depois de suas lendas terem abastecido minha própria avareza. Muitas outras pessoas queriam esse medalhão, ou o queriam enterrado: Silano, os bandidos, a expedição francesa, os ingleses e esse misterioso Rito Egípcio. Tudo isso deixava claro que era tão valioso que eu deveria ficar com ele até conseguir fazer uma bela fortuna ou descobrir para que diabos ele serve. Isso significava que meu destino era o Egito.

Enquanto isso, senti que estava sendo observado por trás.

E lá estava Sarylla. "Sua garota aqui pode ler minha sorte?"

"Ela é versada nos mistérios do tarô." Ele estalou os dedos e ela mostrou seu baralho de cartas místicas.

Eu já havia visto os símbolos e, mesmo assim, as ilustrações da morte e do demônio continuavam perturbadoras. Ela deu as cartas perto do fogo. Em silêncio. Pensou um pouco e virou as restantes: espadas, amantes, taças, o mágico. Ela parecia confusa, sem fazer nenhuma previsão. Finalmente, ela segurou uma carta.

Era o tolo, o bobo da corte. "É ele."

Bem, eu pedi por essa, não é? "Sou eu?"

Ela consentiu. "E aquele que você procura."

"O que você quer dizer?"

"As cartas dizem que você vai aprender o que eu quero dizer quando chegar aonde você deve ir. Você é o tolo que deve encontrar o tolo, para se tornar sábio e encontrar a sabedoria. Você é o que busca aquele que primeiro fez a mesma busca. Além desse ponto é melhor que você não saiba." E ela não disse mais nada. Esse é o espírito da profecia, não é? Ser tão vaga quanto um contrato bem escrito. Eu bebi mais vinho.

Já passava da meia-noite quando ouvi o som de grandes cavalos. "Cavalaria francesa!", alertou a sentinela dos ciganos.

Eu podia ouvir os relinchos e sons de galhos quebrando a distância. Quase todas as lâmpadas foram apagadas e praticamente todos buscaram refúgio nas carroças. Todos menos Stefan, que permaneceu com a única lâmpada acesa. Sarylla me pegou pela mão.

"Temos que tirar estas roupas de você se você quer parecer um *Rom*", ela cochichou.

"Você tem um disfarce para mim?"

"Sua pele."

Bem, pelo menos era a idéia. E muito melhor Sarylla do que a Prisão do Templo. Ela me puxou e fomos para dentro de um *vardo* e seus dedos ágeis logo deram cabo de minhas roupas sujas. Ela tirou as dela também, é claro, e ganhou a forma de uma criatura quase etérea na luz fraca. Que dia! Deitei numa das camas ao lado de seu corpo morno e sua pele macia enquanto escutava Stefan murmurar com o tenente da tropa. Escutei as palavras "Sidney Smith", algumas ameaças em voz alta e muito barulho quando as portas das carroças eram escancaradas pelos militares. Quando chegou a nossa vez, olhamos para cima fingindo estarmos dormindo e Sarylla deixou seu lençol cair e exibir seus seios. Pode apostar que os soldados ficaram um bom tempo olhando para dentro, mas não para mim.

Então, enquanto os cavaleiros partiam, só tive ouvidos para o que ela havia proposto fazermos em seguida. Com ou sem maldição, minha viagem até Toulon tinha acabado de mudar para melhor.

"Mostre-me como elas fazem no Egito", sussurrei para ela.

Capítulo Cinco

Um mês depois, no dia dezenove de maio de mil setecentos e noventa e oito, eu estava de pé no tombadilho superior da nau capitânia francesa *L'Orient*, com seus cento e vinte canhões, e não muito longe dos ombros do homem mais ambicioso da Europa. Um grupo de oficiais e sábios observava a parada majestosa realizada pelos cento e oitenta navios que partiam do porto. A *Expedition de l'Egypt* havia começado.

O azulado Mediterrâneo ficou branco com tantas velas assim que os navios deslizaram com uma brisa fresca. O convés ainda brilhava depois de uma ventania e esperávamos ser capazes de manter qualquer frota a esquadra inglesa a distância. À medida que as embarcações passavam pela entrada do porto de Toulon, as quilhas de cada navio pareciam ganhar dentes ao se chocarem contra a espuma. Bandas militares estavam reunidas na coberta de proa dos maiores navios, competindo entre elas em volume e barulho ao tocarem músicas patrióticas conforme as naus ultrapassavam umas às outras.

Os canhões da fortaleza da cidade dispararam em saudação e trinta e quatro mil soldados e marinheiros gritavam em algazarra logo que a nau capitânea de Bonaparte passava de vento em popa. Num boletim às tropas, ele havia prometido a cada um deles espólios suficientes para comprar seis acres de terra.

Era apenas o começo. Comboios menores dos portos de Genova; de Ajaccio, na Córsega; e de Civita Vecchia, em Lazio (que recebia suprimentos de Roma), aumentariam o número de divisões francesas presentes na força de invasão do Egito. Quando chegarmos a Malta, serão quatrocentas embarcações e cinqüenta e cinco mil homens. Adicione aos números mil cavalos, centenas de carroças e artilharia pesada, mais de trezentas lavadeiras – que também deveriam prestar outros serviços capazes de aumentar o moral das tropas – e centenas de esposas e concubinas "contrabandeadas" a bordo dos navios. E também encontraram lugar na frota quatro mil garrafas de vinho para os oficiais e oitocentos exemplares escolhidos a dedo para a reserva pessoal de Joseph Bonaparte, que veio para ajudar seu irmão a ficar bem-humorado. Nosso comandante também trazia empacotada uma carruagem de luxo puxada por dois cavalos para que ele pudesse vistoriar o Cairo com estilo.

"Somos um exército da França, não da Inglaterra", ele disse a sua equipe. "Vivemos melhor durante uma campanha do que eles vivem num castelo."

O comentário seria lembrado com amargura nos meses seguintes.

Cheguei a Toulon depois de uma tranqüila jornada nas lentas carroças dos ciganos. Foi um tempo bem agradável. Aprendi truques simples de cartas com os "sacerdotes do Egito", assim como explorei o tarô e aprendi muitas lendas sobre cavernas do tesouro e templos de poder. É claro que nenhum deles jamais pisara no Egito, assim como também não sabiam se tais lendas tinham um mínimo de verdade, mas distorcer os fatos e aumentar os contos era uma de suas principais fontes de renda. Eu os vi revelarem futuros otimistas para ordenadores, jardineiros e policiais. O que eles não conseguiam ganhar com a fantasia, eles roubavam, e o que não podiam roubar não lhes fazia falta. Acompanhar o bando até Toulon foi uma ótima maneira de completar minha fuga de Paris, até melhor do que a carruagem de passageiros, mesmo sabendo que meu sumiço deixaria Antoine Talma altamente ansioso. Entretanto, era um alívio não ter que ouvir as teorias maçônicas do jornalista e deixei o conforto de Sarylla com tristeza.

O porto parecia um hospício por causa dos preparativos e de toda a expectativa. O lugar estava fervilhando de soldados, marujos, empreiteiros militares, taberneiros e prostitutas. Era possível avistar os famosos sábios por seus chapéus vistosos, empolgados e apreensivos, caminhando com suas botas ainda duras por serem tão novas. Os oficiais eram chamativos como pavões em seus uniformes resplandecentes e os soldados comuns estavam agitados e, ao mesmo tempo, aflitos por participarem de uma expedição sem destino anunciado. Eu era mais um naquela multidão, com minhas roupas e um casaco verde mais manchado do que nunca, mas, para garantir, embarquei rapidamente no *L'Orient* e fiquei longe do alcance de bandidos, *gendarmes*, donos de antiquários, lanterneiros e qualquer um que pudesse me ameaçar. Foi a bordo daquele navio que eu, finalmente, reencontrei Talma.

"Tinha medo de que enfrentaria o perigo e encontraria a aventura no Leste sem um amigo!", exclamou. "Berthollet também estava preocupado! *Mon Dieu*, o que aconteceu?"

"Desculpe-me, mas não tinha como enviar notícias para você. Era melhor viajar no anonimato. Sabia que você ficaria preocupado, amigo."

Ele me abraçou. "Onde está o medalhão?" Pude sentir o calor de seu hálito na minha orelha.

Nessa essa altura, eu já estava preparado. "Bem seguro, meu amigo. Bem seguro."

"O que é isso no seu dedo? Um novo anel?" Ele estava olhando para o emblema de Sidney Smith.

"Um presente dos ciganos."

Talma e eu trocamos informações sobre nossas aventuras particulares. Ele disse que os bandidos sobreviventes se dispersaram totalmente desnorteados depois de minha fuga. Então, chegou a cavalaria, mas à procura de outro fugitivo – "estava tudo confuso no escuro" – e, depois, mergulharam na floresta. Nesse meio tempo, o cocheiro aproveitou os militares para tirar a árvore do caminho e liberou nossa passagem. Depois que chegaram à estalagem, Talma decidiu esperar pela carruagem do dia seguinte caso eu brotasse da floresta. Como eu não apareci, ele foi para Toulon temendo por minha morte.

"Ciganos!" Ele ficou espantado. "Você realmente tem talento para encontrar problemas, Ethan Gage. E do jeito como você atirou naquele homem! Fiquei maravilhado, empolgado e apavorado!"

"Ele quase atirou em você."

"É claro que você esteve entre os Índios Vermelhos."

"Encontrei muita gente em minhas viagens, Antoine, e aprendi a manter uma mão aberta em saudação e a outra numa arma." Fiz uma pausa. "Ele morreu?"

"Eles o carregaram sangrando."

Bem, mais uma coisa para me preocupar durante a noite.

"Os ciganos são larápios como diz a reputação deles?" Talma perguntou.

"Não, se você mantiver seus bolsos fora do alcance. Eles salvaram minha vida. Suas especiarias despertam sentidos saciáveis por suas mulheres. Sem lar, sem emprego, sem laços..."

"Você encontrou seu lugar! Estou surpreso de que tenha retornado!"

"Eles acreditam que são sacerdotes do Egito. Eles ouviram lendas de um medalhão perdido e dizem que ele é a chave para algum antigo segredo lá."

"Mas claro, isso explicaria o interesse do Rito Egípcio! Cagliostro se viu em disputa com a Maçonaria tradicional. Talvez Silano acredite que isso possa garantir alguma vantagem a sua facção. Mas nos roubar abertamente? O segredo deve ser muito poderoso então."

"E quais as novas de Silano? Ele não conhece Bonaparte?"

"O que se sabe é que ele foi para a Itália – procurar pistas daquilo que você ganhou, talvez? Berthollet contou ao nosso general sobre o medalhão e ele parece bem interessante, mas Bonaparte também chamou os maçons de imbecis consumidos por contos de fadas. Seus irmãos Joseph, Lucien, Jerome e Luís, que fazem parte de nossa fraternidade, o contrariaram nesse ponto. Ele disse que está interessado tanto em suas opiniões sobre a Louisiana quanto em seu gosto por jóias, mas eu acho que ele está lisonjeado por ter um americano a seu lado. Ele aprecia seus laços com Franklin. E também espera que, algum dia desses, você possa explicar seus esquemas para os Estados Unidos."

Talma me apresentou como um célebre fugitivo para os demais sábios que estavam a bordo da nau capitânea. Éramos parte de um grupo de cento e sessenta e sete profissionais civis convidados por Bonaparte. Esse efetivo incluía dezenove engenheiros civis, dezesseis cartógrafos, dois artistas, um poeta, um orientalista e um bom número de matemáticos, químicos, antiquários, astrônomos, mineralogistas e zoólogos. Encontrei Berthollet novamente – ele foi o responsável pela seleção da maior parte do grupo – e, na hora apropriada, fui apresentado ao general.

Minha nacionalidade, minha relação com o famoso Franklin e a história de que eu havia escapado de uma emboscada foram suficientes para impressionar o jovem conquistador. "Eletricidade!", exaltou Bonaparte. "Imagine se pudéssemos utilizar os raios elétricos de seu mentor!"

Fiquei impressionado por Napoleão ter assumido a liderança de uma expedição tão ambiciosa. O mais famoso general da Europa era baixo, magro e desconcertantemente jovem. Aos vinte e nove anos ele perdia apenas para quatro de seus trinta e um generais e, enquanto a diferença de altura divulgada pela Inglaterra e pela França só mostrava que os propagandistas britânicos exageravam em sua baixa estatura – ele tinha um respeitável metro e setenta –, mesmo assim, parecia "engolido" por suas botas e sua espada. As donzelas de

Paris o apelidaram de "Gato de Botas", uma provocação que ele jamais esqueceu. O Egito transformaria esse jovem em Napoleão, que tomaria o mundo de assalto, mas, no passadiço do *L'Orient*, ele não era muito Napoleão ainda; ainda era visto muito mais como um ser humano com suas falhas e com seu esforço, do que como o tirano de pedra.

Os historiadores criaram um ícone, mas os contemporâneos viveram com um homem. Na verdade, a rápida ascensão de Napoleão durante a Revolução foi tão incômoda como de tirar o fôlego e fez com que mais de um de seus oficiais superiores desejassem que não desse certo. Não contavam que a autoconfiança de Napoleão fosse tanta que beirava a vaidade.

E por que não? Aqui, em Toulon, ele havia deixado de ser capitão de artilharia para se tornar general-de-brigada dias depois de comandar a artilharia que rechaçou ingleses e monarquistas. Ele sobreviveu ao Terror e, a um curto período na prisão, casou-se por interesse com Josefina, cujo primeiro marido havia sido guilhotinado, ajudou a trucidar um levante de contra-revolucionários em Paris e liderou o maltrapilho Exército da França em várias vitórias surpreendentes contra os austríacos na Itália. Suas tropas o idolatravam como se fosse César, e o Diretório ficou mais que satisfeito com o tributo que ele enviou para seu tesouro falido. Napoleão queria recriar Alexandre, e seus superiores civis queriam sua incansável ambição fora da França. O Egito serviria a ambos os lados muito bem.

Que herói ele era naquela época, muito antes de seus sonhos de palácios e creme! Seu cabelo era escuro e chamativo, seu nariz era praticamente romano, seus lábios eram enrugados como os de uma estátua clássica, seu queixo dividido e seus olhos pretos. Ele tinha paixão por falar com as tropas, entender a sede humana por glória e aventura, e se postava do jeito que todos imaginávamos que os heróis faziam: torso reto, cabeça erguida, olhos num horizonte místico. Ele era o tipo de homem cujos modos, assim como suas palavras, faziam acreditar que ele sabia o que estava fazendo.

Fiquei impressionado, já que ele havia claramente subido na vida por mérito, não por berço. Isso era algo que se encaixava no ideal norte-americano. Acima de tudo, ele era um imigrante, assim como todos nós, já que foi da ilha da Córsega direto para a escola militar francesa. Ele passou a juventude não querendo nada mais ambicioso que a independência de sua terra natal. Pelo que se sabe, ele era um estudante mediano em todas as matérias – menos matemática –, era esquisito socialmente, vivia muito sozinho, não tinha nenhum mentor ou padrinho poderoso e enfrentou, logo após a formatura, a insurgência da Revolução. E, enquanto muitos estavam com medo do conflito, Bonaparte aproveitou o momento.

A inteligência que ele aperfeiçoou na rígida escola militar se fez presente quando foi preciso improvisação e imaginação – quando a França estava sob cerco. O preconceito que ele enfrentou por ser um nobre rústico de terceira categoria vindo das ilhas, caiu por terra quando demonstrou sua competência ao encarar a crise. A timidez e a precipitação da adolescência foram ceifadas com um casaco desajeitado, e ele transformou esquisitice em charme. Foi justamente o incomum Napoleão quem abraçou o idealismo da Revolução, na qual a patente era conquistada pela habilidade e que não determinava limites para a ambição. Embora o conservador Sidney Smith não compreendesse, era justamente aí que as duas revoluções – norte-americana e francesa – se igualavam. Bonaparte era um homem que venceu por conta própria.

Entretanto as relações sociais de Napoleão com as pessoas eram as mais estranhas que eu já havia visto. Ele desenvolveu um carisma inegável, mas sempre era expressado como se ele fosse um ator e interpretasse um papel – tímido, recatado, cuidadoso e tenso. Quando ele olhava para você, ele o fazia com o brilho de um candelabro e com tanta energia como se a pessoa pudesse sentir o calor. Ele conseguia focar com uma intensidade tanto lisonjeira quanto esmagadora – ele fez isso comigo uma dúzia de vezes. No momento seguinte, ele mudava sua atenção de foco para outra pessoa e te deixava com a sensação de que uma nuvem havia coberto o Sol e, segundos depois, ele conseguia se retrair e passar despercebido mesmo no meio de uma sala lotada. Seu olhar ficava fixo no chão – como se o assoalho respondesse –, perdido em pensamentos e palavras que só ele compreendia.

Uma parisiense o descrevera como um tipo que você deveria ter medo de encontrar num beco. Ele carregava uma cópia de *The Sorrows of Young Werther*, de Goethe, no bolso – um romance sobre suicídio e amor impossível que ele já havia lido seis vezes. Eu veria suas paixões melancólicas se desdobrarem, em triunfo e horror, na Batalha das Pirâmides.

Levou oito horas para que o último navio fechasse a parada. As bandeiras tricolores da França tremulavam em cada mastro. Ao todo, batemos em revista uma dúzia de navios de linha, quarenta e duas fragatas e centenas de transportes. O sol já estava baixo quando, finalmente, a nau capitânea zarpou partindo atrás de seus filhotes como uma galinha faz com sua cria. A frota ocupava duas milhas quadradas de água. Os grandes navios de guerra encurtavam as velas para permitir que os pequenos barcos mercantes acompanhassem o ritmo. Quando os demais comboios integraram o grupo, passamos a cobrir quatro milhas quadradas. A velocidade não passava de três nós.

Com exceção dos veteranos, todos estavam péssimos. Sabendo que poderia ficar facilmente enjoado, Bonaparte passou a maior parte de seu tempo numa cama de madeira suspensa por cordas que mantinham um certo equilíbrio mesmo durante as ondulações do navio. O resto de nós ficava enjoado o tempo todo – até mesmo dormindo. Finalmente, Talma não precisava inventar nenhuma doença. Ele estava doente e, em várias ocasiões, confessou estar próximo da morte certa. Os soldados não conseguiam chegar até o tombadilho superior para botar seus bofes para fora; por isso todos os barcos estavam abarrotados de baldes de vômito. Os cinco níveis do *L'Orient* estavam tomados por dois mil soldados, mil marinheiros, gado, ovelhas e tantos suprimentos que nós nos esgueirávamos mais do que andávamos da popa à proa. Sábios de alta patente como Berthollet tinham cabines de damasquino vermelho, mas elas eram tão pequenas que eles pareciam viver num caixão. Nós, intelectuais menos conhecidos, tínhamos que dar um jeito em compartimentos feitos de carvalho. Na hora de comer, o aperto era tamanho que mal conseguíamos levar a mão à boca. Uma dúzia de cavalos relinchava e mijava no porão, e absolutamente todas as roupas estavam úmidas. As portinholas inferiores tinham de ser fechadas para evitar a entrada das ondas, portanto, o ambiente ficava escuro, tornando a leitura impossível. Preferíamos ficar ao ar livre, mas os marinheiros em serviço ficavam freqüentemente irritados com a lotação de sua área de trabalho e ordenavam que voltássemos para baixo. No fim do primeiro dia, todos estavam entediados. Quando a semana terminou, nós pedíamos a Deus pelo deserto.

Adicione a tudo isso o desconforto causado pela ansiedade de um possível encontro com navios ingleses. Todos sabiam que um provocador chamado Horatio Nelson – que já havia perdido um braço e um olho, mas continuava com o mesmo entusiasmo de sempre – estava a nossa procura com sua esquadra. Já que a Revolução privou a marinha francesa da maioria de seus melhores oficiais monarquistas e o fato de nossos transportes e recuos de armas estarem entupidos com suprimentos deixavam todos apreensivos para qualquer duelo naval.

O principal passatempo era o clima. Poucos dias depois de partirmos, passamos por uma tormenta, com trovões e tudo. O *L'Orient* jogava tão forte que o gado entrou em pânico e qualquer coisa que não estivesse presa formou um grande monte de entulho. Hora depois, tudo ficou calmo novamente e, um dia depois, o calor era tão intenso que o piche borbulhava das fissuras do tombadilho. O vento era inconstante e a água desinteressante. Minha memória dessa viagem limita-se a tédio, náusea e apreensão.

Enquanto navegávamos para o sul, Bonaparte adquiriu o hábito de convidar estudiosos para fazer discursos depois da ceia em sua cabine. Os cientistas consideravam as discussões bastante divertidas, ao passo que os oficiais tinham a desculpa perfeita para tirar boas sonecas. Napoleão considerava-se um sábio por ter utilizado suas conexões políticas para ser eleito ao Instituto Nacional e gostava de se vangloriar dizendo que, se não fosse soldado, com certeza seria um acadêmico. A imortalidade suprema, dizia ele, era atingida com o aprimoramento do conhecimento humano, não vencendo batalhas. Ninguém acreditava que fosse sincero, mas era um sentimento interessante de ser expresso.

Então, nos encontramos numa cabine ocupada por canhões aguardando pacientemente em seus suportes como cães treinados. O chão era pintado no formato de um tabuleiro de xadrez em preto-e-branco, semelhante ao existente numa loja maçônica, baseado nos traços da antiga arquitetura dionisiana. Um membro de nossa fraternidade desenhou o projeto? Ou os maçons haviam simplesmente incorporado todo e qualquer símbolo comum? Eu sabia que havíamos utilizado as estrelas, a Lua, o Sol, a balança e as formas geométricas, incluindo a pirâmide dos templos antigos. Esses "empréstimos" também funcionavam em duas vias: suspeito que a adoção da abelha operária como seu emblema foi inspirada pelo símbolo maçônico da colméia do qual ele ouvira falar por seus irmãos.

Foi nessas reuniões que observei a sociedade científica da qual eu agora fazia parte e não podia culpar um grupo tão brilhante por considerar minha presença como duvidosa. Segredos místicos? Berthollet disse aos cientistas que eu havia encontrado um "artefato" e esperava compará-lo a outros no Egito. Bonaparte anunciou que eu tinha teorias sobre um antigo mestre da eletricidade egípcio. Quanto a mim, disse, vagamente, que esperava que eu observasse as pirâmides por uma nova perspectiva.

Meus colegas tinham mais realizações. Berthollet eu já mencionei. Em termos de prestígio ele só era igualado a Gaspart Monge, o famoso matemático mais velho do grupo, com cinqüenta e dois anos. Com suas sobrancelhas grandes e peludas e notáveis olheiras, Monge parecia um velho cão sábio. Fundador da geometria descritiva, sua carreira científica foi relegada pelo ministério quando a Revolução solicitou que ele salvasse a indústria francesa de canhões. Prontamente, ele ordenou o derretimento de sinos das igrejas para a fabricação de artilharia e escreveu *The Art of Manufacturing Guns*. Ele levou sua mente analítica para tudo que tocava, desde a criação de um sistema métrico até auxiliar Bonaparte a roubar a *Mona Lisa* da Itália. Ele me adotou como uma espécie de sobrinho distante, talvez por ter sentido que minha mente não era tão disciplinada quanto a dele.

"Silano!" Monge exclamou quando eu expliquei como havia me juntado à expedição. "Cruzei com ele em Florença. Ele estava a caminho das bibliotecas do Vaticano e balbuciou alguma coisa sobre Istambul e também Jerusalém, se pudesse passar pelos turcos, é claro. O motivo ele não disse."

Nosso geólogo também era famoso. Seu nome? Deodat Guy Silvian Tancrede Grated de Dolomieu. E ele não era maior que o cano de meu rifle, mas tinha renome nos círculos acadêmicos por ter matado um rival num duelo quando tinha dezoito anos – período em que foi aprendiz dos Cavaleiros de Malta. Aos quarenta e sete anos ele havia se tornado independente financeiramente, tinha o posto de professor na escola das minas e descobriu o mineral batizado dolomita. Esse pensador devotado, com seu grande bigode, não conseguia esconder sua ansiedade por ver o Egito.

Etienne Lous Malus, um matemático e especialista em propriedades ópticas da luz, era um encorpado engenheiro do exército com seus vinte e dois anos. Sonolento de voz forte, Jean Baptiste Joseph Fourier, trinta anos, era outro matemático famoso. Nosso orientalista e intérprete era Jean-Michael de Venture; Jean Baptiste Say era o economista; e, pela área da zoologia, respondia Etienne Geofrey Saint-Hilaire, que acreditava na peculiar idéia de que as características de plantas e animais poderiam mudar com o passar do tempo.

O mais ordinário era também o gênio mecânico do grupo: o balonista caolho Nicolas-Jacques Conté, de quarenta e três anos, que usava um tapa-olho sobre o orbe destruído pela explosão de um balão. Ele foi o primeiro homem na história a usar balões para reconhecimento militar, na batalha de Fleurus. Ele inventou um novo objeto de escrita chamado lápis, que não precisava de tinta, e o carregava para todo lado em seu casaco para rascunhar projetos de máquinas que constantemente surgiam em sua mente inventiva. Ele estava estabelecido como o inventor e faz-tudo da expedição e também estava abastecido com um estoque de ácido sulfúrico que reagiria com o ferro para produzir hidrogênio para seus balões de seda. Esse elemento, mais leve que o ar, provava ser mais prático que as primeiras tentativas de erguer balões com calor.

"Se seu plano de invadir a Inglaterra pelo ar fizesse senso, Nicky", Monge gostava da brincar. "Eu não estaria vomitando sem parar nesta banheira nesse momento."

"Tudo de que eu preciso são balões suficientes", Conté argumentaria. "Se você não tivesse gastado cada centavo em suas fundições de canhões, ambos estaríamos tomando chá em Londres."

Aquela época era alimentada pelas idéias para a guerra. Lembrei-me de meu compatriota Robert Fulton, que, em dezembro, teve sua proposta para a criação de um navio de guerra submersível vetada pelas autoridades francesas. Também existiam propostas para a construção de um túnel sob o Canal.

Esses cavalheiros de estudo e oficiais se reuniriam no que Napoleão chamava "Institutos", nos quais ele escolhia um tópico, definia os envolvidos e nos guiava por debates e discussões sobre política, sociedade, táticas militares e ciência. Tivemos um debate de três dias de duração sobre o mérito e a inveja corrosiva gerados pela propriedade privada e uma discussão noturna sobre a idade da Terra; outra sobre interpretação de sonhos; e várias outras sobre a verdade e a utilidade da religião. Aqui, as contradições internas de Napoleão eram claras: ele zombaria da existência de Deus num minuto e, pouco depois, ficaria ansioso para ser crucificado com seu inegável instinto córsego. Ninguém sabia no que ele realmente acreditava, muito menos ele, mas Bonaparte era um forte defensor da utilidade da religião, para controlar as massas. "Se eu pudesse fundar minha própria religião eu governaria a Ásia", ele nos disse.

"Acho que Moisés, Jesus e Maomé chegaram primeiro", Berthollet disse seco.

"Este é meu ponto", Bonaparte disse. "Judeus, cristãos e muçulmanos têm suas origens nas mesmas histórias sagradas. Todos adoram o mesmo Deus monoteísta. E – exceto por alguns detalhes que colocam a verdade definitiva na voz de cada profeta – todas são mais semelhantes do que diferentes. Se deixarmos claro aos egípcios que a Revolução reconhece a unidade da fé, não devemos ter problemas religiosos. Tanto Alexandre quanto os romanos tinham políticas de tolerância sobre a fé dos conquistados."

"São os fiéis que devem lutar mais fervorosamente por causa das diferenças",

Conté pontuou. "Não se esqueça das guerras entre católicos e protestantes."

"Mas não estamos no alvorecer da razão? Da nova era científica?" Fourier tomou partido. "Talvez a humanidade esteja prestes se tornar racional."

"Ninguém é racional sob a mira de uma arma", o balonista respondeu.

"Alexandre conquistou o Egito ao se declarar filho do Zeus grego e do Amon egípcio", Napoleão lembrou. "Pretendo ser tão tolerante quanto Maomé e Jesus."

"Enquanto você pensa em ser papa", Monge chiou. "Onde fica o ateísmo da Revolução?"

"Um passo fadado ao fracasso, seu grande erro. É imaterial Deus existir ou não. Simplesmente, se você insere a religião, ou mesmo a superstição, no conflito com a liberdade, a primeira sempre vai ganhar da segunda na cabeça das pessoas." Era esse tipo de julgamento político cinicamente colocado que Bonaparte gostava de fazer para manter sua força intelectual perante os estudos dos cientistas. Ele gostava de nos provocar. "Além do mais, a religião é o que impede os pobres de matarem os ricos."

Napoleão também era fascinado pelas verdades subliminares presentes nos mitos.

"Tome a ressurreição e a concepção virginal como exemplos", ele começou a falar enquanto o racional Berthollet revirava os olhos. "Esta não é apenas a história do cristianismo, mas de incontáveis credos antigos. Assim como seu maçom Hiram Abiff, certo, Talma?" Ele gostava de manter o foco em meu amigo na esperança de que o elogiasse em artigos jornalísticos que ele enviava de volta à França.

"É muito comum existir uma lenda que faz a pessoa pensar, com certa freqüência, se tudo aquilo é realmente verdade", Talma concordou. "A morte é o fim absoluto? Ou ela pode ser revertida e, até mesmo, indefinidamente postergada? Por que os faraós dedicaram tanto tempo e atenção a ela?"

Venture, o homem do Leste, entrou na discussão. "Certamente, as primeiras histórias de ressurreição remontam à lenda do deus egípcio Osíris e sua irmã e esposa Ísis. Osíris foi morto por seu irmão mau Seth, mas Ísis remontou suas partes desmembradas e o trouxe de volta à vida. Então, ele dormiu com sua irmã Ísis e gerou o filho, Hórus. A morte nada mais foi do que um prelúdio para o nascimento."

"E, agora, vamos para a terra onde isto supostamente foi feito", disse Bonaparte. "De onde estas histórias vieram se não de um pequeno grão de verdade? E se elas forem, de alguma forma, reais, que poderes os egípcios dominavam para realizar tais feitos? Imaginem as vantagens da imortalidade. Do tempo inexaurível! Quanta coisa poderíamos fazer!"

"Ou, pelo menos, ganharmos um pouco com juros compostos", brincou Monge.

Fiquei agitado. É por isso que estamos realmente invadindo o Egito? Não por ser uma colônia, mas sim uma fonte de vida eterna? É por isso que existe tanta gente curiosa sobre o medalhão?

"É tudo mito e alegoria", Berthollet ridicularizou. "Qual povo não teme a morte e sonha em superá-la? Todos eles estão mortos, incluindo os egípcios."

O general Desaix aproveitou o intervalo de suas sonecas. "Cristãos acreditam num tipo diferente de vida eterna", ele pontuou de surpresa.

"Mas, enquanto os cristãos rezam por ela, os egípcios faziam as malas para esperá-la", De Venture contrapôs. "Assim como outras culturas primordiais, eles preparavam suas tumbas com tudo que precisariam para a próxima jornada. E nenhum deles era econômico na preparação, o que gera oportunidade. As tumbas podem estar abarrotadas com tesouros. Reis rivais escreviam aos faraós dizendo: 'Por favor, mande-nos ouro, pois ele é mais recompensador que o pó'."

"Isso é fé, para mim", o general Dumas resmungou. "Fé que você pode tocar."

"Talvez eles tenham sobrevivido de outra maneira. Na forma dos ciganos que conhecemos", eu disse.

"O quê?"

"Ciganos. Eles alegam descenderem dos sacerdotes do Egito."

"Ou pode ser Saint Germain ou Cagliostro", completou Talma. "Esses homens diziam ter vivido por mil anos e ter andado com Jesus e Cleópatra. Talvez seja verdade."

Bertholled zombou novamente. "A verdade é que Cagliostro está tão morto que os soldados desenterraram seu corpo na prisão papal e o torraram antes de beber vinho em seu crânio."

"Isso se aquele fosse mesmo seu crânio", Talma insistiu teimosamente.

"E o Rito Egípcio garante estar no caminho certo para redescobrir esses poderes e milagres, não é isso?" Napoleão perguntou.

"É o Rito Egípcio que procura corromper os princípios da Maçonaria", Talma respondeu. "Em vez de se comprometerem com a moralidade e com o Grande Arquiteto, como um Ser Supremo, eles buscam poderes sombrios nos caminhos ocultos. Cagliostro inventou uma perversão à Maçonaria e aceita mulheres para rituais sexuais. Eles usariam esses poderes antigos para eles mesmos, em vez de empregá-los para o bem da humanidade. É uma pena que eles tenham virado moda em Paris e seduzido homens como o conde Silano. Todos os verdadeiros maçons os repudiam."

Napoleão sorriu. "Para que, então, você e seu amigo americano possam encontrar os segredos antes dele!"

Talma concordou. "E colocá-los a nosso serviço, não deles."

Lembrei-me da lenda que Stefan me contou: os egípcios deveriam estar esperando por avanços morais e científicos antes de entregarem seus segredos. E mil canhões demonstravam nossa preparação.

A conquista da ilha de Malta levou um dia, custou três vidas francesas e quatro meses de preparação – antes de nossa chegada – com espiões, negociações e subornos. Os trezentos e poucos Cavaleiros de Malta eram um anacronismo medieval, já que metade deles era francesa e estava mais interessada em pensões do que morrer por glória. Depois das formalidades de uma breve resistência, eles beijaram as mãos de seu conquistador. Dolomieu, nosso geólogo, que fora expulso da ordem em desgraça depois de seu duelo juvenil, foi recebido de volta como um filho pródigo para ajudar nas negociações de rendição. Malta foi cedida à França, o Grão-Mestre foi subordinado a um principado na Alemanha e Bonaparte repetiu seu ato da Itália e partiu para saquear os tesouros da ilha.

Ele deixou os Cavaleiros com uma farpa da Santa Cruz e a mão murcha de João Batista. A França arrecadou cinco milhões de francos em ouro, um milhão em peças de prata e outro milhão com os tesouros incrustados com gemas de São João. A maior parte do saque foi transferida para o *L'Orient*. Napoleão também aboliu a escravidão e ordenou que todos os homens malteses usassem um laço tricolor. O hospital e o correio foram reorganizados; sessenta garotos de famílias ricas foram enviados para serem educados em Paris; um novo sistema de educação foi definido; e cinco mil homens foram deixados para guarnecer a ilha. Foi uma prévia da combinação de saque e reforma que ele pretendia realizar no Egito.

Foi em Malta que Talma veio a mim todo empolgado com sua nova descoberta. "Cagliostro esteve aqui!", ele festejou.

"Onde?"

"Nesta ilha! Os Cavaleiros disseram que ele visitou o local há um quarto de século, na companhia de seu mentor grego Alhotas. Ele conheceu Kolmer aqui! Estes homens sábios deliberaram com o Grão-Mestre e examinaram o que os Cavaleiros Templários haviam trazido de Jerusalém."

"E?"

"Ele pode ter descoberto o medalhão aqui, no meio dos tesouros dos Cavaleiros. Você não percebe, Ethan? É como se estivéssemos seguindo suas pegadas. O destino está em curso."

Mais uma vez, lembrei-me de Stefan contando sobre César e Cleópatra, sobre cruzados e reis, e uma busca que consumiu o homem através das eras. "Alguns desses Cavaleiros lembram-se da peça ou sabem o que ela significa?"

"Não. Mas estamos no caminho certo. Posso vê-lo novamente?"

"Eu o escondi por segurança. Ele só causa problema quando está fora do cofre." Eu confiava em Talma e, mesmo assim, fiquei relutante em mostrar o medalhão depois das amargas histórias de Stefan sobre o que acontecia com homens que o tocaram durante a história. Os sábios sabiam que ele existia, mas eu recusei todos os pedidos para análises e exames.

"Mas como vamos solucionar o segredo se você o mantém escondido?"

"Vamos levá-lo ao Egito, primeiro."

Ele parecia desapontado.

Pouco mais de uma semana depois, nossa armada zarpou novamente, forçando o curso para oeste, em direção à Alexandria. Os rumores se espalharam dando conta de que os ingleses continuavam a nos caçar, mas não vimos nenhum sinal deles. Mais tarde descobriríamos que a esquadra de Nelson havia ultrapassado nossa armada durante a noite. Nenhum dos dois lados percebeu.

Foi numa das noites – enquanto os soldados apostavam os sapatos para aliviar o tédio da viagem – que Berthollet me convidou para acompanhá-lo até o nível mais baixo do *L'Orient*. "*Monsieur* Gage, está na hora de nós, estudiosos, justificarmos nosso soldo."

Descemos no breu. Nossas lanternas davam uma luz muito pífia. Homens nas redes balançavam de um lado para o outro como mariposas em casulos, tossindo e roncando. No caso dos mais novos e saudosos de casa, o choro era o companheiro durante a noite toda. As tábuas do navio estalavam. O mar assobiava ao bater no casco e gotas brotavam das frestas como um xarope escuro. Fuzileiros guardavam o arsenal e a sala do tesouro com baionetas que brilhavam no escuro como estilhaços de gelo. Paramos e entramos na Caverna de Aladdin, a sala do tesouro. O matemático Monge já esperava por nós sentado num baú selado a bronze. Outro forte oficial estava presente. Era Edme François Jomard, um jovem geógrafo e especialista em mapas que escutava a maioria das discussões filosóficas em silêncio. Jomard viria a ser meu guia nos mistérios das pirâmides. Seus olhos negros brilhavam com inteligência e ele trouxe um baú cheio de livros de escritores antigos.

Minha curiosidade com sua presença perdeu força por causa do conteúdo da cabine. Ali estavam o tesouro de Malta e boa parte do pagamento do exército francês. Caixas brilhantes com moedas como favos de mel. Sacos encerravam séculos e séculos de relíquias religiosas adornadas com jóias. Um punhado poderia refazer a vida de um homem.

"Nem pense nisso", disse o químico.

"*Mon Dieu.* Se eu fosse Bonaparte, eu me aposentaria hoje."

"Ele não quer dinheiro, ele quer poder", Monge disse.

"Bem, ele quer dinheiro também", Berthollet emendou. "Ele se tornou um dos oficiais mais ricos no exército. Sua esposa e parentes gastam a fortuna mais rápido do que ele consegue roubar. Ele e seus irmãos formam um belo clã da Córsega."

"E o que ele quer de nós?", perguntei.

"Conhecimento. Compreensão. Decodificação. Certo, Jomard?"

"O general está particularmente interessado em matemática", o jovem oficial disse.

"Matemática?"

"Matemática é a chave para a guerra", disse Jomard. "Com treinamento adequado, a coragem não varia muito de uma nação para outra. O que vence é superioridade numérica e poder de fogo no ponto de ataque. Isso não requer apenas homens, mas suprimentos, estradas, animais de carga, alimento para os animais e pólvora. Você precisa de quantidades exatas, movendo-se em distâncias exatas até o lugar exato. Napoleão disse que, acima de tudo, ele quer oficiais que saibam contar."

"E em mais de uma maneira", Monge completou. "Jomard é um estudioso dos clássicos e Napoleão o quer contando de novos jeitos. Autores antigos como Diodorus da Sicília sugeriram que a Grande Pirâmide é um quebra-cabeça matemático, certo, Edme?"

"Diodorus propôs que as dimensões da Grande Pirâmide simbolizam, de alguma forma, um mapa da Terra", Jomard explicou. "Depois que conquistarmos o país, vamos medir a estrutura para colocar essa afirmação à prova. Os gregos e romanos, assim como nós, eram fascinados pelo propósito das pirâmides e, por isso, Diodorus sugeriu essa idéia. Homens seriam realmente escravizados por tanto tempo por uma mera tumba, especialmente sem nenhum corpo ou tesouro ter sido encontrado nela? Heródoto afirma que, na verdade, o faraó era sepultado numa ilha situada num rio subterrâneo muito abaixo do monumento em si."

"Então, a pirâmide é só uma lápide? Um marco?"

"Ou um aviso. Ou, por causa de suas dimensões e túneis, um tipo de máquina." Jomard deu de ombros. "Quem sabe, uma vez que os construtores não deixaram nenhum registro."

"Mesmo assim, os egípcios semearam o mundo com pistas que nenhum de nós consegue entender ainda", Monge disse. "E é aí que nós entramos. Olhe para isso. Nossas tropas o capturaram na Itália, e Bonaparte o trouxe para esta viagem."

O químico mostrou uma espécie de pacote enrolado em tecido e, dentro dele, uma barra de bronze do tamanho de uma travessa de jantar com a superfície coberta com esmalte negro entalhado em prata. Belíssimas pinturas de figuras egípcias estavam gravadas em estilo antigo e dispostas de maneira espaçada numa série de linhas umas sobre as outras. Os deuses, deusas e hieróglifos eram unidos por uma borda com animais, flores e árvores fantásticas. "É a Tábua de Ísis, que já pertenceu ao cardeal Bembo."

"O que isso significa?", perguntei.

"É isso que o general quer que a gente responda. Por séculos, estudiosos suspeitam de que há alguma mensagem nesta inscrição. A lenda diz que Platão foi iniciado nos Grandes Mistérios em algum tipo de câmara embaixo da maior pirâmide do Egito. Talvez isso seja um plano, ou mapa, de tais câmaras. Em tempo, não há nenhuma evidência desses lugares. Pode ser que seu medalhão seja a chave para a compreensão disso."

Duvidava. As marcas no meu medalhão pareciam rudimentares comparadas a esta obra de arte. As figuras eram formais, mas graciosas como anjos. Havia adornos enormes nas cabeças, babuínos sentados e gado em movimento. As mulheres pareciam falcões com asas em seus braços. Os homens tinham cabeças de cachorros e pássaros. Tronos eram apoiados em leões e crocodilos. "O meu é muito mais rudimentar."

“Você vai estudá-lo à procura de pistas antes que cheguemos às ruínas fora do Cairo. Muitos dos personagens seguram bastões, por exemplo. Eles são cajados de poder? Há alguma conexão com a eletricidade? Isso poderia acelerar a Revolução?”

Os homens que faziam essas perguntas eram figuras proeminentes da ciência. Eu ganhei minha bugiganga num jogo de cartas. Mas, resolver este quebra-cabeça poderia abrir portas para várias recompensas comerciais, sem falar no perdão pela confusão em Paris. Enquanto contava as figuras, fiquei curioso por algumas delas possuírem adornos maiores nas cabeças. “Tem algo aqui”, ofereci. “O número de personagens primários aqui, vinte e um, coincide com o número das cartas do tarô que os ciganos me mostraram.”

“Interessante”, Monge disse. “Uma inscrição para prever o futuro talvez?”

Dei de ombros. “Ou apenas uma travessa bonita.”

“Fizemos uma cópia dela e você pode levá-la para sua cabine.” Ele se esticou até outro baú. “Outra peculiaridade é esta aqui. Nossas tropas a encontraram na mesma fortaleza em que Cagliostro foi aprisionado. Pedi para que a trouxessem quando Betholllet me falou sobre você.” Era um disco redondo do tamanho de uma travessa de jantar, com o centro vazio e sua borda composta por três anéis, cada um encaixado dentro do outro. Os anéis tinham símbolos de sóis, luas, estrelas e signos do zodíaco. Eles eram móveis, assim os sinais podiam ser realinhados uns com os outros. Eu não fazia a menor idéia do motivo.

“Achamos que, talvez, seja um calendário”, Monge disse. “A possibilidade de alinhar os símbolos sugere que ele pode mostrar o futuro ou indicar uma certa data. Mas, qual data e por quê? Alguns de nós acreditam que ele seja relacionado à precessão dos equinócios.”

“*Processão* de quê?”

“Precessão. Uma antiga religião baseada no estudo do céu”, Jomard explicou. “As estrelas formavam padrões, se moviam pelos céus em ângulos previsíveis, eram consideradas vivas e com o controle sobre o destino do Homem. Os egípcios dividiram a área do céu em doze signos do zodíaco, estendendo cada um deles por doze zonas até o horizonte. Todos os anos no mesmo momento – digamos, no dia vinte e um de março, acontece o equinócio da primavera, quando a duração do dia e a da noite são iguais –, o sol nasce sob o mesmo signo do zodíaco.”

Preferi não chamar a atenção do oficial por ele ter utilizado o calendário gregoriano tradicional e não o novo sistema revolucionário.

"Porém, não precisamente no mesmo ponto. Cada ano do zodíaco sofre pequenas alterações durante a realização de todo o circuito por causa do movimento da Terra sobre seu eixo, o que leva mais ou menos dois mil e seiscentos anos. Depois de longos períodos de tempo, a posição das constelações muda de lugar. Em vinte e um de março deste ano, o Sol está em Peixes, assim como esteve quando Cristo nasceu. Talvez seja por isso que os primeiros cristãos tenham escolhido o peixe como seu símbolo. Mas, antes de Jesus, o nascer do Sol em vinte e um de março estava na constelação de Áries, numa Era que durou dois mil, cento e sessenta anos. Antes disso, estava em Touro, quando as pirâmides devem ter sido construídas. A próxima, exatamente dois mil, cento e sessenta anos depois de Peixes, é a Era de Aquário."

"Aquário tem um significado especial para os egípcios", Monge completou. "Muitas pessoas pensam que esses símbolos são gregos, mas, na verdade, eles são muito mais velhos – alguns surgiram na Babilônia e outros no Egito. As jarras despejando água de Aquário simbolizam a cheia anual do Nilo, vital para a fertilização e irrigação da produção agrícola do Egito. A primeira civilização do Homem surgiu no ambiente mais esquisito da Terra: um Jardim do Éden desprovido de verde no meio de um deserto inóspito, um lugar de calor constante e raríssima chuva, e umedecido apenas por um rio que se levanta por razões até hoje desconhecidas. Isolado de inimigos pelos desertos do Saara e da Arábia, alimentado por um misterioso ciclo anual, sob uma belíssima coleção de estrelas num céu aberto, essa terra de contrastes extremos era o lugar ideal para a religião evoluir."

"Então, isto é uma ferramenta para calcularmos o ciclo do Nilo?"

"Pode ser. Mas também pode sugerir o período propício para diversas ações. É isso que esperamos que você decifre."

"Quem o fez?"

"Não sabemos. Seus símbolos são diferentes de qualquer outra coisa que tenhamos visto e os Cavaleiros de Malta não têm nenhum registro de onde ele veio. Hebreu? Egípcio? Grego? Babilônio? Ou algo totalmente diferente?"

"Sem dúvida, é um enigma para a sua mente, não para a minha, doutor Monge. Você é um matemático. Eu tenho dificuldade em calcular o troco das coisas."

"Todo mundo se confunde com o troco. Escute, ainda não sabemos o que isso significa, Gage. Mas o interesse por seu medalhão indica que ele é uma peça de alguma charada importante. Como americano, você é privilegiado por estar numa expedição francesa. Berthollet garantiu proteção legal a você. Mas isso não é um ato de caridade, é uma troca pelos seus serviços. Há uma dúzia de razões pelas quais Bonaparte quer ir ao Egito, mas uma delas é que pode haver segredos antigos para serem aprendidos, sejam eles místicos, tecnológicos ou elétricos. Aí você, o homem de Franklin, aparece com esse misterioso medalhão. É uma pista? Tenha estes artefatos em mente enquanto avançamos em direção ao desconhecido. Bonaparte quer conquistar um país. Tudo que você tem que dominar é uma charada."

"Mas uma charada para o quê?"

"Para saber de onde viemos, talvez. Ou para descobrir por que caímos em desgraça."

Voltei para a cabine que dividia com Talma e um tenente chamado Malraux. Minha mente estava, ao mesmo tempo, maravilhada pelo tesouro e pelos mistérios que eu precisava desvendar. Eu não conseguia ver nenhuma conexão entre o medalhão e esses novos objetos e ninguém tinha idéia do que eu deveria fazer. Por décadas, encantadores e charlatões como Cagliostro percorreram as cortes européias, dizendo conhecer os grandes segredos dos egípcios, entretanto sem explicar precisamente o que exatamente eram tais descobertas. Eles começaram uma febre pelo oculto. Céticos zombaram deles, mas a idéia de que deveria haver *alguma coisa* na terra dos faraós criou raízes e ganhou força. Agora, estou no meio de toda essa loucura. Quanto mais a ciência avança, mais as pessoas sentem falta da magia.

No mar, adotei a prática dos marujos de andar descalço por causa do calor do verão. Enquanto me preparava para deitar, com a mente funcionando a toda, notei que minhas botas tinham sumido. Isso era preocupante, já que elas eram usadas como esconderijo.

Comecei a olhar em volta um pouco ansioso. Malraux já estava dormindo e murmurava alguma coisa enquanto sonhava e roncava. Chacoalhei Talma.

"Antoine, não encontro minhas botas!"

Ele acordou meio zonzo. "Por que você precisa delas?"

"Só preciso saber onde elas estão."

Ele rolou para o outro lado. "Algum contramestre deve ter roubado pra apostar."

Fiz uma pequena busca pelas mesas de cartas e dados, mas não encontrei minhas botas. Será que alguém descobriu o compartimento oco no salto? Quem se atreveria a violar as posses dos estudiosos? Quem poderia ter descoberto meu esconderijo? Talma? Ele poderia ter pensado em algo depois de perceber minha calma quando perguntou sobre o paradeiro do medalhão.

Voltei para a cabine e olhei para meu companheiro. Ele continuava dormindo como uma criança, o que me fez suspeitar mais ainda dele. Quanto mais o medalhão ganhava importância, menos eu confiava nas pessoas. E eu estava envenenando a fé em meu amigo.

Voltei para minha rede, deprimido e inseguro. O que deveria ter sido um prêmio no salão de jogo começava a parecer cada vez mais com um pesado fardo. Ainda bem que não deixei o medalhão escondido na bota! Coloquei a mão no canhão de doze libras ao lado da rede. Já que Bonaparte proibiu o treinamento de tiro para economizar pólvora e manter nossa passagem silenciosa, eu enrolei o medalhão num saco de pólvora vazio e usei alcatrão para grudá-lo no tampão da boca da arma. A proteção seria retirada antes do uso e meu plano era retirar o medalhão de lá antes de qualquer combate naval para não correr nenhum risco de ser roubado do meu pescoço ou da bota. E elas desapareceram, o que me deixou nervoso só de pensar em ficar longe do meu prêmio. Quando a manhã chegar, e todos estiverem no tombadilho, vou tirá-lo de lá e usá-lo. Amaldiçoado ou não, quero essa coisa presa no meu pescoço.

Na manhã seguinte, minhas botas estavam de volta onde eu havia deixado. Quando olhei de perto, notei que a sola e o salto foram forçados.

Capítulo Seis

Quase me afoguei nas ondas de Alexandria por causa do medo que Bonaparte tinha da esquadra do almirante Nelson, que esperava como um lobo em algum lugar no horizonte. Napoleão estava com tanta pressa de chegar em terra que ordenou um desembarque anfíbio. Não foi a última vez que eu ficaria ensopado no país mais seco que eu já conheci.

Chegamos à cidade egípcia em 1º de julho de 1798 e ficamos maravilhados com as torres e os domos das mesquitas, mas sob um sol infernal de verão. Éramos cerca de quinhentos homens amontoados no tombadilho principal da nau capitânea: soldados, marinheiros e cientistas. Por longos minutos, tudo ficou tão quieto que podíamos ouvir o som de cada onda que atingia o navio. Egito! Ele tremulava como uma distorção de um espelho recurvo. O marrom da poeira e o branco sujo faziam com que Alexandria parecesse qualquer coisa menos grandiosa.

Era como se tivéssemos chegado no endereço errado. Os navios franceses lentamente chafurdaram nas águas rasas. Podíamos ouvir cornetas, o tiro de alerta e os prantos de pânico na cidade. Como será que foi contemplar nossa armada de mais de quatrocentos navios que pareciam ocupar todo o oceano? Conteúdos de casas inteiras eram despejados em carroças movidas por burros. As tendas do mercado desapareciam enquanto seus comerciantes levavam seus bens para poços. Soldados árabes vestidos com armaduras medievais guarneciam parapeitos rachados com piques e mosquetes antigos. O artista de nossa expedição, barão Dominique Vivant Denon, desenhava furiosamente: as paredes, os barcos, a vastidão épica do norte da África. "Estou tentando capturar a forma das estruturas sólidas contra o peculiar volume de luz que vem do deserto", ele me explicou.

A fragata *Juno* se aproximou para fazer um relatório. Ela havia chegado à cidade um dia antes para se encontrar com o cônsul francês e as notícias causaram um frenesi absurdo na equipe de Napoleão: a esquadra de Nelson passou por Alexandria a nossa procura, dois dias atrás! Foi pura sorte não nos encontrarmos na hora do desembarque. Quanto tempo levaria para que eles retornassem? Em vez de arriscar atravessar o fogo cruzado dos fortes na entrada do porto, Bonaparte ordenou um desembarque anfíbio imediato com botes grandes na praia de Marabut, doze quilômetros a oeste. De lá, as tropas francesas poderiam marchar pelo litoral e tomar o porto.

O almirante Brueys protestou veementemente. Ele reclamava que a costa não era mapeada e que uma ventania poderia se formar a qualquer momento. Napoleão manteve a ordem.

"Almirante, não temos tempo a perder. Com sorte, teremos três dias e nada mais. Se eu não usar essa vantagem agora, estamos perdidos." Uma vez na praia, seu exército estaria fora do alcance das naus de guerra inglesas. Se continuasse nos navios, Napoleão poderia ser afundado.

Ainda assim, ordenar um desembarque era mais fácil que fazê-lo acontecer. As embarcações só conseguiram começar a ancorar perto dos bancos de areia no começo da noite, indicando que a operação continuaria por longas horas. Pudemos escolher entre permanecer a bordo ou acompanhar Napoleão e assistir ao assalto à cidade. Mais aventureiro que sensato, decidi deixar o *L'Orient*. Seu balanço estava me deixando enjoado novamente.

Independente de seu estado miserável por causa da náusea, Talma me olhou como se eu fosse maluco. "Pensei que você não queria ser um soldado!"

"Só estou curioso. Você não quer ver a guerra?"

"Posso ver as batalhas do lugar onde estou. Quem estiver na praia vai ver os detalhes sangrentos. Encontro você na cidade, Ethan."

"Até lá já consegui um palácio para a gente!"

Sorriu palidamente enquanto olhava para os bancos de areia. "Talvez eu deva ficar com o medalhão por razões de segurança?"

"Não." Trocamos um aperto de mão. E aproveitei para fazer um lembrete discreto: "Se eu morrer afogado, não vou precisar dele."

Só consegui entrar num bote ao anoitecer. Bandas tocavam constantemente a *Marselhesa* nos navios maiores. Olhei para a terra e vi que o horizonte estava marrom por causa da areia soprada do deserto. Vi alguns cavaleiros árabes galopando em nossa direção e, depois, até perto da praia. Desci primeiro por uma corda e, depois, pela escada que acompanhava a lateral do navio de guerra com seu contorno único e seus canhões ouriçados como pêlos rebeldes numa barba curta. Carreguei meu rifle e seus acessórios nas costas; o chifre de pólvora e o saco de balas estavam amarrados em meu pescoço.

O barco oscilava bastante. "Pule!", um dos marujos ordenou. Então, eu pulei. Sem nenhuma elegância, mas rapidamente. Logo fui colocado num remo de duas mãos. Mais e mais homens chegaram ao bote até ficarmos no limite. Mas, é claro, mais alguns conseguiram se acomodar, ou melhor, se amontoar. Finalmente, fomos empurrados e a água entrava pela amurada.

"Remem, seus malditos!"

Nossos botes pareciam um enxame de besouros aquáticos andando lentamente em direção à costa. Em pouco tempo, não ouvíamos mais nada além da aproximação estrondosa de onda após onda. Depois que vencemos a rebentação, tudo que eu conseguia ver da frota de invasão era o topo dos mastros.

No começo, nosso navegador, um pescador em tempos de paz, nos levou com habilidade através da barreira de ondas até a praia. Mas o barco estava sobrecarregado – parecia mais uma carroça abarrotada de vinho. Começamos a deslizar com as ondas e a popa dava sinais de que ia levantar enquanto o pescador gritava com os remadores. Foi aí que uma onda forte nos jogou para o lado. A inclinação e a virada foram inevitáveis.

Não tive tempo de segurar a respiração. A água veio com força e me jogou para baixo. Os trovões da tempestade se transformaram num ribombar abafado conforme eu ia afundando, até sentir a areia. Meu rifle parecia uma âncora, mas eu me recusei a soltá-lo. Aquele período submerso pareceu uma eternidade. Meus pulmões estavam quase explodindo, mas, num momento de lucidez e calma, notei que havia afundado o suficiente para me apoiar no fundo e dar um impulso para cima.

Minha cabeça chegou à superfície no momento em que eu estava prestes a engolir água. Respirei desesperadamente antes que outra onda me atingisse. Corpos se batiam no escuro. Enquanto agitava os braços, encontrei um remo solto. Pouco depois, o nível da água foi abaixando e uma onda final me carregou para o raso. Confuso, engasgado com água do mar, nariz escorrendo e olhos ardendo. Foi assim, cambaleando, que cheguei ao Egito.

Tudo era plano e sem marcas no horizonte. Nenhuma árvore à vista. A areia estava impregnada em cada cavidade de meu corpo e de minhas roupas. O vento empurrava tão forte que tropecei.

Outros homens quase afogados foram surgindo da água. Nosso bote virado encalhou na areia e os marinheiros fizeram com que ajudássemos a colocá-lo de pé para tirar toda a água. Tão logo conseguiram reunir remos suficientes, lá se foram os marujos buscar outra leva de tropas. A lua estava alta e pude ver a mesma cena se repetindo em vários pontos da praia. Alguns botes chegavam tranqüilamente como deviam, enquanto outros tombavam e rolavam como destroços. Era o caos. Homens se amarrando uns aos outros para enfrentar as fortes ondas e resgatar seus camaradas. Vários corpos de soldados afogados estavam abandonados na costa, meio enterrados pela areia da praia. Pequenas peças de artilharia encalhadas completavam o cenário. A quantidade de equipamentos que a maré trazia dava a impressão de que éramos sobreviventes de um naufrágio. Enquanto isso, uma bandeira tricolor francesa tremulava e estalava ao vento; ela servia de referência para o ponto de encontro das tropas.

"Henri, você se lembra das fazendas que o general prometeu?", um soldado ensopado disse a um companheiro, gesticulando em direção às dunas mais próximas. "Aí estão seus seis acres."

Já que eu não estava ligado a uma unidade militar, comecei a perguntar sobre o paradeiro do general Bonaparte. Os oficiais davam de ombros e amaldiçoavam. "Provavelmente, em sua grande cabine vendo a gente se afogar", um disse. Existia muito ressentimento por causa do grande espaço que ele tinha reservado para si no navio.

Mesmo assim, um esboço de movimento organizado começava a se formar na ponta da praia. Homens se reuniam próximo a uma figura baixa que gesticulava furiosamente, com isso, outras tropas se uniam ao grupo. Eu conseguia ouvir a voz de Bonaparte distribuindo ordens bem definidas e fileiras começando a se formar. Quando cheguei perto, notei que ele estava sem chapéu – levado pelo forte vento – e ensopado até a cintura. Seu sabre encostava na areia, desenhando uma linha atrás dele enquanto se movia. Ele agia como se nada de estranho estivesse acontecendo e com uma autoconfiança que encorajava os demais.

“Quero uma linha de tiro nas dunas! Kleber, leve alguns homens até lá em cima se você não quiser ser atacado por beduínos! Capitão! Use sua companhia para liberar aquele canhão, precisaremos dele ao amanhecer. General Menou, onde está você… aí está! Levante seu estandarte para reunir seus homens ali. Vocês aí da infantaria, parem de andar como ratos afogados e ajudem aqueles homens a virar o bote! Um pouco de água tirou vocês da realidade, hein? Vocês são soldados da França!”

Ao presenciar as maravilhas geradas pela obediência prestada a Bonaparte, comecei a reconhecer seu talento para o comando. Uma turba gradualmente se transformou num exército, soldados formaram colunas, organizando equipamento e arrastando os mortos para enterros rápidos e sem cerimônia. Ocasionalmente, eu escutava sons de tiros que mantinham as tribos nômades a distância.

Depois de muitas viagens sobrecarregadas, os botes levaram milhares de homens que se reuniam na areia sob a luz do luar e das estrelas. O equipamento espalhado pela costa foi recuperado e redistribuído. Alguns homens perceberam que seus chapéus eram tão pequenos que pareciam pertencer a crianças, enquanto outros tinham tamanhos tão grandes que cobriam até as orelhas. Em tom de piada, todos começaram a trocá-los até encontrarem tamanhos adequados. O vento da noite foi morno e secamos rapidamente.

O general Jean-Baptiste Kleber, outro maçom pelo que eu sabia, chegou em passadas largas. “Eles envenenaram o poço em Marabut e os homens estão morrendo de sede. Foi loucura partir de Toulon sem cantis.”

Napoleão deu de ombros. “Foi um erro que não podemos corrigir agora. Vamos encontrar água quando tomarmos os muros de Alexandria.”

Kleber fez cara feia. Ele tinha mais porte de general que Bonaparte: um metro e oitenta e dois centímetros de altura, forte, musculoso e cabelos cacheados que davam a ele a seriedade de um leão. “Também não temos comida.”

“Que também nos espera em Alexandria. Se você olhar para o mar, Kleber, não vai ver nenhum navio britânico, o que justifica totalmente um ataque rápido.”

“Tão rápido que precisávamos vir no meio de temporal e perder tantos homens afogados?”

“Velocidade é tudo numa guerra. Sempre vou gastar alguns para salvar muitos.” Bonaparte parecia tentado a falar mais – ele não gostava de que opinassem a respeito de suas ordens –, mas completou de outra maneira. “Você encontrou o homem de quem falei?”

“O árabe? Ele pode falar francês, mas é uma víbora.”

"Ele é um operativo de Talleyrand[6] e vai ganhar uma libra por orelha e mão que trouxer. Ele vai manter os outros beduínos afastados do *seu* flanco."

Deixamos a praia com as ondas quebrando a nossa esquerda. Milhares de homens marchando noite adentro. A espuma parecia brilhar. Ocasionalmente escutávamos um tiro de mosquete ou de pistola no escuro, à direita. Poucas lâmpadas brilhavam mais à frente: Alexandria. Todos os generais abriram mão dos cavalos e andavam como soldados comuns. O general Louis Caffarelli, da engenharia, mancava ao nosso lado com uma perna de madeira. Nosso gigantesco comandante da cavalaria, o mulato Alexandre Dumas, andava com a perna torta e sua cabeça era mais alta que a de qualquer outro soldado. Ele tinha força de gigante e, para se manter entretido na viagem, se pendurava numa viga sobre os pequenos estábulos, envolvia uma montaria com suas pernas e levantava o animal apavorado apenas com a força de seus membros inferiores. Fofoqueiros de plantão diziam que ele tinha músculos até atrás das orelhas.

Ainda sem companhia definida, caminhei com Napoleão.

"Você gosta da minha companhia, americano?"

"Penso que o general em comando esteja mais protegido que os outros. Por que não ficar a seu lado?"

Ele riu. "Perdi sete generais numa única batalha na Itália e comandei cargas pessoalmente. Só o destino sabe por que fui poupado. A vida é pura sorte, não acha? Sofremos com uma tempestade em vez da frota inglesa e alguns homens se afogaram no desembarque. Você sente pena deles?"

"Claro."

"Não sinta. A morte chega para todos nós, a não ser, é claro, que os egípcios tenham encontrado a imortalidade. E quem pode dizer que uma morte é melhor que outra? A minha própria poderia chegar nesta manhã, e seria uma boa morte, sabe por quê? Porque, enquanto a glória é passageira, a obscuridade é eterna. Aqueles homens que se afogaram vão ser lembrados por suas famílias durante gerações. Eles morreram seguindo Bonaparte para o Egito! A sociedade, inconscientemente, sabe disso e aceita o sacrifício."

"Esse é um pensamento europeu, não americano."

"Não? Veremos quando sua nação for mais velha. Estamos numa grande missão, Ethan Gage. Vamos unificar o Leste e o Oeste. Comparado a isso, o indivíduo pouco importa."

---

[6] N. do T.: Charles-Maurice de Talleyrand-Périgord foi ministro das Relações Exteriores da França.

"Unificar pela conquista?"

"Pela educação, por exemplo. Vamos derrotar os tiranos mamelucos e, no processo, liberaremos essas pessoas da tirania dos otomanos. Mas, depois disso, vamos melhorar suas vidas e, no tempo certo, eles vão abençoar o dia em que a França colocou os pés em suas praias. Em troca, vamos aprender sobre sua cultura antiga."

"Você é um homem confiante."

"Sou um visionário. Um sonhador, como alguns generais me acusam. Entretanto eu meço meus sonhos com o compasso da razão. Já calculei quantos dromedários seriam necessários para cruzarmos o deserto em direção à Índia. Tenho panfletos impressos em língua árabe que explicam minha missão de reforma. Sabia que o Egito nunca viu uma impressora? Ordenei que meus oficiais estudassem o Corão e deixei claro a meus soldados que não saqueiem ou molestem as mulheres árabes. Quando os egípcios perceberem que estamos aqui para libertá-los, não para oprimi-los, eles vão se juntar a nós para combatermos os mamelucos."

"Mas você lidera um exército sem água."

"Faltam várias coisas, mas vou contar com os egípcios para consegui-las. Foi isso que fizemos quando invadimos a Itália. Foi isso que Cortez fez quando queimou seus navios depois de desembarcar no México. Nossa falta de cantis não deixa outra opção para nossos homens senão o sucesso do ataque." Era como se ele estivesse se dirigindo a Kleber, não a mim.

"Como pode ter tanta certeza, general? Considero difícil ter certeza sobre tantas coisas."

"Porque aprendi na Itália que a história está ao meu lado." Fez uma pausa, considerando se poderia se abrir mais e me incluir em suas aspirações políticas. "Por anos eu me senti relegado a uma vida comum, Gage. Eu também tinha dúvidas. Eu era um córsico pobretão, membro de uma nobreza distante e relegada, um colono ilhéu com sotaque forte que passou a infância aturando provocações e esnobes na escola militar francesa. Meu único amigo era a matemática. Aí a Revolução veio e surgiram oportunidades, das quais eu tirei o melhor proveito. Prevaleci ao cerco de Toulon. Espalhei a notícia em Paris. Recebi o comando de um exército derrotado e surrado no norte da Itália. No mínimo, um futuro bom parecia possível, mesmo com a chance de perder tudo novamente com uma simples derrota", o general confidenciou.

"Mas foi, na batalha de Arcola, lutando contra os austríacos para liberar a Itália, que o mundo realmente se abriu para mim. Tínhamos que atravessar uma ponte que terminava num matadouro e, carga após carga, todas foram falhando, o que deixou a rua acarpetada por corpos. Finalmente, sabia que o único jeito de vencer naquele dia era liderar a última investida pessoalmente. Soube que você é um apostador, mas não há aposta como aquela, com balas passando feito vespas, todos os dados lançados num avanço nublado pela glória, homens gritando, estandartes estalando ao vento, soldados caindo. Conquistamos a ponte e vencemos o dia. Eu não sofri um arranhão sequer. Gage, não há orgasmo mais potente que a empolgação de ver um exército inimigo fugir. Depois do combate, regimentos franceses inteiros me cercaram, celebrando o garoto que antigamente não passava de um simples córsico. Foi naquele momento que eu vi que *tudo* era possível – tudo! – se eu ousasse. Não me pergunte por que eu acho que o destino é meu anjo protetor, eu só sei que é. Agora, ele me trouxe ao Egito e, aqui, talvez, eu possa imitar Alexandre assim como vocês, sábios, imitam Aristóteles." Ele deu um tapa no meu ombro e seus olhos acinzentados me encaravam na luz fraca do alvorecer. "Acredite em mim, americano."

Mas, primeiro, ele tinha que abrir caminho até a cidade.

Napoleão esperava que a mera presença da coluna invasora na costa seria suficiente para persuadir os alexandrinos a se renderem, mas eles ainda não tinham experimentado o poder de fogo europeu. A cavalaria mameluca era confiante e audaciosa. A casta de guerreiros escravos cujo nome significava "homens comprados" foi organizada pelo famoso Saladino como sua guarda pessoal durante o tempo das Cruzadas. Esses guerreiros do Cáucaso eram tão poderosos que conquistaram o Egito das mãos dos turcos otomanos. Os mamelucos egípcios foram os primeiros a derrotar as hordas mongóis de Genghis Kahn, ganhando renome imortal como soldados, e mantiveram o Egito cativo por séculos, sem se misturar com a população nem sequer aprender a língua egípcia. Eles eram uma elite guerreira que tratava seus próprios cidadãos como vassalos, de maneira tão rude que só um ex-escravo, marcado pela crueldade, poderia saber. Eles galopavam para a batalha em garanhões árabes superiores a qualquer cavalo que os franceses tinham e vinham munidos de um mosquete, um cinto cheio de pistolas, uma lança e uma cimitarra. Sua coragem era equiparada apenas a sua arrogância.

No Leste, a escravidão era diferente do que a existente em Nova Orleans e no Caribe. Para os otomanos, escravos eram os aliados mais confiáveis, já que eram demovidos de seu passado e não faziam parte das famílias feudais turcas. Alguns se tornavam príncipes, um recado para dizer que os mais oprimidos poderiam chegar ao topo. E, sem dúvida, os escravos mamelucos tornaram-se os mestres do Egito. Infelizmente, seu grande inimigo era sua própria deslealdade – nenhum sultão mameluco jamais morreu de velhice por causa de suas infindáveis conspirações pelo poder – e seu armamento era tão primitivo quanto a beleza de seus cavalos. Eles empunhavam antiguidades. Além disso, enquanto escravos podiam se tornar mestres, homens livres eram constantemente tratados como servos. A população egípcia tinha pouca consideração por seus líderes. Os franceses viam a si mesmos como libertadores, não conquistadores.

Embora a invasão tenha surpreendido os inimigos no início da manhã, centenas de mamelucos alexandrinos reuniram uma força maltrapilha que misturava sua própria cavalaria, beduínos e camponeses egípcios que foram forçados a servir como escudo humano. Atrás deles, nas muralhas da velha parte árabe da cidade, mosqueteiros e artilheiros aguardavam ansiosos nas plataformas. Assim que as primeiras fileiras francesas se aproximaram, o canhão inimigo foi disparado a esmo e atingiu a areia bem perto das colunas européias. Os franceses pararam enquanto Napoleão se preparava para oferecer os termos de rendição.

Entretanto, a oportunidade não chegou, pois, aparentemente, os mamelucos entenderam a pausa das fileiras como hesitação e começaram a mover aquela massa de camponeses pessimamente armados em nossa direção. Bonaparte, entendendo que os árabes queriam uma batalha, sinalizou as bandeiras para suporte naval. Corvetas mais rasas e lugres[7] começaram a se mover em direção à praia para colocar seus canhões em alcance. O pouco armamento leve que foi trazido nos botes longos também era levado para a frente.

Eu estava cansado, com sede e pegajoso por causa do sal e da areia. Finalmente, caí na real que estava enfiado no meio de uma guerra por causa daquele medalhão desajeitado. Eu dependia desse exército para sobreviver. Ainda assim, era estanho, mas eu me sentia seguro perto de Bonaparte. Como ele dizia, ele tinha uma aura que misturava um pouco de invencibilidade e

---

[7] N. do T.: Lugre: navio pesqueiro à vela com dois ou três mastros.

sorte. Felizmente, nossa marcha atraiu um grande número de curiosos, oportunistas e mendigos. Batalhas atraem espectadores como se fossem garotos assistindo a uma briga de escola. Pouco antes do amanhecer, vi um garoto vendendo laranjas. Comprei um saco por um franco de prata e ganhei pontos com o general por dividir com ele. Ficamos na praia chupando a polpa enquanto olhávamos o exército – que mais parecia uma turba desordenada – cambalear em nossa direção. Os cavaleiros mamelucos galopavam brilhantes como pássaros com suas roupas de prata atrás dos camponeses. Eles giravam as armas e gritavam contra nós.

"Ouvi dizer que vocês, americanos, se gabam por sua precisão com seus rifles de caça", Napoleão disse, de repente, como se tivesse tido idéia para uma brincadeira nova. "Você se importaria em demonstrar?"

Os oficiais se viraram para olhar. Meu rifle era meu orgulho. A empunhadura de bordo tratada com óleo, o chifre de pólvora lixado bem fino a ponto de eu poder ver os grãos de pólvora francesa dentro dele, as partes de bronze polidas eram luxos que eu não poderia ter nas florestas da América do Norte, onde um simples brilho poderia entregar sua posição para um animal ou para o inimigo. Os viajantes passavam avelã verde para esconder qualquer brilho. Mesmo com a beleza de meu rifle, alguns soldados consideravam seu cano longo uma frescura. "Não acho que estes homens sejam meus inimigos", eu disse.

"Eles se tornaram seus inimigos quando você pisou na praia, *monsieur.*"

Verdade. Comecei a carregar minha arma. Eu deveria ter feito isso mais cedo, já que estava indo para uma batalha, mas passeei pela praia como se estivesse de férias. Agora, eu precisava fazer por merecer meu lugar e contribuir com a luta. Coloquei pólvora extra para o tiro de longa distância e usei a vareta para apertar a bala enrolada em linho.

Conforme os alexandrinos se aproximavam, ajeitei a mão no gatilho, mas minha atenção foi distraída por um beduíno que chegava cavalgando por trás de nossas linhas. Seu cavalo negro espalhava a areia e suas roupas escuras ondulavam no vento. Atrás dele, havia um tenente da cavalaria francesa, desarmado e aparentando estar doente. Amarrando as rédeas perto do grupo de Bonaparte, o árabe prestou continência e atirou um pano enrolado em nossos pés. Ele abriu conforme caiu, espalhando um par de mãos e orelhas ensangüentadas.

"Estes homens não vão mais incomodar, *effendi*", disse em francês. O rosto do beduíno estava mascarado pelo capuz de seu turbante. Seus olhos clamavam por aprovação.

Bonaparte fez uma pequena nota mental do conteúdo do pacote. "Você fez bem, meu amigo. Seu mestre estava certo em recomendá-lo."

"Sou um servidor da França, *effendi*." Então, seus olhos cerraram na minha direção, como que em sinal de reconhecimento. Fiquei perturbado. Eu não conhecia nenhum nômade. E como esse aí falava a nossa língua?

Enquanto isso, o tenente deslizou do cavalo e ficou de pé meio cambaleante e desajeitado, sem saber o que fazer.

"Este eu resgatei dos bandidos que ele perseguiu até longe no escuro", o árabe disse. Era um troféu e também, todos sentimos, uma lição.

"Aplaudo sua ajuda." Bonaparte dirigiu-se ao prisioneiro liberto. "Encontre uma arma e junte-se a sua unidade, soldado. Você tem mais sorte do que merece."

Os olhos do homem estavam irados. "Por favor, senhor, preciso descansar. Estou sangrando..."

"Ele não é tão sortudo quanto você pensa", o árabe disse.

"Não? Para mim, ele parece vivo."

"O hábito beduíno é de espancar mulheres cativas... e estuprar homens capturados. Repetidas vezes." Os oficiais gargalharam sem cerimônia e alguém deu um tapa nas costas do soldado desventurado, que cambaleou. Algumas das risadas eram simpáticas, outras eram cruéis.

O general pressionou os lábios. "Devo ter pena de você?"

O jovem começou a soluçar. "Por favor, estou tão envergonhado..."

"A vergonha está na sua captura, não na sua tortura. Assuma seu lugar nas fileiras e destrua o inimigo que humilhou você. É assim que você apaga o embaraço. E, quanto ao resto de vocês, contem a história para todas as tropas. Não haverá compaixão para este homem! Sua lição é simples: não seja capturado de maneira alguma." Ele virou as costas para a batalha.

"Meu pagamento, *effendi*?" O árabe esperava.

"Quando eu tomar a cidade."

O árabe ainda não se movia.

"Não se preocupe, Príncipe Negro, sua bolsa está ficando mais pesada. Haverá recompensas ainda maiores quando chegarmos ao Cairo."

"Se chegarmos até lá, *effendi*. Só eu e meus homens lutamos até agora."

Nosso general não foi afetado por essa observação e aceitou a insolência de um bandido do deserto, coisa que nunca faria com seus oficiais. "Meu aliado americano estava prestes a corrigir isso ao demonstrar a precisão do rifle longo da Pensilvânia. Não era mesmo, *monsieur* Gage? Fale sobre suas vantagens."

Todos olhavam para mim novamente. Podia ouvir a marcha do exército egípcio se aproximando. Sabendo que a reputação de meu país estava em jogo, segurei firme em minha arma. "Todos sabemos que o problema de qualquer arma de fogo é que só podemos dar um tiro e, então, gastar algo entre vinte segundos e um minuto para recarregar", expus. "Nas florestas da América, um erro significa que sua presa vai escapar ou que o índio estará em cima de você com sua machadinha. Então, para nós, o tempo gasto para carregar um rifle longo é mais que compensado pela chance de atingir alguma coisa com o primeiro tiro, diferentemente de um mosquete cuja trajetória da bala não pode ser prevista."

Coloquei a arma no meu ombro. "Agora, o cano longo de ferro leve e o peso da arma ajudam a compensar o tranco do disparo. Também, diferentemente do mosquete, o interior do cano tem estrias que fazem a bala girar e melhoram a precisão. O comprimento do cano aumenta a velocidade e permite que a mira seja colocada bem à frente. Assim ela fica mais alinhada com o alvo e facilita a visibilidade para o olho humano." Olhei de lado. Um mameluco estava cavalgando à frente de seus companheiros poucos metros atrás da massa de camponeses. Compensando o vento do oceano e a perda de altitude da bala, mirei alto em seu ombro direito.

Nenhuma arma de fogo é perfeita – mesmo um rifle apontando à queima-roupa não colocaria uma bala em cima da outra – mas o "triângulo de erro" da minha arma era de apenas duas polegadas a duzentos passos. Pressionei o gatilho de preparação e soltei o gatilho de disparo, evitando qualquer solavanco. Então, continuei o movimento e atirei, imaginando que a bala atingiria o homem no peito. O rifle deu um tranco, surgiu uma nuvem de fumaça, e vi o cavaleiro ser jogado para longe de seu garanhão.

Houve um murmúrio em apreciação – e se você acha que não há satisfação num tiro como aquele, então, você não entende o que motiva os homens na guerra. Bem, eu estava numa encrenca agora. Baixei a arma, colocando o apoio na areia primeiro, abri um cartucho de papel e comecei a recarregar.

"Um bom tiro", Bonaparte cumprimentou. O tiro do mosquete era tão impreciso, que, se os soldados não mirassem nos pés dos inimigos, o solavanco da arma poderia mandar uma saraivada sobre as cabeças adversárias. O único jeito de exércitos se atingirem era formar linhas apertadas e atirar a curtas distâncias.

"Americano?", o árabe perguntou. "Tão longe de casa?" O beduíno subiu em seu cavalo, se preparando para partir. "Para estudar nossos mistérios talvez?"

Agora eu lembro de onde conhecia essa voz! Era a mesma do lanterneiro em Paris, o homem que levou os *gendarmes* a mim quando descobri o corpo de Minette! "Espere! Eu sei quem você é!"

"Americano, sou Achmed Bin Sadr e você não sabe absolutamente nada."

E antes que eu pudesse dizer mais alguma coisa, ele galopou para longe.

Sob ordens aos gritos, as tropas francesas organizaram o que viria a ser sua formação favorita contra a cavalaria mameluca: um quadrado com o centro vazio. Cada lado era formado por várias fileiras de homens e cada um deles olhava para fora, ou seja, sem se preocupar com flancos, e suas baionetas formavam uma cerca com lados de puro aço. Para definir as fileiras, alguns oficiais usavam seus sabres para desenhar linhas na areia. Enquanto isso, o exército egípcio – aquela turba, para ser mais exato – começou a se lançar contra nosso exército gritando sob o ritmo de tambores e cornetas.

"Menou, forme outro quadrado perto das dunas", Napoleão ordenou. "Kleber, diga ao resto dos homens que se apressem." Muitos dos soldados franceses ainda estavam chegando da praia.

Agora os egípcios corriam diretamente em nossa direção, uma onda de miseráveis armada com cajados e foices, empurrada por uma linha de cavaleiros bem vestidos e brilhantes. Os aldeões pareciam aterrorizados. Quando eles chegaram a cinqüenta metros de distância, a primeira linha francesa atirou.

O estampido dos tiros me fez pular e o resultado foi algo parecido com uma gigantesca foice ceifando uma fileira de trigo. A linha de frente inimiga ficou em pedaços, com inimigos mortos e feridos indo ao chão. O resto simplesmente entrou em colapso por causa do terror causado pela salva disciplinada, diferente de qualquer coisa que eles haviam visto até ali. Uma enorme coluna de fumaça branca tomou o ar, cobrindo a formação francesa. A cavalaria mameluca parou em confusão, os cavalos com medo de pisar no carpete de corpos, e seus mestres amaldiçoando os servos que mandaram para a morte. Enquanto os senhores forçavam seus cavalos lentamente sobre seus lacaios, a segunda linha francesa atirou. E, nesse momento, alguns dos mamelucos tombaram de seus cavalos. Foi a deixa para a terceira linha disparar, mesmo com a primeira terminando de recarregar. Os cavalos gritavam, caíam e se contorciam.

Depois desse furacão de balas, os servos sobreviventes levantaram como que por comando e fugiram empurrando os cavaleiros para trás, transformando o primeiro ataque egípcio em fiasco. Os guerreiros atacavam seus lacaios com a parte lateral das espadas, mas pouco adiantava para impedir a fuga. Alguns dos fugitivos lotaram os portões da cidade pedindo refúgio e outros correram para o interior, desaparecendo nas dunas. Enquanto isso, os navios franceses começaram a atirar em Alexandria. Seus projéteis explodiam contra os muros da cidade como punhos de ferro. As defesas antigas começaram a desmoronar como areia.

"A guerra é essencialmente um ato de engenharia", Napoleão pontuou. "É a imposição da ordem sobre a desordem." Ele estava de pé, com as mãos para trás e a cabeça girando, absorvendo detalhes, como se fosse uma águia. De maneira incomum, ele conseguia criar uma imagem mental de todo o campo de batalha e sabia qual setor garantiria a vantagem. Era assim que ele se distinguia dos demais. "É a disciplina triunfando sobre a indecisão. A organização sendo aplicada ao caos. Gage, você sabia que seria algo extraordinário se ao menos um por cento das balas disparadas efetivamente atingisse o alvo? É por isso que fileiras, colunas e quadrados são tão importantes."

Mesmo que eu ainda tivesse aversão à brutalidade do militarismo, a frieza dele me impressionava. Era um homem da revolução moderna, calculista científico, contador sangrento, racionalista desprovido de emoção. Naquele momento de violência desenfreada, vi os engenheiros soturnos que dominariam o futuro. A moralidade seria sobrepujada pela aritmética. A paixão seria superada pela ideologia.

"Fogo!"

Mais e mais tropas francesas se aproximavam dos muros da cidade e um terceiro quadrado foi formado mais próximo ao mar, o que deixou os soldados com as canelas molhadas quando as ondas se aproximavam. Algumas peças de artilharia leve foram posicionadas entre as duas formações e carregados com munição de dispersão, que deveriam varrer a cavalaria inimiga com pequenas balas de aço.

Livres de seus servos, os mamelucos atacaram novamente. A cavalaria veio em carga máxima, levantando um *spray* de areia e água na praia. Os soldados berravam gritos de guerra, suas roupas se inflavam como velas e as plumas e penas de seus fantásticos turbantes lutavam para não voar longe. A velocidade não fez nenhuma diferença. Os franceses atiraram mais uma vez e a linha de frente dos mamelucos foi derrubada. Alguns dos cavaleiros apenas caíram ao colidir com seus camaradas feridos e engrossaram os números rolando pelo chão; outros conseguiram desviar e saltar sobre a barreira humana.

Independente da agilidade com a qual a cavalaria formava outra linha organizada, os franceses atiravam novamente e seus cartuchos voavam feito confete. Os ataques eram dilacerados. Os sobreviventes mais valentes continuavam assim mesmo, trombando com os corpos de seus companheiros, apenas para encontrar o fim pela saraivada de balas disparada pela artilharia. Era simplesmente uma chacina, tão mecânica quanto Bonaparte sugeriu. Mesmo tendo vivido maus bocados durante meus dias nas florestas da América, a ferocidade desta violência em massa me deixou chocado. O metal zunindo pelo ar. Grandes borrifos de sangue produzidos por tiros mortais. Nunca imaginei que o corpo humano tivesse tanto sangue.

Uns poucos cavaleiros conseguiram chegar até as linhas francesas brandindo suas espadas e lanças, mas nenhum deles conseguiu se aproximar o suficiente por causa das baionetas. Aí vinha um comando em francês e outra saraivada era disparada. Os guerreiros tombavam. Crivados de balas.

O que havia restado da casta governante debandou finalmente e galopou em direção ao deserto.

"Agora!", Napoleão vociferou. "Para os muros antes que os líderes inimigos se reagrupem!" Trompas soaram e, com empolgação, mil soldados formaram uma coluna e marcharam rapidamente. Eles não tinham escadas ou artilharia de cerco, mas não precisavam muito disso. Sob o forte bombardeio naval, os muros da cidade se despedaçavam como queijo podre. Algumas das casas dentro da muralha queimavam. Os franceses ficaram ao alcance dos mosquetes e uma rápida série de disparos foi feita de ambos os lados da defesa. Os defensores mostravam mais coragem do que eu imaginava, mesmo em face do massacre. As balas voaram como vespas e, finalmente, alguns europeus tombaram, parcamente balanceando a carnificina deixada em seu avanço.

Napoleão acompanhou as tropas – comigo ao seu lado – enquanto desviava de inimigos inertes, alguns ainda gemendo, em meio a uma grande mancha negra que tomava a areia. Fiquei surpreso ao ver que muitos dos mamelucos mortos tinham pele mais clara que seus servos e que seus cabelos eram ruivos e, até mesmo, louros.

"Escravos brancos do Cáucaso", o gigantesco Dumas vociferou. "Eles vão trepar com as egípcias, diziam, mas não vão ter filhos com elas. Mas eles também vão para a cama uns com os outros, já que preferem seu próprio sexo e raça a qualquer chance de contaminação com os lacaios. Jovens garotos de oito anos de idade são comprados todos os anos de suas famílias nas montanhas para continuar a casta. Eles são educados pelo estupro e pela crueldade. Quando chegam à idade adulta, são impiedosos como lobos e desprezam qualquer um que não seja mameluco. Sua única lealdade é direcionada a seu *bey*[8] ou chefe. Ocasionalmente, eles também recrutam negros e árabes, mas a maioria vê a pele escura com desdém."

Olhei para o general e notei sua pele mesclada por várias raças. "Suspeito que você não vá permitir que o Egito mantenha esse preconceito, certo, general?"

Ele chutou um inimigo morto. "*Oui.* É a cor do coração que importa."

Paramos pouco antes da linha de tiro na base de uma grande pilastra que se projetava para fora dos muros da cidade. Ela tinha vinte e três metros de altura, era tão grossa quanto a altura de um homem e foi batizada em homenagem ao general romano Pompeu. Estávamos, literalmente, sobre o entulho de várias civilizações. Pude ver um antigo obelisco egípcio utilizado como base do pilar e colunas de granito cor-de-rosa esculpidas quentes ao toque. Bonaparte, já rouco de tanto gritar ordens, parou de pé perto da pequena sombra feita pela estrutura. "A coisa está ficando quente." Sem dúvida, o Sol estava surpreendentemente alto. Quanto tempo passara desde o começo da peleja?

"Tome, pegue uma fruta."

Ele me olhou com apreciação e eu pensei que, talvez, esse pequeno gesto semeasse a amizade. Só mais tarde eu aprenderia que Napoleão valorizava qualquer um que pudesse lhe prestar algum serviço, era indiferente com os que não podiam; e implacável com seus inimigos. Mas, agora, ele sugava a fruta como uma criança e parecia gostar da minha companhia enquanto continuava a exercer seu comando no cenário a nossa frente. "Não, não, não por aí", ele dizia às vezes. "Sim, aquele portão ali. Ele é que deve ser forçado!"

Eram os generais Kleber e Jacques François Menou que estavam na linha de frente do ataque. Os oficiais lutavam como loucos, parecia que eles acreditavam ser invulneráveis às balas. Fiquei igualmente impressionado com a coragem suicida dos defensores. Eles sabiam que não tinham nenhuma chance, mas lutavam assim mesmo. Mas Bonaparte era o grande coreógrafo capaz de dirigir sua dança com soldados que pareciam brinquedos. Seu pensamento já estava muito à frente daquela luta. Ele olhou por cima do pilar ornado com capitéis coríntios que apoiavam o nada. "As maiores glórias sempre foram conquistadas no Oriente", ele murmurou.

---

[8] N. do T.: Governador provinciano do Império Otomano.

Os disparos árabes estavam diminuindo. Os franceses chegaram ao pé dos muros despedaçados e se ajudavam mutuamente para escalar. Um portão foi aberto por dentro; outro caiu depois de ser castigado por machados e pancadas com mosquetes. Uma bandeira tricolor apareceu no alto de uma torre e outras eram carregadas pelas plataformas dos muros da cidade. A batalha estava quase concluída e pouco depois aconteceu o curioso incidente que mudaria minha vida.

Foi um corpo-a-corpo selvagem. Os árabes ficaram tão desesperados quando a pólvora acabou, que começaram a atirar pedras. Depois de ser atingido por várias pedras, o general Menou saiu de lá tão zonzo e abatido, que levou vários dias para se recuperar. Kleber sofreu um ferimento a bala perto do olho e continuava lutando com a testa enrolada numa bandagem ensangüentada. Entretanto, subitamente, os egípcios romperam suas linhas como um dique inundado e os europeus invadiram.

Alguns dos habitantes se prostravam com medo, imaginando quais barbaridades aquela horda de cristãos praticaria. Outros superlotavam as mesquitas. Muitos deixaram a cidade e partiram em direção ao leste e ao sul, mas a maioria voltou dois dias depois quando percebeu que não tinha comida, água nem lugar para ir. Um punhado dos mais resistentes entrincheirou-se na Torre e na Cidadela, mas seus tiros logo cessaram por falta de pólvora. As represálias francesas foram rápidas e brutais. Houve vários massacres localizados.

Napoleão entrou na cidade, no início da tarde. "Uma pequena batalha que nem renderia um boletim", ele salientou para Menou, enquanto se abaixava sobre a padiola que levava o general ferido. "Embora eu vá inflacionar seu teor para o povo de Paris. Diga a seu amigo Talma que prepare suas penas, Gage." Ele piscou. Bonaparte adotou o tom oblíquo de cinismo que todos os oficiais franceses mostravam desde o Terror. Eles se orgulhavam de serem durões.

Alexandria desapontava. As maravilhas do Leste eram contrariadas por ruas sem pavimentação, carneiros e galinhas soltos, crianças brincando peladas, mercados infestados por moscas e um sol de matar. Boa parte da cidade era composta por velhas ruínas e, mesmo sem a batalha, ela pareceria meio vazia – a casca de uma glória antiga. Havia até prédios semi-afundados perto do limite das docas, como se a cidade, aos poucos, estivesse seguindo para o mar. Só quando os arrombamentos nos mostraram o interior das casas mais requintadas, tivemos contato com um outro mundo – mais fresco, opulento e secreto. Vimos fontes, pórticos sombreados, entalhes mouros e sedas e linhos dançando levemente com as correntes de ar seco do deserto.

Tiros esporádicos ecoavam pela cidade enquanto Napoleão, acompanhado por um grupo de auxiliares, iniciava uma travessia cautelosa pela avenida principal que vinha do porto, onde, agora, apareciam os primeiros mastros franceses. Cruzamos uma porção rica das casas dos mercados com seus detalhes trabalhados em pedra e janelas com grades de madeira, quando ouvimos um zumbido parecido com um inseto e um pedaço de reboco explodiu feito um pequeno gêiser de poeira pouco acima do ombro de Napoleão. Fiquei assustado, já que por pouco o tiro não havia me atingido. O tecido esfolado do uniforme de nosso general o deixou, de repente, parecido com suas tropas. Olhamos para cima e vimos uma pequena nuvem de fumaça de pólvora perto de uma janela gradeada sendo levada para longe pelo vento. Disparando de um abrigo camuflado, um franco-atirador quase abateu o comandante da expedição.

"General! Você está bem?", um coronel gritou.

Em resposta, um segundo tiro zuniu e, então, um terceiro. Eles tiveram um intervalo tão curto que, ou havia dois atiradores, ou o primeiro estava recebendo mosquetes recarregados de outra pessoa. Um sargento que estava poucos passos à frente de Napoleão grunhiu e caiu sentado com uma bala em sua coxa, e outro pedaço de parede explodiu atrás da bota do general.

"Vou estar bem quando estiver atrás de um poste", Bonaparte resmungou, levando nosso grupo para baixo de um pórtico e fazendo o sinal da cruz. "Atirem de volta, pelo amor de Deus!" Dois soldados, finalmente, revidaram. "E tragam artilharia. Não vamos dar a ele o dia todo para me acertar."

Uma escaramuça bem quente teve início. Vários granadeiros começaram a atirar na casa que havia se transformado numa pequena fortaleza e outros correram para conseguir apoio da artilharia. Mirei com meu rifle, mas o franco-atirador estava bem protegido: errei como todos os outros. Esperamos por longos dez minutos para que o canhão chegasse e, até aquela hora, trocamos muitos tiros – um deles feriu um jovem capitão no braço. O próprio Napoleão pegou um mosquete e atirou, mas não conseguiu nada melhor que os demais.

Foi a peça de artilharia que animou nosso comandante. Era nisso que ele era treinado. Em Valência, seu regimento passou pelo melhor treinamento de canhões do exército e, em Auxonne, ele trabalhou com o lendário professor Jean Louis Lombard, que verteu do inglês para o francês *Princípios da Artilharia*. Seus oficiais me disseram, a bordo do *L'Orient*, que ele não tinha vida social em seu início de carreira como segundo tenente – ele preferia estudar e trabalhar das quatro da manhã até as dez da noite.

Agora, ele mirava seu canhão mesmo com as balas continuando a pipocar perto dele.

"Foi exatamente o que ele fez na batalha do Lodi", o capitão ferido falou em apreciação. "Ele posiciona algumas armas por conta própria e os homens começam a chamá-lo de O Pequeno Cabo."

Napoleão acendeu o pavio. A arma fez um estrondo, deu um tranco em sua carreta e o tiro saiu berrando para atingir um local um pouco abaixo da janela do atacante e jogando pedras para todos os lados enquanto destruía a grade de madeira.

"De novo."

A arma foi rapidamente recarregada e o general a mirou na porta da casa. Outro disparo. O tiro explodiu dentro da sala causando uma chuva de fragmentos. A rua foi tomada pela fumaça.

"Avante!" Este era o mesmo Napoleão que atacou sobre a ponte de Arcola. Os franceses avançaram com seu general de espada em punho. E eu a seu lado. Invadimos pela entrada atirando em direção às escadas. Um servo, jovem e negro, caiu rolando escada abaixo. O grupo de assalto pulou seu corpo e avançou para o alto. No terceiro andar encontramos o lugar atingido pela primeira canhonada. Pelo buraco era possível ver os telhados de Alexandria, mas o aposento estava tomado por escombros. Um velho segurava um mosquete e estava semi-soterrado com as pedras despedaçadas, sem dúvida nenhuma, morto. Outro mosquete estava apoiado na parede com sua coronha quebrada. Vários outros estavam espalhados como fósforos usados. Uma segunda figura, talvez seu recarregador, foi lançada contra o canto da parede, provavelmente, pelo impacto do disparo e se movia debilmente sob uma camada de escombros.

Não havia mais ninguém na casa.

"Fogo bem cerrado para um exército de dois homens", Napoleão comentou. "Se todos os alexandrinos lutassem desta maneira, eu ainda estaria fora dos muros."

Fui até o guerreiro atordoado no canto, imaginando quem eles poderiam ser. O velho que matamos não parecia inteiramente árabe e havia algo estranho em seu assistente também. Levantei um pedaço de janela estilhaçada.

"Cuidado, *monsieur* Gage, ele ainda pode estar armado", Bonaparte alertou. "Deixe o George acabar com ele com a baioneta."

Eu já tinha visto baionetas demais por um dia. Ajoelhei e levantei o defensor ainda zonzo, apoiando-o em meu ombro. A figura gemeu e piscou com os olhos desfocados. Um apelo saiu em voz baixa e áspera. "Água."

Reparei no timbre e nas características delicadas. O guerreiro ferido era, na verdade, uma mulher suja com resíduo de pólvora. Em melhores condições, ela seria uma jovem, sadia e relativamente bonita.

E o pedido foi feito em inglês.

Uma busca na casa revelou a existência de água nas jarras do térreo. Dei um copo à mulher. Estava tão curioso quanto os franceses sobre qual seria sua história. Esse gesto e minha própria voz em inglês parecem ter me garantido alguns pontos de confiança. "Qual seu nome, moça?"

Ela engoliu e piscou, enquanto olhava para o teto. "Astiza."

"Por que você estava nos atacando?"

Agora, ela havia focado o olhar em mim e seus olhos pareciam ter visto um fantasma. "Eu estava carregando as armas."

"Para o seu pai?"

"Meu mestre." Ela lutou para se levantar. "Ele está morto?"

"Sim."

Sua expressão era imutável. Sem dúvida, ela era uma escrava ou serviçal: estaria triste por seu proprietário ter sido morto ou aliviada por estar livre? A garota parecia considerar sua nova posição com espanto. Notei um amuleto esquisito pendurado em seu pescoço. Era de ouro – incongruente na posse de uma escrava – e tinha a forma de um olho amendoado com um ônix negro formando a pupila. Uma sobrancelha ondulava acima e havia uma extensão inferior com outra curva elegante. Enquanto isso, seus olhos intercalavam olhares na direção do corpo de seu mestre e na minha. Sem parar.

"O que ela disse?", Bonaparte questionava em francês.

"Acho que ela é uma escrava. Ela estava recarregando os mosquetes para seu mestre, aquele homem ali."

"Como uma escrava egípcia sabe falar inglês? Eles são espiões britânicos?"

Repeti a primeira questão para ela.

"Mestre Omar tinha uma mãe egípcia e um pai inglês", ela respondeu. "Ele tinha negócios com a Inglaterra. Para aperfeiçoar sua fluência, nós usávamos a língua nesta casa. Também falo árabe e grego."

"Grego?"

"Minha mãe foi vendida da Macedônia para o Cairo. Fui criada lá. Sou uma grega egípcia e uma sem-vergonha." Ela disse com certo orgulho.

Voltei-me ao general. "Ela poderia ser uma intérprete", disse eu em francês. "Ela fala árabe, grego e inglês."

"Uma intérprete para você, não para mim. Devo tratá-la com uma guerrilheira." Ele estava ranzinza depois de quase levar um tiro.

"Ela estava seguindo instruções de seu mestre. Ela tem sangue macedônico."

Agora, ele ficou interessado. "Macedônia? Alexandre, o Grande era macedônico: justamente ele, que fundou esta cidade e conquistou o Leste antes de nós."

Tenho um fraco por mulheres e a fascinação de Napoleão pelo velho grego criador de impérios me deu uma idéia. "Você não acha que o fato de Astiza ter sobrevivido a seu tiro de canhão pode ser obra do destino? Quantos macedônios podem morar nesta cidade? E eis que encontramos uma que fala minha língua nativa. Ela pode ser muito mais útil viva do que morta. Ela pode nos ajudar a entender o Egito."

"O que uma escrava saberia?"

Olhei firme para ela. Ela acompanhava nossa discussão sem entender nada, mas tinha olhos largos, brilhantes e inteligentes. "Ela tem algum tipo de 'conhecimento."

Bem, falar de destino sempre o deixou intrigado. "Sorte dela, então, e também minha, que você a tenha encontrado. Diga a ela que eu matei o mestre dela em batalha e, portanto, passei a ser seu novo mestre. E que eu, Napoleão, a coloco sob os cuidados de meu aliado norte-americano – você."

Capítulo Sete

Algumas vezes, a vitória é mais confusa que a batalha. Um ataque pode ser altamente simples por natureza; já a administração pode se transformar num pesadelo sem escapatória. Assim foi em Alexandria. Bonaparte aceitou rapidamente a rendição do sultão Mohammed El-Koraim e desembarcou o restante de suas tropas, artilharia e cavalos. Os soldados e cientistas festejaram por cinco minutos por pisarem em terra firme, e, quase imediatamente, começaram a reclamar da falta de abrigo, pouca água potável e das confusões do abastecimento. O calor era palpável – um peso que todos tínhamos de enfrentar – e a areia cobria tudo com sua poeira fina. Houve trezentas baixas francesas e mais de mil alexandrinos estavam mortos ou feridos. Não havia um hospital adequado para nenhum dos dois lados. Os europeus feridos foram enfiados em mesquitas ou magníficos palácios confiscados, repletos de dor, calor e moscas inquietas. Os egípcios feridos tiveram que se virar por conta própria. Muitos morreram.

Enquanto isso, a maior parte dos transportes foi enviada de volta à França e as naus de guerra foram posicionadas em formação defensiva perto da baía de Abukir. Os invasores ainda temiam o retorno da esquadra de Nelson.

A maioria dos soldados que desembarcava precisava acampar nas praças da cidade ou nas dunas próximas. Oficiais tinham mais sorte, pois se apropriaram das casas mais refinadas. Talma e eu dividimos com vários oficiais a casa que eu havia ajudado a tomar do mestre de Astiza. Assim que ela recuperou os sentidos e aceitou sua nova situação social, ficou me estudando de soslaio como se tentasse descobrir se eu era um desastre ou, talvez, uma nova oportunidade. Foi ela quem pegou algumas moedas, fez algumas trocas com vizinhos e nos trouxe comida, mesmo enquanto resmungava sobre nossa ignorância dos modos e práticas bárbaras do Egito. Como por obra do destino, ela nos adotou do mesmo modo que nós a adotamos. Ela era zelosa, mas sempre cautelosa; obediente, mas conformada; vigilante, mas ressabiada.

Fiquei intrigado com ela, assim como já havia acontecido com outras tantas mulheres. Franklin tinha a mesma fraqueza. Aliás, era o mesmo ponto fraco de todo o exército: havia centenas de esposas, amantes e prostitutas aventureiras na expedição. Assim que chegaram ao continente, as mulheres francesas trocaram suas roupas masculinizadas por vestidos que exibiam mais de seus dotes – para total horror dos egípcios. As mulheres também mostraram ser, no mínimo, tão duronas quanto seus maridos ao enfrentar as condições rudimentares reclamando muito menos que os soldados. Os homens árabes as viam com medo e fascinação.

Para manter suas tropas ocupadas, Napoleão mandou um contingente marchando a sudoeste em direção ao Nilo, uma aparentemente simples jornada de noventa e cinco quilômetros. Contudo o primeiro passo para a conquista da capital – Cairo – mostrou-se cruel, uma vez que as consideradas ricas fazendas do delta estavam empobrecidas ao fim de um período de seca, pouco antes da cheia do rio. Alguns poços estavam vazios. Outros foram envenenados ou selados com pedras. As vilas eram feitas de tijolos de barro e palha, e os fazendeiros tentavam esconder suas poucas ovelhas e galinhas. Em princípio, as tropas francesas pensaram que os camponeses eram muito ignorantes por eles não darem a mínima para o dinheiro francês e, ainda que relutantemente, trocavam comida e água por botões das roupas dos soldados. Só mais tarde eles entenderam que os lavradores esperavam que seus mestres mamelucos vencessem. Por isso, ter dinheiro francês poderia mostrar um sinal de colaboração com os cristãos, enquanto ter um botão poderia significar ter sido retirado de um europeu morto.

A marcha poderia ser localizada por seu rastro de poeira que subia alto. O calor passava dos quarenta graus e alguns soldados, deprimidos e descontrolados por causa da sede, cometeram suicídio.

As coisas não eram tão tenebrosas para nós em Alexandria. Milhares de garrafas de vinho eram descarregadas ao lado das rações militares, e uniformes brilhantes tomavam conta das ruas como um aviário cheio de espécies tropicais com suas plumas sobressaindo na paisagem. Os dragões da cavalaria e fuzileiros vestiam capas verdes; os oficiais utilizavam cinturões vermelhos bastante brilhantes; os homens da infantaria leve exibiam laços tricolores; e os carabineiros ostentavam plumas escarlates. Comecei a aprender um pouco sobre exércitos.

Alguns grupos eram nomeados por causa de suas armas: como, por exemplo, o mosquete leve chamado de fuzil que, originalmente, equipava os fuzileiros, as granadas utilizadas pela infantaria pesada batizou os granadeiros, e as carabinas curtas distribuídas aos carabineiros em suas casacas azuis; a infantaria leve, ou caçadores, era uma tropa leve equipada para ataques rápidos; os cavaleiros hussardos vestidos de vermelho faziam as vezes de cavalaria leve ou batedores, batizadas em homenagem às unidades semelhantes oriundas da Europa Central; e os dragões eram a cavalaria pesada, cujos membros vestiam capacetes para evitar golpes com sabre.

De modo geral, o plano de batalha era fazer com que a infantaria leve confundisse e desarrumasse as linhas inimigas enquanto a artilharia fazia seu trabalho e prepava o caminho para que uma linha ou coluna da infantaria pesada, com seu poder de fogo concentrado, pudesse dar o golpe decisivo e quebrar a formação inimiga. Então, a cavalaria passaria em velocidade para eliminar as forças de oposição. Na prática, as tarefas de cada uma dessas unidades se misturavam e, no Egito, o papel do exército francês foi simplificado pelo fato de os mamelucos apostarem muito em sua cavalaria e os franceses terem um efetivo reduzido nesta posição.

O contingente de Napoleão também contava com a Legião de Malta, recrutada após a tomada da ilha, e mercenários árabes como Achmed Bin Sadr. O general já tinha planos para enrolar uma companhia de mamelucos – tão logo os derrotasse – e organizar uma unidade especial de camelos composta por egípcios cristãos.

A força terrestre totalizava trinta e quatro mil homens, dos quais vinte e oito mil eram da infantaria e três mil compunham a cavalaria e a artilharia. Havia uma falta crítica de cavalos que só poderia ser sanada no Egito de maneira lenta e árdua. Bonaparte descarregou cento e setenta e um canhões – que variavam das armas de cerco de vinte e quatro libras até as peças leves de campo capazes de atirar até três tiros por minuto, mas, uma vez mais, a ausência de cavalos limitava a quantidade que ele poderia transportar num primeiro momento. As fileiras de infantaria estavam mais mal equipadas ainda, além de sofrer no calor com mil setecentos e setenta e sete mosquetes pesados, mochilas de couro, uniformes de lã dos Alpes e chapéus de duas pontas.

Os dragões cozinhavam em seus capacetes e os colarinhos dos uniformes ficavam rígidos por causa do sal. Nós, sábios, não tínhamos vestimentas tão rígidas – podíamos tirar nossas jaquetas quando quiséssemos –, mas éramos igualmente afetados pelo calor, pigarreando como peixes sufocando-se fora d'água. A não ser quando viajava, eu andava sem a roupa que me gerou o apelido "casaca verde" (que dividia os gostos com "o homem de Franklin") entre os soldados. Uma das primeiras ordens de Bonaparte foi reunir algodão suficiente para novos uniformes, mas eles levariam meses para ficar prontos e, quando ficaram, se mostraram muito frios para o inverno.

Como já disse, a cidade era frustrante. Ela parecia ao mesmo tempo vazia e arruinada. Quase não existia sombra, não havia tesouro, tampouco as famosas beldades otomanas. As mulheres árabes mais ricas e belas estavam enclausuradas ou fugiram para o Cairo. As poucas, que apareciam, surgiam cobertas dos pés à cabeça como padres da Inquisição, vendo o mundo por seus véus ou pequenos buracos feitos em seus capuzes. O contraste era visto nas camponesas que se vestiam sem preocupação – algumas das mais pobres mostravam seus seios com a mesma normalidade que exibiam os pés – e pareciam raquíticas, sujas e doentes. A promessa de Talma parecia uma piada cruel: nada de haréns e dançarinas exóticas.

E ele também não havia encontrrado nenhuma cura milagrosa ainda. Horas após o desembarque, Talma alegou sofrer de mais febre e desapareceu no mercado nativo procurando novas drogas. O que ele trouxe de volta não passava de remédios de charlatões. Era paradoxal ver um homem que passava mal ao ver carne vermelha experimentando "antigos" remédios egípcios como sangue de verme, bosta de burro, alho amassado, leite materno, dente de porco, cérebro de tartaruga e veneno de cobra.

"Talma, tudo que você vai conseguir é uma bela diarréia", chamei-lhe a atenção.

"Isso está limpando meu sistema. Meu farmacêutico mencionou sacerdotes egípcios com mais de mil anos de idade. Ele pareceu bastante venerável para mim."

"Eu perguntei e ele tem quarenta anos. O calor e essas porcarias fizeram ele secar como uma uva passa."

"Tenho certeza de que ele estava brincando. Ele me disse que, quando as cólicas terminarem, vou ter o vigor de um jovem de dezesseis anos."

"E, pelo jeito, uma mentalidade condizente."

Talma tinha ganhado bastante dinheiro recentemente. Embora fosse um civil, seu papel como jornalista era essencial para o exército. Ele descreveu nosso ataque com tantos elogios, que eu mal reconhecia os fatos. Berthier, chefe de gabinete de Bonaparte, fez um pagamento extra como recompensa. Na surdina, é claro.

Eu vi pouca coisa que valesse a pena ser comprada no mercado de Alexandria. O lugar era quente, misterioso, empestado por moscas e seus estoques estavam baixos depois da captura da cidade. Mesmo assim, os espertos mercadores depenavam nossos soldados, entediados de maneira mais efetiva que a própria pilhagem da cidade. Eles aprenderam o básico do francês com rapidez incrível. "Vem, ver minha tenda, *monsieur*! Aqui ter o que você querer! Você não querer? Eu saber que você querer!"

Astiza era uma feliz exceção a nossa desilusão. Depois de sair dos escombros e se limpar, ela passou por uma fantástica transformação. Nem tão clara como os bravos mamelucos nem tão escura como os egípcios comuns, ela apresentava traços de porte simplesmente mediterrâneos: pele azeitada levemente tocada pelo sol, cabelo negro como azeviche, mas listrados com faixas acobreadas, olhos que lembravam amêndoas escaldadas, um olhar reservado, mãos e tornozelos saudáveis, seios altos, cintura fina e quadris firmes. Uma mulher fascinante, em outras palavras, uma Cleópatra. Eu saboreava minha sorte até que ela deixou claro que considerava seu salvamento dúbio e me via com desconfiança.

"Vocês são uma praga de bárbaros", ela disse. "Vocês são o tipo de homens que não pertencem a lugar nenhum, por isso vão a qualquer lugar destruindo as vidas de pessoas sensíveis."

"Estamos aqui para ajudar vocês."

"Eu pedi ajuda? O Egito pediu para ser invadido, investigado ou salvo?"

"O Egito é oprimido", argumentei "Ele precisava ser salvo porque é retrógrado."

"Retrógrado em relação a quem? Meu povo morava em palácios quando o seu estava em cabanas. Aliás, como é o seu lar?"

"Na verdade, não tenho lar."

"Pais?"

"Mortos."

"Sem esposa?"

"Sem interesse." Sorri charmosamente.

"Devia imaginar. Sem país?"

"Sempre gostei de viajar e tive a chance de visitar a França quando era jovem. Acabei crescendo lá ao lado de um homem famoso chamado Benjamin Franklin. Eu gosto dos Estados Unidos, minha terra natal, mas tenho muita vontade de viajar pelo mundo. Além disso, esposas gostam de ficar em casa."

Seu olhar era de dó. "O jeito que você gasta a sua vida não é natural."

"É sim, se você gostar de aventura." Resolvi mudar de assunto. "O que é esse belo colar que você usa?"

"O olho de Hórus, senhor desabrigado."

"Olho de quem?"

"Hórus é o deus falcão que perdeu um olho em combate com o maldoso Seth."

Agora eu lembrei! Algo a ver com a ressurreição, sexo entre irmão e irmã, e esse Hórus foi o resultado do incesto. Deve ter sido um escândalo na época.

"Assim como os egípcios lutam contra o seu Napoleão, Hórus enfrentou a escuridão. O amuleto traz boa sorte."

Sorri. "Quer dizer que você tem sorte em pertencer a mim agora?"

"Ou sorte que eu vá viver o suficiente para ver vocês irem embora."

Ela cozinhava pratos cujos nomes eu desconhecia – tinha gosto de carneiro com grão-de-bico e lentilhas – e servia de um jeito tão repulsivo, que fiquei tentado a usar um daqueles vira-latas das ruas para provar cada refeição e procurar por veneno. Entretanto, a comida era surpreendentemente boa e ela se recusava a receber qualquer pagamento. "Se eu for pega com uma de suas moedas, vão cortar minha cabeça depois que os mamelucos matarem todos vocês."

E também não prestava serviços noturnos.

As noites na costa egípcia conseguiam ser tão frias quanto os dias eram quentes.

"Na Nova Inglaterra, nós dormimos próximos para afastar o frio", disse a ela na primeira noite. "Você é bem-vinda para se aproximar se assim desejar."

"Se seus oficiais não tivessem invadido nossa casa, não estaríamos nem no mesmo aposento."

"Por causa dos ensinamentos do Profeta?"

"Meus ensinamentos vêm da deusa egípcia, não dos mamelucos que odeiam mulheres. E você não é meu marido, você me capturou. Além disso, todos vocês fedem como porcos."

Ela deu uma fungada, não escondendo o desapontamento. "Então, você não é muçulmana?"

"Não."

"Nem judia, cristã copta ou católica grega?"

"Não."

"E quem é essa deusa?"

"Uma de quem você nunca ouviu falar."

"Conte-me. Estou aqui para aprender."

"Então, entenda o que até mesmo um homem cego poderia ver. Os egípcios viveram nesta terra por dez mil anos sem pedir ou precisar de qualquer coisa nova. Fomos conquistados várias vezes, e nenhum deles nos trouxe satisfação maior do que tínhamos anteriormente. Centenas de gerações de homens impacientes como vocês só pioraram as coisas e não trouxeram nada de bom." Ela poderia ter ido um pouco além já que me considerava ignorante o suficiente para entender sua fé e gentil o bastante para agredi-la por ser ofendido, entretanto ela seguiu minhas ordens e se portou como uma duquesa. "O Egito é a única terra antiga onde as mulheres têm direitos iguais aos homens", ela disse, mantendo sua postura inalterada e mostrando sabedoria e charme.

Francamente, fiquei perplexo.

Bonaparte sofria do mesmo problema com o resto da população. Ele emitiu uma proclamação relativamente longa. Posso entender o tom e seus instintos políticos, mas ela começa assim:

Em nome de Deus, o clemente e misericordioso. Não há divindade exceto Alá, Ele não tem nenhum filho e não divide Seu poder com ninguém.

Em nome da República Francesa, fundada na liberdade e igualdade, o comandante-em-chefe Bonaparte deixa claro que os governadores otomanos do Egito insultaram a nação francesa e oprimiram os mercadores franceses por tempo demais: a hora de sua punição chegou.

Por muitos anos, o bando de escravos mamelucos, comprados na Geórgia e no Cáucaso, tiranizou a região mais bonita do mundo. Mas o Deus Todo-Poderoso, que controla o Universo, decretou que seu reino deveria terminar.

Povo do Egito, vão dizer a vocês que vim para destruir sua religião. Não acreditem! Respondam a estes impostores que eu vim para restaurar seus direitos e punir os usurpadores; que eu venero a Deus mais que os mamelucos e que eu respeito O Profeta Maomé e o admirável Corão...

"Um início bem religioso." Pontuei assim que Dolomieu leu, fazendo um drama satírico.

"Especialmente vindo de um homem que acredita completamente na utilidade da religião e nem um pouco na realidade de Deus", o geólogo respondeu. "Se os egípcios engolirem este monte de merda, eles merecem ser conquistados."

Um ponto mais adiante da proclamação foi mais específico. *Todas as vilas que se levantarem contra o exército serão arrasadas e queimadas...*

A prerrogativa religiosa de Napoleão logo foi desprezada. Recebemos a notícia de que os mulás do Cairo haviam declarado a todos nós como infiéis. Bela resposta para liberalismo e unidade da religião! Um contrato por trezentos cavalos e quinhentos camelos, que havia sido negociado com xeiques locais, evaporou imediatamente e ataques, inclusive com franco-atiradores, aumentaram. A conquista do Egito seria muito diferente do que Bonaparte imaginou. A maior parte dos homens de sua cavalaria marcharia durante os primeiros estágios do avanço para o Cairo carregando suas selas nas cabeças, e ele aprenderia muito nessa campanha sobre a importância de logística e suprimentos.

Enquanto isso, o povo de Alexandria foi desarmado e obrigado a vestir laços tricolores. Os poucos que cumpriram ficaram ridículos. Talma, entretanto, escreveu que a população estava delirante por sua liberação dos governantes mamelucos.

"Como você pode enviar tanta porcaria para a França?", eu disse. "Metade da população fugiu, a cidade está cheia de buracos de bala de canhão e a economia entrou em colapso."

"Estou falando do espírito, não do corpo. Os corações deles estão elevados."

"Quem diz isso?"

"Bonaparte. Nosso benfeitor e a única pessoa que pode ordenar nossa volta para casa."

Foi só em minha terceira noite em Alexandria que percebi que não havia despistado meus perseguidores em Toulon.

Era difícil conseguir dormir. Ficamos sabendo de mais atrocidades cometidas por beduínos a outro soldado que foi capturado fora de sua unidade. Essas tribos do deserto vagavam pelas areias da Arábia e da Líbia como piratas atacando indiscriminadamente mercadores, peregrinos ou soldados perdidos. Montados em camelos e capazes de recuar para a vastidão desértica, eles estavam além do alcance de nosso contingente. Eles matariam ou capturariam os desatentos. Homens foram estuprados, queimados, castrados ou empalados e deixados no deserto para morrer.

Sempre fui amaldiçoado com uma imaginação fértil demais para coisas como essas e consegui imaginar claramente como gargantas poderiam ser cortadas enquanto os soldados dormiam. Escorpiões eram colocados dentro de botas e mochilas. Cobras apareciam escondidas em jarros de comida. Carcaças eram jogadas dentro de poços tentadores. O suprimento não funcionava direito, os cientistas estavam esgotados e ranzinzas, e Astiza permanecia como uma freira recolhida dentro de um quartel. Andar no calor era como puxar um trenó pesado. Que loucura era esta na qual eu havia me alistado? Não progredi em nada para decifrar o que o medalhão poderia significar. Ainda não encontrei nada parecido em Alexandria. Então, comecei a pensar, incomodado e insatisfeito, até chegar num ponto de esgotamento tão grande, que caí no sono.

Acordei com um solavanco. Alguém ou alguma coisa havia caído em cima de mim! Comecei a tatear em busca de uma arma quando reconheci o aroma de cravos e jasmim. Astiza? Será que ela mudou de idéia? Ela estava me prendendo com as pernas – uma coxa de pele sedosa travando cada lado do meu peito – e, mesmo em meu estado letárgico, meu primeiro pensamento foi: Ah, é assim que se faz. O aperto morno de suas pernas começou a acordar outras partes do meu corpo e seus cabelos e torso formavam uma silhueta encantadora no escuro. Então, uma nuvem se moveu o suficiente para que a lua iluminasse nossa janela e eu pude ver que seus braços estavam erguidos acima de sua cabeça e seguravam algo brilhante e afiado.

Era minha machadinha.

E ela desceu.

Eu me contorci de horror, mas ela tinha me imobilizado. A lâmina passou perto da minha orelha e houve uma batida seca conforme a arma atingiu o piso de madeira, que foi seguido por um assovio. Algo morno e vivo tocou minha cabeça. Ela livrou a machadinha e golpeou novamente e continuou atacando. A lâmina continuava a bater próximo a minha orelha. Fiquei paralisado enquanto algo que parecia couro continuava a se debater encostado no meu crânio. Finalmente, parou.

"Cobra", ela sussurrou. Ela olhou para a janela. "Beduíno."

Ela saiu de cima de mim e ficou parada tremendo um pouco. Algum tipo de víbora foi picada em vários pedaços, pelo que vi, e seu sangue se espalhou pelo meu travesseiro. Ela tinha a espessura de um braço de criança e presas saindo de sua boca. "Alguém colocou isso aqui?"

"Pela janela. Ouvi o maldito se esgueirando como uma barata. Era covarde demais para nos encarar. Você deveria me dar uma arma para que eu o proteja direito."

"Proteger de quê?"

"Você não sabe de nada, americano. Por que Achmed Bin Sadr está perguntando sobre você?"

"Bin Sadr!" Ele foi o homem que entregou várias mãos e orelhas cortadas e cuja voz parecia com a do lanterneiro em Paris, mesmo que parecesse totalmente *nonsense*. "Eu não sabia quem ele era."

"Cada pessoa em Alexandria sabe que você se tornou inimigo dele. E ele não é um inimigo que você gostaria de ter. Ele vagueia pelo mundo, tem um bando de assassinos e é seguidor de Apófis."

"Quem diabos é Apófis?"

"O deus serpente do submundo que, a cada noite, tem que ser derrotado por Rá, o deus Sol, para que o amanhecer chegue. Ele tem legiões de seguidores como o deus demônio Ras-al-ghul."

Pela dentadura de Washington, lá vamos nós para mais *nonsense* politeísta. Será que ganhei uma lunática? "Parece que o seu deus Sol tem um bocado de problemas com ele", fiz graça. "Por que ele simplesmente não o pica como você fez e acaba com isso de uma vez por todas?"

"Porque, embora Apófis possa ser derrotado, ele nunca pode ser destruído. É assim que o mundo funciona. Todas as coisas são eternamente dúbias, água e terra, terra e céu, bem e mal, vida e morte."

Chutei a serpente para longe. "Então, isso é obra de algum tipo de culto?"

Ela balançou a cabeça. "Como você conseguiu se meter em tanto problema tão rápido?"

"Mas eu não fiz nada para Bin Sadr. Ele é nosso aliado!"

"Ele não é aliado de ninguém além dele mesmo. Você tem algo que ele quer."

Olhei para os pedaços do réptil. "O quê?" Claro que eu sabia, sentindo o peso do medalhão pendendo em sua corrente. Bin Sadr era o lanterneiro com seu cajado de cabeça de cobra, que, de alguma forma, tinha uma identidade dupla como pirata do deserto. Ele devia estar trabalhando para o conde Silano na noite em que eu ganhei o medalhão. Como ele chegou de Paris até Alexandria?

Seria ele algum tipo de capanga de Napoleão? Por que ele se importava com o medalhão? Ele não estava do nosso lado? Fiquei meio tentado a dar aquela coisa para o próximo que viesse atrás de mim e acabar logo com aquilo. Mas o que me deixava irritado era que ninguém tinha pedido educadamente. Eles atiraram em mim, roubaram minhas botas e jogaram cobras na minha cama.

"Deixe-me dormir no seu canto, longe das janelas", pedi à minha protetora. "Vou deixar meu rifle carregado."

Para minha surpresa ela aceitou. Mas, em vez de deitar comigo, ela se agachou perto do braseiro, mexeu no carvão e jogou algumas folhas lá dentro. Uma fumaça pungente subiu. Pelo que vi, ela estava fazendo uma pequena figura humana de cera. Observei enquanto ela empurrava uma lasca de madeira no queixo da figura. Eu já tinha visto a mesma coisa nas Ilhas de Açúcar. Aquela mágica surgiu no Egito? Ela começou a fazer marcas curiosas numa folha de papiro.

"O que você está fazendo?"

"Vá dormir. Estou lançando um feitiço."

Já que eu estava ansioso para sair de Alexandria antes que outra cobra fosse jogada na minha cabeça, fiquei mais do que feliz quando os cientistas me deram uma oportunidade de partir para o Cairo mais cedo sem ter que cruzar o infernal delta por terra. Monge e Berthollet iam fazer a jornada de barco. Os sábios iriam navegar para o oeste em direção à boca do Nilo e, então, subir o rio até a capital.

"Venha conosco, Gage", Monge ofereceu. "Melhor navegar do que andar. Traga seu amigo escriba também. E a garota pode nos ajudar cozinhando para todos nós."

Usamos um *chebek*, um barco raso batizado como *Le Cerf*, armado com quatro canhões de oito libras e comandado pelo capitão Jacques Perree da marinha francesa. A embarcação seria a nau capitânea desta pequena flotilha de canhoneiras e barcos de suprimentos que seguiriam o exército rio acima.

Ao raiar do dia já estávamos a caminho e, por volta do meio-dia, chegamos a baía de Abukir, o equivalente a um dia de marcha a este de Alexandria. Lá, a frota francesa estava ancorada em linha de batalha para se defender contra qualquer ressurgimento dos navios de Nelson. Era uma vista magnífica, uma dúzia de navios de alto bordo[9] e quatro fragatas ancoradas como um muro inteiriço – eram cinco mil canhões apontados em direção ao mar. Podíamos ou-

[9] N. do T.: Navio pesado com dois níveis de canhões e feito para lutar em formação de linha com outros navios.

vir apitos e berros dos marinheiros conforme passávamos. E, então, seguimos em direção ao grande rio, navegando pelas águas que levavam tons de marrom por causa do Sol, criando algo parecido com o Mediterrâneo, e formando até as constantes ondas nas bordas do rio.

Conforme o calor do dia aumentava, aprendi mais sobre a origem da expedição. Berthollet contou que o Egito era objeto da fascinação da França há décadas. Isolados do mundo exterior pela conquista árabe em seiscentos e quarenta depois de Cristo, suas glórias antigas eram invisíveis para a maioria dos europeus e suas fabulosas pirâmides conhecidas mais pelas histórias fantasiosas do que por fatos reais. Uma nação que tinha o mesmo tamanho da França era praticamente desconhecida.

"Nenhum país no mundo tem uma história tão profunda quanto o Egito", disse o químico. "Quando o historiador grego Heródoto veio para registrar suas glórias, as pirâmides já eram mais velhas para ele do que Jesus é para nós hoje. Os próprios egípcios construíram grandes impérios, então, alguns colonizadores deixaram suas marcas aqui: gregos, romanos, assírios, líbios, núbios e persas. A gênese deste país é tão antiga que ninguém lembra. Ninguém consegue ler os hieróglifos, então, não sabemos o que as inscrições dizem. Os egípcios atuais dizem que as ruínas foram construídas por gigantes ou magos."

Ele continuou. Então, o Egito adormeceu até que, recentemente, alguns mercadores franceses em Alexandria e Cairo passaram a ser atacados pelos arrogantes mamelucos. Os observadores otomanos em Istambul, que governaram o Egito desde mil quinhentos e setenta e sete, pouco fizeram para intervir. E a França também não desejava ofender os otomanos – seu útil aliado contra a Rússia.

Então, a situação ficou em banho-maria até que Bonaparte, com seus sonhos de glória no Oriente, encontrou Talleyrand e seu conhecimento da geopolítica global. Em segredo, eles montaram um esquema para "liberar" o Egito da casta mameluca como um "favor" para o sultão em Istambul. Eles iriam reformar um dos cantos do quintal do mundo árabe e criar um trampolim para conter os avanços britânicos na Índia. "A potência européia que controlar o Egito vai, a longo prazo, controlar a Índia", Napoleão escreveu ao Diretório. Havia esperança de que fosse recriado o antigo canal que ligava o Mediterrâneo ao Mar Vermelho. O último objetivo era fazer contato com o paxá indiano chamado Tippoo Sahib, um francófilo que visitou Paris sob a alcunha de Cidadão Tippoo, e cujo entretenimento palaciano incluía um tigre mecânico que devorava uma marionete em formato de inglês. Tippoo estava lutando contra um general inglês chamado Wellesley no sul da Índia, e a França já havia enviado armas e conselheiros.

"A guerra na Itália se pagou e gerou uma sobra", disse Berthollet, "e graças a Malta, essa aqui já está garantida também. O córsego ficou popular com o Diretório por suas batalhas gerarem lucro."

"Você ainda vê Bonaparte como italiano?"

"Com a mãe que tem. Certa vez, ele contou a história de que ela havia desaprovado seus modos rudes com os convidados quando ele já era grande demais para ser castigado e avançou contra ele para puxar sua orelha. Paciência e revanche são lições de um córsego! Um francês aprecia a vida, mas um italiano como Bonaparte a planeja. Como os antigos romanos, ou os bandidos da Sicília, a laia dele acredita em famílias herméticas e leais, avareza e revanchismo. Ele é um soldado brilhante, mas se lembra tanto do desprezo e das humilhações, que acaba esquecendo quando deve parar de iniciar guerras. Acredito que essa seja sua fraqueza."

"Então, o que você está fazendo aqui, doutor Berthollet? Você e o resto dos eruditos, sem dúvida, não buscam glória militar. Nem fortuna."

"Afinal de contas, você sabe alguma coisa sobre o Egito, *monsieur* Gage?"

"Tem areia, camelos e sol. Além disso, muito pouco."

"Você é honesto. Nenhum de nós sabe muito sobre o berço da civilização. Conhecemos histórias sobre vastas ruínas, ídolos estranhos, leitura indecifrável, mas quem na Europa viu essas coisas? Homens querem aprender. O que é o ouro de Malta comparado a ser o primeiro a ver as glórias do Egito Antigo? Vim pela aventura do descobrimento que faz do homem realmente imortal."

"Pelo renome?"

"Pelo reconhecimento que vai viver para sempre."

"Ou pelo conhecimento da magia antiga", completou Talma. "É por isso que Ethan e eu fomos convidados, não é?"

"Se o medalhão de seu amigo é realmente mágico", o químico respondeu, "não há diferença entre história e fábula, é claro."

"E uma diferença entre mero desejo por uma jóia e a crueldade de matar para possuí-la", Talma contrapôs. "O americano aqui está correndo perigo desde que ganhou o medalhão em Paris. Por quê? Justamente por não ser a chave para a glória acadêmica. É a chave para algo mais. Se não for o segredo da verdadeira imortalidade, então, talvez, nos leve a um tesouro perdido."

"O que prova que tesouros geram mais problemas do que lucros."

"A descoberta é melhor que ouro, Berthollet?", perguntei tentando fingir desinteresse nessa coisa toda.

"O que é o ouro senão recurso para uma finalidade? Aqui temos esta conclusão. As melhores coisas da vida não custam nada: conhecimento, integridade, amor e beleza natural. Olhe onde você está, entrando na boca do Nilo com uma mulher exótica. Você é outro Marco Antônio com outra Cleópatra! O que pode ser mais satisfatório que isso?" Ele deitou novamente para cochilar.

Olhei para Astiza, que estava começando a entender francês, mas parecia satisfeita em ignorar nossa conversa e observar as pequenas casas marrons de Rosetta conforme navegávamos. Uma mulher belíssima, sim. Mas uma que parecia tão distante e trancafiada como os segredos do Egito.

"Fale-me sobre seu ancestral", disse de súbito em inglês.

"Quê?" Ela me olhou com alarme. Não era muito fã de conversas casuais.

"Alexandre. Ele era macedônio como você, não?"

Ela parecia embaraçada por ser questionada por um homem em público, mas, lentamente, acenou com a cabeça afirmativamente – como ela estava em companhia de homens rústicos era melhor aceitar seus modos grosseiros. "Um egípcio por escolha assim que ele viu esta grande terra. Nenhum homem jamais o igualou."

"E ele conquistou a Pérsia?"

"Ele marchou da Macedônia até a Índia e, antes que tivesse terminado, as pessoas achavam que ele era um deus. Ele conquistou o Egito muito antes deste levante francês de vocês e cruzou a vastidão das areias de nosso deserto para participar da Primavera do Sol[10] no oásis de Siwah. Lá, ele recebeu artefatos de poder mágico, o oráculo o proclamou um deus filho de Zeus e Amon e profetizou que ele governaria todo o mundo."

"Deve ter sido um endosso conveniente."

"Foi a felicidade dele com a profecia que o convenceu a fundar a grande cidade de Alexandria. Ele demarcou os limites com cevada descascada, um hábito grego. Quando os pássaros se amontoaram para comer a cevada, chamando a atenção dos seguidores de Alexandre, seus videntes disseram que era um presságio de que a cidade atrairia moradores e de que ela alimentaria muitas terras. Eles estavam certos. Mas o general macedônio não precisava de profetas."

"Não?"

[10] N. do T.: Ou equinócio vernal.

"Ele era mestre de seu próprio destino. Mesmo assim ele morreu, ou foi assassinado, antes que pudesse concluir sua tarefa e os símbolos sagrados de Siwah desapareceram. Assim como o próprio Alexandre. Alguns dizem que seu corpo foi levado de volta à Macedônia, outros crêem que foi trazido para Alexandria, mas outros dizem que Ptolomeu o levou para um local secreto nas areias do deserto. Como seu Jesus ascendendo ao Paraíso, ele parece ter desaparecido da Terra. Então, talvez, ele fosse um deus, como o oráculo havia dito. Tomando seu lugar no céu como Osíris."

Ela não era uma mera escrava ou servente. Como Astiza aprendeu tudo isso? "Ouvi falar de Osíris", eu disse. "Que teve os membros recolocados por sua irmã Ísis."

Pela primeira vez ela olhou para mim de uma maneira que parecia realmente entusiasmada.

"Você conhece Ísis?"

"Uma deusa-mãe, certo?"

"Ísis e a Virgem Maria são reflexos da mesma pessoa."

"Cristãos não ligariam para isso."

"Não? Todos os tipos de crenças e símbolos cristãos vêm dos deuses egípcios. Ressurreição, vida após a morte, fecundação divina, tríades, trindades, a idéia de que o homem pode ser humano e divino, sacrifício, mesmo as asas dos anjos e as patas e rabos dos demônios: tudo isso precede o seu Jesus por milhares de anos. O código de seus Dez Mandamentos é uma versão mais simples da confissão negativa que os mortos egípcios fazem para provar sua inocência quando morrem: 'Eu não matei.' Religião é como uma árvore. Egito é o caule e todas as outras são ramos."

"Não é o que a Bíblia diz. Havia os falsos ídolos e o verdadeiro Deus hebreu."

"Como você é ignorante em suas próprias crenças! Já ouvi vocês, franceses, dizerem que a cruz é o símbolo romano da execução, mas que tipo de símbolo é esse para uma religião baseada na esperança? A verdade é que a cruz combina o instrumento de morte de seu salvador com nosso instrumento de vida, a cruz ansada, nossa antiga chave para a vida eterna. E por que não? O Egito era o país mais cristão de todos antes dos árabes chegarem."

Pela alma de Cotton Mather[11]! Eu poderia espancá-la por blasfêmia se eu não estivesse tão assombrado. Não era apenas o fato de ela alegar tais coisas,

[11] N. do T.: Também conhecido como Torquemada norte-americano. Foi o inquisidor do célebre episódio conhecido como as Bruxas de Salém, em 1692.

mas a confiança casual com a qual ela o fazia. "Nenhuma idéia bíblica pode ter vindo do Egito", disse explosivamente.

"Pensei que os hebreus tivessem fugido do Egito e que o jovem Jesus tenha morado aqui, não? Além disso, no final das contas de que importa, pensei que seu general havia garantido que este não era um exército de cristãos, certo? Vocês são homens da ciência sem deuses, não?"

"Bem, Bonaparte adota e se desfaz de crenças como um homem troca de casaco."

"Nossas crenças e ciências têm mais semelhanças do que os francos podem assumir. Ísis é a deusa do conhecimento, amor e tolerância."

"E Ísis é a *sua* deusa."

"Ísis não pertence a ninguém. Sou *sua* servidora."

"Você realmente idolatra um velho ídolo?" Meu pastor na Filadélfia deveria estar apoplético a esta altura.

"Ela é mais nova que seu último suspiro, americano, tão eterna quanto o ciclo do nascimento. Mas eu não espero que você entenda. Tive que abandonar meu mestre no Cairo porque ele não compreendia e ousou corromper os antigos mistérios."

"Que mistérios?"

"Do mundo a nossa volta. Do triângulo sagrado, do quadrado das quatro direções, do pentagrama do livre-arbítrio e do hexagrama da harmonia. Você já leu Pitágoras?"

"Ele estudou no Egito, certo?"

"Por vinte e dois anos antes de ser levado pelo conquistador persa Cambises para a Babilônia, e, finalmente fundar sua escola na Itália. Ele ensinou o que era a unidade de todas as religiões e povos, ensinou que o sofrimento deveria ser encarado com bravura e que a esposa era igual a seu marido."

"Parece que ele via as coisas do seu jeito."

"Ele via as coisas do jeito dos deuses! A mensagem dos deuses está na geometria e no espaço. O ponto geométrico representa Deus, a linha representa o homem e a mulher e o triangulo é o número perfeito representando o espírito, a alma e o corpo."

"E o quadrado?"

"As quatro direções, como eu disse. O pentagrama era a rivalidade, o hexagrama as seis direções espaciais e o esquadro duplo era a harmonia universal."

"Acredite se quiser, mas eu ouvi a mesma coisa de um grupo conhecido como Maçonaria. Eles alegam ensinar como Pitágoras fez e dizem que a régua representa precisão, o esquadro a integridade e o malho a determinação."

Ela concordou. "Precisamente. Os deuses fazem tudo claro e, mesmo assim, os homens continuam cegos! Busque a verdade e o mundo se torna seu."

Bem, esse resto de mundo, aliás. Estávamos bem dentro do Nilo, aquela maravilhosa via aquática onde o vento normalmente soprava para o sul e a corrente seguia ao norte, o que permitia o tráfego em ambas as direções.

"Você disse que fugiu do Cairo. Você é uma escrava fugitiva?"

"É mais complicado que isso. Egípcios." Ela apontou para a costa. "Entenda nossa terra antes de tentar entender nossa mente."

A planície achatada do interior fora de Alexandria havia mudado para algo suntuoso, mais perto da imagem bíblica das histórias de Moisés preso no junco. Campos verdes de arroz, trigo, milho, açúcar e algodão formavam retângulos brilhantemente definidos entre fileiras de imponentes palmeiras altivas feito pilastras e pesadas como seus frutos alaranjados e rubros. Bananeiras e plátanos se mexiam ao sabor do vento. Búfalos da Índia levantavam seus chifres enquanto se banhavam. A freqüência das vilas de barro com cor de chocolate aumentava e, na maioria das vezes, era indicada pelo topo de uma minarete. Passávamos por barcos rápidos chamados de faluchos com, no máximo, seus dez metros e um remo longo com estrutura suficiente para comportar um homem que de lá lançava suas redes. O cheiro da água do Nilo tomava conta da brisa. Nossa flotilha de canhoneiras e barcos de suprimentos passou sem causar nenhuma alteração. Muitos camponeses nem se deram ao trabalho de olhar.

Lugar estranho esse onde eu vim parar. Alexandre, Cleópatra, árabes, mamelucos, faraós antigos, Moisés e, agora, Bonaparte. O país todo transbordava história incluindo o estranho medalhão que estava em meu pescoço. Agora, pensava em Astiza, que parecia ter um passado muito mais complexo do que eu imaginava. Será que ela poderia reconhecer alguma coisa a mais no medalhão?

"Que feitiço você fez quando estávamos em Alexandria?"

Demorou um pouco até que ela, relutantemente, respondesse. "Um feitiço para ficarmos a salvo e que possibilitaria um outro. E um segundo para que você encontre sua sabedoria."

"Você vai me deixar esperto?"

"Isso parece impossível. Talvez eu possa fazer você enxergar."

Eu ri e ela, finalmente, deixou escapar um leve sorriso. Ao ouvi-la, eu estava conseguindo que ela me deixasse entrar um pouco mais em suas defesas.

Ela queria respeito, não apenas para ela, mas para sua nação.

Naquela noite, lançamos âncora e dormimos no tombadilho do *chebek* sob um vasto véu de estrelas. Eu deitei perto de onde ela dormia. Podia ouvir a água batendo, o ranger da madeira e os murmúrios dos vigias.

"Fique longe de mim", ela sussurrou quando acordou, se apertando contra a madeira.

"Quero lhe mostrar uma coisa."

"Aqui? Agora?" Ela tinha o mesmo tom de desconfiança que madame Durrell usava quando nós discutíamos sobre o pagamento do meu aluguel.

"Você é uma historiadora das verdades evidentes. Veja isto." Entreguei o medalhão a ela. Com o brilho de uma lanterna do tombadilho, ele era apenas perceptível.

Ela sentiu com os dedos e prendeu a respiração. "Onde você conseguiu isto?" Seus olhos abriram e seus lábios ficaram entreabertos.

"Eu ganhei num jogo de baralho em Paris."

"Ganhou de quem?"

"De um soldado francês. Supostamente, o objeto veio do Egito. De Cleópatra, ele alegava."

"Talvez você tenha roubado desse soldado." Por que ela diria isso?

"Não, só ganhei nas cartas. Você é a especialista em religião. Diga-me o que sabe sobre isso."

Ela o virou na mão, estendeu os pequenos braços para formar um 'V', esfregou o disco entre o polegar e o dedo indicador para sentir as inscrições. "Não tenho certeza."

Foi desapontador. "É egípcio?"

Ela o segurou no alto para vê-lo com mais luz. "Dos primórdios, se é que é mesmo. Parece primitivo, fundamental... então é *isto* que o árabe quer tanto?"

"Vê todos estes buracos? O que você acha que eles são?"

Astiza o analisou por um minuto e, depois, o segurou pela parte de trás e apontou para o céu. "Veja como a luz atravessa. Certamente, os buracos devem ser estrelas."

"Estrelas?"

"O sentido da vida está escrito nas estrelas, americano. Veja!" Ela apontou para o sul em direção à estrela mais brilhante que subia no horizonte.

"Aquela é Sírius. Que tem ela?"

"É a estrela de Ísis, a estrela do Ano-Novo. Ela espera por nós."

Capítulo Oito

"Quando o poço seca, passamos a conhecer o real valor da água", o velho Ben Franklin escreveu. Sem dúvida, a marcha do exército francês para o Nilo foi um desastre mal planejado. As companhias se atropelavam quando encontravam um poço em condições e bebiam toda a água antes que o próximo regimento chegasse. Homens surtavam, entravam em colapso, tinham delírios e atiravam neles mesmos. Eram atormentados por um novo fenômeno que os sábios nomearam como miragem, na qual um ponto distante no deserto parecia conter lagos de água brilhante. A cavalaria avançava em carga máxima até o lugar apenas para encontrar areia seca e, novamente, viam o "lago" no horizonte. Era tão ilusório quanto o fim do arco-íris.

Parecia que o deserto estava brincando com os europeus.

Quando as tropas chegaram ao Nilo, dispararam feito gado assustado, pularam no rio para beber até vomitar, mesmo enquanto outros homens tentavam beber ao redor. Seu destino misterioso, o fabuloso Egito, parecia tão cruel quanto uma miragem. A falta de cantis e a falha de não ter assegurado a posse de poços foram considerados erros criminosos pelos generais que, por sua vez, culpavam Napoleão, um homem difícil de aceitar qualquer culpa. "Os franceses sempre reclamam de tudo", ele resmungava. Mesmo assim, as críticas o atingiram já que ele sabia que eram válidas.

Na campanha na fértil Itália, água e comida eram facilmente obtidas durante uma marcha e as roupas do exército eram adequadas ao clima. Aqui, ele estava aprendendo a trazer tudo com ele, mas tais lições eram dolorosas. Os nervos ficavam à flor da pele com o calor.

O exército francês começou a marchar Nilo acima em direção ao Cairo. Os camponeses egípcios fugiam e se reorganizavam atrás de nós como se cruzássemos a névoa. Assim que uma coluna se aproximava de uma vila, mulheres e crianças levavam os animais para o deserto e os escondiam entre as dunas e ficavam vigiando como animais numa toca. Os homens ficavam um pouco mais para tentar esconder comida e suas escassas ferramentas da nuvem de invasores. Tão logo a bandeira tricolor cruzasse a borda da vila, eles saíam correndo para o rio, montavam em feixes de papiro e remavam para a água, onde ficavam esperando como patos cautelosos. Divisão após divisão marcharia por suas casas como uma longa lagarta empoeirada com uniformes azuis, vermelhos, brancos e verdes. Portas eram chutadas, estábulos explorados e qualquer coisa útil era levada. Então, o exército continuava sua marcha e os camponeses voltariam para retomar suas vidas novamente, apagando totalmente nossos rastros.

Nossa pequena frota navegava em paralelo com a força terrestre, tentando localizar suprimentos e vigiando o lado oposto do rio. Desembarcávamos perto do quartel-general de Napoleão todas as noites para que Monge, Berthollet e Talma pudessem tomar notas sobre o país que atravessávamos. Era perigoso ficar longe da proteção dos soldados, por isso eles entrevistavam oficiais para saber sobre animais, pássaros e vilas. Às vezes, eles os recebiam de forma ranzinza por invejarem a posição a bordo dos barcos. O calor era enlouquecedor e as moscas eram um tormento. A cada novo desembarque, a tensão entre os oficiais parecia pior, já que a maioria dos suprimentos estava nos barcos ou nas docas em Alexandria e nenhuma divisão tinha tudo de que precisava. As tropas ficavam desconfortáveis com as constantes e tórridas histórias de capturas e tortura e os ataques dos franco-atiradores beduínos.

A tensão, finalmente, entrou em ponto de ebulição, numa noite, quando um insolente grupo de inimigos conseguiu chegar perto da tenda de Napoleão. Eles gritavam e atiravam de seus esplêndidos corcéis árabes e vestes coloridas. Quando o furioso general enviou os dragões da cavalaria, sob o comando de um jovem assistente chamado Croisier para destruí-los, os habilidosos cavaleiros egípcios brincaram com nossas tropas e, então, escaparam sem perder um homem sequer. Os pequenos cavalos do deserto pareciam correr duas vezes mais, com a metade da água, que as pesadas montarias européias, que ainda se recuperavam da longa viagem pelo mar. Nosso comandante ficou com tanta raiva e humilhou o assistente de tal maneira, que Croisier jurou morrer bravamente em batalha para compensar sua vergonha – uma promessa que ele cumpriria em um ano. Mas Bonaparte não perdeu sua fúria.

"Tragam-me um guerreiro de verdade!", ele gritou. "Eu quero Bin Sadr!"

Isto deixou Dumas irado, pois ele sentiu a honra de sua cavalaria ser insultada. Não ajudava o fato de haver poucos cavalos e a maior parte de seus soldados continuar sem montaria. "Você honra aquele cortador de gargantas e insulta meus homens?"

"Quero um flanco que mantenha os beduínos longe de minha base, não almofadinhas aristocráticos que não consigam pegar um bandoleiro!" Os oficiais mais experientes olhavam para ele.

Dumas não recuou. "Então, espere por bons cavalos em vez de sair correndo para o deserto sem água! É incompetência sua, não de Croisier!"

"Você se atreve a me desafiar? Você vai ser fuzilado!"

"Vou te quebrar em dois antes que você faça isso, baixinho..."

A discussão foi interrompida pela chegada a galope de Bin Sadr e meia dúzia de homens vestindo turbantes que controlaram os ímpetos dos generais. Kleber aproveitou a chance para puxar o esquentado Dumas para trás enquanto Napoleão lutou para se controlar. Os mamelucos estavam nos fazendo de tolos.

"O que é, *effendi*?" Novamente, a parte de baixo do rosto do árabe estava mascarada.

"Você é pago para manter os beduínos e mamelucos longe do meu flanco", Bonaparte alfinetou. "Por que não está fazendo isso?"

"Talvez, porque *você* não esteja pagando conforme prometido. Tenho uma jarra cheia de orelhas frescas, mas nenhum ouro fresco para que eu lhe mostre. Meus homens trabalham por dinheiro, *effendi*, e eles vão lutar pelos mamelucos se o inimigo oferecer dinheiro fácil."

"Bah. Vocês estão com medo do inimigo."

"Eu os invejo! Eles têm generais que pagam conforme o prometido!"

Bonaparte olhou feio para Berthier, seu chefe de gabinete. "Por que ele não foi pago?"

"Homens têm duas orelhas e duas mãos", Berthier disse rapidamente. "Houve um desacordo sobre quantos ele realmente matou."

"Você questiona minha honestidade?", o árabe bradou. "Vou trazer suas línguas e pintos!"

"Pelo amor de Deus", Dumas suspirou. "Por que estamos lidando com bárbaros?"

Napoleão e Berthier começaram a cochichar baixinho entre eles sobre dinheiro.

Bin Sadr analisou o resto de nós com um olhar impaciente e, de novo, parou em mim. Eu podia jurar que o maldito estava olhando para a corrente em volta do meu pescoço. Encarei de volta, suspeitando que ele tivesse colocado a cobra na minha cama. Seu olho desviou para Astiza, com um olhar próximo do ódio. Ela permaneceu impassível. Esse homem poderia ser o lanterneiro que tentou me entregar em Paris? Ou seria apenas eu sucumbindo ao medo e fantasiando como os soldados sedentos? Na verdade, eu não tinha dado uma boa olhada no homem na França.

"Tudo bem", nosso comandante, finalmente, disse. "Pagaremos pelas mãos que você trouxe até agora. Haverá o dobro para todos os seus homens quando conquistarmos o Cairo. Apenas mantenha os beduínos longe daqui."

O árabe fez reverência. "Você não será mais incomodado por aqueles chacais novamente, *effendi*. Vou arrancar os olhos e fazer com que engulam suas próprias vistas. Vão ser castrados como gado. Vou amarrar seus intestinos nos rabos de seus cavalos e vou chicotear o animal para correr por todo o deserto."

"Bom, bom. Faça com que a notícia se espalhe." Ao encerrar com o árabe, ele se virou. A frustração havia passado. Ele parecia embaraçado com sua explosão e pude notar que, mentalmente, se punia por ter perdido o controle. Bonaparte cometia muitos erros, mas raramente mais de uma vez.

Mas Bin Sadr não tinha terminado. "Nossos cavalos são rápidos, mas nossas armas são velhas, *effendi*. Poderia nos ceder algumas novas, pois não?" Ele gesticulou em direção às carabinas de cano curto que a cavalaria de Dumas carregava.

"Para o inferno com você", o cavaleiro rosnou.

"Novas?" Bonaparte repetiu. "Não, não temos de sobra."

"E quanto àquele homem com o rifle longo?" Agora, ele apontava para mim. "Eu lembro dele e do tiro nos muros de Alexandria. Deixe-o comigo e, juntos, mandaremos os demônios que o atacaram para o inferno."

"O americano?"

"Ele pode atirar nos que fugirem."

A idéia intrigou Napoleão, que estava procurando uma distração. "O que você acha, Gage? Você quer cavalgar com um xeique do deserto?"

O homem que tentou me matar, pensei, mas não disse. Eu não queria chegar perto de Bin Sadr, exceto para estrangulá-lo, claro, depois de interrogá-lo. "Fui convidado como estudioso, não franco-atirador, general. Meu lugar é no barco."

"Longe do perigo?", Bin Sadr tripudiou.

"Mas não fora do alcance. Chegue perto da ribanceira qualquer hora dessas e você vai ver o quão perto eu chego de acertar você, lanterneiro."

"Lanterneiro?" Bonaparte perguntou.

"O americano tomou muito sol na cabeça", disse o árabe. "Vá, fique em seu barco, pensando estar fora de perigo e, talvez, alguém encontre nova utilidade para o seu rifle em breve. Você vai desejar ter vindo com Achmed Bin Sadr." E, com isso, pegando um saco de moedas de Berthier, ele se virou e partiu galopando.

E, quando o fez, o tecido que cobria seu rosto se moveu rapidamente e pude vislumbrar seu rosto. Ele tinha uma queimadura feia, coberta por cataplasma, no mesmo lugar onde Astiza cortou a figura de cera.

Estávamos a meio caminho do Cairo quando chegou a notícia de que o governante mameluco Murad Bey organizou uma força para impedir nossa passagem. Bonaparte decidiu tomar a iniciativa. Ordens foram dadas e tropas partiram na tarde do dia doze de julho para uma marcha noturna de surpresa até Shubra Khit, a próxima cidade grande às margens do Nilo. Na manhã, a aproximação francesa surpreendeu cerca de dez mil homens do ainda desorganizado exército egípcio. A melhor parte era formada por mil integrantes da esplêndida cavalaria mameluca e o resto se resumia a uma turba de camponeses *fellahin* armados com pouco mais que porretes. Eles se moveram sem saber o que fazer enquanto os franceses formavam fileiras de combate. Por um momento, pensei que a massa recuaria sem luta. Então, eles tiveram algum encorajamento – víamos seus líderes apontando para o Nilo – e também se prepararam para a batalha.

Fiquei com o camarote especial sentado no *Le Cerf*, que estava ancorado. Conforme um sol dourado nascia no leste, assistimos da água à banda do exército começar com a *Marselhesa*, cujas notas flutuavam pelo Nilo. Era um som que fazia as tropas sentirem calafrios e, sob sua inspiração, os franceses chegariam perto de conquistar o mundo. A eficiência com que os soldados montavam seus quadrados espinhentos aumentou impressionantemente. Os estandartes dos regimentos tremulavam com a brisa matinal.

Não é uma formação fácil de se aperfeiçoar e mais difícil ainda de ser mantida durante uma carga inimiga – quando cada homem está olhando apenas em frente e confiando plenamente que o homem de trás manterá a posição. Há uma tendência natural de se mover para trás, o que pode fazer toda a formação entrar em colapso, ou de os medrosos largarem suas armas. Sargentos e os veteranos mais durões formavam a retaguarda para garantir que os homens da frente não fraquejassem. Entretanto um quadrado firme é virtualmente inexpugnável. A cavalaria mameluca poderia circular para encontrar um ponto fraco e não encontraria nenhum. As formações francesas claramente confundiam o inimigo. Parecia que a batalha seria outra demonstração desbalanceada do poder de fogo europeu contra a coragem medieval dos árabes. Esperamos, bebericando chá de menta egípcia, enquanto o céu da manhã passava de róseo a azul.

Então, ouvimos tiros de aviso e velas apareceram na curva do rio. Gritos de triunfo vieram dos mamelucos na praia. Ficamos inquietos no tombadilho enquanto os inimigos desciam o rio. O Nilo trazia uma armada de barcos egípcios vindos do Cairo com suas latinas[12] preenchendo o horizonte com um varal cheio de roupa. Bandeiras islâmicas e mamelucas tremulavam em cada mastro e dos tombadilhos repletos de soldados e canhões veio um grande clamor com trombetas, tambores e cornetas. Era esse o outro uso para meu rifle a que Bin Sadr se referia? Como ele sabia?

A estratégia do inimigo era óbvia. Eles queriam destruir nossa frota e derrotar o exército de Bonaparte flanqueando pelo rio.

Joguei meu chá para o lado e conferi a munição de meu rifle. Eu me sentia encurralado e exposto na água. No final das contas, eu não era mais um espectador.

O capitão Perree começou a dar ordens de levantar âncora enquanto os marinheiros colocavam os canhões em posição. Talma pegou seu caderno e parecia pálido. Monge e Berthollet agarraram as amarras e correram até a amurada para olhar, como se estivéssemos numa regata. Por alguns minutos

[12] N. do T.: Vela triangular, inclinada em um ângulo de aproximadamente 45 graus.

as duas frotas se aproximaram com certa graça, como grandes cisnes deslizando. Então veio uma batida seca, uma nuvem de fumaça na proa da nau capitânea mameluca e algo passou zunindo no ar, criando um gêiser de água verde perto de nossa popa.

"Não vamos conversar antes?", perguntei levemente com a voz mais instável do que eu gostaria.

Como resposta, a linha de frente de toda a flotilha egípcia trovejou conforme seus canhões atiravam e o rio parecia se levantar. Esguichos de água surgiram por todos os lados, deixando todos molhados com a garoa. Uma bala atingiu em cheio uma canhoneira à nossa direita fazendo uma chuva de destroços. Gritos vinham da água. Havia aquele estranho som de água sendo esguichada com os tiros passando e buracos abertos em nossa vela que pareciam formar uma expressão de surpresa.

"Acho que as negociações acabaram", Talma disse rapidamente, enquanto se apertava contra uma roda, fazendo notas com um dos novos lápis de Conte. "Isso vai render um boletim empolgante." Seus dedos mostravam sua tremedeira.

"Os marinheiros parecem consideravelmente mais precisos que seus camaradas em Alexandria", Monge pontuou admirado, pulando do cordame. Ele se mantinha imperturbável como se assistisse a uma demonstração de canhões numa fundição.

"Os marujos otomanos são gregos!", Astiza alertou, reconhecendo seus compatriotas por suas roupas. "Eles servem o regente no Cairo. Agora, vocês vão ter uma luta!"

Os homens de Perree começaram a atirar de volta, mas era muito difícil navegar contra a corrente e conseguir uma linha de tiro adequada. Sem contar o fato de termos claramente menor poder de fogo. Mesmo estufando nossas velas para evitar contato rápido com o inimigo, a frota rival se aproximava inevitavelmente. Olhei para a costa. O começo deste duelo naval aparentemente foi o sinal para os mamelucos em terra. Eles brandiam suas lanças e avançaram contra as baionetas, galopando direto para a linha de tiro francesa. Os cavalos partiam para cima dos quadrados como ondas contra uma costa rochosa.

De repente, houve um enorme *bang*, perdi o contato com a madeira e Astiza e eu fomos jogados para o lado. Em circunstâncias normais, eu teria apreciado o momento de inesperada intimidade com ela, mas ele tinha sido causado por uma bala de canhão que atingiu nosso casco. Quando rolamos para o lado e nos separamos, eu estava enjoado. O tiro percorreu o convés principal estraçalhando dois de nossos artilheiros e borrifando a parte frontal do navio com sangue. Farpas feriram vários outros homens, incluindo Perree, e nossa força diminuía enquanto a dos árabes parecia aumentar.

"Jornalista!" o capitão gritou para Talma. "Pare de escrever e segure o leme!"

Talma ficou branco. "Eu?"

"Preciso amarrar meu braço e manejar o canhão!"

Nosso escriba correu para obedecer, ao mesmo tempo empolgado e em pânico. "Para onde?"

"Em direção ao inimigo!"

"Venha, Claude Louis!", Monge gritou para Berthollet enquanto o matemático ia para a frente assumir outra arma abandonada. "É hora de colocarmos nossa ciência em uso! Gage, comece a usar o seu rifle se você quiser viver!" Meu Deus, o cientista tinha mais de cinqüenta anos e estava determinado a vencer a batalha por conta própria! Ele e Berthollet assumiram o canhão de proa. Nesse meio tempo, finalmente, atirei e um marujo inimigo caiu de seu cordame. Uma névoa de pólvora dos canhões chegou até nós. Os barcos árabes deslizavam na escuridão. Quanto tempo até sermos abordados e cortados em fatias pelas cimitarras?

Notei que Astiza havia engatinhado até a frente para ajudar os cientistas a carregarem o canhão. Seu instinto de autopreservação tinha, aparentemente, sobreposto a admiração que ela tinha pela perícia de artilharia dos gregos. O próprio Berthollet carregou o primeiro tiro e, agora, Monge fazia mira.

"Fogo!"

O canhão soltou uma lingüeta de fogo. Monge correu para o mastro frontal, ficou na ponta dos pés para conferir sua pontaria e desceu desapontado. O tiro errou o alvo. "Precisamos de coordenadas para calcular a distância precisa, Claude Louis", ele resmungou; "ou vamos ficar desperdiçando pólvora e balas." Ele deu um tapinha nas costas de Astiza. "Recarregue!"

Mirei meu rifle novamente com bastante cuidado. Desta vez, um capitão mameluco sumiu de vista. Uma chuva de balas veio em resposta. Recarreguei. Suando.

"Que droga, Talma, mantenha o curso!" Monge gritou.

O escriba estava controlando o leme com pouca determinação. A frota otomana estava chegando cada vez mais perto e os marujos inimigos se amontoavam na proa prontos para a abordagem.

Os cientistas, pelo que vi, estavam calculando coordenadas em pontos de referência e rabiscando linhas de intersecção para conseguir a distância estimada para a nau capitânea inimiga. A água continuava a jorrar como gêiseres por todos os lados. Pedaços de destroços cruzavam o ar.

Mirei novamente e atirei no artilheiro grego otomano acertando o cérebro, e corri para a proa. "Por que vocês não atiram?"

"Silêncio!", Berthollet gritou. "Precisamos de tempo para checar os cálculos!" Os dois cientistas estavam elevando a arma, mirando tão precisamente quanto um instrumento de medição.

"Mais um grau", Monge cochichou. "Agora!"

O canhão trovejou novamente, sua bola saiu gritando e pude seguir seu rastro e, então, ela atingiu a nau capitânea mameluca perfeitamente no meio fazendo um buraco nas entranhas do barco. Foi uma maravilha. Por Thór, os dois estudiosos acertaram o alvo melhor que os atiradores treinados.

"Viva a matemática!"

Um segundo depois e, então, toda a embarcação explodiu.

Aparentemente, os cientistas conseguiram um tiro certeiro no arsenal. Ouvimos um barulho imenso vindo de uma nuvem de pedaços de madeira, canhões quebrados e partes de corpos humanos levantando vôo e, depois, tocando a opaca superfície do Nilo. O golpe de ar fez nosso barco se movimentar sem rumo e a fumaça turvou o céu azul do Egito na forma de um grande cogumelo. E, então, havia apenas a água se movendo onde antes esteve a nau árabe. Era como se tivesse sumido por mágica. Os tiros dos muçulmanos cessaram imediatamente.

Ouvimos o lamento vindo dos barcos menores da flotilha enquanto viravam para subir novamente o rio. No mesmo momento, a cavalaria mameluca, que formava sua segunda carga (a primeira falhou), repentinamente, quebrou a formação e bateu em retirada para o Sul com este sinal aparente da onipotência francesa. Em minutos, o que era uma violenta batalha em terra e mar se transformou numa fuga desordenada. Com apenas um tiro bem colocado, a batalha de Shubra Khit foi vencida e o ferido Perree foi promovido a almirante de retaguarda.

E eu, por associação, era um herói.

Quando Perree desembarcou para receber os cumprimentos de Napoleão, ele, generosamente, convidou os dois cientistas, Talma, e eu, concedendo-nos crédito total pelo tiro decisivo. A precisão de Monge foi uma maravilha. Mesmo com a experiência grega, o novo almirante, mais tarde, calculou que as duas frotas trocaram mil e quinhentos tiros de canhão em meia hora e que sua flotilha contabilizou apenas seis mortos e vinte feridos.

Esse era o reflexo do estado da artilharia egípcia, ou das outras nações em geral, perto do final do século XVII. Disparos de canhão e mosquetes eram tão imprecisos que um homem corajoso podia ficar na frente da linha de tiro e ter uma boa chance de conseguir sobreviver. Os homens atiravam muito cedo. Atiravam cegados pela fumaça. Recarregavam em pânico e se esqueciam de limpar as cargas, deixando uma bala encavalada na outra, de forma que as armas nem chegavam a atirar e eles só percebiam quando o mosquete explodia. Os soldados atiravam nas mãos e orelhas dos homens das linhas à frente, estouravam tímpanos e esfaqueavam uns aos outros quando encaixavam as baionetas. Bonaparte me disse que, pelo menos, um por cento das baixas de batalha era causado pelos próprios soldados. Por isso os uniformes são tão brilhantes: para impedir que amigos matem uns aos outros.

Um dia, rifles caros como o meu vão mudar tudo isso, espero, e a guerra vai evoluir em algo como homens rastejando na lama em busca de cobertura. Qual a glória no assassinato? Pensei em como seria uma guerra na qual os cientistas fizessem todos os cálculos e cada bomba e bala atingissem seu alvo. Mas isso, é claro, é apenas uma idéia boba de algo que vai ser sempre impossível.

Enquanto Monge e Berthollet foram os homens que manejaram a arma decisiva, eu fui aplaudido por ter lutado com fervor pela França. "Você tem o espírito de Yorktown!", Napoleão me parabenizou, batendo em minhas costas. Novamente, a presença de Astiza aumentou minha reputação. Como todo bom soldado francês eu tinha uma mulher atraente e, mais ainda, uma com a disposição e vontade para carregar um tiro de canhão. Eu me tornei um deles, enquanto ela usava seu conhecimento ou magia – no Egito, os dois pareciam ser a mesma coisa – para ajudar os feridos. Os machos se juntaram a Napoleão para um jantar em sua tenda.

Nosso general estava de bom humor por causa do resultado da peleja, que serviu tanto a ele quanto a seu exército. O Egito podia ser alienígena, mas a França seria sua dona. Agora, a mente de Bonaparte estava cheia de planos para o futuro, mesmo ainda estando a mais de mil e seiscentos quilômetros de distância do Cairo.

"Minha campanha não é de conquista, mas de matrimônio", ele proclamou enquanto comíamos os frangos que seus assistentes encontraram em Shubra Khit e os assaram nas varetas de recarga de seus mosquetes. "A França tem um destino no Leste, assim como sua jovem nação, Gage, tem no Oeste. Enquanto os Estados Unidos levam a civilização aos selvagens vermelhos, nós vamos reformar os muçulmanos com idéias ocidentais. Vamos trazer moinhos de vento, canais, fábricas, diques, estradas e carruagens para o sonolento Egito. Você e eu somos revolucionários, sim, mas eu também sou um construtor. Eu quero criar, não destruir."

Eu acho que ele acreditava nisso realmente, assim como ele acreditava em outras mil coisas sobre ele mesmo, muitas delas contraditórias. Ele tinha o intelecto e a ambição de doze homens e era um camaleão que tentava comportar todas elas.

"Essas pessoas são muçulmanas", eu chamei a atenção. "Eles não vão mudar. Eles lutam contra os cristãos há séculos."

"Eu também sou muçulmano, Gage, se há um único Deus e cada religião é apenas um aspecto de uma verdade central. É isso que devemos explicar a estas pessoas, que somos todos irmãos sob Alá, Jeová, Yahweh, ou qualquer outro. França e Egito vão se unir, assim que os mulás verem que somos seus irmãos. Religião? É uma ferramenta, como medalhas ou pagamento extra. Nada inspira tão bem como a fé sem evidências reais."

Monge riu. "Sem evidências? Sou um cientista, general, e Deus pareceu bem evidente e real na hora em que as balas de canhão começaram a passar por nós."

"Comprovado ou desejado, como uma criança pede por sua mãe? Quem sabe? A vida é curta e nenhuma de nossas perguntas mais profundas é jamais respondida. Então, eu vivo para a posteridade: morte não é nada, mas viver sem glória é morrer todos os dias. Lembrei-me da história de um duelista italiano que lutou catorze vezes para defender sua alegação de que o poeta Aristo era melhor que o poeta Tasio. Em seu leito de morte, o homem confessou que não leu nenhum dos dois." Bonaparte riu. "*Aquilo* é viver!"

"Não, general", o balonista Conte respondeu, dando um tapinha em seu copo de vinho. "*Isto* é viver."

"Ah, eu aprecio uma boa taça, um belo cavalo e uma mulher maravilhosa. Veja o nosso amigo americano aqui. Ele salvou esta bela macedônica, está na tenda do comandante e prestes a compartilhar das riquezas do Cairo. Ele é um oportunista como eu. Não pensem que não sinto falta da minha mulher, que é uma bruxinha gananciosa com uma das xoxotas mais lindas que eu já vi, uma mulher tão sedutora que uma vez tentei agarrá-la e nem percebi que o cachorrinho dela estava mordendo o meu traseiro!" Ele gargalhou por lembrar. "O prazer é raro! Mas é a história que dura e nenhum lugar tem mais história que o Egito. Você vai registrar isso para mim, certo Talma?"

"Escritores prosperam com seus temas, general."

"Vou dar aos autores temas dignos de seus talentos."

Talma levantou seu copo. "Heróis vendem livros."

"E livros fazem heróis."

Todos brindamos, a que exatamente, eu não sei dizer.

"Você tem muita ambição, general", eu disse.

"Sucesso é a substância do desejo. O primeiro passo para a grandeza é decidir ser grande. Os homens vão seguir."

"Seguir o senhor até aonde, general?", Kleber perguntou com genialidade.

"Para todos os lugares." Ele olhou um pouco para cada um de nós. Seu semblante era intenso. "Todos os lugares."

Depois do jantar, eu fiz uma pausa para me despedir de Monge e Berthollet. Eu estava cheio de barcos, especialmente por ter visto um explodir. Talma e Astiza também queriam ficar em terra firme. Dissemos um até logo temporário aos dois cientistas sob uma noite repleta de incontáveis estrelas.

"Bonaparte é cínico, mas sedutor", eu pontuei. "Não há como ouvir seus sonhos sem ser afetado por eles."

Monge concordou. "Aquele ali é um cometa. Se não for morto, vai deixar uma marca no mundo. E em todos nós."

"Sempre admire, mas nunca confie nele", Berthollet alertou. "Estamos todos pendurados pela cauda de um tigre, *monsieur* Gage, torcendo para não sermos devorados."

"Com certeza, ele não vai comer sua própria espécie, meu amigo químico."

"Mas o que é sua própria espécie? Se ele não acredita muito em Deus, vai acreditar muito menos em nós, que somos reais. Ninguém é real para Napoleão exceto Napoleão."

"Isso parece cínico *demais*."

"Será? Na Itália, ele mandou um grupo de seus soldados para um combate violento com os austríacos que causou a morte de muitos deles."

"Isso é guerra, não é?" Lembrei-me dos comentários de Bonaparte na praia.

"Não quando não há necessidade militar do combate, nem das mortes. A bela *mademoiselle* Thurreau visitava Paris e Bonaparte estava ansioso para demonstrar seu poder e trepar com ela." Berthollet colocou a mão em meu braço. "Fico feliz que tenha se juntado a nós, Gage, você está se mostrando bravo e bastante útil. Marche com nosso jovem general e irá longe, como ele prometeu. Mas nunca se esqueça de que os interesses de Napoleão são os dele, não seus."

Esperava que o restante de nossa jornada até o Cairo fosse um passeio por avenidas rodeadas por palmeiras esverdeadas e plantações de melão irrigadas. Em vez disso, para evitar as curvas do rio e as passagens estreitas pelas vilas, o exército francês deixou o Nilo a poucas milhas a leste e voltou a enfrentar o deserto e as fazendas secas novamente, cruzando lama ressecada pelo sol e canais de irrigação. O vale aluvial – que o Nilo alagava todo ano – provocou uma nuvem de poeira seca que transformou nossa força numa horda de homens empoeirados, marchando para o sul com os pés cheios de bolhas.

O calor no meio de julho, normalmente, passava dos quarenta graus. A areia voava do topo das dunas. Homens começaram a sofrer de cegueira temporária por causa do brilho incessante. O sol era tão impetuoso que precisávamos enrolar as mãos para pegar uma pedra ou tocar o cano de um canhão.

Não ajudava o fato de Bonaparte – ainda com medo de um ataque britânico a sua retaguarda ou uma resistência mais organizada na vanguarda – repreender seus oficiais a cada pausa ou atraso. Enquanto eles focavam na marcha atual, sua mente sempre estava no cenário mais amplo, acompanhando o calendário e imaginando onde, estrategicamente, estaria a frota inglesa a caminho do aliado Tippoo, na Índia. Ele tentou observar todo o Egito com seus olhos. O genial anfitrião que vimos depois da batalha do rio, uma vez mais, se transformou no tirano ansioso, galopando de um ponto a outro e pedindo mais velocidade. "Quanto mais rápido, menos sangue derramamos!", ele explicava.

Como resultado, todos os generais estavam suados, sujos, e, freqüentemente xingando uns aos outros. Os soldados estavam deprimidos por causa das brigas e da desolação da terra que eles vieram conquistar. Muitos jogavam seu equipamento fora para não carregá-lo. Tantos outros cometeram suicídio. Astiza e eu passamos por dois corpos deixados pelo caminho já que todo mundo estava com pressa demais para enterrá-los. Apenas os beduínos em nosso encalço desencorajavam os homens a desertarem.

Nossa hoste de homens, cavalos, burros, armas, carroças, camelos, pedintes e seguidores de acampamentos fluía em direção ao Cairo como uma flecha de poeira. Quando paramos para descansar nas fazendas, melados de suor, nossa única diversão era atirar pedras nos numerosos ratos da área. Na borda do deserto, homens atiravam em cobras e brincavam com escorpiões, atiçando os insetos para lutar uns com os outros. Eles aprenderam que a picada do escorpião não era tão mortal quanto imaginavam a princípio e que esmagar o bicho contra o ferrão liberava uma gosma que servia como um bálsamo para aliviar a dor e acelerar a cura.

Não chovia. Nunca. E, raramente, aparecia uma nuvem. De noite, não fazíamos mais que nos espalhar. Todo mundo simplesmente caía na seqüência em que marchava e boa parte era imediatamente atacada por moscas e mosquitos-pólvora[13]. Comemos comida fria já que havia pouca madeira para usar como combustível. A noite esfriava até o alvorecer e acordávamos molhados com o orvalho. Ninguém descansava por completo. O sol voltava a se levantar com toda a força e logo estávamos assando novamente. Notei que Astiza deitava bem perto de mim conforme a marcha prosseguia, mas nós dois estávamos tão debilitados, sujos e expostos no meio dessa horda, que não havia nada de romântico em sua decisão. Simplesmente buscávamos o calor um do outro durante a noite e reclamávamos das moscas e do sol no meio do dia.

Finalmente, o exército pôde descansar por dois dias em Wardan. Os homens se lavaram, dormiram, pilharam e fizeram trocas por comida. Mais uma vez, Astiza provou seu valor ao ser capaz de conversar com os camponeses e conseguir mantimentos. Ela foi tão bem-sucedida, que fui capaz de abastecer alguns dos oficiais do quartel-general de Napoleão com pão e frutas.

"Você está sustentando os invasores como os hebreus foram sustentados pelo maná que caía do céu", tentei brincar com ela.

"Não vou matar soldados comuns de fome por causa das ilusões de seu comandante", ela devolveu. "Além disso, alimentados ou famintos, vocês todos vão embora logo."

"Você não acha que os franceses podem vencer os mamelucos?"

---

[13] N. do T.: Inseto que penetra pelas roupas e cabelos causando urticária.

"Eu não acho que eles possam vencer o deserto. Olhe para todos vocês, com seus uniformes pesados, botas quentes e pele rosada. Existe alguém, além de seu general louco, que não se arrependa de ter vindo até aqui? Esses soldados vão partir por conta própria, logo, logo."

As previsões dela estavam começando a me incomodar. Ela era, afinal de contas, uma cativa poupada por minha bondade e era hora de repreendê-la. "Astiza, poderíamos ter matado você como assassina em Alexandria. Em vez disso, eu te salvei. Podemos deixar de ser mestre e serva, ou invasor e egípcia, e sermos amigos?"

"Amiga de quem? Um estrangeiro sem seu próprio exército? Aliado de um oportunista militar? Um americano que não é nem cientista nem soldado?"

"Você viu meu medalhão. Ele é a chave para alguma coisa que eu vou descobrir."

"Mas você quer essa chave sem entendê-la. Você quer conhecimento sem estudo. Pagamento sem trabalho."

"Eu encaro isso como um trabalho muito duro."

"Você é um parasita saqueando outra cultura. Eu quero um amigo que acredite em algo. Nele mesmo para começar. E coisas maiores do que ele."

Bem, isso era insolência! "Sou um americano que acredita em todos os tipos de coisas! Você deveria ler nossa Declaração de Independência! E eu não controlo o mundo. Só tento fazer minha vida nele."

"Não. O que um indivíduo *faz* controla o mundo. A guerra nos uniu, *monsieur* Ethan Gage, e você não é um homem totalmente desprezível. Mas companheirismo não é amizade verdadeira. Primeiro você tem que decidir por que está no Egito, o que você pretende fazer com este seu medalhão e qual sua verdadeira causa, aí, *então,* seremos amigos."

Bom. Insolente demais para a escrava de um mercador, pensei. "E vamos ser amigos quando você me reconhecer como seu mestre a aceitar seu novo destino!"

"Que tarefa deixei de fazer? Para onde deixei de te acompanhar?"

Mulheres! Fiquei sem resposta. Desta vez, dormimos à distância de um braço e minha mente me manteve acordado até depois da meia-noite. O que foi muito bom, já que escapei por pouco de um burro perdido que quase pisou na minha cabeça.

Um dia depois do Ano-Novo egípcio, em vinte de julho na vila de Omm-Dinar, Napoleão finalmente recebeu a informação sobre a disposição das defesas do Cairo, agora, a apenas vinte e nove quilômetros de distância. Os defensores cometeram a tolice de separar suas forças. Murad Bey liderava o grosso do exército mameluco em nosso próprio lado oeste do rio, mas o invejoso Ibrahim Bey manteve uma boa parte das tropas no leste. Era a oportunidade que nosso general estava esperando. A ordem para marchar veio duas horas depois da meia-noite. Gritos e chutes de oficiais e sargentos evitaram qualquer atraso.

Como uma grande fera levantando de sua caverna, a força expedicionária francesa se espreguiçou, levantou e marchou no escuro para o sul com uma súbita expectativa que me lembrou dos arrepios que eu sentia ao demonstrar a eletricidade de Franklin. Esta seria uma grande batalha e o dia seguinte testemunharia a destruição do principal exército mameluco ou a nossa debandada. A despeito do discurso de Astiza sobre controlar o mundo, senti ter tanta influência do meu destino quanto uma folha seguindo a corrente.

A manhã chegou escarlate, com neblina nos juncos do Nilo. Bonaparte nos acordou cedo, ansioso para esmagar os mamelucos antes que eles juntassem suas forças, ou pior, dispersassem para o deserto. Notei que ele exibia a carranca mais intensa até aquele momento na expedição – não apenas empolgado com a batalha, mas totalmente obcecado por ela. Um capitão fez uma pequena objeção e Napoleão respondeu bruscamente como um canhão. Seu humor deixou os soldados apreensivos. Nosso comandante estaria preocupado com a batalha? Se estivesse, todos deveríamos ficar preocupados também. Ninguém dormiu o suficiente. Podíamos ver outra grande cortina de poeira no horizonte onde os mamelucos e sua infantaria se reuniam.

Foi durante uma rápida parada na vila que eu descobri a razão para o tom sombrio do general. E foi por sorte quando um dos assistentes do general, um bravo jovem soldado chamado Jean-Andoche Junot, desceu de seu cavalo para beber enquanto eu fazia a mesma coisa.

"O general parece muito impaciente para a batalha", eu disse. "Eu sabia que essa luta chegaria e que a velocidade é fundamental na guerra, mas acordar no meio da noite parece, de certa forma, pouco civilizado."

"Fique longe dele", o tenente me alertou rapidamente. "Ele ficou perigoso depois da noite passada."

"Vocês estavam bebendo? Apostando ou o quê?"

"Há poucas semanas, ele me pediu para fazer algumas perguntas discretas por causa de rumores. Recentemente, recebi algumas cartas interceptadas provando que Josefina está tendo um caso amoroso, um segredo conhecido por todos, menos pelo nosso general. Noite passada, pouco depois da notícia do posicionamento mameluco, ele exigiu saber o que eu havia descoberto."

"Ela o traiu?"

"Ela está apaixonada por um almofadinha chamado Hippolyte Charles, um assistente do general Leclerc na França. A mulher estava traindo Bonaparte desde o dia em que se casaram, mas ele estava cego para a infidelidade já que seu amor por ela é insano. Sua inveja é inacreditável e sua fúria na noite passada foi vulcânica. Achei que ele fosse atirar em mim. Ele parecia maluco, batendo na cabeça com seus punhos. Você sabe o que é ser traído pela pessoa que você ama incondicionalmente? Ele me disse que as emoções não existiam mais, que o idealismo acabou e que nada restava a ele senão a ambição."

"Tudo isso por causa de um caso? Um francês?"

"Ele a ama tão desesperadamente e se odeia por esse amor. Ele é o mais independente e solitário dos homens justamente por ser cativo daquela rameira com quem ele casou. Ele ordenou esta marcha imediatamente e jurou repetidas vezes que sua felicidade havia acabado e que, antes do pôr-do-Sol, ele destruiria os exércitos egípcios até o último homem. Digo uma coisa, *monsieur* Gage, estamos sendo levados à batalha por um general ensandecido pela raiva."

Aquilo não parecia nada bom. Se há uma coisa que uma pessoa espera de um comandante é ter cabeça fria. Engoli seco. "A hora não era das melhores, Junot."

O tenente subiu novamente em seu cavalo. "Não tive escolha e meu relatório não deveria ter causado surpresa. Eu conheço a mente dele. Ele vai tirar a distração da frente quando a batalha começar. Você vai ver." Ele acenou, como se precisasse se convencer. "Só estou feliz por não estar do outro lado."

Capítulo Nove

Eram duas horas da tarde, o período mais quente do dia, quando o exército francês começou a formar quadrados para a Batalha das Pirâmides. Seria mais correto chamar de Batalha de Imbaba, a cidade mais próxima, mas as pirâmides no horizonte renderam um nome poético nos relatos de Talma. As plantações de melão de Imbaba foram rapidamente tomadas por soldados que tentavam matar a sede antes do combate. Uma das minhas memórias é o suco babado nos uniformes, conforme os regimentos formavam suas fileiras.

As pirâmides ainda distavam vinte e quatro quilômetros, mas chamavam a atenção com sua geometria perfeita. Daquela distância, elas pareciam topos de prismas colossais enterrados até o pescoço na areia. Ficamos todos empolgados ao vê-las, tão fabulosas e gigantescas, as maiores estruturas já construídas. Vivant Denon rabiscava alucinadamente, tentando encaixar o cenário num caderno e lutando para captar o ambiente do local.

Imagine o magnífico conjunto que formava a cena. Nosso flanco esquerdo corria ao longo do Nilo, diminuindo a marcha ante as águas que logo começariam a inundar a região, mas, mesmo assim, num azul majestoso que refletia o brilho do céu. Além disso havia o verde viçoso dos campos irrigados e das palmeiras que o margeavam. Um pedaço do Éden. A nossa direita, estavam as dunas, intermináveis como ondas no oceano. E, finalmente, a distância estavam as pirâmides – aquelas estruturas míticas que pareciam pertencer a um mundo diferente, fruto de uma civilização que mal podíamos imaginar – subindo em direção a seus picos perfeitos. As pirâmides! Já as tinha visto em figuras maçônicas, angulares e íngremes, com um olho que tudo vê no topo. Agora, elas eram reais, mais achatadas do que eu imaginava, oscilando como uma miragem.

Adicione dezenas de milhares de homens uniformizados em formações cerradas, a massiva cavalaria mameluca, os pesados camelos, os burros barulhentos e os oficiais franceses a galope – já roucos de tanto gritar suas ordens. Eu estava preso num ambiente tão exótico, que parecia ter sido transportado para um sonho. Talma se perdia numa confusão de folhas de papel enquanto escrevia vorazmente na tentativa de registrar tudo. Denon resmungando para si mesmo que todos deveríamos posar para um retrato antes da batalha. "Espere. Espere!"

Uma resplandecente hoste coberta por uma bela camada de poeira se formava contra o exército de Bonaparte. Ela parecia ser duas ou três vezes maior que nossos vinte e cinco mil homens. Se os generais mamelucos fossem um pouco melhores, provavelmente seríamos totalmente dominados. Mas, de maneira tola, o exército árabe foi dividido pelo poderoso rio. Sua infantaria, desta vez formada por soldados otomanos da Albânia, estava muito recuada para ataque imediato.

A fraqueza fatal dos mamelucos não era apenas o fato de não confiarem uns nos outros, mas também de não confiarem em nenhum otomano que não fosse de sua estirpe. A artilharia estava mal posicionada em nosso distante flanco esquerdo. Especialmente por causa da incompetência inimiga, os soldados franceses estavam confiantes no resultado positivo. "Vejam como eles são idiotas!", os veteranos diziam para seus camaradas. "Eles não sabem nada de guerra!"

A cidade do Cairo brilhava no horizonte, com seus duzentos e cinqüenta mil habitantes e repleta de suas minaretes impossivelmente finas. Encontraríamos riqueza lá? Minha boca estava seca e minha mente entorpecida pela sensação.

Novamente, o coração do exército árabe eram os mamelucos montados que, agora, tinham a força de dez mil homens. Seus cavalos eram soberbos corcéis árabes otimamente encouraçados. Seus cavaleiros formavam um caleidoscópio de roupas e sedas, com turbantes carregando penas de garças e pavões e capacetes banhados a ouro. Eles estavam armados com peças dignas de museus. Mosquetes antigos tinham jóias incrustadas e madrepérola.

Cimitarras, lanças, chuços, machados de batalha, maças e adagas reluziam. Mosquetes extras e pistolas eram colocados nas selas ou cintos, e cada mameluco era seguido por dois ou três servos que carregavam, a pé, mais armas e munição. Esses escravos correriam ao lado de seus mestres para entregar armas prontas aos mamelucos, que não precisavam parar para recarregar. Os cavalos empinavam e bufavam como garanhões de circo. Suas cabeças demonstravam impaciência com a iminente carga. Nenhum exército havia resistido a eles durante os últimos quinhentos anos.

Os camelos e seus beduínos vestidos de branco espreitavam pelas bordas da formação egípcia, mascarados como bandidos e rondando feito lobos. Eles esperavam para cair sobre nossas fileiras para matar e saquear quando nossa formação fosse quebrada pelos mamelucos. Nosso próprio lobo, Bin Sadr, estava à espreita da mesma maneira que eles nos caçavam. Vestidos de preto, seus cortadores de garganta lambiam os beiços enquanto esperavam nas dunas. Além de emboscar os beduínos, os egípcios avançariam para saquear os mamelucos mortos antes que os soldados franceses chegassem até suas vítimas.

Os egípcios amarraram pequenos canhões nas costas dos camelos. Os animais urravam e bufavam enquanto trotavam sob os gritos de comando de seus ansiosos treinadores, de maneira tão inconstante que a arma se mostraria inútil. O rio foi novamente tomado pelos *feluccas*[14] da frota muçulmana, que, por sua vez, estavam abarrotados com marinheiros barulhentos. Mais uma vez, ouvimos o som de tambores, cornetas, trompas de caça e tamborins, além de ver um mar de bandeiras, estandartes e flâmulas flutuando sobre a formação como um gigantesco desfile de carnaval. As bandas francesas não deixaram por menos e deram o troco, enquanto a infantaria européia se posicionava de maneira débil para a prática de tiro ao alvo e fixava baionetas. O sol brilhava em cada uma daquelas pontas mortais. Estandartes de regimentos carregavam símbolos de vitórias passadas. Tambores ecoavam para transmitir comandos.

O ar era um forno que aquecia nossos pulmões. A água parecia evaporar antes de chegar dos lábios até a garganta. Um vento quente vinha do oeste do deserto e o céu mostrava uma cor marrom agourenta para aqueles lados.

Nessa hora, a maior parte dos cientistas e engenheiros estava com o exército – mesmo Monge e Berthollet haviam desembarcado –, mas nosso papel no combate ainda não estava definido. O general Dumas, agora mais gigantesco,

[14] N. do T.: Barcos minúsculos, de fundo plano, guarnecidos com canhões.

montando um enorme cavalo de batalha marrom, chegou galopando para gritar uma nova ordem.

"Burros, estudiosos e mulheres, para os quadrados! Assumam suas posições no centro, seus inúteis!"

Raramente eu escutava palavras tão reconfortantes.

Astiza, Talma e eu seguimos o rebanho de cientistas, mulheres francesas e animais até o centro de um quadrado de infantaria comandado pelo general Louis-Antoine Desaix. Talvez ele fosse o soldado mais hábil deste exército, com os mesmos vinte e nove anos de Napoleão e dois centímetros e meio mais baixo que nosso Pequeno Cabo. Diferente de outros generais, ele era devotado a seu comandante como um cão leal. Simples, desfigurado por um corte de sabre e tímido com as mulheres, ele parecia mais feliz quando dormia entre as rodas de uma peça de artilharia. Agora, ele formava suas tropas num quadrado tão robusto – com fileiras de dez homens de profundidade olhando para as quatro direções –, que lá dentro parecia um refúgio num pequeno forte formado por seres humanos. Carreguei meu rifle novamente e olhei para o Egito por trás desta formidável barreira de ombros largos, chapéus altos e mosquetes prontos para o combate. Oficiais montados, cientistas a pé e mulheres faladeiras se misturavam no espaço interno, todos nervosos e quentes. Canhões foram colocados em cada um dos cantos exteriores dos quadrados. Os artilheiros contavam totalmente com o apoio da infantaria para não serem atropelados.

"Por Moisés e Júpiter, nunca vi tanto esplendor", eu murmurei. "Não é difícil de imaginar por que Bonaparte gosta de guerra."

"Imagine se o Egito fosse sua casa e você estivesse olhando para estas divisões francesas", Astiza respondeu baixinho. "Imagine enfrentar a invasão."

"Ela vai trazer tempos melhores, eu espero." Impulsivamente, peguei sua mão e apertei. "O Egito é desesperadamente pobre, Astiza."

Surpreendentemente, ela não me repeliu. "Sim, ele é."

Mais uma vez, os músicos do exército tocaram a *Marselhesa* para acalmar os nervos. Então, Napoleão cavalgou por nosso quadrado com sua equipe. Seu cavalo era negro, seu chapéu emplumado e seus olhos cinzentos pareciam lascas de gelo. Subi numa carreta de munição de duas rodas para ouvi-lo. A notícia da infidelidade de sua esposa não havia deixado nenhuma marca óbvia, exceto aquela furiosa concentração. Agora, ele apontava dramaticamente para as pirâmides, que bruxeleavam com o calor como se víssemos aquela pureza geométrica através da água.

"Soldados da França!", ele gritou. "Quarenta séculos vos contemplam!"

Os gritos irromperam. Os soldados franceses reclamavam tanto de Bonaparte entre as batalhas quanto o amavam durante uma luta. Ele os conhecia, sabia como pensavam, sentiam dores de estômago e respiravam, e sabia como pedir a eles o impossível em troca de uma medalha, uma menção num despacho, ou a promoção para uma unidade de elite.

O general inclinou-se para perto de Desaix e usou palavras mais amenas, mas que, embora alguns de nós pudéssemos ouvir, não eram endereçadas ao exército. "Sem misericórdia."

Senti um arrepio repentino.

Murad Bey, novamente comandante do exército árabe em nosso *front*, viu que Napoleão pretendia marchar em frente para que seus quadrados abrissem caminho pelo centro inimigo, dividindo as tropas mamelucas para que fossem destruídas gradativamente. Embora o governante egípcio não tivesse a menor noção das táticas européias, ele tinha o bom senso de tentar evitar qualquer coisa que o francês tentasse, atacando primeiro. Ele levantou sua lança e, com aquele grito sinistro e forte, a cavalaria mameluca iniciou outra carga. Esses guerreiros escravos foram invencíveis por séculos e a casta dominante simplesmente não conseguia acreditar que a tecnologia acabaria com seu reinado. Esse ataque foi maior do que qualquer outro até aquele momento. Eram tantos cavalos avançando contra nossa formação, que eu, literalmente, pude sentir a terra tremer sob a carreta em que subi.

A infantaria esperou confiante e nervosa, pois sabia que os mamelucos não tinham nem a artilharia nem a disciplina de tiro necessárias para vencer as formações francesas. Ainda assim, o avanço inimigo era tão furioso quanto uma avalanche. Todos estávamos tensos. O chão tremia, areia e poeira subiam ferozmente no centro daquela onda cheia de lanças, e os inimigos brandiam seus mosquetes como foices nos campos de trigo. Fui pouco negligente ao ficar olhando sobre as cabeças das fileiras a minha frente. Astiza e Talma olhavam como se eu fosse louco, mas eu ainda não havia visto uma arma mameluca capaz de me acertar a qualquer distância. Levantei meu rifle e esperei, enquanto observava os estandartes do inimigo.

Eles chegavam cada vez mais perto, o barulho aumentava, e os mamelucos berravam seus gritos de guerra. Os franceses não soltavam um pio. O espaço aberto entre nós se estreitava. Não íamos atirar? Juro que pude ver os olhos claros dos inimigos surpreendentemente caucasianos, o brilho de seus dentes, as veias de suas mãos, e fiquei impaciente. Finalmente, sem uma decisão consciente, apertei o gatilho, minha arma deu um solavanco e um dos guerreiros inimigos voou para trás, desaparecendo na turba.

Foi como se meu tiro tivesse sido o sinal para começar. Desaix gritou e a linha de frente francesa produziu uma já familiar lingüeta de fogo. No momento seguinte, fiquei surdo e a cavalaria adversária foi ao chão como uma onda de corpos retorcidos, cavalos gritando e patas desesperadas. Uma nuvem de fumaça e poeira passou por nós. Então, outra salva da fileira de trás, e outra, e mais outra. De algum lugar, a artilharia disparou e os tiros de dispersão faziam seu trabalho. Era uma tempestade de chumbo e ferro.

Mesmo os mamelucos que não foram atingidos colidiam e caíam sobre as montarias de seus camaradas. Uma carga violenta foi transformada em caos instantâneo a alguns metros das primeiras baionetas francesas. Os inimigos abatidos estavam tão perto, que fomos atingidos pelas buchas incandescentes dos canhões europeus. Pequenos focos de fogo apareceram nas roupas de mortos e feridos. Recarreguei meu rifle, mas não sabia para quê. Estávamos encobertos pela fumaça.

Os sobreviventes recuaram para se reagrupar enquanto os soldados de Napoleão recarregavam de forma rápida e mecânica. Cada movimento havia sido treinado centenas de vezes. Os poucos franceses abatidos pelo fogo mameluco foram puxados para o meio do quadrado que se recompunha. Os sargentos espancavam os covardes para forçá-los a voltar e fazer seu trabalho. Era como uma criatura marinha que gerava um braço no lugar de um membro perdido. Nada podia matá-la.

Os mamelucos atacaram novamente. Desta vez, eles tentaram penetrar o lado e a retaguarda de nosso quadrado.

O resultado foi o mesmo. Os cavalos chegaram angulando contra as tropas, mas poucos chegaram perto, e mesmo esses garanhões recuaram frente às baionetas. Alguns dos cavaleiros voaram longe. Seda fina e linho ganhavam manchas vermelhas conforme os árabes eram atingidos pelas grossas balas de chumbo. Desta vez, eram dois quadrados cobrindo o flanco aliado, enquanto os mamelucos galopavam entre eles. Novamente, o ataque terminou em confusão. Os defensores começavam a ficar mais desesperados. Alguns ficavam de pé e atiravam contra nós com mosquetes e pistolas, mas os tiros eram tão esporádicos e imprecisos, que não ameaçavam os franceses. Poucos de nossa infantaria gemeram ou gritaram com ferimentos. Então, outra salva européia atingiu os árabes que caíram de seus cavalos. Em pouco tempo estávamos cercados por um círculo de mortos e moribundos, triste fim de boa parte da aristocracia militar do Egito. O massacre das primeiras batalhas parecia coisa de criança perto dessa chacina.

Mesmo com as balas dos árabes passando regularmente perto da minha cabeça, senti uma curiosa imunidade. Havia um senso de irrealidade naquilo tudo: as colossais pirâmides a distância, o ar vítreo, o calor opressivo, as palmeiras balançando ao sabor do vento mesmo quando um tiro cortava uma folha de suas copas. Os fragmentos de verde flutuavam como penas. Grandes nuvens de poeira subiam ao céu conforme o inimigo galopava em nossa direção, sem propósito aparente que não procurar uma fraqueza nos quadrados de Bonaparte. E não encontrar. A infantaria egípcia parecia enraizada na retaguarda, como se esperasse por seu inexorável destino fatal. Temendo revoltas, os mamelucos haviam atrofiado os braços da força numérica de sua nação, paralisada pela incompetência. E pelo medo.

Olhei para oeste. Todo o céu estava ficando escuro e o Sol se transformava numa órbita laranja. Chuva? Não. Eram outros tipos de nuvens. Nuvens de areia. O horizonte foi tomado por uma tempestade que se aproximava.

Ninguém mais parecia se preocupar com o clima. Com inegável coragem, os mamelucos se reagruparam, pegaram rifles e pistolas recarregados de seus servos e avançaram uma vez mais. Desta vez, eles pareciam determinados a concentrar toda sua fúria em nosso quadrado. Atiramos e a linha de frente deles caiu, como antes, mas a coluna era tão grossa, que os homens da retaguarda sobreviveram para cavalgar sobre seus companheiros abatidos antes que pudéssemos recarregar. Com energia e desespero, eles levaram seus cavalos direto para as baionetas francesas.

Foi como se tivéssemos sido abalroados por um navio. O quadrado dobrou com a violência do ataque. Cavalos morriam enquanto esmagavam a infantaria de Bonaparte com seu peso. Alguns homens recuaram em pânico. Mais franceses correram das fileiras internas do quadrado para reforçar a frente que havia sido forçada. Houve uma repentina luta desesperada das espadas, lanças e pistolas mamelucas contra as baionetas e tiros de mosquete à queima-roupa dos franceses. Ainda empertigado em minha carreta, atirei naquela bagunça. Não tinha idéia de quem ou o que eu atingi.

De repente, um cavalo e um guerreiro gigante surgiram com a força de um tiro de canhão passando por cima dos guerreiros presos nas baionetas. O garanhão árabe estava riscado por uma baioneta e o mameluco de turbante, todo ensangüentado; mas ele lutava em frenesi. Soldados correram para interceptá-lo, mas a cimitarra do inimigo cortava os canos de seus mosquetes como se fossem canudos. O animal enlouquecido pisoteava e dava coices, girando num círculo meio demoníaco, e seu cavaleiro parecia protegido contra as balas. Os cientistas fugiram das patas do cavalo, enquanto homens tropeçavam e gritavam. O mais desconcertante de tudo era que o atacante olhava fixamente para mim. Eu ainda me balançava na carreta em meu distinto casaco civil.

Mirei nele, mas antes que pudesse atirar, o garanhão atingiu a carreta e me jogou longe. Caí com força, sem ar, e o cavalo de olhos esbugalhados vinha em minha direção com suas patas violentas. Seu mestre ignorava as centenas de pessoas a sua volta e focava a atenção em mim. Era como se ele tivesse escolhido um inimigo pessoal.

Então, ouvi um grito, o cavalo recuou e caiu. Talma, pelo que vi, pegou uma lança e cravou a ponta na anca do animal. O cavaleiro escorregou e caiu tão forte quanto eu e ficou momentaneamente zonzo. Antes que ele recobrasse os sentidos, Astiza deu um grito apavorante e, com a ajuda de Talma, jogou a carreta em sua direção. As rodas bateram no cavalo abatido e o guerreiro alucinado ficou preso entre a sela e o aro. O homem se contorcia como um animal e tinha ombros grandes feito um touro, mas não tinha escapatória. Consegui subir pelo cavalo e pulei sobre ele com a machadinha encostando-a em sua garganta instintivamente. Astiza também pulou, gritando em árabe, e suas palavras ou seu sexo o deixaram paralisado. O cansaço tomou o lugar do frenesi e ele parou de resistir.

"Diga a ele para se render!", gritei para Astiza.

Ela gritou algo e o mameluco aceitou, derrotado. Sua cabeça caiu para trás batendo na areia. Eu havia feito meu primeiro prisioneiro! Foi um sentimento forte e inesperado que chegava a ser mais satisfatório que uma mão muito boa nas cartas. Por Júpiter! Eu começava a entender o entusiasmo dos soldados. Viver, depois de um lampejo da morte, é eletrizante.

Desarmei o árabe rapidamente e peguei a pistola de um oficial emprestada para acabar com o sofrimento do cavalo. Outros cavaleiros haviam passado, mas, eventualmente, cada um deles foi golpeado e jogado no chão pela infantaria francesa. A exceção foi um cara forte que cortou dois homens ao meio, levou um tiro, pulou de volta para o caos da linha de contato e galopou para longe gritando seu triunfo, mesmo ferido. Esse era o tipo de coragem que aqueles malditos tinham e isso levou Napoleão a dizer que, com um punhado deles, ele varreria o mundo. Eventualmente, ele recrutaria sobreviventes mamelucos para sua guarda pessoal.

Mesmo assim, a fuga daquele guerreiro foi uma raridade e a maior parte dos inimigos simplesmente não conseguia penetrar em nossas defesas. Seus cavalos recuavam perante as baionetas. Finalmente, os sobreviventes fugiram em disparada enquanto os tiros de dispersão franceses os perseguiam e tiravam mais deles de suas selas. Apesar da bravura egípcia, foi um massacre. Os europeus contabilizavam dúzias de baixas, mas os mamelucos mortos passavam de milhares. A areia estava coberta com seus mortos.

"Reviste suas roupas", Astiza disse enquanto cuidávamos de nosso prisioneiro. "Eles carregam riqueza para a batalha para que ela seja perdida se eles morrerem."

Realmente, meu prisioneiro parecia um baú de tesouro. Seu turbante era de caxemira e, quando o removi, descobri um capuz costurado com peças de ouro como um capacete amarelo. Havia mais ouro na sua cinta, suas pistolas eram incrustadas com madrepérola e gemas, e sua cimitarra tinha uma lâmina negra de Damasco e uma empunhadura de chifre de rinoceronte incrustada com ouro. Em questão de segundos, eu estava rico, assim como boa parte do exército. Mais tarde, os franceses perceberam que cada mameluco podia ser roubado em aproximadamente quinze mil francos, em média. Os homens saqueavam corpo atrás de corpo.

"Meu Deus, quem é ele?", perguntei.

Astiza virou seu rosto, olhou para suas marcas, e parou. "Um filho de Hórus", ela murmurou. Em seu anel havia o mesmo símbolo que ela usava como amuleto. Não era um símbolo islâmico.

Ele puxou sua mão para longe. "Isto não é para você", de repente, ele rosnou em inglês.

"Você fala nossa língua?", perguntei, espantado novamente.

"Fiz negócios com mercadores europeus. E ouvi falar de você, o inglês com a capa verde. O que faz um inglês com os francos?"

"Sou americano. Antoine é francês, Astiza é egípcia e grega."

Ele assimilou. "E eu sou mameluco." Ele estava deitado de costas, olhando para o céu. "E a guerra e o destino nos uniram."

"Qual o seu nome?"

"Eu sou o *kyacheff* Ashraf El-Din, tenente de Murad Bey."

"E o que é um filho de Hórus?", perguntei a Astiza.

"Um seguidor dos ancestrais. Este homem não é um típico mameluco do Cáucaso. Ele é das antigas famílias daqui, não é?"

"O Nilo corre em minhas veias. Sou descendente dos Ptolomeus. Mas prestei juramento às forças mamelucas ao próprio Murad Bey."

"Ptolomeus? Você quer dizer o clã de Cleópatra?", perguntei.

"E dos generais de Alexandre e César", ele disse com orgulho.

"Os mamelucos desprezam os egípcios que eles governam", Astiza explicou, "mas, ocasionalmente, os recrutam das grandes famílias de maior tradição."

E minha jornada até ali ganhava mais uma inesperada coincidência. Fui atacado por um mameluco raro que jura lealdade a um deus pagão e fala inglês. "Posso confiar em você se o deixar ficar de pé?"

"Sou seu prisioneiro, capturado em batalha", Ashraf disse. "Submeto-me a sua misericórdia."

Deixei o homem se levantar. Ele balançou por um momento.

"Seu nome é complicado", eu disse. "Acho que vou te chamar de Ash."

"E eu vou responder."

E toda essa sorte evaporaria se eu não conseguisse satisfazer meus colegas encontrando significado para o medalhão. Astiza deu um belo palpite sobre ele. Talvez este demônio pudesse fazer o mesmo. Com a divisão festejando e todos os olhos na batalha, tirei o medalhão da minha camisa e balancei na frente dele. Os olhos de Talma ficaram arregalados.

"Sou mais que um guerreiro, filho de Hórus", eu disse. "Vim ao Egito para entender isto. Você o reconhece?"

Ele piscou maravilhado. "Não. Mas outra pessoa pode reconhecer."

"Quem no Cairo conhece seu significado? Quem conhece os velhos deuses egípcios e a história de sua nação?"

Ele olhou para Astiza. Ela acenou com a cabeça de volta para ele e eles falaram alguma coisa em árabe. Finalmente, ela se virou para mim.

"Mais deuses do que você imagina estão lhe protegendo, Ethan Gage. Você capturou um guerreiro que afirma conhecer um homem de quem eu só havia ouvido falar em rumores e que leva o nome de um homem há muito perdido."

"Quem?"

"Enoc, o sábio, também conhecido como Hermes Trismegistus; Hermes, o três vezes grande, escriba dos deuses e mestre das artes e ciências."

"Meu Deus!" Enoc também era nome do pai de Matusalém no Velho

Testamento, pelo que me recordava dos sermões. Um homem de vida muito longa. Minha memória maçônica também mencionava o suposto Livro de Enoc como fonte de sabedoria antiga. O livro perdeu-se há vários milênios. Olhei para meu cativo ensangüentado. "Ele conhece esse sábio?"

Astiza confirmou enquanto nosso prisioneiro continuava a olhar maravilhado para o medalhão. "Enoc", ela disse, "é irmão dele."

Começamos a avançar. O quadrado se transformou em colunas e marchamos em direção às fortificações egípcias em Imbaba. Literalmente, escalávamos montes de mortos. Amarrei as mãos de Ash atrás de suas costas com um cordão dourado que tirei de sua cintura e o deixei sem turbante. Sua cabeça só não era totalmente raspada pela existência do tradicional tufo de cabelo no topo, pelo qual, acreditava-se, o profeta Maomé, em seu último suspiro, puxaria os mamelucos para levá-los ao Paraíso. Seu capuz de ouro estava amarrado no meu cinto e Astiza carregava sua fabulosa espada. Senti pena por expor meu inimigo derrotado ao sol quente, mas o sentimento diminuía conforme a atmosfera ficava cada vez mais nublada pela poeira. Podiam ser apenas quatro da tarde, mas o dia estava ficando escuro.

Conforme passávamos pelos restos do campo de batalha, pude ver melhor o que havia acontecido. Enquanto o nosso quadrado e o de Jean-Louis Raynier enfrentaram a maior parte dos ataques da cavalaria, outras divisões avançaram. Uma quebrou as linhas inimigas perto da margem do Nilo e começou a limpar a retaguarda da infantaria egípcia com tiros de canhão. Outras duas atacaram Imbaba com força para acabar com as baterias inimigas lá. Os sobreviventes da cavalaria mameluca se separaram. Alguns buscavam refúgio na cidade fortificada e outros, entre eles Murad Bey, eram empurrados para oeste em direção ao deserto. Este último grupo começava a se dispersar. A batalha estava se transformando em confusão total, e a confusão rapidamente deu lugar à matança.

Os franceses eliminaram as defesas externas de Imbaba na primeira carga, que também desintegrou a infantaria albanesa. Quando começavam a fugir, os soldados otomanos eram abatidos ou empurrados para o Nilo. Toda vez que os franceses faziam uma pausa, eles eram rapidamente ordenados a continuar atirando por insistência do comandante-em-chefe em pessoa. Era a fúria amarga de Napoleão. Pelo menos mil mamelucos foram pegos na fuga e empurrados para o rio, onde rapidamente afundavam com o peso de suas fortunas pessoais. Aqueles que tentavam ficar de pé eram mortos. Era a guerra em sua forma mais primitiva. Vi alguns dos franceses saírem da carnificina tão manchados de sangue, que parecia terem mergulhado em vasos de vinho.

Nosso general passou galopando. Seus olhos brilhavam. "Agora! Esmaguem o inimigo agora ou vão pagar caro mais tarde!"

Ultrapassamos Imbaba e marchamos rapidamente as últimas milhas que nos separavam do Cairo e das pirâmides. A cidade parecia um conto de fadas cheio de mirantes e domos no outro lado do Nilo. Metade do exército mameluco ainda estava a salvo e nos seguia na margem oposta. Eles gritavam contra nossas formações como se as palavras pudessem fazer o trabalho que as balas haviam falhado em realizar. Nenhum dos dois lados estava ao alcance. Então, quando eles chegaram perto da frota de *feluccas* atracada no cais do Cairo, os mais valentes dos mamelucos embarcaram para cruzar o rio e tentar nos atacar.

Tarde demais. Imbaba era um cemitério. Murad Bey já estava fugindo para o deserto. A armada improvisada dos mamelucos navegou em direção à costa cheia de soldados franceses, uma investida mais tola que a da cavalaria muçulmana. Eles chegaram sob uma tempestade de balas. Pior ainda, todo o campo de batalha estava tomado por um crescente muro de areia e poeira como se Deus, Alá ou Hórus tivesse decidido realizar uma intervenção final. Os barcos chegavam de frente para o vento.

A tempestade que chegava do oeste parecia sólida. A luz ficava mais fraca como se um eclipse cobrisse o sol. O céu do lado oeste estava negro e as poderosas pirâmides – impressionando por seu tamanho e simplicidade – eram envolvidas por uma névoa marrom. Ibrahim Bey avançava em direção à tempestade ao lado de seus corajosos seguidores, mas seus barcos sobrecarregados começavam a inclinar mais e mais com o vento que aumentava. O Nilo espumava e longas linhas de franceses empoeirados se posicionaram na margem com a tempestade em suas costas. Os homens de Napoleão atiraram várias vezes em salvas firmes e disciplinadas. Os egípcios gritavam, gemiam e caiam de seus barcos.

A tempestade ficava cada vez mais alta e forte, como uma montanha infinita que surgia do céu. Já não conseguia ver mais nada. Nem árabes fugindo na margem oeste, nem pirâmides, nem mesmo Napoleão e seu pessoal. Parecia o fim do mundo.

"Abaixem-se!", Ashraf gritou. Ele, Astiza, Talma e eu agachamos juntos e usamos nossas roupas para cobrir nossos narizes e bocas.

O vento nos atingiu com força total como um soco. O barulho veio em seguida, mas logo deu lugar à areia voando como um enxame de abelhas. Foi bastante ruim para os franceses, que receberam o solavanco pelas costas, mas foi pior ainda para os mamelucos que foram atingidos de frente em seus pequenos e instáveis barcos. O cenário ficou escuro. O barulho do vento engolia qualquer outro ruído. A batalha parou. Nós três seguramos as mãos enquanto tremíamos e rezávamos para uma quantidade ímpar de deuses – lembrando que existem poderes mais fortes que nós mesmos. Por longos minutos a tempestade de areia nos açoitou e tentou tirar o ar de nossos pulmões.

Então, tão rápido quanto surgiu, a tempestade perdeu intensidade e o barulho acabou. A poeira caía suavemente sobre todos nós.

Milhares de soldados franceses levantaram-se lentamente de suas covas rasas. Pareciam ter ressuscitado. Estavam totalmente marrons. Eles não falavam, abismados e horrorizados. O céu clareava sobre nossas cabeças. O sol estava vermelho como um coração rasgado.

Olhamos para o Cairo e para o rio. Não havia mais barcos na água. Todos os mamelucos que tentaram nos atacar se afogaram ou atolaram na margem leste. Os barcos emborcaram. Podíamos ouvir os lamentos dos sobreviventes, e Astiza traduziu. "Agora somos escravos dos franceses!" Eles fugiam para a cidade, pegavam seus pertences e mulheres e desapareciam no anoitecer. A estranha tempestade, com sua natureza sobrenatural, parecia ter apagado um grupo de conquistadores para instalar outro. O vento extinguiu o passado e inseriu o estranho futuro europeu.

Chamas surgiram na borda do rio perto da cidade enquanto poucas *feluccas* ainda ancoradas lá começavam a queimar. Alguém pretendia atrasar a travessia dos franceses ao incendiar barcos, mas era inútil, já que havia barcos disponíveis rio abaixo e acima. As embarcações queimaram noite adentro, iluminando a cidade, que estávamos prestes a ocupar, como luzes num teatro. As fantásticas construções mouras dançavam sob a luz das chamas.

Os soldados franceses estavam triunfantes, exaustos e imundos após sobreviver tanto à batalha quanto à tempestade. Eles se amontoaram no Nilo para tomar banho e, então, sentaram nos campos de melão para comer e limpar seus mosquetes. Corpos de árabes mortos estavam em toda parte. Todos devidamente depenados pelos vitoriosos. Os franceses somaram outro pequeno número de baixas e cerca de duzentos feridos; os árabes passavam dos milhares. Simples soldados franceses enriqueceram com o saque. A vitória de Napoleão era completa, seu comando sobre o exército foi confirmado e ele ganhou a aposta.

Ele cavalgava entre as tropas como um leão vitorioso, recebendo elogios e, em troca, devolvia cumprimentos. Todo o descontentamento e a tensão das últimas semanas desapareceu com a alegria da vitória. A intensa fúria de Napoleão parecia ter sido satisfeita com a intensidade do dia, e seu orgulho ferido pela traição da esposa amenizado pela matança. Foi uma batalha sem misericórdia, como ele pediu. Josefina nunca saberia quanta carnificina foi feita por conta de seus joguetes.

O general me encontrou naquela noite. Não sei quando – o choque de uma luta tão grande como aquele e a tempestade embaralharam meu senso de tempo – ou como. Seus assistentes vieram procurando especificamente por mim, entretanto, sabia que, de algum modo, eu era solicitado. Bonaparte nunca deixava seus filhotes em paz; ele sempre pensava um passo à frente.

"*Monsieur* Gage, vejo que você capturou um mameluco", ele disse no escuro.

Como ele ficou sabendo disso tão rápido? "Parece que sim, general. Só não sei se por acidente ou intenção."

"Você leva jeito para estar onde a ação acontece, pelo que parece."

Fiquei lisonjeado. "Ainda assim, continuo sendo um estudioso, não um soldado."

"Exatamente a razão pela qual o procurei. Liberei o Egito, Gage, e amanhã vou ocupar o Cairo. O primeiro passo para minha conquista do Leste está completo. O segundo depende de você."

"De mim, general?"

"Agora, você vai desvendar as pistas e descobrir que segredos estas pirâmides e templos escondem. Se existem mistérios, você vai desvendá-los. Se existem poderes, você vai entregá-los a mim. E, como resultado, nossas tropas vão se tornar invencíveis. Vamos marchar ao encontro de Tippoo, expulsar os britânicos da Índia e selar a destruição da Inglaterra. Nossas duas revoluções, a americana e a francesa, vão remodelar o mundo."

É difícil mensurar o efeito emocional que tal situação pode ter num ser humano normal. Não que eu ligue muito para Inglaterra, França, Egito, Índia ou a criação de um novo mundo. Mas aí chega esse baixinho carismático, com emoção explosiva e visão gloriosa, e me convida para participar de algo muito maior que eu. Estava esperando por uma nova chance. E aqui estava ela. Logo pensei que a carnificina do dia e o agouro sobrenatural da tempestade indicavam um futuro grandioso: um homem que mudou tudo a sua volta, para melhor ou pior, como um pequeno deus. Sem pensar nas conseqüências, me senti lisonjeado. Fiz uma leve reverência e o saudei.

Então, com o coração na garganta, vi Bonaparte andar pomposo assim como a descrição soturna de Sydney Smith sobre a Revolução Francesa. Pensei bastante nos montes de mortos no campo de batalha, os egípcios pesarosos, e o descontentamento com as tropas que brincavam ao falar de seus seis acres de areia. Pensei nas investigações dos sábios, nos planos europeus de reforma e na esperança de Bonaparte de uma marcha sem fim até a fronteira da Índia, assim como Alexandre fez antes dele.

Lembrei do medalhão em meu pescoço, do anel de Smith no meu dedo e de como o desejo sempre consegue banalizar a felicidade pura e simples.

Foi depois de Bonaparte desaparecer que Astiza chegou perto e sussurrou. "Agora, você vai ter que decidir em que você realmente acredita."

Capítulo Dez

A casa do irmão de Ashraf ficava numa das partes mais renomadas do Cairo, o que, em termos reais, significava um bairro com um pouco menos de poeira, doença, ratos, cheiro ruim e gente em relação ao resto da cidade. Do mesmo modo que em Alexandria, as glórias do Leste pareciam ter desaparecido também da capital do Egito, um lugar com pouca estrutura para saneamento, remoção de lixo, iluminação das ruas, controle de tráfego ou captura das matilhas de cães que vagavam pelas ruas. É claro que disse o mesmo de Paris. Mesmo assim, se o Egito tivesse mobilizado seus cachorros em vez de sua cavalaria, nossa conquista não teria sido tão fácil. Vários vira-latas eram abatidos a bala ou a baioneta por soldados entediados todos os dias. As execuções tinham tanto impacto na população canina quanto um golpe certeiro contra moscas.

E, ainda assim, como em Alexandria, ou Paris, havia miséria em abundância. Os mamelucos eram mestres em cobrar imposto pesado dos camponeses oprimidos e gastar todo o recurso em monumentos a eles mesmos. Seus palácios exibiam a graça árabe que faltava às estruturas pesadas da Europa e da América. As casas mais ricas eram lisas na parte exterior, mas tinham quintais e jardins repletos de laranjeiras, palmeiras, romãzeiras e figueiras; belos arcos mouros; fontes azulejadas; e salas frescas repletas de carpetes, almofadas, estantes entalhadas, tetos abobadados e mesas de bronze e latão.

Algumas tinham sacadas complexas e janelas com anteparos de *mashrabiyya*[15], cujo entalhamento era tão cuidadoso como um chalé suíço e o resultado tão misterioso quanto um véu. Bonaparte tomou para si a recém-construída casa de mármore e granito de Mohammed Bey el-Elfi, que possuía banhos em todos os andares, uma sauna e janelas de vidro. Os acadêmicos de Napoleão foram acomodados no palácio de outro *bey* chamado Quassim, que fugiu para o Alto Egito. Seu harém deu lugar a um laboratório de invenções para o engenhoso Conté, e seus jardins passaram a ser áreas de seminário para os estudiosos. As mesquitas muçulmanas eram ainda mais elegantes com suas torres e domos, equiparando-as em graça e grandeza às mais belas catedrais góticas da Europa. As tendas dos mercados eram brilhantes como arco-íris e os carpetes orientais eram expostos em varões como um jardim de flores. Os contrastes do Egito eram praticamente esmagadores – calor e sombra, riqueza e pobreza, excremento e incenso, argila monocromática e cores exuberantes, tijolos de barro e calcário brilhante.

Os soldados tiveram que ficar em áreas consideravelmente menos luxuosas que os oficiais: casas medievais sombrias e sem banheiros. Muitos definiram imediatamente a cidade como desapontadora, cheia de gente feia, calor de tirar os nervos e com comida muito ruim. Eles reclamavam que a França tinha conquistado um país sem vinho, bom pão e mulheres disponíveis. Essa opinião mudaria assim que o verão ficasse mais ameno e algumas mulheres começassem a se tornar concubinas dos novos governantes. Com o tempo, as tropas passaram até a considerar que o *aish*, ou pão fino assado, era um substituto aceitável para o seu pão.

O exército sofreu com disenteria desde o desembarque, entretanto as baixas causadas por doenças já eram maiores que as de batalha. A ausência de álcool gerava tantos resmungos, que Bonaparte ordenou que os alambiques produzissem vinho com tâmaras, as frutas mais abundantes na região. E, enquanto oficiais planejavam o plantio de vinhas, as tropas descobriram rapidamente a droga muçulmana chamada *hashish*, que era enrolada com mel e misturada com ópio. Beber seu licor ou fumar suas sementes se tornou hábito e, durante a ocupação do Egito, o exército nunca conseguiu manter a droga sob controle.

O general entrou em sua cidade capturada pelo portão principal à frente de

[15] N. do T.: Treliça amplamente utilizada no Egito, cujo objetivo era permitir que as mulheres olhassem para fora, mas não fossem expostas a olhares alheios.

um regimento, com bandas tocando e bandeiras ondulando ao vento. Ashraf indicava o caminho e Astiza, Talma e eu entramos por um portão menor e nos aventuramos por ruas tortuosas, passando por bazares que, dois dias depois da grande batalha, estavam semi-abandonados. Garotos jogavam água para baixar a poeira. Burros carregando cestas nos forçavam a tomar entradas inesperadas ao descerem esmagando tudo e todos pelas vielas. Mesmo o coração do Cairo comportava os sons típicos das vilas: cachorros latindo, camelos bufando, galos gritando, e o grito estridente chamando os *muezim* para a prece, que, para meus ouvidos, soava como gatos acasalando. As lojas pareciam estábulos e as casas mais pobres eram praticamente cavernas sem luz. As crianças com icterícia e cobertas com feridas nos encaravam com olhos arregalados. As mulheres se escondiam. Era óbvio que a maioria da nação vivia em pobreza abjeta.

"Talvez as melhores casas estejam em outro lugar", Talma disse preocupado.

"Não, é sobre isso que vocês se responsabilizam a partir de agora", Ashraf disse.

A noção de responsabilidade estava incomodando minha mente. Eu disse a Ashraf que se o irmão dele nos recebesse eu concederia sua liberdade. Eu realmente não queria sustentar outro dependente além de Astiza e, para ser sincero, a idéia de servos e escravos sempre me deixou pouco à vontade. Franklin teve um par de negros uma vez e eu ficava tão incomodado com a presença deles, que ele os libertou. Ele dizia ter considerado um mau negócio: custavam caro na compra, mais ainda na manutenção e não tinham nenhum incentivo para trabalhar bem.

Ashraf pareceu pouco feliz com a minha misericórdia. "Como vou comer se você me jogar fora como um órfão?"

"Ash, não sou rico. Não tenho recursos para te pagar."

"É claro que tem. Com o ouro que pegou de mim!"

"Eu devo pagar de volta o que acabei de ganhar na batalha?"

"E não é justo? Vamos fazer assim. Vou ser seu guia. Conheço todo o Egito. Por isso, você vai me pagar o que tomou. No final, vamos ter exatamente o que tínhamos quando tudo isso começou."

"Mas é uma fortuna que nenhum guia ou servo merece ganhar!"

Ele ponderou. "Verdade. Então, você também vai contratar o meu irmão. Ele vai investigar o seu mistério. Aí você também paga para ficar na casa dele, mil vezes melhor que essas pocilgas. Isso! Sua vitória e generosidade vão lhe garantir muitos amigos no Cairo. Os deuses sorriram para nós durante todo o dia, meu amigo."

Isso me ensinaria a ser generoso. Tentei encontrar conforto em Franklin, que aconselhou: *Aquele que multiplica riquezas, multiplica cuidados*. Essa parecia ser a verdade sobre minhas fortunas. Mesmo assim, Ben era tão obcecado por um dólar como qualquer um de nós e fazia barganhas pesadas também. Nunca consegui um aumento, aliás.

"Não", disse a Ash. "Vou te pagar uma parte do soldo, assim como a seu irmão. Apenas quando descobrirmos o que o medalhão significa, eu pago o restante."

"Parece justo", Astiza disse.

"E mostra que você tem a sabedoria dos ancestrais!", Ashraf completou. "Fechado! Alá, Jesus e Hórus o acompanhem!"

Eu tinha bastante certeza de que aquilo seria blasfêmia em pelo menos três religiões, mas tudo bem; poderia funcionar bem com maçons. "Fale-me de seu irmão."

"Ele é um homem muito estranho como você. Vai gostar dele. Enoc não dá a mínima para política, mas faz tudo pelo conhecimento. Ele e eu somos totalmente diferentes, pois eu faço parte deste mundo e ele de outro. Mas eu o amo e respeito. Ele sabe oito línguas, incluindo a sua. Ele tem mais livros que o número de esposas do sultão em Istambul."

"Isso é muito?"

"Ah, sim!"

E, então, chegamos à casa de Enoc. Como as demais moradias do Cairo, a parte externa de seus três andares era lisa, com pequenas janelas e uma pesada porta de madeira e uma janelinha de ferro. A batida forte de Ashraf não obteve resposta. Teria Enoc fugido com os senhores mamelucos? Mas, então, uma pequena abertura atrás da janelinha foi aberta, Ash gritou alguns xingamentos em árabe e a porta abriu. Um gigante mordomo negro chamado Mustafá nos levou para dentro.

O alívio do calor foi imediato. Passamos por um pequeno átrio e chegamos a um quintal com uma fonte e laranjeiras sombreadas. A arquitetura da casa parecia ter sido criada para receber a brisa. Uma escada de madeira ornamentada subia de um lado para as salas superiores. Mais à frente, vimos a sala de estar, cheia de cerâmica moura e coberta com tapetes orientais e travesseiros, por um lado, onde os visitantes podiam descansar. E do outro, uma sacada gradeada de onde as mulheres podiam escutar as conversas dos homens. O teto era ornado com arcos agradáveis e as estantes esculpidas estavam repletas de volumes. Cortinas ondulavam com o ar do deserto. Talma estava boquiaberto. "Meus sonhos eram assim."

Mas não paramos por ali. Mustafá nos levou por uma pequena área mais adiante. Ela era completamente vazia exceto por um pedestal de alabastro entalhado com símbolos misteriosos. Acima dele havia um quadrado com o céu azul brilhante no topo de enormes paredes brancas. O Sol iluminava um lado como neve e deixava o outro totalmente obscurecido nas sombras.

"É um poço de luz", Astiza sussurrou.

"Um o quê?"

"Poços como esses eram usados para medir o tempo nas pirâmides. No solstício de verão o Sol estaria imediatamente acima do poço não produzindo nenhuma sombra. É assim que os sacerdotes conseguem identificar o dia mais longo do ano."

"Sim, está correta!", Ashraf confirmou. "Ele diz as estações e prevê a cheia do Nilo."

"Por que eles precisavam saber disso?"

"Quando o Nilo sobe, as fazendas são inundadas e o trabalho era direcionado para outros projetos, como construir as pirâmides", Astiza disse. "O ciclo do Nilo era o ciclo do Egito. A medição do tempo foi o início da civilização. Pessoas eram designadas para registrar o tempo, e se tornaram sacerdotes, e pensavam em todos os tipos de coisas úteis para as outras pessoas fazerem."

Em seguida, encontramos uma grande sala cujo tom sombrio era tão intenso quanto a claridade da sala anterior. O lugar era abarrotado por estátuas empoeiradas, vasos de pedra quebrados e pedaços de muros com inscrições egípcias coloridas. Homens de pele vermelha e mulheres de pele amarela posavam de forma rígida, mas ao mesmo tempo, graciosas, bastante parecidas com as imagens que eu vi no *L'Orient*. Algumas estátuas mostravam deuses com cabeça de chacal, o deus gato Bastet, faraós rígidos e serenos, falcões negros polidos, e massudas caixas de madeira com figuras em tamanho natural de seres humanos na parte externa completavam a cena. Talma já havia descrito esses elaborados caixões para mim. Eles continham múmias.

O escriba parou antes de ficar mais extasiado. "São reais?", perguntou. "Uma fonte como esta pode curar todas as minhas doenças..."

Dei um empurrão nele. "Vamos lá antes que você morra engasgado."

"As múmias desses sarcófagos foram retiradas", Ashraf disse a ele. "Os ladrões abandonariam os caixões, mas Enoc disse a todo mundo que pagaria por eles. Ele acredita que a decoração seja outra chave para o passado."

Notei que alguns eram cobertos tanto por hieróglifos quanto por desenhos. "Por que escrever em algo que seria enterrado?", perguntei.

"Isso poderia guiar os mortos pelos perigos do submundo, de acordo com meu irmão. Para os vivos, eles são úteis para guardar coisas, já que a maioria das pessoas é supersticiosa demais para olhar lá dentro. Eles temem a maldição."

Uma estreita escadaria de pedra no fundo da sala levava a um armazém trancafiado, iluminado por lâmpadas. A convite de Ashraf, descemos para uma grande livraria. Suas prateleiras de madeira iam do chão até o teto abarrotadas com livros, diários, rolos e folhas de pergaminho. Alguns itens eram amarrados com fitas de couro, outros com cordões brilhantes e uns até com laços dourados. Todos com palavras em outras línguas e pareciam ficar unidos por fibras feitas com tecido antigo que cheiravam tão mal quanto um túmulo recente.

Na grande mesa central, sentava um homem velho.

"Saudações, meu irmão", Ashraf disse em inglês.

Enoc parou de escrever e olhou para cima. Ele era mais velho que Ashraf, era careca com longos cachos acinzentados e barba pesada. Parecia que a gravidade de Newton havia puxado todos os seus cabelos na direção de suas sandálias. Enoc tinha nariz de falcão, roupas cinzas, olhos claros e a pele da cor do pergaminho que prendia sua atenção até há pouco. Ele ostentava um ar sereno encontrado em poucas pessoas. Seus olhos davam uma leve sensação de sarcasmo.

"Então, os franceses estão ocupando até minha biblioteca?", disse em tom seco.

"Não, eles vieram como amigos, e o mais alto é americano. Seu amigo é um escriba francês..."

"Que está interessado em meu amigo desidratado", Enoc disse com deleite. Talma estava olhando fixo para uma múmia dentro de um sarcófago aberto no canto. Aquele caixão também estava coberto com escrituras belas e indecifráveis. A múmia estava parcialmente enrolada em faixas. Algumas eram de linho antigo e estavam entrelaçadas em seus pés. Incisões haviam sido feitas na cavidade peitoral. Não havia nada de animador sobre o corpo com sua aparência palidamente marrom e ressecada, olhos fechados, um buraco no nariz e a boca entreaberta exibindo um pequeno dente branco. Achei perturbador.

Talma, por outro lado, parecia uma raposa no galinheiro. "Ela é realmente antiga?", ele respirou novamente. "Uma tentativa de conseguir a vida eterna?"

"Antoine, acho que eles falharam", falei meio seco.

"Não necessariamente", Enoc disse. "Para os egípcios, a preservação do corpo físico era um requisito para a vida eterna. De acordo com os relatos que temos, os antigos acreditavam que o indivíduo era composto por três partes: o corpo físico, o *ba* – que podemos chamar de caráter – e o *ka*, ou força vital. Os dois últimos combinados equivalem à alma moderna. *Ba* e *ka* precisam se encontrar e se unir no perigoso submundo enquanto o Sol, Rá, o atravessa todas as noites para formar a imortal *akh* que viveria entre os deuses. As múmias eram as moradias durante o dia até que a travessia fosse completada. As religiões egípcias combinavam o material e o espiritual em vez se separá-los."

"*Ba, ka* e *Rá*? Parece uma firma de advogados." Sempre fiquei desconfortável em relação ao espiritual.

Enoc ignorou. "Decidi que a jornada deste aqui deveria acabar agora. Tirei as faixas e o cortei para investigar as antigas técnicas de embalsamamento."

"Dizem que estes tecidos poderiam ter propriedades medicinais", Talma disse.

"O que vai contra a crença egípcia", Enoc respondeu. "O corpo era a moradia da alma, não a essência da vida em si. Assim como você é mais que seus alimentos, escriba. Você sabe que sua arte é a mesma do sábio Thoth?"

"Na verdade, sou jornalista. Estou aqui para registrar a liberação do Egito", Talma disse.

"Você coloca isso de maneira hábil." Enoc olhou para Astiza. "E também temos outra visitante?"

"Ela é uma ...", Ashraf começou.

"Serva", Enoc finalizou. Ele olhou para ela com curiosidade. "Então, você voltou."

Diabos, esses dois também se conheciam?

"Foi a vontade dos deuses." Ela baixou seus olhos. "Meu mestre está morto, morto pelo próprio Napoleão, e meu novo amo é o americano."

"Uma intrigante virada do destino."

Ashraf se adiantou para abraçar seu irmão. "Também é pela graça de todos os deuses e pela misericórdia destes três que estou contigo novamente, irmão! Já estava em paz e pronto para o paraíso, mas, então, fui capturado!"

"Você é escravo deles agora?"

"O americano já me libertou. Ele me contratou como seu guarda-costas e guia com o dinheiro que pegou de mim. Ele deseja contratá-lo também. Logo terei de volta o que perdi. Isso não é obra do destino?"

"Contratar a mim para quê?"

"Ele veio ao Egito com um artefato antigo. Disse a ele que você poderia reconhecê-lo."

"Ashraf é o guerreiro mais valente que eu já vi", disse. "Ele superou um quadrado de infantaria francesa e foi necessário o esforço de todos nós para derrubá-lo."

"Bah. Fui capturado por uma mulher empurrando a roda de uma carreta."

"Ele sempre foi corajoso", disse Enoc. "Demais, aliás. E vulnerável a mulheres também."

"Sou um homem deste mundo, não do próximo, meu irmão. Mas estas pessoas buscam o *seu* conhecimento. Eles têm um antigo medalhão e querem descobrir seu propósito. Quando o vi, eu sabia que deveria trazê-lo até você. Quem sabe mais do passado que o sábio Enoc?"

"Um medalhão?"

"O americano o conseguiu em Paris, mas acha que é egípcio", Astiza disse. "Homens tentaram matá-lo para conseguir o objeto. O bandido Bin Sadr o deseja. Sábios franceses estão intrigados por ele. Bonaparte favorece nosso amigo por conta dele."

"Bin Sadr, a Cobra? Ouvimos dizer que ele cavalga com os invasores."

"Ele cavalga com quem pagar mais", Ashraf zombou.

"E quem o paga acima de todos?", Enoc perguntou a Astiza.

Novamente, ela olhou para baixo. "Outro sábio." Ela sabia mais do que tinha me contado?

"Ele é um espião para Bonaparte", Ashraf teorizou, "e um agente, talvez, seja lá para quem for que quer tanto esse medalhão."

"Então, o americano deve tomar muito cuidado."

"Com certeza."

"E o americano ameaça a paz de qualquer casa que entrar."

"Como sempre, você é rápido quando se fala da verdade, meu irmão."

"E, mesmo assim, você o traz a mim."

"Porque ele pode possuir aquilo que foi rumor por tantos e tantos anos!"

Eu não estava gostando nem um pouco daquela conversa. Tinha acabado de sobreviver a uma grande batalha e ainda estava em perigo? "Apenas me digam, quem *é* esse Bin Sadr?", perguntei.

"Ele era um saqueador de túmulos tão incansável, que foi banido", disse Enoc. "Ele não tem senso de propriedade ou respeito. Homens sábios passaram a menosprezá-lo, então, ele se uniu aos europeus que estudam as artes negras. Logo se tornou mercenário e, pelo que se diz, um assassino, e começou a vagar pelo mundo na companhia desses homens. Ele desapareceu por um tempo. Agora ressurgiu, aparentemente trabalhando para Bonaparte."

Ou para o conde Alessandro Silano, pensei.

"Isso pode render uma esplêndida matéria para o jornal", disse Talma.

"Ele o mataria se você publicasse."

"Mas, talvez, seja muito complicada para meus leitores", o jornalista completou.

Talvez eu devesse simplesmente dar o medalhão para Enoc, pensei. Afinal de contas, como o prêmio que eu havia tomado de Ash, ele não me custou nada. Ele que lide com cobras e rufiões. Mas, não... e se ele levasse a um verdadeiro tesouro? Berthollet pode pensar que as melhores coisas não têm preço, mas a meu ver as pessoas que pensam assim são as que já têm dinheiro.

"Então, você busca respostas?", perguntou Enoc.

"Procuro alguém em quem confiar. Alguém que queira estudá-lo, não roubá-lo."

"Se seu colar é o tipo de indicador que eu imagino ser, eu não o quero para mim. É um fardo, não um presente. Mas, talvez, eu possa lhe ajudar a entendê-lo. Posso vê-lo?"

Tirei-o do pescoço e o deixei balançando pela corrente. Todos olhavam curiosos. Então, Enoc fez a mesma inspeção que todos os outros haviam feito, virando, mexendo com os braços e usando uma lâmpada para iluminá-lo por seus buracos. "Como você conseguiu isso?"

"Ganhei num jogo de cartas de um soldado que afirmava ter pertencido a Cleópatra. Ele disse ter sido posse do alquimista chamado Cagliostro."

"Cagliostro!?"

"Você ouviu falar dele?"

"Ele esteve no Egito uma vez." Enoc balançou a cabeça. "Ele procurava segredos que homem nenhum deveria aprender, entrou em lugares que ninguém deveria entrar e proferiu nomes que homem algum deveria dizer."

"Por que ele não deveria dizer um nome?"

"Conhecer o nome real de um deus é o mesmo que saber chamá-lo para atender a sua vontade", Ashraf disse. "Dizer o nome dos mortos equivale a invocá-los. Os antigos acreditavam que as palavras eram mágicas, especialmente as escritas."

O olhar do velho saiu de mim e parou em Astiza. "Qual seu papel aqui, sacerdotisa?"

Ela fez uma leve reverência. "Eu sirvo à deusa. Ela trouxe o americano até a mim da mesma maneira que fez contigo agora. São seus desígnios."

Sacerdotisa? De que diabos ele estava falando?

"Que, talvez, nos digam para jogar o colar no Nilo", Enoc disse.

"Sim. Mas ainda assim, os antigos o forjaram para que pudesse ser encontrado, não foi, sábio Hermes? E chegou até nós de um modo inusitado. Por quê? Quanto seria sorte e quanto seria destino?"

"Uma questão ainda não respondida em uma vida de aprendizado", Enoc suspirou perplexo. "Agora, isto...", ele estudou o medalhão novamente, apontando para as perfurações no disco. "Vocês reconhecem o padrão?"

"Estrelas", Astiza sugeriu.

"Sim, mas quais?"

Todos balançamos a cabeça.

"Mas é simples! É Draconis, ou Draco. O dragão." Ele traçou uma linha ao longo das estrelas que pareciam formar uma serpente contorcida ou um pequeno dragão. "É uma constelação de estrelas capaz de guiar o dono deste medalhão, acredito."

"Guiá-lo como?", perguntei.

"Quem sabe? As estrelas giram no céu noturno e mudam de posição de acordo com as estações. Uma constelação significa pouca coisa a não ser que esteja relacionada a uma data ou época do ano. Então, o que de bom isso traz?"

Esperamos por uma resposta para o que imaginávamos ter sido uma pergunta retórica.

"Não sei", Enoc admitiu. "Ainda assim, os antigos eram obcecados com o tempo. Alguns templos foram construídos apenas para serem iluminados no solstício de inverno ou no equinócio de outono. A jornada do Sol era considerada a jornada da vida. Isso não veio acompanhado com alguma coisa ligada ao tempo, veio?"

"Não", disse. Mas me lembrei do calendário que Monge havia me mostrado no *L'Orient* e que foi encontrado na mesma fortaleza onde Cagliostro ficou enclausurado. Talvez o velho conjurador carregasse ambas as peças. Seria uma pista?"

"Sem saber quando deve ser usado, o medalhão pode ser inútil. Agora, esta linha que divide o círculo, o que ela significa?"

"Não sei", eu disse.

"Tenho quase certeza de que estas linhas em ziguezague representam o símbolo antigo para água." Fiquei surpreso. Pensei que fossem montanhas, mas Enoc insistiu que simbolizavam as ondas. "Mas esta pequena pirâmide rabiscada me intriga. E estes braços... ah, vejam aqui." Ele apontou e chegamos perto. Havia um entalhe ou dente na metade de cada braço que eu não havia notado, como se parte do braço tivesse sido marcada cuidadosamente.

"É uma régua?", arrisquei. "Aquele entalhe poderia marcar a mensuração."

"Uma possibilidade", Enoc disse. "Mas também poderia ser o lugar para encaixe de outra peça. Talvez a razão para que este medalhão seja tão misterioso, americano, é que ele esteja incompleto."

Foi Astiza quem sugeriu que eu deixasse o medalhão com o velho para ser estudado, assim ele poderia procurar por objetos parecidos em seus livros. Fiquei em dúvida no começo. Estava acostumado ao peso dele no meu pescoço e também seguro por saber onde ele estava todo o tempo. Agora eu o entregaria a um quase desconhecido?

"Ele não tem uso para nenhum de nós até que saibamos o que é e para que serve", ela explicou. "No seu pescoço ele pode ser roubado nas ruas do Cairo. Deixando, aqui, na casa de um estudioso recluso é como deixar num cofre."

"Posso confiar nele?"

"Que escolha temos? Quantas respostas você conseguiu em semanas desde que ganhou o medalhão? Dê um dia ou dois a Enoc para que ele faça alguns progressos."

"E o que eu faço nesse meio tempo?"

"Comece fazendo perguntas aos seus próprios sábios. Por que a constelação de Draco estaria na peça? A solução será mais rápida se trabalharmos juntos."

"Ethan, é um risco grande demais", Talma disse, olhando com desconfiança para Astiza.

Realmente, quem era essa mulher que foi chamada de sacerdotisa? Ainda assim, meu coração considerava os medos de Talma exagerados, dizia que eu estava sozinho nesta empreitada e, agora, tinha conseguido aliados espontâneos na busca pelo segredo deste mistério. Os desígnios da deusa, sem dúvida. "Não, ela está certa", eu disse. "Precisamos de ajuda ou, então, não vamos fazer nenhum progresso. Mas, se Enoc fugir com meu medalhão, ele vai ser perseguido por todo o exército francês."

"Fugir? Ele acabou de nos convidar para ficar na casa dele."

Meu quarto era a melhor acomodação que eu tive em anos. Era fresco e não muito claro, a cama ficava bem acima do piso e era cercada por cortinas. O azulejo tinha camadas de carpetes. O lavatório e o jarro de água eram feitos de prata e latão. Que contraste para a sujeira e o calor da campanha! Mas eu não conseguia parar de pensar que estava sendo seduzido para uma história que não entendia e comecei a repassar os acontecimentos mentalmente. Foi por acaso que encontrei uma mulher mestiça de gregos e egípcios que falava inglês? Que o irmão desse estranho Enoc tivesse avançado diretamente contra mim depois de ter penetrado no quadrado francês na Batalha das Pirâmides? Que Bonaparte não tinha apenas permitido, mas aprovado esta aquisição para minha pequena comitiva? Era como se o medalhão fizesse algum tipo de mágica que atraísse pessoas para perto de mim.

Certamente era hora de fazer mais perguntas a minha suposta serviçal. Depois que tomamos banho e descansamos, encontrei Astiza no quintal principal, agora fresco e aprazível. Ela sentava perto da fonte esperando por meu interrogatório. Lavada, com roupas novas e cabelos escovados que brilhavam como uma obsidiana. Seus seios estavam envoltos em faixas de linho. Ela sentava com as pernas cruzadas e exibia belas sandálias nos pés.

Sua beleza era completada por braceletes, tornozeleiras e uma cruz ansada no pescoço. A visão era tão estonteante, que era difícil pensar direito. Mesmo assim, eu precisava continuar.

"Por que ele te chamou de sacerdotisa?", eu perguntei sem rodeios, enquanto sentava ao lado dela.

"Com certeza você não pensa que meus interesses são limitados a cozinhar e lavar para você, certo?", ela disse calmamente.

"Eu sabia que você era mais que uma serviçal. Mas sacerdotisa de quê?"

Seus olhos estavam bem abertos e seu semblante solene. "Da fé que corre por todas as religiões há dez mil anos: fé de que existem mundos além dos que podemos ver, Ethan, e mistérios além do que pensamos compreender. Ísis é um portal para tais mundos."

"Você é uma porcaria de pagã."

"E o que é uma pagã? Se você analisar a origem da palavra, ela significa morador do interior, uma pessoa da natureza que vive pacificamente de acordo com o ritmo das estações e do sol. Se isso é paganismo, então, sou uma crente fervorosa."

"Uma crente em que, mais especificamente?"

"Que a vida tem propósito, que algumas partes do conhecimento devem ficar em segredo, e que certos poderes devem ficar guardados e fora de uso. Ou, se forem utilizados, que seja para o Bem."

"Eu a trouxe para esta casa ou aconteceu o inverso?"

Ela riu graciosamente. "Você acha que nos encontramos por acidente?"

Bufei. "Lembro de ter acontecido por conta de um tiro de canhão."

"Você tomou o caminho mais curto para o porto de Alexandria. Nós fomos avisados para ficar de olho num civil com uma casaca verde vindo por ali, possivelmente acompanhando Bonaparte."

"Nós?"

"Meu mestre e eu. Aquele que você matou."

"E sua casa calhou de estar no caminho?"

"Não, mas a casa de um mameluco que tinha fugido estava. Meu mestre e eu a ocupamos e nossos acólitos nos trouxeram armas."

"Você quase matou Napoleão!"

"Não necessariamente. O guardião estava mirando em você, não nele."

"O quê?!"

"Minha Ordem achou melhor matar você logo, antes que soubesse demais. Mas os deuses aparentemente têm outros planos em mente. O guardião quase acertou todo mundo, *menos* você. Então, a sala explodiu e, quando acordei, lá estava você. Foi aí que eu soube que você tinha um propósito, mesmo sendo tão cego com relação a ele."

"Qual propósito?"

"Concordo que seja difícil de imaginar. Mas você deve ajudar, de alguma forma, a guardar o que deve ser guardado, ou usar o que deve ser usado."

"Guardar o quê? Usar o quê?"

Ela balançou a cabeça. "Não sabemos."

Pelos raios de Franklin, essa era a maior besteira que eu já tinha ouvido. Eu devia acreditar que minha cativa tinha me encontrado em vez do contrário? "O que você quer dizer com o guardião?"

"Simplesmente alguém que vai ajudar a manter a salvo os ensinamentos antigos que fizeram desta terra a mais rica e bela do mundo há cinco mil anos. Ouvimos boatos do colar – Cagliostro não conseguiu ficar quieto por causa de sua empolgação quando o encontrou – e dos homens inescrupulosos que estavam a caminho para desenterrá-lo e roubá-lo. Mas você? Tão ignorante! Por que Ísis o colocaria em suas mãos? Mesmo assim nos encontramos e, depois, fomos levados a Ashraf, e de Ashraf para Enoc. Segredos que ficaram adormecidos por milênios estão sendo despertados pela marcha dos franceses. As pirâmides tremem. Os deuses estão impacientes e guiam nossas mãos."

Eu não sabia se ela era tapada como uma lunática, ou esperta como uma vidente. "Em direção a quê?"

"Não sei. Todos nós somos cegos para toda a verdade. Vemos algumas coisas, mas perdemos outras. Os estudiosos franceses de quem você tanto fala são homens sábios, não? *Magi*?"

"*Magi*?"

"Ou como nós os chamamos no Egito, magos."

"Acredito que homens da ciência se diferenciam dos mágicos, Astiza."

"No Egito Antigo, essa distinção não existia. Os sábios conheciam mágica e realizavam muitos feitiços. Agora, você e eu precisamos fazer uma ponte entre seus estudiosos e homens como Enoc para solucionarmos este quebra-cabeça antes que os inescrupulosos o façam. Estamos numa corrida com o culto da cobra, o deus serpente Apófis e o Rito Egípcio. Eles querem descobrir o segredo primeiro e usá-lo para seus desígnios maléficos."

"*Quais* desígnios?"

"Não sabemos, exatamente porque nenhum de nós sabe exatamente o que estamos procurando." Ela hesitou. "Existem lendas de grandes tesouros e, mais importante, grandes poderes, do tipo que balança impérios. O que é exatamente? Muito cedo para dizer. Deixe Enoc estudá-lo um pouco mais. Saiba, porém, que muitos homens ouviram estas histórias durante séculos e devanearam sobre a verdade por trás delas."

"Você quer dizer Napoleão?"

"Suspeito que ele saiba menos que todos, mas espera que alguém descubra para que ele possa se apoderar e usar para benefício próprio. Porque ele não tem certeza, mas ele ouviu as lendas sobre Alexandre. Todos nós estamos nublados pelo mito e pelas lendas, exceto talvez Bin Sadr – e quem quer que seja seu verdadeiro mestre."

Capítulo Onze

Eu comecei a investigação com um dos astrônomos da expedição, Nicholas-Antoine Nouet. Enquanto a maioria dos franceses amaldiçoava o deserto por seu calor e por seus insetos perigosos, Nouet estava encantado, dizendo que o ar seco facilitou bastante o mapeamento dos céus. "É o paraíso dos astrônomos, Gage! Um país sem nuvens!" Eu o encontrei agachado no novo Instituto, sem casaco e com as mangas arregaçadas, remexendo numa pilha de bastões calibrados utilizados para medir a posição das estrelas em relação ao horizonte.

"Nouet," perguntei, "o céu é constante?"

Ele olhou para cima irritado porque eu quebrei sua linha de pensamento. "Constante?"

"Sim, as estrelas se movem?"

"Bem." Ele se levantou e olhou para fora, para o jardim sombreado que os cientistas desapropriaram. "A Terra gira e é por isso que as estrelas parecem nascer e se pôr como o Sol. Elas fazem um círculo em torno do nosso eixo boreal, a Estrela Polar."

"Mas as estrelas não se movem?"

"Esse assunto ainda está sendo discutido."

"Então, há milhares de anos," eu o pressionei, "quando as pirâmides foram construídas, o céu era igual ao que se vê hoje?"

"Ah, agora vejo aonde você quer chegar. A resposta é sim e não. As constelações basicamente se mantiveram iguais, mas o eixo da Terra oscila num ciclo de vinte e seis mil anos."

"O doutor Monge me contou sobre isso, no *L'Orient.* Ele disse que a posição do Zodíaco, em relação ao sol nascente, em uma data específica, muda. Alguma outra coisa mudaria também?"

"Uma diferença, em vários milênios, seria a Estrela Polar. Porque o eixo da Terra oscila, e ela apontava para uma estrela boreal diferente há milhares de anos."

"Existe alguma possibilidade que essa estrela tenha sido Draco?"

"Eu acredito que sim. Por que você pergunta?"

"Você soube que eu tinha um artefato do passado. Minhas investigações preliminares, aqui, no Cairo dão a entender que ela representa a constelação de Draconis, o dragão. Se Draco fosse a Estrela Polar..."

"Então, isso quer dizer que você deve orientar o artefato para o Norte."

"Exatamente. Mas, por quê?"

"*Monsieur*, o fragmento ancestral é seu, não meu."

"Monge mostrou-me outra coisa a bordo do *L'Orient.* Era um dispositivo circular com signos do Zodíaco. Ele acreditava ser algum tipo de calendário, talvez para fazer previsões do futuro."

"Isso não seria incomum entre as culturas antigas. Sacerdotes antigos teriam poderes extraordinários se pudessem prever como os céus seriam no futuro. Eles poderiam prever a cheia do Nilo, além das datas ideais para plantio e colheita. O poder de nações e a ascensão e queda de reis dependiam desse conhecimento. Para eles, religião e ciência eram uma coisa só. Você tem esse dispositivo? Talvez eu possa decifrá-lo."

"Nós o deixamos no *L'Orient* junto com o tesouro de Malta."

"Bah! Para ser derretido e consumido pelo próximo grupo de cafajestes que estiverem na direção do Diretório? Por que esses tesouros estão num navio de guerra prontos para entrar em guerra? Precisamos dessas ferramentas, aqui, no Egito! Peça a Bonaparte que permita que você a apanhe, Gage. Essas coisas tornam-se incrivelmente simples assim que você resolve o quebra-cabeça."

Eu precisava de algo mais substancial antes de me dirigir ao general. Enoc ainda estava enclausurado na biblioteca com o medalhão, quando eu soube, dois dias depois, que o geógrafo Jomard, que eu conheci no *L'Orient,* ia cruzar o Nilo até Gizé para tirar suas medidas preliminares das pirâmides. Eu ofereci meus serviços voluntários, assim com os de Ashraf, como guia. Talma também juntou-se a nós, enquanto Astiza ficou para trás, para ajudar Enoc.

Nós quatro aproveitávamos a brisa matinal enquanto seguíamos na balsa. O rio corria próximo às enormes estruturas, com margens íngremes de areia e de calcário que levava ao platô onde elas foram construídas. Paramos o barco na praia e começamos a escalar.

Por mais extraordinário que tenha sido lutar com a visão dessas célebres estruturas em Imbaba, elas estavam longe demais para nos impressionar por seu tamanho. Era sua pureza geométrica, contra o deserto severo, que chamava a atenção. Agora, enquanto avançávamos com dificuldade pela trilha que tinha origem no grandioso rio, sua imensidão se tornava aparente. As pirâmides inicialmente surgiram sobre o topo da subida como deltas perfeitos, com desenhos tão harmoniosos quanto simples. O volume de sua massa contra o céu elevava o olhar em direção ao seu ápice, em direção ao céu. Depois, quando podiam ser vistas por completo, suas dimensões titânicas mostraram-se aparentes, como montanhas de pedras ordenadas pela matemática. Como o Egito primitivo construiu algo tão grandioso? E por quê? O próprio ar que nos rodeava parecia cristalino e sua majestade carregava uma estranha aura, como o cheiro curioso e o formigamento que, algumas vezes, sinto quando demonstro a eletricidade. Estava tudo muito quieto aqui, comparado ao tumulto do Cairo.

Além do efeito intimidador da pirâmide, havia ainda o famoso guardião que olhava fixamente em direção ao leste. A gigantesca cabeça de pedra batizada como Esfinge, por mais extraordinária que se pudesse imaginar de descrições por escrito, guardava a subida a uma pequena distância abaixo das pirâmides. Seu pescoço era uma duna de areia com seu corpo leonino enterrado no deserto. O nariz da estátua fora danificado anos atrás enquanto os mamelucos treinavam com canhões, mas seu olhar fixo e sereno, seus lábios africanos cheios e seu ornato de cabeça criava uma aparência tão eterna como se desafiasse a barreira do tempo. Os rastos de erosão e deterioração fazia com que parecesse mais antiga que as pirâmides que estavam atrás, o que me fez pensar se por acaso havia sido construída antes. Havia algo sagrado sobre este local? Que tipo de povo havia construído tamanho colosso e por quê? Seria ele um sentinela? Um guardião? Um deus? Ou pura vaidade de um só homem, tirano e senhor? Não consegui evitar pensar em Napoleão. Seria o nosso republicano, revolucionário, libertador e homem do povo alguma vez tentado a encomendar uma cabeça como esta?

Atrás havia dunas cobertas de entulho, restos de paredes quebradas e topos de pirâmides menores reduzidas a pó. O trio de pirâmides principais que dominavam Gizé formavam uma linha diagonal, de Nordeste a Sudeste, com a Grande Pirâmide de Queóps mais próxima ao Cairo. A segunda, um pouco menor e atrás, fora atribuída pelos gregos ao Faraó Quéfren, e a terceira, menor ainda, mais a Sudeste, fora construída por Miquerinos.

"Uma das coisas interessantes sobre a Grande Pirâmide é que está exatamente alinhada com as direções cardeais e não somente com o Norte magnético," Jomard nos disse enquanto descansávamos um pouco. "É tão precisa que seus sacerdotes e engenheiros devem ter tido conhecimento sofisticado de astronomia e topografia. Além disso, notem como se pode escolher a direção para a qual se olha, pela maneira como as pirâmides se relacionam umas com as outras. O padrão de sombra trabalha como uma bússola. Você poderia usar a relação de seus ápices e sombras para orientar uma ferramenta de medição."

"Você acredita que são uma espécie de marco geodésico?", perguntei.

"Essa é uma teoria. As outras dependem de medidas. Venham." Ele e Ashraf avançaram com passos largos, carregando bobinas de fitas de medição. Talma e eu, acalorados e exaustos pela subida, saímos um pouco atrás.

"Nem um resquício de verde," Talma murmurou. "Um lugar de mortos, certamente."

"Mas que tumbas, hein, Antoine?" Olhei para trás, para a cabeça da Esfinge, tendo o rio abaixo de nós e as pirâmides acima.

"Sim, e você sem sua chave mágica para nos deixar entrar."

"Não acredito que preciso do medalhão para isso. Jomard disse que foram abertos séculos atrás por caçadores de tesouros árabes. Suponha que, possivelmente, entraremos sozinhos."

"De qualquer maneira, não lhe incomoda não ter o medalhão?"

Ergui os ombros em sinal de indiferença. "Francamente, é mais legal não carregá-lo."

Ele olhou insatisfeito para os triângulos de cor marrom acima de nós. "Por que você confia mais na mulher do que em mim?" A dor em sua voz me surpreendeu.

"Isso não é verdade."

"Quando lhe perguntei onde estava o colar, você mostrou-se reservado. Mas ela o convence a entregá-lo a um idoso egípcio que você mal conhece."

"Empréstimo, para estudo. Eu não dei a ela, eu o emprestei. Eu confio em Enoc. Ele é uma cientista como nós."

"Eu não confio nela."

"Antoine, você está com inveja."

"Sim, e por quê? Não é só porque ela é mulher e você corre atrás de mulheres como um cachorro atrás de um osso. Não, é porque ela não está contando a você tudo o que sabe. Ela tem sua própria agenda, que não é necessariamente nossa."

"Como você sabe disso?"

"Porque ela é uma mulher."

"Uma sacerdotisa, segundo ela, tentando nos ajudar."

"Uma bruxa."

"Confiar em egípcios é a única maneira de solucionar este mistério, Antoine."

"Por quê? Eles não conseguiram resolvê-lo em cinco mil anos. Daí aparecemos com uma bugiganga e, de repente, temos mais amigos do que nunca? Para mim, isso é tudo muito conveniente."

"Você é muito desconfiado."

"Você é muito ingênuo."

E, sem mais, seguimos em frente, apesar de nenhum dos dois estar satisfeito.

Enquanto caminhávamos com dificuldade pela areia escorregadia em direção à pirâmide maior, suando com o calor, eu me sentia cada vez menor. Mesmo quando me virava, o monumento parecia mais onipresente, como se nos abocanhasse. A nossa volta, via-se apenas o tempo que havia se disseminado na areia. No nosso caminho havia pedras que algum dia já tinham sido paredes de corredores ou quintais. O deserto gigantesco crescia atrás de nós. Pássaros negros voavam com a brisa do ar. Por fim, paramos diante da mais alta e maior estrutura da Terra, com dunas ondulantes ao seu redor. Os blocos com os quais foi construída pareciam tijolos de gigantes, maciços e pesados.

"E, aqui, talvez, seja um mapa do mundo," anunciou Jomard.

Com suas feições rígidas, o cientista francês me lembrava de alguns falcões talhados em pedra que eu havia visto na casa de Enoc: Hórus. Ele olhava para cima admirado, enquanto observava a face triangular da pirâmide.

"Um mapa do mundo?" Talma perguntou um pouco incrédulo.

"Assim disse Diodorus e outros antigos estudiosos. Ou, talvez, um mapa do hemisfério norte."

O jornalista, ruborizado do calor, sentou-se em uma extremidade de um dos blocos. "Eu pensei que o mundo fosse redondo."

"Ele é."

"Eu sei que vocês cientistas conhecem mais o assunto do que eu, Jomard, mas, a menos que eu esteja alucinando, acho que a estrutura a minha frente representa algo muito importante."

"Observação astuta, *monsieur* Talma. Você talvez tenha o conhecimento de um cientista: a idéia de um ápice representando o pólo, a base, o equador, e cada lado um quarto do norte de uma semi-esfera. Como se uma laranja fosse cortada primeiro ao meio, horizontalmente, e, depois, em quatro pedaços na vertical."

"Nenhum deles triângulos planos," disse Talma, abanando-se. "Por que não construir, então, um monte, como um pão, se você quer modelar metade do nosso planeta?

"Meus mapas do Egito e do mundo são planos e, mesmo assim, representam algo redondo," o cientista respondeu. "Nossa dúvida é se os egípcios, de modo abstrato, desenharam a pirâmide com um ângulo e área precisos para espelhar matematicamente nosso globo. Os povos antigos diziam que suas dimensões correspondem a uma fração dos trezentos e sessenta graus que divide a Terra. Esse é um número sagrado, que vem dos egípcios e babilônios, baseado no número de dias do ano. Será que eles, de fato, escolheram proporções para demonstrar como traduzir com exatidão uma terra curva em uma superfície plana, como a face de uma pirâmide? Heródoto nos diz que a área do lado de uma pirâmide é igual ao quadrado de sua altura. Acontece que essa proporção é a ideal para calcular a área superficial de um círculo, como nosso planeta, de um quadrado, e transpor os pontos de um para o outro."

"Por quê fariam isso?" perguntou o jornalista.

"Para se gabarem, talvez, de que sabiam disso."

"Mas, Jomard," contestei, "as pessoas acreditavam que o mundo era plano, até Colombo."

"Não é verdade, meu amigo americano. A Lua é redonda. O Sol é redondo. E os egípcios acreditavam que a Terra também era redonda; e os gregos usavam medidas exatas para calcular uma circunferência. Penso que os egípcios procediam da mesma maneira."

"Como poderiam saber quão grande é nosso planeta?"

"É brincadeira de criança se você conhece geometria básica e astronomia, medindo pontos fixos contra a sombra do Sol ou o declínio das estrelas."

"Ah, sim," disse Talma. "Quando eu era bebê, eu fazia isso antes de cochilar."

Jomard se recusou a sair por baixo. "Qualquer um que tenha visto a sombra que a Terra faz na Lua ou um barco desaparecer no horizonte suspeitaria que nosso planeta é redondo. Nós sabemos que o grego Eratosthenes usou vários comprimentos de sombras do Sol do meio-dia, no solstício do verão, em dois pontos diferentes do Egito, para chegar perto dos trezentos e vinte quilômetros de uma resposta correta em 250 a.C. Esta pirâmide já tinha quase três mil anos quando ele fez essas medidas. De qualquer forma, o que impediria seus antigos construtores de fazer a mesma coisa, ou medir alturas de estrelas relativas em pontos no Norte e no Sul ao longo do Nilo para, de novo, calcular os ângulos e, assim, o tamanho de nosso planeta? Se você viajar pelo rio, a altura das estrelas sobre o horizonte varia em muitos graus, e os marinheiros egípcios, com certeza, teriam notado isso. Tycho Brahe realizou tais medidas a olho nu e calculou com exatidão o tamanho da Terra, então, por que não o fariam os egípcios? Nós atribuímos o nascimento do conhecimento aos gregos, mas eles o atribuíam aos egípcios."

Eu sabia que Jomard tinha lido mais textos antigos do que qualquer um de nós, então, observei a grande massa a minha frente com curiosidade. Seu revestimento externo de pedra calcária fora roubado séculos atrás para a construção dos palácios dos muçulmanos e as mesquitas no Cairo, restando apenas o miolo dos blocos. Entretanto cada pedaço daquilo era colossal, colocadas em fileiras intermináveis. Comecei a contar as filas de alvenaria e desisti de fazê-lo depois que cheguei na centena. "Mas os egípcios não tinham navios para circular o globo, então, que importância teria para eles o tamanho do planeta?" Eu contestei. "E construir uma montanha que contivesse um cálculo? Não faz nenhum sentido."

"Assim como a enganação de construir uma Igreja de São Pedro para um Ser que santos e lunáticos garantem ver," Jomard retrucou. "O que não faz sentido para um homem é o propósito da vida para um outro. Alguma vez conseguimos nos explicar? Por exemplo, qual o propósito da Maçonaria, Talma?"

"Bem." Tivemos que parar para pensar um pouco. "Para viver em harmonia e sermos racionais, em vez de matar-nos uns aos outros por causa de política e religião, eu acho."

"E aqui estamos, algumas milhas distante dos restos de um campo de batalha de um exército lotado de maçons. Afinal, que é o lunático? Quem sabe por que os egípcios fariam tal coisa?"

"Eu pensei que isto fosse o túmulo de um faraó," disse Talma.

"Um túmulo sem ocupação. Quando caçadores de tesouros árabes conseguiram entrar nele há séculos e trilharam seus caminhos através de túneis que circulavam os tampões de granitos que, se supõe, selariam a entrada para sempre, eles não viram nem sinal de que qualquer rei, rainha ou qualquer plebeu houvesse, um dia, descansado aqui. O sarcófago estava vazio e sem tampa. Não havia nada escrito e nem sinal de tesouro ou palavras que honrassem o nome da pessoa para quem ele havia sido construído. A maior estrutura da face da Terra, maior que as mais altas catedrais, e vazia como a dispensa de um camponês! Algo tão megalomaníaco, levantada por milhares de homens a fim de construir o seu derradeiro lugar de descanso. É muito estranho tudo isto para ninguém descansar aqui."

Eu parecia Ashraf, que não conseguia acompanhar nosso francês. "Para que é a pirâmide?" Perguntei em inglês.

Ele elevou os ombros, com menos admiração ao monumento do que nós. Claro, ele viveu no Cairo toda a sua vida. "Para segurar o céu."

Eu suspirei e me virei para Jomard. "Então, você acredita que seja um mapa?"

"Essa é uma hipótese. Outra é que suas dimensões significam algo divino. Por milhares de anos, arquitetos e engenheiros perceberam que algumas proporções e formas são mais satisfatórias que outras. Elas correspondem entre si em várias maneiras matemáticas interessantes. Alguns acreditam que essas relações sublimes revelam verdades fundamentais e universais. Quando nossos ancestrais construíram as grandiosas catedrais góticas, eles tentaram usar suas proporções dimensionais e geométricas para expressar idéias e ideais religiosos, para efetivamente fazer com que a construção fosse sagrada em seu próprio formato. 'O que é Deus?', São Bernardo perguntou um vez. 'Ele é comprimento, largura, altura e profundidade.'"

Lembrei da exaltação de Astiza sobre Pitágoras.

"Então?" indagou Talma.

"Então essa pirâmide pode ter sido, para os antigos que a construíram, não a imagem do mundo, mas uma imagem de Deus."

Inquieto, observei a vasta estrutura enquanto meu cabelo grudava no meu pescoço. Estava em silêncio e, mesmo assim, de lugar nenhum, senti um som baixo, como quando se pressiona uma concha contra o ouvido. Seria Deus um número, uma dimensão? Havia algo de Deus naquela simplicidade perfeita a minha frente.

"Infelizmente," continuou Jomard, "todas essas idéias são difíceis de serem verificadas até que sejam tomadas as medidas para confirmar se realmente altura e perímetro combinam em escala com as dimensões da Terra. Isso será impossível de ser feito até que escavemos o suficiente para encontrar a verdadeira base e cantos da pirâmide. Precisarei de um pequeno exército de trabalhadores árabes."

"Então, suponho que podemos retornar," disse Talma esperançoso.

"Não," respondeu Jomard. "Podemos, pelo menos, começar a medir sua altura pelo pedaço mais baixo que podemos visualizar. Gage, você ajudará com a fita. Talma, você deve ter muito cuidado para anotar cada altura de pedra que lhe daremos."

Meu amigo me olhou com dúvida. "Tudo isso para quê?"

"O Sol está começando a descer. Quando chegarmos ao topo, estará mais frio."

Ashraf preferiu ficar embaixo, pois acreditava que tamanha escalada era algo que apenas europeus malucos poderiam fazer. E, realmente, não era fácil. A pirâmide parecia cada vez mais íngreme conforme subíamos.

"Uma ilusão óptica fazia com que parecesse mais grossa do que realmente era, quando olhávamos para frente," explicou Jomard.

"Você não disse isso antes de nós começarmos a subir," reclamou Talma.

Levou mais de meia hora de cuidadosa escalada para que nós três chegássemos na metade do caminho. Era como escalar blocos infantis gigantescos, uma escada gigante, sendo que cada degrau media aproximadamente dois pés e meio de altura. Além disso, havia a possibilidade de uma queda muita feia. Nós medíamos cuidadosamente cada miolo de pedra enquanto subíamos, enquanto Talma mantinha os registros.

"Olhe o tamanho desses monstros," disse o jornalista. "Eles devem pesar várias toneladas. Por que não construir com pedaços menores?"

"Por razões de engenharia, talvez?" Sugeri.

"Não há requisitos arquitetônicos para pedras tão grandes," disse Jomard. "Entretanto os egípcios cortavam esses beemontes[16], faziam com que flutuassem no Nilo, os empurravam montanha acima, e, de alguma forma, os levan-

---

[16] N. do T.: Animais gigantescos descritos na Bíblia, provavelmente era o hipopótamo.

tavam até essa altura. Gage, você é um especialista em eletricidade. Poderiam eles ter usado tal força misteriosa para mover estas rochas?"

"Se a utilizaram, eles possuíam maestria em algo que mal compreendemos. Posso projetar uma máquina para lhe dar um pequeno choque, Jomard, mas não para fazer qualquer tipo de trabalho útil." Novamente me senti inadequado para a missão a que me propus. Olhei em volta para poder contribuir com algo concreto. "Aqui tem alguma coisa. Algumas dessas pedras têm conchas." Apontei.

O cientista francês seguiu meu dedo. "Realmente!", disse surpreso. Ele agachou-se para inspecionar a pedra calcária que eu apontei. "Não conchas, mas fósseis de conchas, como se estes blocos fossem do fundo do mar. É uma curiosidade que tem sido notada nas cordilheiras européias e que tem gerado um novo debate sobre a idade da Terra. Alguns dizem que criaturas do mar foram carregadas para cima pelo dilúvio, mas outros argumentam que nosso mundo é bem mais velho que a contagem da Bíblia e que nossas montanhas atuais já estiveram debaixo do oceano."

"Se isso for verdade, as pirâmides podem ser mais velhas que a própria Bíblia," sugeri.

"Sim. Mudar a escala do tempo muda tudo. " Ele passava os olhos pela pedra calcária, admirando as impressões das conchas. "Olhe... ali! Temos até um náutico!"

Talma e eu olhamos por cima de seu ombro. Incrustado no bloco de pirâmide havia um corte transversal de uma concha náutica espiral, uma das formas mais lindas da natureza. Começando em sua ponta espiralada, sua câmara crescia em proporções agradáveis e delicadas, enquanto a criatura do mar crescia em uma elegante espiral externa. "E isto faz você pensar em quê?" perguntou Jomard.

"Comida do mar," disse Talma. "Estou com fome."

Jomard ignorou o comentário, olhando para a espiral na pedra, transferida por uma razão que eu não compreendia. Longos minutos se passaram e me atrevi a olhar lá do alto. Um falcão planava na mesma altura em que estávamos. Aquilo me deixou tonto.

"Jomard?" Talma, finalmente chamou. "Você não tem que ficar observando o fóssil. Ele não vai sair correndo."

Como resposta, o cientista, de repente, tirou de sua bolsa de sobrevivência um martelo para pedras e começou a dar leves batidas nas pontas dos blocos. Já havia uma rachadura perto do fóssil, que ele aproveitou, conseguindo soltar a espécie marinha e a segurou em sua mão. "Poderia ser?" ele murmurou, girando a elegante criatura para ver seus padrões de luz e sombra. Ele parecia ter se esquecido de nossa missão e de nós.

"Ainda temos um longo caminho até o topo," avisei, "e está ficando tarde."

"Sim, sim." Ele piscou como se acordasse de um sonho. "Deixe-me pensar sobre isso lá em cima." Ele colocou a concha em sua mochila. "Gage, segura a fita. Talma, deixe o lápis pronto!"

Chegar ao topo nos tomou mais meia hora de cautelosa subida. Era mais de quatrocentos e cinqüenta pés de altura, de acordo com nossos números, mas aquilo não passava de numa medida aproximada. Olhei para baixo. Os poucos soldados franceses e beduínos que podíamos ver pareciam formigas. Felizmente, já não havia mais pedra no topo da pirâmide, então, havia um espaço do tamanho de uma cama onde podíamos ficar de pé.

Eu me senti mais perto do céu. Não havia montanhas que competissem, apenas o deserto, o fio prateado do rio Nilo e o colar verde em cada uma das margens. O Cairo, do outro lado do rio, brilhava como mil torres de mesquitas, e podia se escutar o gemido dos fiéis em oração. O campo de batalha de Imbaba era uma arena empoeirada, salpicado de covas onde os mortos eram jogados. Longe, ao Norte, o Mediterrâneo era invisível sobre o horizonte.

Jomard tirou da mochila o fóssil náutilo novamente. "Há uma claridade aqui em cima, não acham? Este templo focaliza isso." E começou a anotar alguns números.

"E não mais do que isso," disse Talma, sentado em total resignação. "Eu mencionei que estou com fome?"

Mas Jomard estava perdido novamente em algum mundo próprio, então, finalmente, nós ficamos quietos por algum tempo, já acostumados a essas meditações dos cientistas. Parecia que o mundo se curvava e, depois, pensei que não passava de ilusão devido à altura. Havia uma espécie de foco no ápice da estrutura, de qualquer maneira, eu gostei da sensação de isolamento silencioso. Algum outro americano teria subido até aqui?

Finalmente, Jomard, levantou-se, pegou um fragmento de pedra do tamanho de seu pulso e o atirou o mais longe possível. Acompanhamos a parábola de sua queda, imaginando se poderíamos atirar longe o suficiente para passar a base da pirâmide. Ele não podia, e a pedra chocou-se contra um bloco mais abaixo, começando a saltar, despedaçando-se. Seus pedaços rolaram em direção à base.

Ele olhou para baixo por um momento, como se pensasse em sua mira. Então, virou-se para nós. "Mas é claro! É tão óbvio. E seu olho, Gage, tem sido a chave!"

Eu me endireitei. "Tem?"

"Em que maravilha estamos parados! Que auge de pensamento, filosofia e cálculo! Foi o náutico que me fez ver isso!"

Talma parecia não entender nada.

"Fez ver o quê?"

"Algum de vocês já ouviu falar sobre a seqüência de números de Fibonacci?"

Nosso silêncio respondia tudo.

"Chegou à Europa perto do ano de mil e duzentos por Leonardo de Pisa, também conhecido como Fibonacci, depois que ele estudou no Egito. Sua origem real vai muito além no passado, a épocas desconhecidas. Veja!", ele mostrou seu papel. Nele havia uma série de números: 1, 1, 2, 3, 5, 8, 13, 21, 34, 55. "Vocês vêem o padrão?"

"Eu acho que joguei esses números na loteria," disse Talma. "Eu perdi."

"Não vêem como funciona?" insistiu o cientista. "Cada número é a soma dos dois anteriores. O próximo na seqüência, somando o trinta e quatro com o cinqüenta e cinco, seria o oitenta e nove."

"Fascinante", disse Talma.

"Agora, o mais impressionante sobre esta série é que com geometria, pode-se representar essa seqüência não como números, mas como padrão geométrico. Você faz isso desenhando quadrados." Ele desenhou dois quadrados pequenos lado a lado e colocou o número "1" dentro de cada um. "Vejam, aqui temos os dois primeiros números da seqüência. Agora, desenhamos um terceiro quadrado ao lado dos dois primeiros, do tamanho dos dois primeiros combinados, e nele colocamos o número "2." Depois, um quadrado com os lados do tamanho do quadrado número um e do quadrado número dois combinados, e lhe damos o número "3." Vêem?" Ele rabiscava rapidamente. "O lado do novo quadrado é a soma dos dois quadrados anteriores, assim como o número da seqüência de Fibonacci é a soma dos dois números anteriores. As áreas dos quadrados rapidamente vão crescendo."

Em pouco tempo, ele tinha um desenho como este:

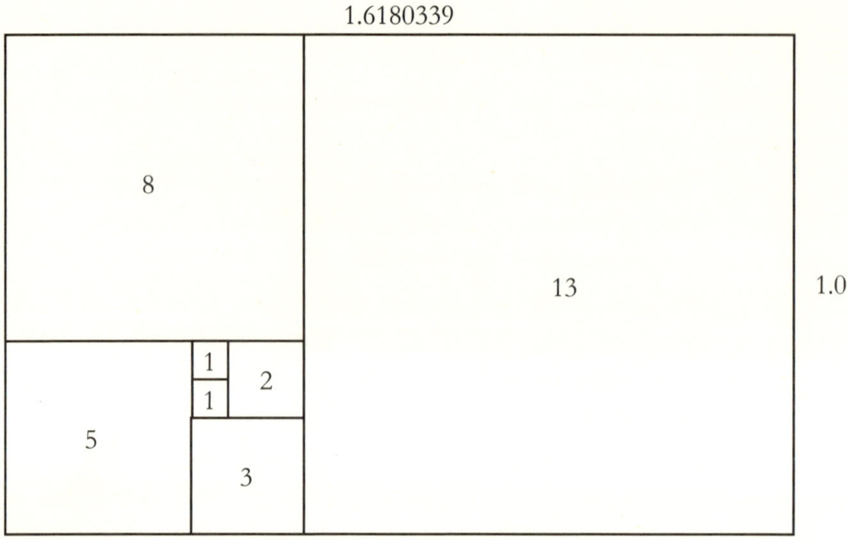

"O que significa o número no topo, o 1,6-alguma coisa?" Perguntei.

"É a proporção do comprimento do lado de cada um dos quadrados em relação ao menor anterior," respondeu Jomard. "Vejam que as linhas do quadrado "3" tem comprimento proporcional às linhas do quadrado "2" assim como a proporção dos quadrados oito e treze."

"Não entendi."

"Veja como a linha do topo do quadrado três é dividida em dois comprimentos diferentes devido à junção dos quadrados um e dois?" Jomard explicou pacientemente. "A proporção entre o comprimento da linha mais curta e da linha mais longa se repete de novo e de novo, não importando o tamanho do diagrama. A linha mais longa não é uma vez e meia maior que a linha mais curta, mas 1,618, ou o que os gregos e italianos chamam de número dourado ou seção dourada."

Tanto Talma como eu nos ficamos admirados. "Você quer dizer que tem ouro aqui?"

"Não, seus idiotas." Ele sacudiu a cabeça com desgosto. "Apenas que as proporções parecem perfeitas quando aplicadas à arquitetura, ou a monumentos como esta pirâmide. Há algo sobre esta proporção que torna tudo muito agradável ao olho. Catedrais foram construídas para refletir esses números divinos. Pintores renascentistas dividiam suas telas em retângulos e triângulos representando a Seção Dourada para fazer composições harmoniosas.

Arquitetos gregos e romanos usaram isso em templos e palácios. Agora, precisamos confirmar minha teoria com medidas mais precisas do que as que fizemos hoje, mas meu palpite é que esta pirâmide tem a inclinação precisa do número dourado, 1,618."

"O que o náutico tem a ver com isso?"

"É o seguinte: primeiro, imaginem um linha descendo do topo deste colosso até a base, diretamente até a base."

"Posso garantir que é uma linha longa, depois dessa subida árdua," disse Talma.

"Mais de cento e trinta e sete metros," concordou Jomard. "Agora, imaginem uma linha do centro da pirâmide até seu canto externo."

"Ela teria a metade da largura de sua base," arrisquei, ficando com dois pés atrás como sempre fiquei em relação a Benjamin Franklin.

"Exatamente!", gritou Jomard. "Você tem jeito com a matemática, Gage! Agora, imaginem uma linha que sai desse canto externo da pirâmide, subindo até seu topo, onde estamos agora, completando o triângulo retângulo. Minha teoria é que considerando a linha da base da pirâmide como 1, a linha que sobe até o topo seria 1,618 – a mesma proporção harmônica dos quadrados que desenhei!" Ele parecia triunfante.

Nós parecíamos dois bobos.

"Não vêem? Esta pirâmide foi construída de acordo com os números de Fibonacci, os quadrados de Fibonacci ou os números dourados que os artistas sempre acharam harmoniosos. Não apenas parece correto, isso é correto!"

Talma olhou para as outras duas pirâmides vizinhas. "Então, elas são todas assim?"

Jomard balançou a cabeça. "Não, esta aqui é especial, eu suspeito. É um livro, que tenta nos dizer algo. É único por uma razão que eu ainda não entendi."

"Me desculpe, Jomard," disse o jornalista. "Estou feliz por você estar tão animado, mas o fato de linhas imaginárias serem igual a 1,6, ou seja lá o que você disse, parece uma razão ainda mais idiota para se construir uma pirâmide do que chamar algo pontudo um hemisfério ou construir um túmulo onde ninguém será enterrado. Para mim, se qualquer uma dessas opções for verdadeira, seus antigos egípcios são tão loucos quanto sábios."

"Ah, mas é aí que você se engana, meu amigo," respondeu o cientista muito feliz. "Eu não culpo seu ceticismo, contudo, eu não enxerguei o que estava diante de meu nariz o dia todo, até que o olho afiado de Gage me ajudou a encontrar o fóssil náutilo. Ou seja, a seqüência Fibonacci, traduzida em geometria Fibonacci, transforma-se em um dos desenhos mais lindos da natureza. Vamos desenhar arcos através destes quadrados, de um canto até o outro e depois conectar os arcos." Ele virou o desenho. "Aí teremos um desenho assim:"

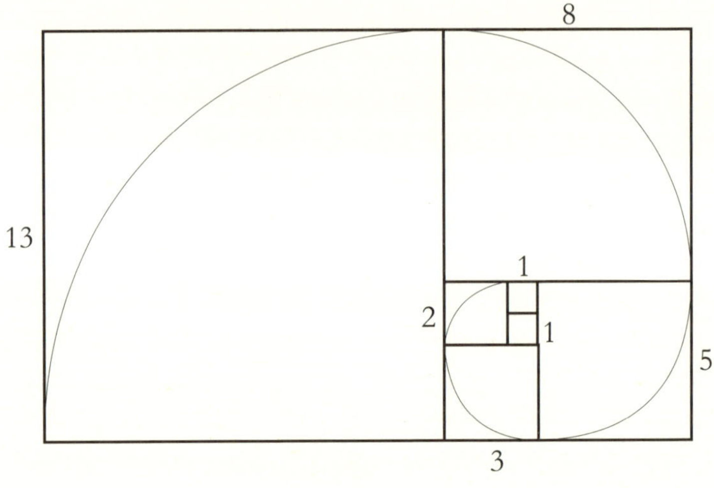

"Aqui está! Como que se parece?"

"O náutilo," arrisquei novamente. O homem era absurdamente inteligente, mesmo assim, eu ainda não entendia aonde ele queria chegar.

"Exatamente! Imaginem se eu expandir esta figura adicionando mais quadrados: o vinte e um, o trinta e quatro e assim sucessivamente. A espiral continua crescendo, girando e girando, maior e maior, cada vez mais parecida com o náutico. E este padrão de espiral é algo que vemos muitas vezes. Quando se aplica a seqüência Fibonacci à geometria, e aí aplicamos essa geometria à natureza, você vê esse sublime padrão numérico, esta espiral perfeita, sendo usada pelo próprio Deus. Você encontrará esta espiral numa semente de flor ou nas sementes de um pinheiro. As pétalas de muitas flores são números Fibonacci. Um lírio tem três; um ranúnculo, cinco; uma espora de jardim, oito; cravos de milho, treze; alguns ásteres tem vinte e um; e algumas margaridas, trinta e quatro. Nem todas as plantas seguem o padrão, mas muitas seguem porque essa é a maneira mais eficiente de empurrar sementes em crescimento ou pétalas de um centro comum. Também é muito linda. Então, agora podemos ver como é maravilhosa esta pirâmide!" Ele se sentia satisfeito com sua própria explicação.

"É uma flor?" perguntou Talma, assim eu não era o único chato.

"Não." Ele estava sério. "O que escalamos não é somente um mapa do mundo, senhor jornalista. Não é também apenas um retrato de Deus. É de fato um símbolo de toda criação, a força da vida, uma representação matemática de como funciona o Universo. Esta massa de pedras incorpora não somente o divino, mas também o mais verdadeiro segredo da existência. Tem codificado, dentro de suas dimensões, as verdades fundamentais de nosso mundo. Os números Fibonacci são a natureza em sua maior eficiência e beleza, um máximo de inteligência divina. E esta pirâmide guarda tudo isso, e fazendo isso, guarda a mente do próprio Deus." Ele sorriu. "Aqui estava, toda a verdade da vida nas dimensões desta primeira grandiosa construção, e tudo, desde então, tem sido um grande esquecimento."

Talma ficou em silêncio como se nosso companheiro tivesse enlouquecido. Eu me sentei, sem saber no que pensar. Esta pirâmide realmente existiria para conservar números? Parecia estranho, mas, talvez, os antigos egípcios pensassem diferente. Então, meu medalhão era algum tipo de pista matemática ou algum símbolo? Estaria ele conectado a alguma estanha teoria de Jomard? Ou o cientista lia algo em sua mente que os construtores nunca imaginaram?

Em algum lugar naquela direção, estava o *L'Orient,* com um calendário que pode ter mais chaves para o quebra-cabeça e que parecia a próxima coisa que eu deveria examinar. Quando pensei em tocar o medalhão que estava escondido contra o meu peito, me senti mal por ele não estar ali. Talvez Talma tivesse razão, eu era muito ingênuo. Eu deveria confiar em Enoc? E, com o triângulo retângulo de Jomard em mente, imaginei os braços do medalhão como varas, apontando para algo debaixo de meus pés.

Eu olhei para baixo e vi o vertiginoso caminho que subimos. Ashraf moviase para seguir a linha da sombra da pirâmide, olhando para a areia em vez de olhar para o céu.

Capítulo Doze

Napoleão estava de bom-humor quando pedi licença para retornar à nau capitânia, mostrando a confiança de um homem que sentia que seus esquemas para conquistar a glória oriental estavam se encaixando. Ele era apenas mais um entre vários generais que lutaram nos campos de batalha da Europa, mas aqui ele era onipotente, um novo faraó. Ele se deleitou com sua posição na guerra, confiscando o tesouro dos mamelucos para adicioná-lo a sua fortuna pessoal. Ele até experimentou as vestes portentosas de um otomano, mas apenas uma vez – seus generais riram dele.

Mesmo que a nuvem escura que cobriu Napoleão quando ele soube da traição de Josefina ainda não tivesse se dissipado, ele suavizou sua dor arranjando sua própria concubina. De acordo com o costume local, o francês examinou um desfile de cortesãs egípcias oferecidas pelos governantes das cidades, mas quando os oficiais dispensaram a maioria dessas supostas beldades por causa de sobrepeso e deselegância – os europeus gostavam de suas mulheres jovens e magricelas –, Bonaparte se consolou com Zenab, a filha do xeique El-Bekri. O pai da moça de dezesseis anos ofereceu seus serviços em retribuição à ajuda do general numa disputa contra outro nobre, por causa de um jovem que caiu nas graças de dois xeiques. O pai ficou com o garoto e Napoleão levou Zenab.

Essa donzela, que aceitou docilmente o acordo, logo se tornou a "egípcia do general". Bonaparte estava ansioso para trair sua esposa e empatar a disputa, e Zenab estava encantada porque o "sultão Kebir" a escolheu entre tantas mulheres mais experientes. Após alguns meses, o general sentiu-se entediado com a garota e começou a se relacionar com a bela francesa Pauline Foures, chifrando o infeliz marido que foi enviado para a França com a missão de entregar despachos. Os britânicos ficaram sabendo do relacionamento por boatos em cartas interceptadas. Eles capturaram o navio do tenente e, com um senso de humor maldoso, o devolveram ao Egito com o único e simples propósito de atrapalhar a vida amorosa de Bonaparte. Assim acontecia uma guerra em que as fofocas eram armas políticas. Estávamos envolvidos num conflito no qual a paixão era política, e a mistura humana de sonhos globais e luxos triviais fascinava a todos nós. Ele era Prometeu e homem-comum, tirano e republicano, idealista e cínico.

Naquela época, Bonaparte começou a refazer o Egito. Apesar da inveja de seus generais, ficava claro para nós, cientistas, que ele era mais inteligente do que qualquer um deles. Eu mesmo não julgo a inteligência pelo que se sabe, mas pelo que se quer saber, e Napoleão queria saber sobre tudo. Ele devorava informação como um glutão devora comida e tinha interesses muito maiores do que qualquer oficial do exército, até mesmo Jomard. Ao mesmo tempo, ele conseguia trancar sua curiosidade como se fosse um baú, para tirar depois, enquanto se concentrava com intensidade na missão militar que tinha em mãos.

Era uma combinação rara. Bonaparte sonhava em remodelar o Egito, assim como Alexandre tinha refeito o Império Persa, e enviou memorandos para a França solicitando de tudo, desde sementes até cirurgiões. Se os macedônios fundaram Alexandria, Napoleão estava determinado a fundar a colônia francesa mais rica da História. Governantes locais se reuniam em um Conselho de Estado para ajudar na administração e nos impostos, enquanto cientistas e engenheiros eram bombardeados com questões sobre perfuração, construção de moinhos de vento, melhorias viárias e extração de minerais. O Cairo seria reformado. A ciência tomaria o lugar da superstição. A Revolução chegaria ao Oriente Médio!

Então, quando me aproximei para pedir permissão para retornar à nau capitânia, foi com ar afável que perguntou: "Este calendário antigo nos diz exatamente o quê?"

"Pode nos ajudar a encontrar o sentido do medalhão e de minha missão, fornecendo algum tipo de ano-chave ou data. De que maneira, não se sabe, mas o calendário não ajuda se estiver confinado em um navio."

"O confinamento previne que seja roubado."

"Eu pretendo examiná-lo, general, não vendê-lo."

"Claro. E você não revelará segredos sem antes dividi-los comigo, o homem que o protegeu de acusações de assassinato na França. Não é, *monsieur* Gage?"

"Estou trabalhando em conjunto com seus cientistas no momento."

"Bom. Você deverá receber mais ajuda em breve."

"Ajuda?"

"Você verá. Enquanto isso, espero que você não esteja pensando em abandonar nossa expedição, tentando embarcar no navio para a América. Você compreende que, se eu permitir que você volte ao *L'Orient* por causa dessa engenhoca, sua garota escrava e seu prisioneiro mameluco ficarão, aqui, no Cairo, sob minha proteção." Seu semblante estava cerrado.

"Mas é claro." Percebi que ele atribuiu tamanha importância emocional a Astiza como nem mesmo eu havia admitido. Quem disse que eu me importava se a vida dela dependia da minha conduta? Eu não pensava nela nesses termos, mas, mesmo assim, eu estava intrigado com ela e admirava como Napoleão percebia meu sentimento. Nada lhe passava despercebido. "Eu retorno para eles assim que puder. Entretanto gostaria de levar comigo meu amigo, o jornalista Talma."

"O escriba? Eu preciso dele aqui para registrar minha administração."

Talma estava impaciente, pediu para ir junto, para que pudesse visitar Alexandria, e eu gostava de sua companhia. "Ele está ansioso para enviar seus relatos no navio mais rápido. Ele também gostaria de conhecer mais do Egito e fazer com que a França tomasse interesse pelo futuro deste país."

Napoleão considerou. "Traga-o de volta em uma semana."

"Serão dez dias no máximo."

"Você levará despachos meus para o almirante Brueys, e *monsieur* Talma pode levar alguns até Alexandria. Quero suas impressões e as considerações de ambos quando regressarem."

Apesar dos receios de Talma, deixei o medalhão com Enoc. Ele encontrou falas de deuses, estrelas e uma porta secreta em seus velhos livros, e eu esperava que ele, em breve, encontrasse alguma informação sobre o medalhão. Enquanto isso, eu examinaria o antigo calendário que estava no *L'Orient*, esperando que ele pudesse dar uma pista sobre o propósito do pingente. Além do mais, era um alívio não tê-lo pendurado em meu pescoço e num lugar seguro. Avisei Astiza que deveria ficar lá dentro, em segurança, e pedi a Ashraf que mantivesse ambos sob proteção.

"Eu não o guiarei até a costa?"

"Bonaparte diz que a sua presença aqui garante meu retorno. E eu voltarei." Dei palmadas em suas costas. "Somos parceiros, todos nós nesta casa, cidadão Ash. Você não me trairá, certo?"

Ele se endireitou. "Ashraf guardará esta casa com sua vida."

Eu não queria carregar meu rifle pesado numa breve viagem por um país conquistado, mas também não queria que brincassem com ele. Depois de refletir, me lembrei do comentário de Ash sobre sua superstição e medo de maldições e o guardei junto com meu machado em um dos sarcófagos vazios de Enoc. Estariam seguros lá.

Estranhamente, Talma não comentou minha decisão de confiar meu medalhão aos egípcios, em vez disso, perguntou a Astiza se ela tinha alguma mensagem para enviar para Alexandria. Ela disse que não.

Alugamos uma *felucca* para nos levar de volta ao Nilo. Essas ágeis embarcações, subindo e descendo o largo e lento Nilo com suas velas triangulares, assim como os burros enchiam as ruas do Cairo. Foram vários minutos de cansativas barganhas, mas logo estávamos a bordo e nos dirigíamos para Abukir, guiados por um timoneiro que não falava nem francês nem inglês. A língua de sinais era suficiente e nós apreciamos a viagem. Quando, mais uma vez, entramos no delta fértil de rios do Cairo, mais uma vez me impressionou a serenidade infinita das cidadelas ao longo das margens do rio, como se os franceses nunca tivessem passado por aqui. Burros carregavam montes monumentais de palha. Meninos pulavam e brincavam no raso, indiferentes aos crocodilos que deitavam como cachorros nas laterais silenciosas dos canais. Nuvens de garças brancas levantavam vôo nas ilhas de bambu verde. Peixes prateados pulavam e mergulhavam entre talos de papiros. Amontoados de vegetação traziam lírios e flores de lótus flutuando pelo Nilo de locais longínquos da África. Meninas com vestidos alegres se sentavam nos telhados planos das casas, escolhendo tâmaras ao Sol.

"Eu não imaginava que conquistar um país era tão fácil," Talma comentou enquanto a corrente nos carregava pelo rio. "Algumas centenas de mortos e somos mestres do lugar onde toda a civilização começou. Como Bonaparte sabia?"

"É mais fácil tomar um país do que administrá-lo," eu disse.

"Exatamente." Sentado, se apoiou na amurada, admirando calmamente a paisagem que passava. "Aqui estamos, senhores do calor, moscas, esterco, cachorros enraivecidos e camponeses analfabetos. Soberanos da palha, areia e água verde. Eu lhe digo, é disso que são feitas as lendas."

"Que é sua especialidade, como nosso jornalista."

"Minha pena transformou Napoleão em visionário. Ele permitiu que eu viesse com você porque eu concordei em escrever sua biografia. Eu não me oponho. Ele disse que devemos ter mais medo de jornais inimigos do que de mil baionetas. Isso não é exatamente uma novidade para mim. Quanto mais heróico eu o fizer parecer, mais rápido ele satisfaz suas ambições e mais rápido poderemos todos voltar para casa."

Eu sorri pela maneira enfadonha que os franceses enxergavam o mundo após tantos anos de guerras, reis e terror. Nós, americanos, somos mais inocentes, mais determinados, mais honestos e ficamos desapontados com mais facilidade.

"De qualquer maneira é um país maravilhoso, não é?", perguntei. "Estou surpreso pela riqueza da vegetação. O Nilo corre liso em um jardim de luxo, e, então, a paisagem muda tão abruptamente para um deserto que se pode definir o limite entre a vida e a morte com a ponta de uma espada. Astiza me disse que os egípcios chamam a parte fértil de terra preta por causa do solo; e o deserto, de terra vermelha por causa da areia."

"E eu chamo tudo de terra marrom por causa do tijolo de barro, os camelos desagradáveis e os burros barulhentos. Ashraf contou a história de um egípcio que naufragou e voltou a sua vila anos após ter sido dado como morto. Ele ficou longe o mesmo tempo que Ulisses. Sua esposa fiel e suas crianças correram para recebê-lo. E quais foram suas primeiras palavras? 'Ah, aí está meu burro!'"

Eu sorri. "O que vai fazer durante esse tempo em Alexandria?"

"Ambos lembramos o paraíso que é. Eu quero tomar notas e fazer perguntas. Há livros para serem escritos aqui, mais interessantes do que uma simples hagiografia de Bonaparte."

"Você poderia perguntar sobre Achmed Bin Sadr."

"Você tem certeza de que foi ele que você viu em Paris?"

"Não tenho não. Estava escuro, mas a voz é a mesma. Meu guia tinha um cajado esculpido em forma de cobra. Astiza me salvou de uma cobra em Alexandria. E ele ficou interessado demais em mim."

“Napoleão parece confiar nele.”

“Mas e se esse Bin Sadr, na verdade, não trabalhar para Bonaparte, e sim para o Rito Egípcio? E se ele for um operativo do conde Alessandro Silano, que quer desesperadamente o medalhão? E se ele tiver alguma coisa a ver com o assassinato da pobre Minette? Cada vez que ele olha para mim é como se ele estivesse procurando pelo medalhão. Então, quem é ele, realmente?”

“Você quer que eu seja o seu detetive?”

“Uma investigação discreta. Estou cansado de surpresas.”

“Eu vou aonde a verdade me leva. De cima a baixo, e da cabeça aos ...” – ele olhou diretamente para minhas botas – “pés.”

Sua confissão naquele instante foi óbvia. “Foi *você* quem roubou meus sapatos no *L’Orient!*”

“Eu não os roubei, Ethan, tomei emprestado para inspeção.”

“Eu não pensei que você tivesse feito isso.”

“Guardei um segredo de você, assim como você escondeu o medalhão de mim. Eu estava preocupado que você fosse perdê-lo durante o ataque a nossa carruagem, mas estava muito constrangido para admitir. Eu botei fé em sua presença nesta expedição para Berthollet principalmente por causa da força do medalhão, mas, quando nos reunimos em Toulon, você se recusou a mostrá-lo para mim. O que eu deveria pensar? Era minha responsabilidade para com os cientistas tentar entender o que você estava tramando.”

“Não havia nenhuma trama. Era simplesmente porque todas as vezes que eu mostrava o medalhão ou falava sobre ele, eu entrava em apuros.”

“Dos quais eu tirei você. Você podia ter confiado um pouco em mim.” Ele arriscou sua própria vida para me ajudar a vir para cá, e eu não o tratei como um parceiro. Sua inveja tinha razão.

“Você podia ter deixado minhas botas em paz,” eu acrescentei.

“Mantê-lo escondido não o protegeu de ter uma cobra jogada em sua cama, não é? Aliás, qual é o lance com cobras? Eu detesto cobras.”

“Astiza disse que existe um tipo de deus-cobra,” eu disse, concordando em mudar de assunto. “Seus seguidores criaram um culto moderno, eu acho, e talvez nossos inimigos sejam parte dele. Sabe, o cajado com cabeça de cobra de Bin Sadr me lembra de uma história da Bíblia. Moisés jogou seu cajado no chão diante do faraó e ele se transformou em uma serpente.”

“Agora o assunto é Moisés?”

“Estou tão confuso quanto você, Antoine.”

"Mais ainda, eu acho. Pelo menos Moisés tinha bom-senso para tirar seu povo deste país insano."

"É uma história estranha, não?"

"O quê?"

"As dez pragas que Moisés tinha que trazer. Cada vez que um dos desastres acontecia, a dúvida aumentava no coração do faraó e ele pensava em deixar os hebreus partirem. Daí, ele mudava de idéia até que Moisés chegava com a próxima praga. Ele devia, realmente, precisar daqueles escravos."

"Até a última praga, quando seu filho mais velho morreu. Foi, então, que o faraó deixou que eles partissem."

"E mesmo com tudo aquilo, ele mudou de idéia novamente e perseguiu Moisés com seu exército. Se ele não tivesse feito isso, ele e seus homens nunca teriam morrido quando o Mar Vermelho se fechou. Por que ele não desistiu? Por que não deixar Moisés simplesmente ir embora?"

"O Faraó era teimoso, como nosso próprio pequeno general. Talvez essa seja a lição da Bíblia, que, algumas vezes, você tem que deixar as coisas irem embora. Perguntarei onde puder sobre seu amigo reptiliano, mas estou surpreso que você não tenha pedido que eu pergunte sobre outra pessoa."

"Quem?"

"Astiza, é claro."

"Acho que ela está em segurança. Como cavalheiros, temos que respeitar a privacidade de uma mulher."

Talma bufou. "E agora ela está com o medalhão – o mesmo medalhão que eu não pude ver e no qual o terrível Bin Sadr não conseguiu colocar as mãos!"

"Você ainda não confia nela?"

"Confiar em uma escrava, uma franco-atiradora, uma beldade, uma bruxa? Não. E eu gosto dela mesmo assim."

"Ela não é uma bruxa."

"Ela é uma sacerdotisa que lança feitiços, você me disse. Que, obviamente, está enfeitiçando você e que se apoderou daquilo que nos trouxe até aqui."

"Ela é uma parceira. Uma aliada."

"Eu gostaria que você fosse para a cama com ela, como todo mestre tem o direito de fazer. Assim você poderia limpar sua mente e a veria como ela realmente é."

"Se eu fizer ela dormir comigo, não conta."

Ele balançou a cabeça em sinal de pena. "Bem, eu vou perguntar sobre ela mesmo que você não queira, porque eu descobri uma coisa que você não sabe."

"O quê?"

"Que, quando ela morou no Cairo, ela teve algum tipo de relacionamento com um estudioso europeu que, supostamente, pesquisava segredos antigos."

"Qual estudioso?"

"Um nobre franco-italiano chamado Alessandro Silano."

O poder dos franceses era visível na baía de Abukir. O almirante François-Paul Brueys D'Aigalliers criou uma barreira defensiva de madeira e aço. Na chegada ao Egito, ele inspecionou o desembarque de Napoleão e suas tropas como um diretor de escola dispensando uma sala de aula indisciplinada. Seus navios de batalha ainda estavam ancorados em uma longa fileira, com as portinholas abertas e quinhentos canhões apontando diretamente para o mar. Uma leve brisa vinda do Nordeste empurrava as ondas contra as embarcações, balançando-as como berços majestosos.

Somente quando velejamos em direção do lado onde está o sotavento, atrás dos navios, percebi que apenas metade daqueles navios estava pronta para a guerra. Os franceses ancoraram a dois quilômetros da praia em uma baía pouco profunda, e a metade dos navios que se dirigiam a terra estavam em manutenção. Os marinheiros uniformizados montavam em andaimes para pintar os cascos. Botes de desembarque eram usados como balsas para suprimentos e marujos. As roupas de uso e de cama secavam ao Sol. Os canhões estavam fora das posições por causa de reparos. Tendas foram montadas nos passadiços quentes. Centenas de marinheiros estavam em terra firme, cavando poços e manejando caravanas de camelos e burros que traziam provisões de Alexandria. Por um lado era uma fortaleza marítima; por outro, um mercado.

Ainda assim, o *L'Orient* era um dos maiores navios de guerra do mundo. Parecia um castelo e subir sua escadaria era como escalar um gigante. Eu gritei para anunciar minha chegada e, enquanto a *felucca* se afastava para levar Talma, eu já estava a bordo. Era 1º de agosto de 1798 , o Sol estava forte, a costa reluzia como ouro, e o mar brilhava num azul vazio.

Fui conduzido à cabine principal que o almirante reivindicou de Napoleão. Brueys trajava uma camisa branca de algodão, aberta no pescoço e encarava uma mesa cheia de papelada. Mesmo com a brisa do mar, ele suava e estava surpreendentemente pálido. Fisicamente, ele era o oposto do general: quarenta e cinco anos, com cabelo longo e pálido, uma boca larga e generosa, olhos amistosos e estatura elevada. Se a aparência de Bonaparte era energética, a de Brueys era calma, de um homem tranqüilo consigo mesmo e com sua estação. Ele pegou os despachos do general, fez uma leve careta e, educadamente, por causa da amizade passada entre nossos países, perguntou meu propósito.

"Os cientistas começaram investigações sobre as ruínas antigas. Eu desconfio que o calendário ligado a Cagliostro possa ser útil para entender a mente dos egípcios. Bonaparte me deu permissão para examiná-lo." Eu lhe transmiti a ordem.

"A mente dos egípcios? Qual o uso disso?"

"As pirâmides são tão extraordinárias, que não entendemos como foram construídas. Este instrumento é uma pista."

Ele parecia cético. "Uma pista se nós quiséssemos construir pirâmides."

"Minha visita a seu navio será breve, almirante. Eu tenho documentos que me permitem levar a antiguidade ao Cairo."

Ele acenou com a cabeça exaustivamente. "Perdoe-me por não ser mais cortês, *monsieur* Gage. Não é fácil trabalhar com Bonaparte e eu estou com disenteria desde que chegamos a este país maldito. Minha barriga dói, meus navios precisam de suprimentos e minha tripulação mal-educada é formada principalmente por aqueles ruins demais para fazer parte do exército."

A doença explicava sua palidez. "Então, eu não vou incomodá-lo mais. Se puder designar uma escolta até o depósito..."

"Mas é claro." Ele suspirou. "Eu o convidaria para o jantar se eu pudesse comer. E outra coisa, como você pode ser problema se tudo que fazemos é ficar aqui ancorados, esperando que Nelson nos encontre? É loucura manter a frota no Egito, mesmo assim Napoleão se agarra aos meus navios como uma criança ao seu cobertor."

"Seus navios são críticos para todos os planos do general."

"Fico lisonjeado. Bem. Deixe-me apresentá-lo ao filho do capitão, um rapaz brilhante e promissor. Se você conseguir acompanhar o ritmo dele, é porque está em melhor forma do que eu."

O aspirante Giocante, um menino de dez anos de idade, era o filho do capitão do navio, Luce Casabianca. Um garoto esperto, de cabelo escuro que explorou cada fenda do *L'Orient*. Ele me levou até o tesouro com a agilidade de um macaco. Nossa descida foi mais fácil do que da última em que eu percorri o caminho com Monge, e o Sol entrava por entre as portinholas abertas. Um cheiro forte de terebintina e serragem tomava o local. Vi latas de tinta e carvalho serrado.

Quando chegamos ao tombadilho abaixo da linha de água, já não se via nada. Agora o cheiro era de água parada e o odor podre de alimentos que se tornaram rançosos devido ao clima. Estava mais fresco lá em baixo, porém mais escuro e silencioso.

Giocante virou-se e me deu uma piscada. "Você não vai encher seus bolsos com pedaços de ouro, vai?", o garoto brincou comigo ironicamente.

"Eu não me safaria com você olhando, não é?" Diminuí o tom de voz até o volume de um sussurro de confidência. "A menos que façamos uma dupla, garoto, e, assim, ambos poderemos ir à terra firme ricos como príncipes!"

"Não preciso disso. Meu pai me disse que um dia ganharemos uma enorme recompensa inglesa."

"Ah! Então, o seu futuro está garantido."

"Meu futuro é este navio. Somos maiores do que qualquer coisa que os ingleses possam ter e, quando chegar a hora, ensinaremos uma lição a eles." Ele deu ordens aos marinheiros que mantinham guarda no depósito e começou a destrancar o compartimento do tesouro.

"Você parece confiante como Bonaparte."

"Eu sou tão confiante como o meu pai."

"Ainda assim, é uma vida desafiadora para um garoto no mar, não é?", perguntei.

"É a melhor vida, porque temos passagem livre. Isso é tudo o que meu pai fala. As coisas são mais fáceis quando se sabe o que se deve fazer." E, antes que eu pudesse responder ou mesmo pensar em sua filosofia, ele rapidamente começou a subir a escada.

Um almirante em formação, pensei.

As duas portas do compartimento foram fechadas atrás de mim e eu fiquei trancafiado do lado de dentro. Perdi algum tempo procurando com a luz de uma lanterna entre as caixas de moedas e jóias para encontrar a engenhoca que Monge e Jomard me mostraram. Encontrei a peça num canto como um dos tesouros menos valiosos. Assim como a descrevi, ela era do tamanho de um prato de jantar, mas vazio no centro. A borda era feita de três anéis – cobertos de hieróglifos, signos do Zodíaco e desenhos abstratos – que rodavam um dentro do outro. Uma pista, talvez, mas, de quê? Sentei, desfrutando a umidade e o frescor do ambiente, e brinquei com as rodas, movendo-as de um lado para outro. Cada volta alinhava símbolos diferentes.

Estudei o anel interno primeiro, que era o mais simples, com apenas quatro desenhos. Havia uma esfera inscrita, movendo-se sobre a linha, e no lado oposto do círculo, outra esfera abaixo da linha. A noventa graus de cada, dividindo o calendário em quartos, havia meias-esferas, bem como meias-luas, sendo que uma apontava para cima e a outra para baixo. O padrão me lembrava dos quatro pontos cardeais em uma bússola ou em um relógio, mas, pelo que eu sabia, os egípcios não tinham nenhuma destas coisas. Refleti mais um pouco. O que estava no topo parecia um sol nascendo. Então, eu imaginei que o anel interno representasse a rotação de um ano. Os solstícios do verão e do inverno eram representados pelo sol acima e abaixo das linhas, ou horizonte. Os meios-sóis eram os equinócios de março e setembro, quando dia e noite são praticamente iguais. Simples assim, se eu estivesse certo.

E nada fazia sentido, ainda.

Vi que um dos anéis gira o Zodíaco. Constatei a presença dos doze signos, que não eram muito diferentes do que conhecemos hoje. Depois, um terceiro anel, o mais externo, trazia símbolos estranhos de animais, olhos, estrelas, raios de sol, uma pirâmide e o símbolo de Hórus. Em alguns lugares, linhas inscritas dividiam cada anel em seções.

Meu palpite era de que esse calendário, se é que isso era um calendário, era uma maneira de alinhar a posição das constelações em relação ao nascer do sol durante todo o ano solar. Mas que uso tinha isso para meu medalhão? O que Cagliostro viu nele, se é que realmente foi dele? Fiz movimentos para frente e para trás, tentando fazer combinações na esperança de que algo fizesse sentido. Nada aconteceu, é claro – eu sempre odiei quebra-cabeças, mesmo que eu gostasse de desvendar as probabilidades das cartas. Talvez o astrônomo, Nouet, pudesse decifrá-lo, se eu fosse capaz de levá-lo de volta comigo.

Finalmente, decidi chamar o topo de solstício de verão, se é que era isso, e, daí, colocar a estrela de cinco pontas do terceiro anel – não muito diferente daquela da bandeira norte-americana ou de um simbolismo maçônico – acima dele. Como a Estrela Polar! Por que não brincar com os símbolos que eu conhecia? E o anel do Zodíaco que eu girei até Taurus, o touro, estava entre os outros dois: de acordo com Monge, era o período em que a pirâmide supostamente fora construída. Desde então, já haviam passado a Era de Touro, de Libra, e de Peixes, a que vivíamos agora. Em breve chegaria a Era de Aquário.

Depois, examinei os demais signos. Não parecia haver qualquer padrão em particular...

A não ser que... Eu observei com atenção, enquanto meu coração batia com força. Quando acertei os anéis para que o verão, o touro e a estrela formassem uma fileira vertical – um em cima do outro –, os finais das linhas inclinadas inscritas se conectavam para fazer duas linhas maiores na diagonal. Elas faziam um ângulo para o exterior desde o círculo interno, como as pernas oblíquas do medalhão ou a inclinação da pirâmide. Era tamanha semelhança, que parecia que eu estava olhando uma cópia da peça que deixei com Astiza e Enoc.

Mas o que isso significava? Não vi nada no começo. Caranguejos, leões e balanças de Libra formavam padrões sem sentido. Mas, espere! Havia uma pirâmide no anel de fora, e ele estava agora bem abaixo do signo do equinócio de outono, diretamente adjacente à linha inclinada inscrita. E o símbolo de Aquário estava no segundo anel, e este, também, era adjacente a uma hora que, se eu estivesse lendo a engenhoca de maneira correta, ocupava a posição das quatro horas no anel, bem abaixo do três que representava o equinócio de outono, ou seja, vinte e um de setembro.

A posição de quatro horas deveria corresponder a um mês depois, ou seja, vinte e um de outubro.

Se eu tivesse adivinhado corretamente, vinte um de outubro, Aquário e a pirâmide tinham algum tipo de relação. Aquário, Nouet disse, era um signo criado pelos egípcios para celebrar a subida do Nilo, que alcançaria o cume em algum momento em outubro.

Poderia o dia vinte e um de outubro ser sagrado? O pico da cheia do Nilo? A época de visitar a pirâmide? O medalhão tem um símbolo para água parecido com uma onda. Havia alguma conexão? Algo seria revelado nesse dia em particular?

Encostei na parede, confuso. Eu tentava me agarrar a algo... mas não havia nada, uma data absurda. Era pura suposição, mas talvez Enoc e Astiza pudessem ver sentido nisso tudo. Cansado do quebra-cabeça9, percebi que estava pensando naquela estranha mulher que parecia esconder mais segredos do que eu suspeitava. Sacerdotisa? Qual era seu papel em tudo isso? Talma estaria certo em suspeitar? Ela teria mesmo conhecido Silano? Parecia impossível, mesmo assim, que as pessoas que eu estava conhecendo estivessem conectadas de uma forma tão bizarra.

Mas eu não sentia medo, eu sentia falta dela. Lembrei de um momento no quintal de Enoc, no frescor do começo da noite, com as sombras azuladas, o céu como uma cúpula, o cheiro dos temperos e da fumaça da cozinha da casa que se misturava às nuvens de poeira e de água da fonte. Ela sentou em um banco, calada, meditando, e permaneceu ao lado de um pilar. Eu simplesmente admirei seu cabelo e sua bochecha, e ela permitiu que eu a observasse. Naquele momento, não éramos mestre e serviçal, nem ocidental e egípcia, mas homem e mulher. Tocá-la faria quebrar o encanto.

Então, eu simplesmente olhei, sabendo que aquele seria um momento que eu carregaria comigo para o resto de minha vida.

Ruídos do navio me fizeram voltar do meu devaneio. Havia gritaria, pés correndo e o soar de tambores. Olhei para as vigas que estavam acima de mim. O que aconteceu agora? Algum tipo de treino da frota? Tentei me concentrar, mas a tensão lá em cima parecia só aumentar.

Então, gritei para que me deixassem sair. Quando a porta abriu, me dirigi ao marinheiro. “O que está acontecendo?”

Sua própria cabeça estava inclinada para cima, tentando escutar. “Ingleses!”

“Aqui? Agora?”

Ele olhou para mim, com o rosto sombreado pelas luzes fracas da lanterna. “Nelson.”

Capítulo Treze

Deixei o calendário e me juntei a um bando de homens que subiam para os postos de tiro, enquanto os marinheiros xingavam a falta de preparação do navio. Nossa nau capitânia tinha apenas metade das provisões e, agora, não havia tempo para um carregamento cuidadoso de suprimentos. Homens corriam para todos os lados para recolocar canhões em seus lugares, levantar vergas e retirar o sistema de andaimes.

Saí ao ar livre no passadiço principal. "Desmonte as tendas!" berrava o capitão Casabianca. "Avise os homens em terra firme que subam a bordo!" Então, virou-se para seu filho Giocante. "Vá organizar os meninos da pólvora." O garoto, que mostrava mais entusiasmo do que medo, desapareceu abaixo da superfície para supervisionar o recarregamento de munição das armas famintas.

Subi até o almirante Brueys no tombadilho superior, que estudava o mar com seu telescópio. O horizonte estava embranquecido pelas velas, e o vento atrapalhava nosso caminho. O esquadra de Nelson tinha cada polegada de tela levantada e esticada. Rapidamente, contei catorze navios. Os franceses tinham treze, mais quatro fragatas – a balança estaria equilibrada –, mas estávamos ancorados e metade nem estava pronta para lutar. Seis estavam alinhadas à frente do *L'Orient;* e seis, atrás. Já era meio da tarde, certamente tarde demais para batalha, e talvez Brueys pudesse sair para o mar durante a noite. Só que os ingleses não mostravam sinal disso. Em vez disso, eles vinham em nossa direção como um bando de cães de caça ansiosos, com a espuma do mar voando de suas proas. Eles pretendiam começar uma batalha.

Brueys olhou para o topo dos mastros.

"Almirante?" Ousei chamá-lo.

"Centenas de homens em terra firme, nossos suprimentos desprotegidos, nossas velas e vergas para baixo e metade da tripulação meio doente," resmungou para si mesmo. "Eu avisei que isso poderia acontecer. Agora teremos que brigar sem nos mexer."

"Almirante?" Tentei novamente, "acho que minha investigação está encerrada. Devo voltar à terra firme?"

Ele me olhou mudo por um instante e se lembrou de minha missão. "Ah, sim, Gage. É muito tarde, americano. Todos os nossos barcos estão empenhados em trazer nossos marinheiros de volta."

Segui até a amurada do sotavento e olhei. Com certeza, a frota de botes se dirigia à praia para apanhar homens que lá aguardavam. E, pelo que se podia notar, eles não tinham muita pressa de voltar.

"Quando os barcos retornarem, os ingleses já estarão sobre nós," disse Brueys. "Você será nosso convidado para a batalha, infelizmente."

Engoli e olhei novamente para os navios ingleses, grandiosos castelos inclinados, com nuvens de velas esticadas, enquanto homens avançavam como formigas pelas pontas das vergas, com todas as suas armas apontando para fora e com suas bandeiras de batalha vermelhas batendo ao sabor do vento. Pareciam um bando desesperado e impetuoso. "O sol está se pondo," disse impaciente. "Certamente os britânicos não atacarão no escuro."

O almirante olhava a esquadra que se aproximava com olhar de resignação. Percebia-se, agora, que ele parecia certamente esquelético por causa da disenteria, e pronto para uma árdua batalha como um homem que acabou de correr vinte milhas. "Nenhum homem são faria isso," ele respondeu. "Mas este é Nelson." E fechou o telescópio. "Minha sugestão é que retorne ao tesouro. Ele fica abaixo da linha da água. É mais seguro lá."

Não queria lutar contra os ingleses, mas parecia covardia não fazê-lo. "Se você tiver um rifle reserva..."

"Não, não fique no caminho. Esta é uma batalha da marinha. Você é um cientista e sua missão é retornar até Bonaparte com sua informação." Ele deu um tapinha no meu ombro, virou-se e começou a distribuir mais ordens.

Como estava muito curioso para me esconder lá embaixo agora, me dirigi até a amurada, me sentindo perfeitamente inútil enquanto silenciosamente amaldiçoava o impaciente Nelson. Qualquer almirante normal teria diminuído a velocidade quando o céu se tornasse laranja, manobrado sua frota até a formação de uma linha organizada de batalha e fornecido a seus homens uma refeição quente e uma boa noite de sono antes do começo de uma briga. Mas este era Nelson, que fez fama ao abordar não somente um navio francês, mas o que estava ao lado também, pulando de um para o outro e capturando ambos. Mais uma vez, ele não mostrava sinal de que diminuiria a velocidade. Quanto mais se aproximava, mais se ouviam os gritos de consternação entre os marinheiros franceses. Isto era loucura! E, mesmo assim, era cada vez mais óbvio que a batalha começaria no final do dia.

Os marinheiros em terra ainda subiam nos botes, tentando retornar a seus navios.

Alguns canhões emitiam sons surdos, mas sem efeito. Eu podia ver a nau capitânea inglesa navegando rumo Noroeste em direção ao final da linha francesa perto de da Ilha de Abukir, onde os franceses instalaram uma bateria terrestre. O final da baía era cheio de bancos de areia, e Brueys estava confiante que a frota inglesa não conseguiria contorná-la. Mas ninguém havia contado isso a Nelson, e dois navios de guerra ingleses, convenientemente chamados de *Jealous* e *Goliath,* competiam entre si pelo privilégio de encalhar. Insanidade! O sol estava no horizonte, vermelho como sangue, e os morteiros franceses em terra atiravam, mas não conseguiam alcançar os navios ingleses com seus tiros balísticos.

Goliath tomou a dianteira em sua pequena corrida, mostrando a bonita silhueta contra o globo que sumia, e, em vez de bater numa pedra, escorregou perfeitamente entre o *Le Guerrier* e a costa. Em seguida, virou-se habilmente e navegou pela linha francesa até o lado que está a sotavento, entre Brueys e a praia! Navegou à bolina quando ficou lado a lado do segundo navio da formação, *Le Conquerant,* lançou âncoras como se tivesse chegado a um porto, e, rapidamente, disparou uma banda de artilharia contra o despreparado navio francês. Ouviu-se um estrondo e uma enorme nuvem turva cercou ambas as embarcações. O *Le Conquerant* inclinou-se como se tivesse levado um soco colossal. Fragmentos voavam para todos os lados enquanto o navio francês era destroçado. Escutavam-se apenas os gritos. Estávamos ancorados, com o vento contra nós, e não podíamos fazer nada a não ser esperar a nossa vez.

Zealous ancorou no lado aposto ao *Le Guerrier*, e os navios britânicos *Orion, Audacious* e *Theseus* também seguiram para a baía de Abukir, atacando os franceses em seus lados desprotegidos. A formidável parede de Brueys de repente parecia estar sem sorte. A fumaça dos tiros elevou-se, formando uma nuvem gigantesca, e o som surdo que se ouvira há pouco estava cada vez mais próximo, transformando-se num rugido. O sol tinha se posto, o vento morria e o céu escureceu.

Agora, o resto da frota britânica, que diminuiu a velocidade, descia ameaçadoramente pelo lado do mar, e cada navio francês ancorado à frente de Brueys estava sendo atacado por ambos os lados em desvantagem de dois para um. Enquanto os primeiros seis navios franceses estavam sendo derrubados, os navios da parte traseira da formação não tinham intenção de juntar-se à batalha. Estavam ancorados e sua tripulação observava tudo, sem esperanças. Era uma matança sangrenta sem fim. Enquanto escutávamos os brados de comemoração dos ingleses no crepúsculo, os gritos dos franceses eram de horror e ódio por causa da crescente carnificina. Napoleão já estaria amaldiçoando a todos se ele estivesse vendo isso.

Há uma horrorosa ostentação em uma batalha marinha, um balé triste que só intensifica a tensão antes de cada salva de canhões. Barcos se materializam de dentro da fumaça como vultos gigantescos. Pode-se escutar o estrondo dos canhões, e os segundos são longos enquanto as baterias são recarregadas, os feridos são colocados de lado, e baldes de água são atirados na tentativa de apagar o fogo. Aqui, no Nilo, alguns dos navios ancorados batiam uns contra os outros. A fumaça criou uma neblina densa, que mal deixava passar a luz da lua cheia que aparecia. Os navios que não estavam ancorados, faziam suas manobras às cegas. Eu vi um navio inglês emergir bem próximo ao nosso navio – lia-se *Bellerophon* – e ouvi gritos ingleses para mirar. Ele flutuava como um iceberg.

"Para baixo!" Brueys gritou para mim. No tombadilho de baixo, eu podia escutar o capitão Casabianca gritando, "Fogo! Fogo!" Eu me joguei no chão e o mundo pareceu um grande rugido. *L'Orient* inclinou-se, tanto pela descarga de nossas próprias armas como pelo peso dos tiros dos ingleses. Senti o navio estremecer e escutei o som de algo se estilhaçando quando fomos atingidos. Mas as táticas francesas de mirar nos mastros causaram destruição do outro lado também. Como árvores sendo cortadas por um machado, os mastros da *Bellerophon's* caíram acompanhados por um rugido gigantesco, destruindo seu tombadilho superior com um estrondo espantoso. O navio de batalha britânico começou a cambalear para longe. Agora, era a vez dos marinheiros franceses comemorarem. Eu me levantei, um pouco envergonhado porque ninguém mais havia se jogado ao chão. Entretanto vários deles estavam mortos ou feridos, e Brueys sangrava nas mãos e na cabeça. Ele recusou a ser enfaixado, deixando pingar sangue fresco no piso de madeira.

"Eu quis dizer para baixo até o depósito, *monsieur* Gage," ele acrescentou.

"Talvez eu traga boa sorte," eu disse ainda tremendo, enquanto o *Bellerophon* desaparecia por entre as nuvens de fumaça.

Mal tinha acabado a minha frase quando uma das armas atravessou a escuridão como uma luz alaranjada e uma bala de canhão voou em nossa direção destruindo o parapeito e cortando a coxa do almirante. A parte inferior de sua perna foi arrancada como um dente que é puxado por um cordão, voando ensangüentada em piruetas para a escuridão. Por um momento, Brueys ainda ficou em pé, olhando para o seu membro inferior sem poder acreditar, mas, em seguida, caiu lentamente como um banquinho quebrado. Seus oficiais gritaram e se aproximaram dele. O sangue jorrava sem parar.

"Leve-o para enfermaria!" gritou o capitão Casabianca.

"Não", Brueys disse ofegante. "Eu quero morrer onde eu possa ver."

A situação era caótica. Um marinheiro cambaleava com metade do couro cabeludo arrancado. Um aspirante da marinha deitava sobre sua arma com um pedaço de madeira enorme em seu peito. O tombadilho principal tornou-se um verdadeiro inferno, coberto com destroços do navio, mastros caídos, vísceras e sangue. Homens pisoteavam seus companheiros caídos. Marinheiros cobertos em pólvora derrapavam no sangue derramado. Canhões latiam, mosquetes estalavam, gritos ecoavam e a destruição parecia pior do que num campo de batalha. A noite palpitava com os *flashes* das armas, e a batalha era vista em brilhos repentinos. Mal podia escutar, e eu cheirava a fumaça. Eu percebi que outros dois navios britânicos ancoraram perto de nós, e já começavam a atirar. *L'Orient* tremia com os impactos como um cachorro castigado e o volume do nosso latido diminuía conforme os canhões franceses eram desabilitados.

"Ele está morto", anunciou Casabianca, de pé. Olhei para o almirante. Ele parecia branco e vazio, como se tivesse murchado por causa do sangue que jorrou dele, mas, ainda assim, mostrava-se sereno. Pelo menos, não teria que se justificar para Napoleão.

Novamente, houve mais um ataque ao navio e mais estilhaços. Desta vez, Casabianca foi atingido e caiu. A cabeça de um outro oficial simplesmente desapareceu, causando uma chuva vermelha nos ombros, e um tenente recebeu uma bola no meio de seu corpo e foi jogado para longe como se fosse uma catapulta. Eu estava muito apavorado e não conseguia me mover.

"Pai!" O aspirante da marinha que me havia guiado anteriormente apareceu e correu para perto de Casabianca, com os olhos escancarados de medo. Para acalmá-lo, o capitão o pegou no colo. Mais bravo do que realmente ferido, falou para o menino. "Fique lá em baixo como eu mandei".

"Eu não vou deixá-lo!"

"Você não deve abandonar seu posto." Segurou o filho pelos ombros. "Nós somos exemplos para os homens na França!"

"Eu o levarei", eu disse, agarrando e puxando o menino. Agora, era eu quem estava ansioso para sair daquele horror. "Venha, Giocante, você vale mais cheio de pólvora lá embaixo, do que morto aqui em cima."

"Me deixa!"

"Faça como eu mandei!", gritou o pai.

O menino estava acabado. "Eu tenho medo que você morra."

"Se eu morrer, a sua responsabilidade será ajudar a reunir os homens." Aí ele se acalmou. "Ficaremos bem."

O garoto e eu descemos para uma escuridão terrível. O ar de cada um dos três níveis de armas estava irrespirável por causa da fumaça que cobria o local e o barulho era desagradável: o tiro dos canhões, a destruição dos ataques do inimigo e os gritos dos feridos. Os ouvidos de vários atiradores sangravam por causa da batalha. Enquanto o menino correu para ajudar nas funções do navio eu, sem nada para oferecer, seguia descendo até abaixo da linha da água mais uma vez. Se *L'Orient* afundasse, pelo menos, eu levaria o calendário comigo para fora do navio. Aqui em baixo, cirurgiões cerravam as pernas dos feridos cujos gritos só eu, com minha surdez relativa, podia suportar, enquanto as lanternas balançavam com cada estrondo de canhão. Marinheiros traziam baldes e baldes de água do mar para lavar o sangue.

Havia uma fileira de garotos que passavam para cima cheios de cartuchos de munição. Eu passei por eles até a sala dos tesouros, onde já não havia luz.

"Preciso de uma lanterna!" Gritei para o guarda.

"Não perto da pólvora, seu imbecil!"

Suando, comecei a procurar no escuro pelo calendário. Ali estava eu, no meio daquela fortuna e a única maneira de tirar isso daqui era através de uma tempestade de fogo. E se afundássemos? Milhões de francos em tesouro iriam para o fundo do mar. Quem sabe eu não conseguiria enfiar um pouco em minhas botas? Eu podia sentir o forte balanço do *L'Orient* cada vez que um britânico atacava o navio. O madeiramento da estrutura tremia. Eu me agachava como uma criança, gemendo conforme procurava.

Foi quando escutei um marinheiro gritar: "Fogo!"

Olhei para fora. A porta do porão se fechou e os garotos subiam. Isso significa que, em breve, nossos canhões ficariam em silêncio. Em cima, tudo estava laranja. "Abram as válvulas para inundar o porão!", alguém gritou e eu comecei a escutar o barulho da água. Precisava sair dali. O calor já estava bastante desconfortável. Os feridos gritavam aterrorizados.

Uma cabeça apareceu na escotilha. "Saia daí, seu americano louco! Não viu que o navio está pegando fogo?"

Ali! O calendário! Senti o seu formato, agarrei-o e subi a escada morrendo de medo, deixando uma fortuna para trás. Havia fogo por toda parte e ele se alastrava mais rápido do que se poderia imaginar. Alcatrão, cânhamo, tinta, madeira seca e velas: lutávamos sobre uma pilha de gravetos.

Um marinheiro francês se inclinou em minha direção, com uma baioneta apontada e os olhos bem abertos e me perguntou: "O que é isso?" Ele olhou para o estranho objeto que eu carregava.

"Um calendário para Bonaparte."

"Você o roubou da sala de tesouros!"

"Tenho ordens para salvá-lo."

"Mostre-as!"

"Estão com Brueys." Ou, pensei, no fogo.

"Ladrão! Vou levá-lo para a prisão!"

Ele estava enlouquecido. Olhei em volta desesperado. Homens pulavam do navio como ratos.

Eu tinha um segundo para decidir. Eu poderia lutar contra este lunático por um anel de metal ou trocá-lo por minha vida. "Aqui!" Atirei o calendário. Ele deixou cair seu mosquete, de mau jeito conseguiu pegá-lo de volta e aproveitei o momento para passar por ele e fugir.

"Volte aqui!"

Aqui, o fogo e a fumaça estavam piores. Era um cemitério de horrores, um banquete de um açougueiro com corpos amontoados que começavam a queimar com o fogo. Olhos se viraram em minha direção, enquanto dedos se esticavam pedindo socorro. Muitos dos mortos estavam em chamas.

Continuei subindo até alcançar o tombadilho superior novamente, agachando-me e desviando. Todos os mastros estavam em chamas, como uma grande pirâmide de fogo, e, conforme a fumaça subia, bolas de fogo caíam como se tivessem sido atiradas do inferno. Os cinzas estalavam sob o meu pés. Os carros de armas estavam esmagados e os marinheiros estavam caídos uns sobre os outros como pinos de boliche. Eu corri em direção à popa. Para qualquer lado que se olhasse, viam-se vultos atirando-se ao mar.

Eu, literalmente, tropecei no capitão Casabianca. Ele estava caído no chão, com um grande buraco no seu peito, e acompanhado do filho cuja perna estava retorcida onde tinha quebrado. Tropecei num pai moribundo, mas ainda havia chance para seu filho. Agachei-me junto deles. "Temos que sair daqui, Giocante, o navio deve explodir a qualquer instante." Eu tossi. "Eu o ajudo a nadar."

Ele balançou a cabeça. "Eu não deixarei o meu pai."

"Você não pode ajudá-lo agora."

"Eu não deixarei o barco."

Ouviu-se um estrondo, quando, em chamas, uma ponta de verga caiu no tombadilho. Os britânicos atiraram ainda mais uma salva e o navio francês tremeu, chiando e rangendo.

"Você não tem mais um navio!"

"Deixe-nos, americano", falou com dificuldade o capitão.

"Mas seu filho..."

"Acabou-se."

O menino tocou meu rosto despedindo-se. "Dever", ele disse.

"Você já cumpriu seu dever! Você tem toda uma vida à sua frente!"

"Esta é minha vida." Sua voz tremia, mas seu rosto estava calmo como um anjo em uma gruta no inferno. Então, isso é o que significa decidir no que acreditar, eu pensei. Isso é dever. Eu senti horror, admiração, inferioridade e fúria. Uma vida perdida! A fé cega foi a causa de metade das mazelas da história. E também não era disso que santos e heróis eram feitos? Seus olhos estavam duros e escuros, e se eu tivesse tempo de olhar através deles, talvez pudesse descobrir todos os mistérios do mundo.

"Abandonar navio! Abandonar navio!" gritavam seguidas vezes alguns poucos oficiais sobreviventes.

"Droga, eu não deixarei que você se mate." Eu o agarrei.

O menino me empurrou com tanta força que eu caí. "Você não é parte da França! Vá embora!"

E, em seguida ouvi outra voz.

"Você!"

Era o fuzileiro louco, que me seguiu até lá. Seu rosto estava queimado, e de suas roupas saía fumaça. Seu casaco estava ensopado de sangue. E ainda mirava em mim!

Corri para a popa, me escondendo na fumaça, e olhei uma última vez para trás. Pai e filho estavam encobertos e suas silhuetas ondulavam com o calor. Era insano como eram dedicados a este navio, a seu dever, seu destino. Era glorioso, monstruoso e inviável. Conseguiria fazer com que algo tivesse metade dessa importância na minha vida? Ou era sorte minha por não ter nada parecido? O marinheiro estava cego pela fumaça e pelo sangue, balançando tanto, que mal podia fazer mira, enquanto chamas tentavam alcançá-lo.

Então, sem poder ser mais do que o homem que eu era, pulei.

Era um salto de fé na total escuridão. Eu não podia enxergar nada, mas sabia que a água abaixo poderia estar lotada de homens, corpos e destroços. De alguma maneira, escapei de tudo isso e mergulhei no Mediterrâneo, enquanto a água salgada entrava por minhas narinas. O frescor da água causou um alívio imediato, como bálsamo para minhas bolhas. Mergulhei fundo na escuridão e, em seguida, lutei para voltar à superfície. Quando subi, comecei a nadar o mais longe possível do navio, sabendo que aquilo seria um barril de pólvora se o porão não inundasse a tempo. Podia sentir o calor dele na coroa da minha cabeça enquanto nadava. Se eu pudesse usar algum destroço para chegar mais rápido até a praia...

E o *L'Orient* simplesmente explodiu.

Ninguém jamais havia escutado tamanho som. Foi como um trovão em Alexandria, a trinta e sete quilômetros de distância, iluminando a cidade como se fosse dia. A onda de choque da explosão alcançou os beduínos, que observavam a batalha da praia e os arremessou de seus cavalos. Ela me empurrou com força e me deixou surdo. Os mastros foram atirados para o céu como rojões. Os canhões voaram longe como pedras atiradas por um garoto. Houve uma penumbra explosiva de pedaços de madeira e de água do mar, para cima e para baixo, uma coroa de fragmentos, e, depois, pedaços do navio começaram a chover por centenas de metros em todas as direções, ainda atingindo e matando homens. Forquilhas retorcidas caíam do céu e se espetavam nos parapeitos. Sapatos despencavam com pés em chamas. O próprio mar se curvou, me empurrando para mais longe, mas, em seguida, o casco do navio quebrou-se e afundou, e as ondas que se formaram puxaram todos de volta.

Desesperadamente, me agarrei a um pedaço de madeira antes de ser levado de volta à escuridão. Segurei com toda a força, sentindo a dor nos meus ouvidos enquanto descia numa espiral cada vez mais fundo. Meu Deus, era como ser agarrado pelas garras de um monstro! Pelo menos, a sucção me salvou do bombardeio de destroços que despencaram na superfície do mar como pregos. Olhando para água alaranjada acima de mim, a superfície parecia uma janela de vidro estilhaçada. O que parecia ser minha última visão tinha uma beleza estonteante.

Não sei até que profundidade eu desci. Minha cabeça doía, meus pulmões queimavam. Então, quando achei que não conseguiria mais prender a respiração, o navio que afundava parecia abrir suas garras e a madeira na qual eu me segurava começou, finalmente, a me carregar para cima. Irrompi à superfície com minha última gota de ar, tremendo com dor e medo, girando com o pedaço de madeira que me salvara a vida. E, por causa da minha dor, eu sabia que havia sobrevivido mais uma vez, para o bem ou para o mal.

Deitei de costas, piscando para as estrelas. A fumaça se afastava. Aos poucos, pude perceber o que me cercava. O mar estava acarpetado de madeira e corpos destruídos. O silêncio era assustador, exceto por alguns gritos de socorro. A explosão do *L'Orient* foi tão estupenda, que todos os tiros cessaram.

A tripulação do navio britânico tentou soltar um berro de comemoração, mas ele ficou preso em suas gargantas.

Eu me afastei. Já não havia mais calendário nem qualquer outro tesouro que estava a bordo do *L'Orient*. A lua iluminava um cenário composto por navios destruídos e em chamas. A maioria tinha seus mastros destruídos. Certamente, agora, tudo estava acabado. Mas, não, as tripulações gradualmente acordaram do pesadelo de horror, e depois de um quarto de hora, os canhões começaram a atirar novamente, e seus golpes ecoavam por dentro da água.

E, assim, continuou a batalha. Como posso explicar tamanha loucura? A artilharia selvagem dos navios ecoou durante toda a noite como marteladas da fundição do diabo. Hora após hora eu flutuei e o frio aumentava, até que finalmente as armas pararam de atirar por exaustão bilateral e o mar clareou depois de um tempo que pareceu durar milhares de anos. Com a madrugada, homens dormiram, apoiados em sua artilharia quente.

O nascer do sol revelou toda a extensão do desastre francês. A fragata *La Serieuse* foi a primeira a afundar, escondendo-se na escuridão, mas só entregou os pontos lá pelas cinco horas. *Le Spartiate* parou de atirar às vinte e três horas. *Franklin,* nomeada em honra ao meu mentor, rendeu-se aos britânicos às vinte e três e trinta. Mortalmente ferido, o capitão do *Le Tonnant's* estourou os miolos antes de se render. *L'Heureux* e *Le Mercure* foram encalhados para prevenir que afundassem. A fragata *L'Artemise* explodiu depois de ser incendiada por seu capitão, e a *Le Timoleon* foi levada à terra para ser queimada pela tripulação no dia seguinte. *Aquilon, Guerrier, Conquerant* e *Peuple Souverain* simplesmente se renderam.

Para os franceses, a Batalha do Nilo não foi somente uma derrota, mas a total aniquilação. Somente dois navios e duas fragatas conseguiram escapar. Três mil franceses foram mortos ou feridos no combate. Em uma luta, Nelson conseguiu destruir o poder naval francês no Mediterrâneo. Apenas um mês depois de chegar ao Egito, Napoleão ficou isolado do mundo exterior.

Centenas de sobreviventes, alguns queimados e sangrando, começaram a ser levados do mar por botes ingleses. Eu observei fascinado, e depois percebi que eu poderia ser salvo também. "Aqui!" Eu, finalmente, gritei em inglês, acenando.

Eles me puxaram para dentro como um peixe morto. "Em que barco você estava, companheiro?" me perguntaram. "Como diabos você foi para na água?"

"L'Orient", respondi.

Eles me olharam como se eu fosse um fantasma. "Você é um francês? Ou um maldito traidor?"

"Eu sou americano." Piscava para tentar tirar o sal dos meus olhos e levantei o dedo que tinha o anel do unicórnio. "E um agente de Sir Sidney Smith."

Imagine um lutador após vencer uma peleja com muita dificuldade e você tem minha primeira impressão de Horatio Nelson. O leão da Inglaterra foi enfaixado e alcoolizado por causa de um machucado feio logo acima de seu olho cego. Um tiro que quase o matou. Ele falava com dificuldade por causa de um dente que doía e, aos quarenta anos, já tinha os cabelos brancos e o rosto de linhas duras. Isso é o que acontece com você quando você perde um braço e um olho em batalhas passadas e se segue Bonaparte. Ele era pouco mais alto que Napoleão, sua constituição era ainda menor – por que os baixinhos são os mais invocados? – e tinha bochechas afundadas e voz anasalada. Mesmo assim, ele apreciava dar uma boa surra, assim como o general francês, e, nesse dia, ele tinha conquistado uma vitória decisiva, sem precedentes. Ele não somente derrotou o inimigo, ele o destruiu.

Seu olho bom queimava como se aceso por uma luz divina, e, realmente, Nelson acreditava que estava numa missão de Deus; uma busca por glória, morte e imortalidade. Se alguém colocasse a ambição dele e a de Bonaparte no mesmo quarto, elas entrariam em combustão espontânea. Vire-os com manivelas e deles sairão fagulhas. Eles eram garrafas de Leyden, colocadas no meio de nós, pequenos barris de pólvora.

Como Napoleão, o almirante britânico conseguia deixar uma sala cheia de subordinados extasiados com sua simples presença, mas Nelson comandava não apenas com energia e determinação, mas com charme, e até afeição. Ele tinha mais carisma que uma cortesã real, e alguns de seus capitães pareciam alegres cãezinhos de estimação. No momento, se amontoavam em torno dele em sua cabine, observando o almirante com admiração e, a mim, com total desconfiança.

"Como diabos você conhece Smith?", perguntou Nelson quando me l evantei perante ele, ensopado e exausto com meus ouvidos apitando.

Rum e água fresca tiraram um pouco do sal da minha garganta. "Depois de escapar da Prisão do Templo, Sir Sidney me seguiu por causa dos rumores de que eu acompanharia Bonaparte ao Egito", falei em voz baixa. "Ele ajudou a salvar minha vida em uma peleja na estrada para Toulon. Ele me pediu para ficar de olho em Napoleão. Então, retornei à frota francesa, imaginando que vocês a achariam cedo ou tarde. Não sabia como as coisas acabariam, mas se vocês venceram ..."

"Ele está mentindo", disse um dos capitães. Hardy, eu acho que era seu nome.

Nelson sorriu de leve. "Sabe, não temos muito uso para Smith por aqui."

Eu olhei para o pouco amistoso grupo de capitães. "Eu não sabia."

"O homem é tão inútil quanto eu." Fez-se um silêncio mortal. Então, o almirante começou a rir e os demais se uniram à piada. "Inútil como eu! Ambos vivemos pela glória!" Eles gargalharam. Estavam exaustos, mas tinham aquela aparência satisfeita de homens que passaram por maus bocados. Seus navios estavam em pedaços, o mar estava lotado de carne podre e acabaram de vivenciar horrores suficientes para toda uma vida de pesadelos. Mas estavam orgulhosos também.

Eu fiz o melhor que pude para sorrir.

"Mas um bom lutador", Nelson acrescentou, "se você não tiver que ficar na mesma sala que ele. Sua fuga o transformou no assunto da Inglaterra."

"Mas ele chegou a voltar."

"Sim. E não o mencionou, que eu me lembre."

"Nosso encontro foi inconseqüente", eu admiti. "Eu não pedi para ser seu espião. Mas ele antecipou seu ceticismo e me deixou isso." Eu levantei minha mão direita. "É um anel selado, inscrito com este símbolo. Ele disse que isso provaria a minha história."

Eu o tirei do dedo para que o vissem, e os oficiais resmungavam ao reconhecê-lo.

Nelson o segurou perto de seu olho bom. "É do bastardo Smith, com certeza. Aqui está seu chifre ou devo dizer ferrão?" Novamente, todos riram. "Você se alistou com aquele diabo Napoleão?"

"Sou um membro do grupo de cientistas que está estudando o Egito. Sou aprendiz de Benjamin Franklin. Estava tentando fechar alguns acordos comerciais, houve problemas legais em Paris, uma oportunidade para aventura ..."

"Sim, sim." Ele balançou a mão. "Qual a situação do exército de Bonaparte?"

"Derrotaram os mamelucos e tomaram o Cairo."

Ouviram-se sussurros de desapontamento na cabine.

"E, mesmo, assim não tem um frota", disse Nelson a seus oficiais e a mim. "O que significa que, embora não possamos chegar até Bona, Bona não pode chegar até a Índia. Não haverá ligação com Tippoo Sahib, e nenhuma ameaça ao nosso exército lá. Ele está isolado."

Eu balancei a cabeça. "Parece que sim, almirante."

"E o moral de suas tropas?"

Eu considerei. "Eles reclamam, como todos os soldados. Mas também acabam de conquistar o Egito. Eu suponho que se sintam como os marinheiros que venceram Brueys."

Nelson balançou a cabeça. "Silêncio. Terra e mar. Mar e terra. Seus números?"

Eu encolhi os ombros. "Não sou um soldado. Eu sei que suas perdas foram poucas."

"Hum. E suprimentos?"

"Ele se supre do próprio Egito."

Ele bateu com a mão. "Droga! Será como abrir uma ostra com dificuldade!" Ele me olhou com seu bom olho e me perguntou. "Bem, o que você quer fazer agora?"

O quê? Já foi muita sorte não ter morrido. Bonaparte estava esperando que eu solucionasse um mistério que ainda me incomodava, meu amigo Talma suspeitava de Astiza, um assassino árabe sem dúvida queria jogar mais cobras na minha cama, e havia ainda a questão da pirâmide que foi construída para representar o mundo, ou Deus, ou sabe-se lá o quê. Aqui estava minha chance de fugir.

Mas eu ainda não tinha decifrado o medalhão, não é? Talvez eu pudesse conseguir um punhado do tesouro ou uma porção de algum pó misterioso. Ou mantê-lo longe dos lunáticos do Rito Egípcio e do culto da cobra de Apófis. E uma mulher estava esperando, não?

"Eu não sou um estrategista, almirante, mas talvez esta batalha mude tudo", eu disse. "Não sabemos como Bonaparte vai reagir até que as notícias cheguem a seus ouvidos. Que eu, talvez, possa levar. Os franceses não sabem da minha relação com Smith." Voltar? Bem, a batalha e o menino que queria morrer me fizeram pensar diferente. Eu tinha um dever também, que era voltar para o medalhão e para Astiza. Era terminar, finalmente, algo que eu havia começado. "Eu explicarei a situação a Bonaparte e, se isso não o comover, então, eu descobrirei tudo o que puder nos próximos meses para voltar com as informações." Um plano formulou-se em minha mente. "Um encontro longe da costa, no final de outubro, talvez. Logo após o dia vinte e um."

"Smith está agendado para estar na região, nessa época", completou Nelson.

"E qual o seu interesse nisso?", Hardy perguntou.

"Eu tenho problemas próprios para acertar no Cairo. Também gostaria de receber passagem para um porto neutro. Depois do *L'Orient,* acho que já vi guerra demais."

"Três meses para você voltar com informações?", Nelson contestou.

"Deve demorar mais ou menos esse tempo para Bonaparte reagir e bolar novos planos para os franceses."

"Por Deus!", contestou Hardy, "este homem serviu em um navio inimigo e agora quer sair para terra firme? Eu não acredito em uma palavra dele sequer, com ou sem anel."

"Não servi. Observei. Eu não dei nenhum tiro."

Nelson pensou, com meu anel em mãos. Em seguida, o devolveu para mim. "Fechado. Destruímos tantos navios que você nem faz diferença. Diga ao Bona exatamente o que você viu: quero que ele saiba que está condenado. Entretanto levará meses para que possamos montar um exército para tirar o córsego do Egito. Enquanto isso, quero que faça contas de sua força e sinta o humor. Se houver qualquer chance de rendição, quero saber disso imediatamente."

Assim como você, Napoleão dificilmente desistirá, almirante, pensei, mas não disse nada. "Se você puder me colocar em terra ..."

"Nós conseguiremos um egípcio para levá-lo à praia amanhã, para que não haja suspeitas de que estivemos conversando."

"Amanhã? Mas, se você quer que eu leve notícias a Bonaparte..."

"Durma e coma primeiro. Não há pressa, Gage, porque eu acredito que informações preliminares já saíram na sua frente. Nós perseguimos uma corveta que conseguiu entrar em Alexandria um pouco antes da batalha, e tenho certeza de que o diplomata a bordo estava certo de nossa vitória. Ele é o tipo de homem que correia para contar tudo. Qual é mesmo o nome dele, Hardy?"

"Silano, dizem os relatórios."

"Sim, é isso", disse Nelson. "Um operativo de Talleyrand chamado Alessandro Silano."

Capítulo Catorze

A primeira coisa a fazer, depois de receber essa notícia perturbadora, era encontrar Talma, que imaginou que eu estivesse morto quando a história da explosão do *L'Orient* chegou a Alexandria. Silano aqui? Seria essa a "ajuda" que Bonaparte mencionou?

Ponderando seus próprios danos, a frota inglesa não arriscou um ataque ao porto de Alexandria, já devidamente reparado e defendido pelos franceses. Em vez disso, montaram um bloqueio. Quanto a mim, uma barcaça árabe me depositou na praia da baía de Abukir. Ninguém reparou que eu desembarquei, pois as demais embarcações varriam as águas para pegar escombros e roubar os mortos. Botes franceses e britânicos também recuperavam corpos em uma trégua temporária, e, em terra, homens feridos gemiam embaixo de um abrigo de lona de couro cru. Cheguei à praia maltrapilho como os demais, ajudei a carregar alguns feridos para a sombra criada com uma vela de navio e, depois, me juntei a uma procissão de marinheiros franceses desconexos que se dirigiam a Alexandria.

Eles estavam indignados e falavam em revanche contra os ingleses, mas estavam sem esperança, afinal de contas, estavam presos no Egito. A caminhada era longa e, quando parei e olhei para trás, pude ver colunas de fumaça de alguns navios franceses que ainda ardiam em chamas. Enquanto marchávamos, vimos os restos de uma civilização extinta há muito tempo. Uma escultura de um rosto estava caída sem cerimônia. Um pé real, tão grande como uma mesa, com os dedos do tamanho de abóboras, surgia detrás dos escombros. Éramos a ruína moderna caminhando penosamente por ruínas passadas. Só cheguei à cidade à meia-noite.

Alexandria zunia como uma colméia. Eu ia de pousada em pousada, perguntando sobre um francês baixo, interessado em curas miraculosas, até que, finalmente, descobri que Talma estava hospedado na mansão de um mameluco morto, transformada em pousada por um comerciante oportunista.

"O doente?", respondeu o proprietário. "Ele desapareceu sem levar sua sacola e remédios."

Aquilo não pareceu bom. "Ele não deixou nenhum recado para mim, Ethan Gage?"

"Você é amigo dele?"

"Sim."

"Ele me deve centenas de francos."

Eu paguei a dívida de Talma e peguei sua bagagem, esperando que o jornalista tivesse retornado ao Cairo. Só para ter certeza de que ele não partiu pelo rio, chequei as docas. "Não é típico do meu amigo Talma sair assim sozinho," disse, preocupado, ao supervisor portuário. "Ele não é tão aventureiro."

"Então, o que ele está fazendo no Egito?"

"Procurando cura para suas doenças."

"Tolo. Ele deveria ter tomado as águas da Alemanha."

O supervisor confirmou que o conde Silano chegou ao Egito, mas não proveniente da França. Ele veio da costa da Síria. O relatório indicou que ele desembarcou com dois enormes baús contendo seus pertences, um macaco preso numa corrente de ouro, uma acompanhante loura, uma naja numa cesta, um porco numa gaiola e um gigantesco guarda-costas negro. Como se isso não bastasse, ele vestia roupas árabes e também usava um cinto amarelo, além de botas da cavalaria austríaca e carregava um florete francês. "Estou aqui para decifrar os mistérios do Egito!", ele proclamou. Enquanto o cheiro de pólvora ainda vinha do que sobrou da frota francesa, Silano organizou uma caravana de camelos e partiu para o Cairo. Será que Talma foi com ele? Parecia pouco provável. Ou teria Antoine entrado para o grupo com a idéia de espionar o conde?

Juntei-me a uma patrulha da cavalaria até Rosetta e, então, peguei um barco de patrulha até o Cairo. Daquela distância, a capital parecia curiosamente intocada depois do apocalipse em Abukir, mas, logo, soube que as notícias do desastre, realmente, chegaram antes de mim.

"É como se segurássemos uma corda", disse o sargento que me escoltou até o quartel general de Napoleão. "Existe o Nilo e uma estreita faixa de verde que o acompanha, e mais nada além de deserto vazio para todos os lados. Se você for para o deserto, eles te matam para roubar suas roupas. Vá a uma vila e você pode acordar com uma faca cortando sua traquéia. Durma com uma mulher e sua bebida pode ser envenenada, ou suas bolas sumirem. Consiga um cachorro e corra o risco de pegar raiva. Podemos marchar apenas em duas dimensões, não três. Será que essa corda vai nos enforcar?"

"Os franceses avançaram em direção à guilhotina", conclui sem vontade.

"E Nelson já cortou nossa cabeça. Isto aqui é o corpo, à deriva no Cairo."

Acho que Bonaparte não gostaria daquela analogia, preferindo dizer que o almirante britânico havia cortado nossos pés, enquanto ele, o cérebro, continuava desafiador. Quando me apresentei em seus aposentos, ele alternava entre jogar toda a culpa em Brueys – "Por que ele não navegou para Corfu?" – e insistir que a essência estratégica da situação permanecia inalterada. A França ainda era a senhora do Egito e estava em condições de assaltar o Oriente. Se a Índia havia se tornado uma possibilidade remota, a Síria continuava sendo um alvo tentador. Logo, a riqueza e o poder de mobilização do Egito estariam estabilizados. Coptas cristãos e mamelucos renegados eram recrutados pelas forças francesas. Uma unidade especializada em camelos transformaria o deserto num mar navegável. A conquista continuaria. E Napoleão seria o novo Alexandre.

Mesmo depois de repetir tudo isso, como se precisasse se convencer, o semblante soturno de Bonaparte era claro. "Brueys foi corajoso?", ele me perguntou.

"Mesmo depois de uma bala de canhão arrancar sua perna, ele insistiu em ficar em seu posto. Ele morreu como um herói."

"Bem, temos que levar isso em conta."

"Assim como o capitão Casabianca e seu filho. O tombadilho estava em chamas e eles se recusaram a abandonar o navio. Eles morreram pela França e pelo dever, general. A vitória poderia ser de qualquer lado. Mas, quando o *L'Orient* explodiu..."

"Todo o tesouro maltês foi perdido. Maldição! E o almirante Villeneuve fugiu?"

"Não havia como seus navios participarem da luta. O vento estava contra eles."

"E você também sobreviveu." A observação parecia um pouco amarga.

“Sou um bom nadador.”

“É o que parece. É o que parece. Você é um belo sobrevivente, hein, Gage?” Ele brincou com alguns compassos e me olhou. “Tenho um recém-chegado perguntando sobre você. Um tal conde Silano, que diz o conhecer de Paris. Ele compartilha seu interesse por antigüidades e tem feito sua própria pesquisa. Disse a ele que você estava pesquisando algo no navio e ele demonstrou interesse em examinar suas descobertas.”

Eu não estava interessando em dividir informações com Silano. “Temo que tenhamos perdido o calendário durante a batalha.”

“*Mon Dieu*. Nada de bom vai sair de tudo isso?”

“E eu também perdi o rastro de Antoine Talma, que desapareceu em Alexandria. Você o viu, general?”

“O jornalista?”

“Ele trabalhou arduamente para enfatizar suas vitórias.”

“Assim como eu trabalho duro para conquistá-las. Dependo dele para escrever minha biografia para publicação na França. O povo tem que saber o que realmente está acontecendo aqui. Não, eu não cuido pessoalmente de trinta e cinco mil homens. Seu amigo aparecerá, se ele não fugiu.” A idéia de possíveis deserções atormentava Bonaparte. “Você está perto de desvendar as pirâmides e aquele seu colar?”

“Eu examinei o calendário. Ele deve sugerir datas curiosas.”

“Para quê?”

“Eu não sei.”

Ele fechou o compasso de calibre com firmeza. “Começo a me preocupar com a sua utilidade, americano. Mas Silano me disse que a sua pesquisa pode fornecer lições, lições militares.”

“Lições militares?”

“Poderes antigos. O Egito permaneceu proeminente por milhares de anos, construindo obras-primas enquanto o resto do mundo morava em cabanas. Como? Por quê?”

“Esta é justamente a questão que comecei a discutir com os cientistas”, eu disse. “Estou curioso para saber se existe alguma referência antiga sobre o fenômeno da eletricidade. Jomard especulou se poderiam tê-la usado para mover os blocos gigantes. Mas não podemos ler seus hieróglifos, tudo está semi-enterrado na areia e ainda não tivemos tempo suficiente para examinar as pirâmides.”

"O que estamos por remediar. Vou investigá-las pessoalmente. Mas, primeiro, você virá ao meu banquete esta noite. É hora de você trocar algumas idéias com Alessandro Silano."

Fiquei surpreso com o tamanho do meu alívio ao ver Astiza. Talvez fosse a soma de ter sobrevivido a outra terrível batalha, estar preocupado com Talma e ter ouvido a deprimente definição do sargento francês para nossa posição no Egito, de saber do surgimento de Silano no Cairo, ou de ficar atento à impaciência de Bonaparte com a velocidade de meus progressos. Em qualquer caso, eu me sentia solitário. Quem eu era, além de um americano em exílio, alistado a um exército estrangeiro em uma terra ainda mais estrangeira? A única coisa que eu tinha era essa mulher que, mesmo me negando intimidades, se tornou minha companheira e amiga; um pensamento secreto que não arriscaria compartilhar com ela.

Mesmo assim, seu passado continuava tão vago, que me perguntava se eu realmente a conhecia. Busquei cuidadosamente algum sinal de sentimento oculto quando ela me recebeu, mas ela, simplesmente, parecia feliz por eu ter regressado ileso. Enoc e ela estavam ansiosos para escutar a minha versão da história, pois o Cairo fora infestada por rumores sobre a batalha. Se eu tivesse qualquer dúvida sobre a inteligência de Astiza, ela teria desaparecido quando notei como seu francês havia evoluído rapidamente.

Enoc e Ashraf não tinham notícias de Talma, mas escutaram várias histórias sobre Silano. Ele tinha chegado ao Cairo com sua comitiva, fez contato com alguns maçons entre os oficiais franceses e conversou com místicos e magos egípcios. Bonaparte lhe garantiu ótimas instalações na residência de outro governador mameluco, e um número considerável de pessoas tem sido visto entrando e saindo durante todo o dia. E ele já esteve com o general Desaix várias vezes para saber dos planos de envio das tropas francesas para o Nilo.

"Ele direciona a ganância dos homens para os segredos do passado", disse Astiza. "Ele montou seu próprio exército de beduínos cortadores de garganta, recebeu várias visitas de Bin Sadr e desfila sua prostituta loira em uma carruagem finíssima."

"E parece que tem perguntado por você", disse Enoc. "Todos querem saber o que aconteceu com você em Abukir. Você trouxe o calendário?"

"Eu o perdi, mas antes tive a chance de examiná-lo. É apenas suposição, mas quando alinhei os anéis de uma maneira que me faziam lembrar do medalhão e as pirâmides, percebi que apontavam para uma data, um mês depois do equinócio do outono, ou seja, vinte e um de outubro. Esta data é significante aqui no Egito?"

Enoc pensou. "Não. Tanto o solstício, o equinócio ou o Ano Novo têm significado quando o Nilo começa a encher, mas não sei nada sobre essa data. Talvez seja um antigo feriado, mas, se isso for verdadeiro, o significado se perdeu. De qualquer maneira, consultarei meus livros e mencionarei a data aos imãs mais sábios."

"E sobre o medalhão?", perguntei. Sentia-me desconfortável por tê-lo deixado, mas, ao mesmo tempo, estava feliz por não arriscá-lo na baía de Abukir.

Enoc foi buscá-lo e seu brilho dourado e familiar me confortou. "Quanto mais eu o estudo, mais velho acredito que seja – mais velho, eu acho, que a maior parte do Egito. Os símbolos devem ser da época na qual as pirâmides foram construídas. É tão velho, que não existem mais livros desse período, mas a menção a Cleópatra me deixa intrigado. Ela era uma ptolemaica que viveu três mil anos depois da construção das pirâmides, além de ter sangue grego e egípcio. Quando se uniu a César e Antônio, ela foi o último grande elo entre o mundo romano e o Egito Antigo. Há lendas de que existe um templo, cuja localização é desconhecida, dedicada a Hathor e Ísis, a deusa da criação, do amor e da magia. Cleópatra a idolatrava lá."

Ele me mostrou imagens da deusa. Ísis era uma mulher convencionalmente bela, com um adorno de cabeça alto, mas Hathor era estranha, seu rosto era longo e suas orelhas projetavam-se para fora como as de uma vaca. Simples, mas agradável.

"O templo, provavelmente, foi reconstruído na dinastia ptolemaica", disse Enoc, "mas sua origem é muito mais antiga, talvez tão antiga quanto as pirâmides. A lenda diz que se orientava na direção da estrela Draco, quando ela apontava para o Norte. Se isso estiver correto, segredos podem ter sido compartilhados entre os dois lugares. Estou procurando por algo que se pareça com um quebra-cabeça, um santuário, ou uma porta – algo para o que esse medalhão possa apontar. Já consultei muitos textos ptolemaicos sobre esse assunto."

"E?", notei que ele gostava de decifrar esses quebra-cabeças.

"E tenho uma antiga referência grega de um pequeno templo de Ísis protegido por Cleópatra onde se lê, '*O cajado de Min é a chave para a vida*'."

"Cajado de Min? Bin Sadr tinha um cajado, com cabeça de serpente. Quem é Min?"

Astiza riu. "Min é um deus que se tornou a palavra-raiz para homem, assim como Ma'at ou Mut se tornou a palavra-raiz para mãe. Seu cajado não é como o de Bin Sadr."

"Ele está em outra ilustração." Enoc mostrou um desenho onde se via um sujeito calvo com a postura ereta e uma característica bastante peculiar: um membro masculino rígido e de comprimento prodigioso.

"Pelas almas de Saratoga. Eles penduravam isso em suas igrejas?"

"É apenas natural", disse Astiza.

"Natureza bem-dotada, isso sim." Minha voz denunciava a inveja.

Ashraf abriu um grande sorriso. "Típico de egípcios, meu amigo americano."

Olhei para ele rispidamente e ele riu.

"Vocês estão se divertindo às minhas custas", reclamei.

"Não, não, Min é um deus real e esta é a representação real dele", Enoc garantiu, "embora meu irmão esteja exagerando na anatomia de nossos compatriotas. Normalmente eu pensaria na frase '*O cajado de Min é a chave para a vida*' como uma mera referência sexual e mística. Em uma de nossas histórias de origem, um dos primeiros deuses engoliu suas próprias sementes e cuspiu e cagou as primeiras crianças."

"Que bizarro."

"E esta é a cruz de ansada, a precursora de sua cruz cristã, a qual normalmente se refere como a chave para a vida eterna. Mas, por que Min está no templo de Ísis? Freqüentado por Cleópatra? Por que chave em vez de 'essência' ou qualquer outra palavra? E por que isto depois: '*A cripta mostrará o caminho para o paraíso*'?"

"Por que, realmente?"

"Não sabemos. Mas o seu medalhão pode ser uma chave incompleta. As pirâmides apontam para o céu. O que há nessa cripta? O que sabemos, como eu disse, é que Silano tem pedido informações sobre a expedição de Desaix para o Sul, subindo o Nilo."

"Para dentro do território inimigo?"

"Em algum lugar no Sul está o templo de Hathor e lá dorme Ísis."

Eu pensei. "Silano estudou demais em capitais antigas. Talvez ele tenha as mesmas pistas que nós. Mas ele ainda precisa do medalhão, eu imagino. Fique com ele escondido aqui. Vou encontrar o feiticeiro no banquete hoje à noite e, se o assunto surgir, eu lhe digo que o perdi na baía de Abukir. Pode ser nossa única vantagem se estamos em uma corrida por essa chave da vida."

"Não vá ao banquete", disse Astiza. "A deusa me diz que devemos nos manter afastados desse homem."

"E meu pequeno deus, Bonaparte, me diz que eu tenho que jantar com ele."

Ela parecia desconfortável. "Então, não lhe diga nada."

"Sobre minhas investigações?" E aproveitei para sondar a afirmação feita por Talma. "Ou sobre você?"

Sua face ficou rosada. "Ele não se interessa por seus servos."

"Não? Talma me contou que soube que você conheceu Silano no Cairo. Não foram as notícias de Bin Sadr que levaram Antoine até Alexandria, mas você. O que exatamente você sabe sobre Alessandro Silano?"

Ela ficou em silêncio muito tempo. E abriu a guarda. "Eu sabia dele. Ele veio estudar os povos da Antigüidade, assim como eu. Mas ele queria explorar o passado, não protegê-lo."

"Sabia dele?" Por Hades, eu *sabia da* existência dos homens da China, mas nunca tratei de nada com nenhum eles. Não foi isso o que Talma sugeriu. "Ou você o conhecia por outros motivos que não quer admitir e os tem escondido de mim todos estes dias?"

"O problema com homens modernos", interrompeu Enoc, "é que perguntam muito. Não respeitam o mistério. Isso causa problemas infinitos."

"Eu quero saber se ela conheceu ..."

"Os antigos compreendiam que alguns segredos devem permanecer em sigilo e que algumas histórias devem ser esquecidas. Não permita que seus inimigos façam você perder seus amigos, Ethan."

Eu bufava enquanto me olhavam. "Mas, certamente, não é coincidência que ele esteja aqui", insisti.

"Claro que não. *Você* está aqui, Ethan Gage. E o medalhão também."

"Eu quero esquecê-lo", acrescentou Astiza. "E o que eu me recordo dele é que é mais perigoso do que parece."

Eu estava atordoado, mas estava claro que não estavam contando os detalhes íntimos. E talvez eu só tivesse imaginando mais do que realmente pode ter acontecido. "Bem, ele não pode nos fazer mal no meio do exército francês, não é verdade?", falei, finalmente, só para dizer algo.

"Não estamos mais no meio de um exército, estamos nas ruas do Cairo." Ela pareceu preocupada. "Eu fiquei atemorizada quando soube das notícias da batalha. Então, chegaram as informações do conde Silano."

Estava ali a oportunidade de responder com delicadeza, mas eu estava confuso. "E, agora, estou de volta, com meu rifle e meu machado", eu disse, só para completar. "Eu não tenho medo de conde Silano."

Ela suspirou. Seu cheiro de jasmim era intoxicante. Desde a época da rigorosa marcha, ela se transformou, com a ajuda de Enoc, em uma beldade egípcia, com suas vestes de linho e seda, seus braços e pescoço adornados com jóias douradas e desenhos, seus olhos eram grandes e luminosos. Os olhos de Cleópatra. Sua forma lembrava as curvas dos jarros de alabastro de ungüento e perfume que eu vi no mercado. Ela me lembrou quanto tempo fazia que eu não sabia o que era a companhia feminina e de quanto eu gostaria de tê-la agora. Como cientista honrado, esperava que minha mente se mantivesse ocupada com assuntos mais importantes, mas ela não se comportava assim. De qualquer forma, deveria eu confiar nela?

"Armas não são garantia contra a magia", ela disse. "Será melhor que eu divida os aposentos com você novamente, para ajudar a vigiá-lo. Enoc entende. Você precisa da proteção da deusa."

Agora sim estávamos progredindo. "Se você insiste ..."

"Ele montou uma cama extra para mim."

Meu sorriso era tão apertado quanto minhas nádegas. "Que atencioso."

"É importante que focalizemos no mistério", ela disse com simpatia. Ou estava pensando em me torturar? Talvez sejam a mesma coisa para as mulheres.

Tentei mostrar indiferença. "Apenas certifique-se de estar perto o suficiente para matar a próxima serpente."

Fui ao banquete de Bonaparte com a mente repleta de confusão e frustração. Era o risco de todos aqueles que se envolvem com mulheres. Seu propósito era lembrar aos oficias superiores que suas posições no Egito permaneciam intactas e que deveriam comunicar isso às tropas. Também era importante demonstrar aos egípcios que, apesar do recente desastre naval, os franceses continuavam despreocupados, desfrutando de seus jantares como faziam antes. Os planos futuros envolviam celebrar o aniversário da Revolução, o equinócio de outono de vinte e um de setembro, um mês antes da data do calendário. As bandas militares tocariam nas festividades, que também contariam com corridas de cavalo e um vôo com um dos balões do conde.

O banquete foi o mais europeu possível. Cadeiras foram montadas para que ninguém tivesse que se sentar no chão ao estilo muçulmano. Os pratos de porcelana, os cálices de água e vinho e os talheres de prata foram cuidadosamente distribuídos pelo deserto como cartuchos e canhões. Apesar do calor, o menu incluía a sopa costumeira, carne, vegetais e salada européia.

Silano, em contraste, era um orientalista. Ele vestia um robe e um turbante, usando abertamente o símbolo maçônico do compasso e do esquadro com a letra G ao meio. Talma ficaria irado por essa apropriação indevida. Quatro de seus dedos levavam anéis, uma pequena argola adornava sua orelha e a bainha de seu florete era uma filigrana de ouro sobre esmalte vermelho. Quando entrei, ele se levantou de sua mesa e se curvou.

"*Monsieur* Gage, o americano! Soube que esteve no Egito e, agora, posso confirmar isso! A última vez em que desfrutamos um da companhia do outro foi em um jogo de cartas, se bem me recordo."

"*Eu*, pelo menos, a desfrutei. Eu venci, pelo que me lembro."

"Mas é claro, alguém tem que perder! De qualquer maneira, o prazer é o jogo em si, ou não? Certamente foi uma diversão com a qual eu posso arcar." Ele sorriu. "E entendo que o medalhão que você ganhou o fez participar dessa expedição?"

"Ele e a uma morte precoce em Paris."

"Um amigo?"

"Uma prostituta."

Não havia meios de desconcertá-lo. "Oh, meu caro. Não vou fingir que entendo dessas coisas. Mas, é claro, você é o sábio, o especialista em eletricidade e em pirâmides e eu sou um mero historiador."

Tomei meu lugar à mesa. "Meu conhecimento de ambos os assuntos é modesto, eu receio. Estou honrado por nem ter sido incluído na expedição. E você também é um mago, pelo que soube, mestre do oculto e do Rito Egípcio de Cagliostro."

"Você exagera minhas capacidades assim como eu, talvez, supervalorize as suas. Eu sou um mero estudante do passado que espera que ele possa fornecer respostas sobre o futuro. O que sabiam os sacerdotes egípcios e ainda não descobrimos? A liberação que trouxemos ao Egito abriu as portas para uma fusão entre a tecnologia do Oeste com a sabedoria do Leste."

"Sabedoria de quê, conde?", perguntou o general Dumas depois de engolir uma grande quantidade de comida. Ele comia do mesmo modo que cavalgava: em velocidade máxima. "Não vejo isso nas ruas do Cairo. E os estudiosos, sejam eles cientistas ou magos, não fizeram muita coisa. Eles comem, falam e fazem rascunhos."

Os oficiais riram. Acadêmicos eram vistos com ceticismo, e os soldados acreditavam que os cientistas perseguiam objetivos sem propósito, que mantinham o exército preso no Egito.

"Isto é injusto com nossos cientistas, general", corrigiu Bonaparte. "Monge e Berthollet dispararam um tiro de canhão certeiro na batalha do rio. Gage provou sua perícia na precisão de seu rifle longo. Os cientistas ficaram dentro dos quadrados da infantaria. Os planos estão em andamento para a construção de moinhos de vento, canais, fábricas e fundições. Conté planeja inflar um de seus balões! Os soldados iniciaram a liberação, mas são os estudiosos que vão levá-la adiante. Nós vencemos a batalha, mas eles conquistam a mente."

"Então, deixe-os aqui e vamos voltar para casa." Dumas voltou, mas sua atenção estava na coxinha de frango.

"Os sacerdotes antigos eram igualmente úteis", disse Silano. "Eles eram curadores e executavam as leis. Os egípcios tinham feitiços para curar os doentes, ganhar o coração de uma amante, proteger contra maldades e ganhar saúde. Nós, do Rito Egípcio, vimos feitiços influenciarem o clima, proporcionar invulnerabilidade ao perigo e prevenir a morte. Pode-se aprender até mais, eu espero, agora que controlamos o berço da civilização."

"Você está promovendo a bruxaria", alertou Dumas. "Tenha cuidado com sua alma."

"Aprendizado não é bruxaria. É ele que gera as armas que vão para as mãos dos soldados."

"Sabres e pistolas serviram bem até agora."

"E de onde veio a pólvora, se não de experiências com a alquimia?"

Dumas arrotou em resposta. O general era imenso, estava levemente bêbado e tinha pavio curto. Talvez ele se livrasse de Silano por mim.

"Defendo a descoberta de poderes desconhecidos, como a eletricidade", Silano continuou, acenando com a cabeça para mim. "Qual é essa força misteriosa que se pode observar simplesmente esfregando o âmbar? Existem energias que impulsionam o mundo? Podemos transformar elementos básicos em elementos mais valiosos? Mentores como Cagliostro, Kolmer e Saint Germain mostraram o caminho. *Monsieur* Gage pode aplicar os conhecimentos do grande Franklin..."

"Ha!", Dumas interrompeu. "Cagliostro foi desmascarado como fraude em meia dúzia de países. Invulnerável?" Ele pôs a mão em seu pesado sabre de cavalaria e começou a puxar. "Tente um feitiço contra *isto.*"

Antes mesmo que ele pudesse sacar, em um rápido movimento, Silano apontava seu florete contra o punho do general. Foi como a batida de uma asa de um beija-flor, e o ar tremulou com o arco feito pela espada. "Eu não preciso de mágica para vencer um mero duelo", disse o conde com tom de advertência.

Todos na sala ficaram em silêncio, surpresos com sua velocidade.

"Guardem suas espadas, os dois" , Napoleão, finalmente, ordenou.

"Claro." Silano embainhou sua lâmina fina tão rápido quanto a havia sacado.

Dumas, zangado, deixou que o sabre caísse em sua bainha. "Então, você confia no aço como o resto de nós", murmurou.

"Está desafiando meus outros poderes também?"

"Gostaria de conhecê-los."

"A alma da ciência é o teste metódico", concordou o químico Berthollet. "Uma coisa é alegar ter poderes mágicos, a outra é usá-los efetivamente, conde Silano. Admiro seu espírito de pesquisa, mas alegações extraordinárias exigem provas extraordinárias."

"Talvez eu deva fazer as pirâmides levitarem."

"Isso impressionaria a todos nós, com certeza."

"E, mesmo assim, a descoberta científica é um processo gradual de experimentação e evidência", continuou Silano. "Assim é também com mágica e poderes antigos. Eu espero conseguir levitar pirâmides, tornar-me invulnerável a balas ou alcançar a imortalidade, mas, no momento, sou um mero investigador, como vocês, cientistas. Por essa razão fiz a longa viagem até o Egito depois de investigações em Roma, Istambul e Jerusalém. O americano ali tem um medalhão que pode ser útil para minha pesquisa, se permitir que eu o estude."

As cabeças se viraram para mim. Eu balancei a cabeça. "É arqueologia, não magia e nem mesmo para ser usada em experiências de alquimia."

"Para estudo, eu disse."

"Que os verdadeiros cientistas estão providenciando. Seus métodos são críveis. O Rito Egípcio não é."

O conde parecia um professor desapontado com seu aluno. "Está me chamando de mentiroso, *monsieur*?"

"Não, eu estou", Dumas interrompeu novamente, atirando seu osso no prato. "Uma fraude, um hipócrita e um charlatão. Magos, alquimistas, cientistas, ciganas ou sacerdotes não têm utilidade para mim. Você chega aqui em túnica e turbante como um palhaço de Marselha e fala de magia, mas eu vi você mastigando a sua carne como todos nós. Balance essa sua pequena agulha quanto quiser, mas vamos testá-la em um batalha real contra sabres de verdade. Eu respeito homens que lutam e constroem, não aqueles que falam e fantasiam."

Agora os olhos de Silano tremiam como se ele estivesse muito irritado. "Você contestou minha honra e dignidade, general. Talvez eu deva desafiá-lo."

Havia um tumulto na sala. Silano tinha a reputação de um duelista mortal, tendo matado, pelo menos, dois inimigos em Paris. E Dumas era um Golias.

"E talvez eu deva aceitar seu desafio", respondeu o general.

"Duelar é proibido", Napoleão disse rispidamente. "Vocês dois sabem disso. Se qualquer um dos dois tentar, mandarei atirar nos dois."

"Então, você está a salvo por enquanto", Dumas disse ao conde. "Mas é melhor que encontre seus feitiços, porque quando retornaremos à França ..."

"Por que esperar?", disse Silano. "Posso sugerir um torneio diferente? Nosso estimado químico pediu um teste, então, permita que eu proponha um. Para o jantar de amanhã, deixe-me trazer um pequeno leitão que mandei vir da França. Como você sabe, os muçulmanos não vão nem tocar nele. Você diz que eu não tenho poderes. Permita-me, então, duas horas antes do jantar, apresentar o porco a você para que seja preparado da maneira que desejar: assado, cozido ou frito. Eu não chegarei perto dele até que seja servido. Você cortará a comida em quatro partes iguais e servirá a mim o quarto que você preferir. Você comerá outra porção."

"Aonde quer chegar com essa bobagem?", perguntou Dumas.

"No dia seguinte ao jantar, uma de quatro coisas acontecerá: ou ambos estaremos mortos ou nenhum de nós estará morto; ou eu estarei morto e você não; ou você estará morto e eu não. Destas quatro opções, eu lhe darei três e apostarei cinco mil francos que, no dia seguinte, você estará morto e eu estarei bem."

Fez-se silêncio na mesa. Dumas parecia nervoso. "Esse é um dos velhos truques de Cagliostro."

"Que nenhum de seus inimigos jamais aceitou. Aqui está a sua chance de ser o primeiro, general. Você duvida dos meus poderes o suficiente para jantar comigo amanhã?"

"Você tentará algum tipo de truque ou mágica!"

“Que você diz que eu não consigo fazer. Prove-o então.”

Dumas olhou para cada um de nós. Em uma batalha ele confiava em si mesmo, mas, e agora?

“Duelar é proibido, mas eu gostaria de ver esta aposta”, disse Bonaparte. Ele estava desfrutando do tormento de um general que o desafiou na marcha.

“Ele me envenenaria com um truque de mão, eu sei disso.”

Silano abriu seus braços, sentindo a vitória. “Você pode me examinar dos pés à cabeça antes de nos sentarmos para comer, general.”

Dumas desistiu. “Bah, eu não jantaria com você nem que eu fosse Jesus, o diabo ou o último homem na Terra.” Ele se levantou e empurrou a cadeira para trás. “Continuem com suas investigações”, ele mostrou a sala, “mas eu lhes garanto que não há nada neste deserto além de um monte de pedras velhas. Você se arrependerá de escutar esses parasitas – seja este charlatão ou o sanguessuga americano.” E com isso se retirou da sala, furioso.

Silano virou-se para nós. “Ele é mais sábio que sua reputação, recusando meu desafio. Isso significa que ele viverá o suficiente para ter um filho que fará coisas grandiosas, eu posso prever. Quanto a mim, peço apenas permissão para fazer investigações. Eu gostaria de procurar por templos quando o exército marchar rio acima. Eu respeito a todos vocês, bravos soldados, e peço apenas uma pequena retribuição.” Ele olhou para mim. “Eu gostaria que pudéssemos trabalhar juntos como colegas, mas, aparentemente, somos rivais.”

“Eu, simplesmente, não vejo a necessidade de compartilhar suas metas com meus pertences”, respondi.

“Então, me venda o medalhão, Gage. É só dizer o preço.”

“Quanto maior for sua vontade de ficar com ele, menor minha vontade de entregá-lo a você.”

“Maldito seja! Você é um empecilho para o conhecimento!” Ele gritou e bateu sua mão contra a mesa, e foi como se uma máscara tivesse escorregado de sua face. Havia ódio por trás dela, ódio e desespero, quando olhou para mim com olhos de inimizade implacável. “Ajude-me ou prepare-se para o pior!”

Monge levantou de um salto, como um verdadeiro retrato da mais pura censura. “Como se atreve, *monsieur*! Sua impertinência reflete o seu pobre caráter. Agora, eu próprio estou tentado a aceitar o duelo!”

Napoleão levantou-se, obviamente aborrecido com o fato de a discussão estar ficando fora de controle. “Ninguém comerá porco envenenado. Eu quero que o animal seja morto e jogado no rio Nilo nesta mesma noite. Gage, você está aqui, e não em Paris, por minha causa. Eu ordeno que ajude o conde Silano da melhor maneira que puder."

Eu me levantei. "Bem, devo contar o que eu estava relutante em admitir. O medalhão perdeu-se quando saí do navio na Batalha de Abukir."

Naquele momento, ouviu-se um burburinho na mesa, e nem todos acreditavam que aquilo era verdade. Eu, particularmente, adorei a notoriedade, mesmo sabendo que aquilo significaria mais problemas. Bonaparte franziu a testa.

"Você não comentou nada sobre isso antes", Silano disse ceticamente.

"Não me orgulho de minha situação", respondi. "E eu queria que os oficiais vissem o perdedor mesquinho que você é." Dirigi-me para os demais. "Este nobre não é um estudioso sério. Ele nada mais é do que um jogador frustrado, tentando recuperar por ameaça o que perdeu nas cartas. Eu sou maçom também, e o Rito Egípcio corrompe os conceitos de nossa ordem."

"Ele está mentindo", defendeu-se Silano. "Ele não teria voltado ao Cairo se o medalhão não fosse mais dele."

"Claro que voltaria. Eu sou um cientista desta expedição, assim como Monge ou Berthollet. A pessoa que não voltou foi meu amigo, o escritor Talma, que desapareceu em Alexandria na mesma época em que você chegou lá."

Silano virou-se para os outros. "Mágica, novamente."

Eles riram.

"Não faça piadas, *monsieur*", eu disse. "Você sabe onde Antoine está?"

"Se você encontrar o seu medalhão, talvez possa ajudá-lo a encontrar Talma."

"O medalhão se perdeu, já lhe disse!"

"E eu disse que não acredito em você. Meu querido general Bonaparte, como sabemos de que lado esse americano, que fala inglês, realmente está?"

"Isso é ultrajante!", gritei, enquanto secretamente pensava de qual lado eu deveria realmente estar, mesmo determinado a ficar no meu próprio lado, seja ele qual for. Como disse Astiza, em que eu acreditava verdadeiramente? Em tesouros ensangüentados, mulheres maravilhosas e em George Washington? "Duele comigo!", o desafiei.

"Não haverá duelos!", Napoleão ordenou mais uma vez. "Chega! Todos estão agindo como crianças! Gage, você tem permissão de deixar minha mesa."

Levantei e me reverenciei. "Talvez assim seja melhor." Dei as costas e saí porta afora.

"Você verá como sou um estudioso sério!", Silano gritou para que eu escutasse. E ouvi quando ele disse a Napoleão: "Não devemos confiar naquele americano. Ele é o homem que pode fazer todos os seus planos falharem."

Já passava do meio-dia no dia seguinte quando Ash, Enoc, Astiza e eu descansávamos perto da fonte de Enoc, discutindo o resultado do jantar com Silano. Enoc armou seus serviçais com porretes. Sem nenhuma razão aparente, sentíamos que estávamos sob cerco. Como Silano chegou até aqui? Qual era o interesse de Bonaparte? O general também desejava poderes ocultos? Ou tudo aquilo não passava de mera curiosidade?

Nossa resposta chegou com uma leve batida na porta de Enoc, e Mustafá foi atender. Ele voltou não com um visitante, mas com uma jarra. "Alguém deixou isto."

O recipiente de barro era gordo, tinha uns sessenta centímetros de altura e era bastante pesado. "Não tinha ninguém lá e a rua estava deserta."

"O que é?", perguntei.

"É um recipiente de óleo", respondeu Enoc. "Não é o costume entregar um presente desta maneira." Ele parecia preocupado, mas levantou-se para abri-lo.

"Espere", eu disse. "E se for uma bomba?"

"Uma bomba?"

"Ou um cavalo de Tróia", disse Astiza, que conhecia as lendas gregas tão bem quanto as egípcias. "Um inimigo deixa isso, nós o levamos para dentro ..."

"E de dentro saltam soldados anões?", perguntou Ashraf que se divertia com a conversa.

"Não. Cobras." Ela se lembrou do incidente em Alexandria.

Agora, Enoc ficou ressabiado.

Ash levantou. "Fiquem para trás e deixem-me abri-la."

"Use uma vara", disse seu irmão.

"Eu usarei um espada e serei rápido."

Ficamos de pé e demos alguns passos para trás. Usando a ponta da cimitarra, Ashraf quebrou o selo de cera e soltou a tampa. Não se escutou nenhum som dentro da jarra. Então, usando a ponta da arma, Ash, vagarosamente, levantou a tampa e a virou. De novo, nada. Ele inclinou a jarra com cuidado, apontando a espada... e pulou para trás. "Cobra!", confirmou.

Droga. Já estava saturado com todos esses répteis no meu caminho.

"Mas não pode ser", disse o mameluco. "A jarra está cheia de óleo. Posso sentir o cheiro." Ele, novamente, se aproximou com cuidado, apontando a ponta da espada. "Não... espere. A cobra está morta." Ele parecia confuso. "Que os deuses tenham piedade."

"Que diabos?"

Fazendo caretas, o mameluco enfiou sua mão na jarra e a levantou. De dentro, saiu uma bola de cabelo cheia de óleo, emaranhada com as escamas de uma cobra. Quando levantou seu braço, vimos um objeto redondo embrulhado nas espirais da serpente morta. O óleo escorreu de uma cabeça humana.

Eu gemi. Era Talma, com os olhos arregalados.

Capítulo Quinze

"Eles mataram Enoc para mandar uma mensagem para mim", eu disse.

"Mas, por que eles matariam o seu amigo por algo que você disse que não tinha? Por que não mataram você?", perguntou Ashraf.

Eu também pensava nisso. A cabeça do pobre Talma voltou temporariamente para dentro da jarra. Eu nem queria pensar onde poderia estar o corpo.

"Porque não acreditam nele", respondeu Astiza. "Somente Ethan sabe ao certo se o medalhão ainda existe e o que ele pode significar. Querem coagi-lo, não matá-lo."

"Esta é uma maneira muito precária de fazer isso", eu disse, resmungando.

"E quem são eles?", perguntou Enoc.

"O beduíno Achmed Bin Sadr."

"Ele é um operativo, não o mestre."

"Então, deve ser Silano. Ele me avisou que deveria levá-lo a sério. Ele chega e Antoine morre. Tudo isso é minha culpa. Eu pedi a Talma que investigasse Bin Sadr em Alexandria. Talma foi seqüestrado ou seguiu Silano para espioná-lo. Ele foi pego e não disse nada. O que ele sabia realmente? A morte dele deveria me assustar."

Ash bateu em meu ombro. "Exceto por ele não conhecer o guerreiro que existe em você!"

Realmente, eu era suficientemente humano para ter pesadelos por um mês, mas isso não se confessa em horas como essas. Além disso, se havia uma coisa da qual eu tinha certeza era de que Silano nunca teria meu medalhão.

"É minha culpa", disse Astiza. "Você disse que ele foi a Alexandria para me investigar."

"Foi idéia dele, não minha ou sua. Não se culpe."

"Por que não perguntou o que queria saber diretamente para mim?"

Porque você nunca responde completamente, pensei. Porque você adora ser um enigma. Mas eu não disse nada. Sentamos em silêncio por um segundo, batalhando contra a culpa. Algumas vezes, quanto mais inocentes somos, mais nos culpamos.

"Seu amigo não será o único a morrer se Silano realizar o que pretende", Enoc disse finalmente.

Parecia que o velho sabia mais do que aparentava. "O que você quer dizer?"

"Há mais em jogo do que você imagina ou sabe. Quanto mais estudo, mais eu temo e mais me convenço."

"Do quê?"

"De que seu medalhão deve ser algum tipo de pista ou chave para abrir a porta sagrada para uma catacumba que está escondida há muito tempo. Seu propósito tem sido buscado há milênios e, com o tempo, como não foi decifrado, provavelmente, ficou esquecido em Malta até que Cagliostro o descobriu em seus estudos e procurou por ele. Amaldiçoa aqueles que não são dignos e os leva à loucura. Ele provoca os brilhantes e se tornou um enigma. É uma chave sem fechadura ou um mapa sem destino. Ninguém se lembra a que está relacionado. Enganou até a mim mesmo."

"Então, talvez seja inútil", disse com um pouco de esperança e, ao mesmo tempo, arrependimento.

"Ou, então, a hora de usá-lo tenha chegado finalmente. Silano não teria vindo até aqui depois de tudo o que estudou se não tivesse expectativas reais."

"De ficar rico?"

"Não é só isso. Existe riqueza e existe poder. Eu não sei o que motiva realmente esse misterioso europeu e seu chamado Rito Egípcio, mas se Silano chegar a encontrar aquilo que tem procurado, ele não será apenas imortal, mas terá riqueza fora do comum e acesso a segredos que poderiam desfazer as fundações do mundo. O homem certo pode construir. O homem errado..."

"Quais segredos? O que todos vocês querem de verdade?"

Enoc suspirou, considerando o que diria. Finalmente, falou. "O Livro de Thoth."

"O livro do quê?"

"Thoth é um deus egípcio de sabedoria e conhecimento", disse Astiza. "O nome inglês *thought*, pensamento, vem dessa palavra. Ele é grandioso, aquele a quem os gregos chamam Hermes. Quando o Egito começou, Thoth estava lá."

"As origens de nossa nação são misteriosas", disse Enoc. "Antes de surgir a História, o Egito já estava lá. Em vez de lendas sobre um despertar gradual, nossa civilização parece ter brotado e nascido da areia inteiramente definida e formada. Não há precedentes e, de repente, reinos surgem com toda pompa e circunstância. De onde vem o conhecimento? Nós atribuímos esse nascimento repentino à sabedoria de Thoth."

"Foi ele quem inventou a escrita, o desenho, a topografia, a matemática, a astronomia e a medicina", explicou Astiza. "De onde vem, não sabemos, mas foi ele quem começou tudo o que veio a seguir. Para nós, ele é como Prometeu, que trouxe fogo, ou Adão e Eva, que comeram da maçã do conhecimento. Sim, a sua Bíblia sugere um nascimento similar, mas se lembra dele com temor. Acreditamos que os homens eram mais sábios naqueles dias e tinham conhecimentos mágicos. O mundo era mais limpo e mais feliz." Ela apontou para um quadro na parede da biblioteca de Enoc. Era de um homem com a cabeça de um pássaro.

"Aquele é Thoth?" Há algo perturbador nas pessoas com cabeças de animais. "Por que um pássaro? Alguma fixação?"

"É uma íbis e os egípcios vêem essa união entre humanos e animais como algo verdadeiramente maravilhoso." O tom de suas palavras era levemente frio. "Ele também é retratado como um babuíno. Os egípcios acreditam que não existiam grandes diferenças entre homem e animal, homem e deus, vida e morte, criador e criatura. Tudo é parte de uma só coisa. É Thoth quem preside quando nossos corações são pesados contra uma pena perante um júri de quarenta e dois deuses. Não devemos amaldiçoar o pecado que não cometemos, para que nossa alma não seja devorada por um crocodilo."

"Compreendo", eu disse, mesmo não entendendo nada.

"Algumas vezes ele perambulava pelo mundo para observar e ocultava sua sabedoria para aprender ainda mais. Os homens o chamava de Tolo."

"Tolo?"

"O bufão, o sabe-tudo, o contador de verdades", disse Enoc. "Ele aparece de tempos em tempos. O ditado é que o tolo segue o tolo."

Agora, eu estava realmente confuso. Foi exatamente isso que a cigana Sarylla disse na floresta francesa, quando leu as cartas de tarô. Será que o que eu acreditei ser a mais pura bobagem era, na verdade, uma profecia real? Ela me chamou o tolo, também. "Mas, por que toda essa exaltação sobre esse livro?"

"Esse não é qualquer livro, mas sim o primeiro livro", disse Enoc. "E certamente, você concorda que livros podem mover o mundo, seja a Bíblia, o Alcorão, as palavras de Isaac Newton, ou as canções da Ilíada que inspiraram Alexandre. Em sua melhor forma, ele é a destilação do pensamento, da sabedoria, esperança e desejo. O Livro de Thoth é a representação de quarenta e dois rolos de papiros, uma mera amostra de trinta e seis mil, quinhentos e trinta e cinco rolos originais – uma centena para cada dia do ano solar. Foi neles que Thoth registrou seu conhecimento secreto e escondeu por todo o mundo, para ser encontrado pelos mais valorosos na hora certa. Esses pergaminhos contêm um resumo do poder mais profundo do mestre que construiu as pirâmides: Força. Amor. Imortalidade. Alegria. Vingança. Levitação. Invisibilidade. A habilidade de ver o mundo como ele verdadeiramente é, em vez da ilusão de sonhos em que vivemos. Há alguns padrões que regem nosso mundo, algumas estruturas invisíveis, que a lenda diz poder ser manipulada para produzir efeitos mágicos. Os egípcios antigos sabiam como fazer tudo isso. Nós esquecemos."

"É por isso que todos estão tão desesperados por esse medalhão?"

"Sim. Pode ser uma pista para uma busca tão velha quanto a História. E se as pessoas não tivessem que morrer ou pudessem ser revividas se morressem? Para um só indivíduo, o próprio tempo permitiria o acúmulo de conhecimento que o faria mestre de todos os outros homens. Para exércitos, significaria a indestrutibilidade. Como seria um exército que não conhece o medo? O que seria de um tirano imortal? E se o que chamamos de magia não passasse de ciência antiga, dirigida por um livro escrito por um ser ou seres tão antigos e sábios, que nós nos esquecemos quem são e por que vieram?"

"Certamente, Bonaparte não espera ..."

"Eu não creio que os franceses saibam exatamente o que procuram e o que isso faria por eles ou já teriam desmantelado nossa nação. Há histórias e isso é o suficiente. O que tem a perder apenas procurando? Bonaparte é um manipulador. Ele colocou você para trabalhar no problema. Cientistas como Jomard também. Agora Silano. Mas Silano é diferente, eu suspeito. Ele finge trabalhar no governo francês, mas ele, realmente ,usa o suporte para trabalhar para si mesmo. Ele está seguindo os passos de Cagliostro, tentando descobrir se as lendas são reais."

"Mas elas não são", eu protestei. "Quero dizer, isto é loucura. Se o livro existe, por que não se vê sinal dele? As pessoas sempre morreram, mesmo no Antigo Egito. E elas devem morrer a fim de que a sociedade se renove, para que os mais jovens substituam os mais velhos. Se não o fizerem, as pessoas irão à loucura pela impaciência. A morte natural seria substituída pelo assassinato."

"Você tem mais conhecimento do que sua idade aparenta!", gritou Enoc. "E, agora, começou a entender por que segredos tão poderosos foram raramente usados e devem continuar adormecidos. O Livro existe, mas é perigoso. Nenhum simples mortal poderia ter algo tão poderoso em mãos. Thoth sabia que seu conhecimento deveria ser bem guardado até que nosso avanço moral e emocional fosse equivalente à nossa inteligência e ambição, então, o escondeu em algum lugar. Mesmo assim, os sonhos correram por toda a História e, talvez, fragmentos das escrituras foram aprendidos. Alexandre, o Grande veio ao Egito, visitou o oráculo e seguiu em frente para conquistar o mundo. César e sua família triunfaram depois que estudou aqui com Cleópatra. Os árabes se tornaram a civilização mais poderosa do mundo depois que devastaram o Egito. Na Idade Média, os cristãos vieram para a Terra Sagrada. Para as Cruzadas? Ou por razões mais profundas e secretas? Mais tarde, outros europeus começaram a vasculhar lugares antigos. Por quê? Alguns dizem que foi pela busca de artefatos cristãos. Alguns citam a lenda do Santo Graal. Mas, e se o Graal for uma metáfora para este livro, uma metáfora para a verdadeira sabedoria? E se ele representar um fogo mais perigoso que o de Prometeu? Alguma das batalhas que você presenciou até agora o convenceram de que você está preparado para tal conhecimento? Somos somente um pouco superiores aos animais. Então, nossa velha ordem acorda vagarosamente de sua letargia, temendo que túmulos há muito enterrados sejam reabertos e que um livro de segredos perdido seja, finalmente, redescoberto. Mesmo assim, não sabemos o que, exatamente, estamos protegendo! Agora, esses magos sem deus chegaram com seu Bonaparte."

"Você quer dizer os sábios."

"E esse conjurador, Silano."

"Então, você deseja destruir o medalhão para que o livro não seja encontrado?"

"Não", disse Ashraf. "Ele foi redescoberto por alguma razão. A sua chegada já foi um sinal, Ethan Gage. Mas esses segredos são para o Egito, não para a França."

"Temos nossos próprios espiões", continuou Astiza. "Os rumores eram de que um americano chegaria com algo que seria a chave para o passado, um artefato que esteve perdido há séculos e que era uma pista para poderes perdidos por milênios. Fomos avisados que seria melhor apenas matá-lo. Mas em Alexandria você matou meu mestre primeiro e eu vi que Ísis tinha outro plano."

"Os rumores vieram de quem?"

Ela hesitou. "Ciganos."

"Ciganos!"

"Um bando mandou o alerta da França."

Sentei, abalado com essa nova revelação. Por Júpiter e Jeová, também fui traído pelo *Rom*? Stefan e Sarylla me distraíram enquanto o aviso de minha chegada era enviado com antecedência? Que tipo de marionete eu era? E estas pessoas a minha volta agora, gente de quem eu gostava e em quem eu confiava, eram fontes verdadeiras, que poderiam me levar a um livro inestimável, ou um bando de lunáticos?

"Quem são vocês?"

"Os últimos sacerdotes de deuses antigos, que foram manifestações terrenas de uma raça e de um povo muito mais sábio que os atuais", disse Enoc. "Eles são a origem e seus propósitos foram perdidos no passado. Nós somos nossa própria Maçonaria, se preferir, os herdeiros do princípio e protetores do final. Somos guardiões que desconhecem inteiramente o que vigiamos, mas com a missão de manter esse livro longe de mãos erradas. As antigas religiões não morrem completamente, são simplesmente absorvidas pelas mais novas. Nossa missão é descobrir a porta antes de oportunistas sem princípios e, depois, fechá-la, novamente, para sempre."

"Qual porta?"

"Isso é o que não sabemos."

"E vocês querem fechá-la depois de dar uma olhadinha."

"Não podemos decidir o que é melhor fazer com o livro até encontrá-lo. Devemos ver se oferece esperança ou sofrimento, redenção ou maldição. Mas, até encontrá-lo, vivemos com o medo de que alguém mais, muito menos escrupuloso, o encontre primeiro."

Balancei a cabeça. "Além de tentar me assassinar em Alexandria e não ter nenhuma pista além do que eu tenho, vocês não são uma Ordem muito organizada, certo?", eu reclamei.

"A deusa faz as coisas na hora que ela deseja", Astiza disse com serenidade.

"E Silano também." Olhei atentamente para nosso pequeno grupo. "Ísis não ajudou o pobre Talma e não nos protegerá. Não acho que estamos a salvo aqui."

"Minha casa está protegida ...", começou Enoc.

"E nossos inimigos sabem disso. Seu endereço não é mais um segredo, conforme nos mostra a jarra de óleo. Você deve sair daqui agora. Você acha que ele não virá bater à sua porta se estiver suficientemente desesperado?"

"Ir embora! Eu não vou fugir do mal. Não deixarei para trás livros e artefatos que demorei toda uma vida para juntar. Meus serviçais podem me proteger e, ademais, tentar mudar minha biblioteca denunciaria qualquer novo esconderijo. Meu trabalho é continuar pesquisando e o seu é continuar trabalhando com os estudiosos franceses até que seja possível descobrir o paradeiro desta porta e encontremos um jeito de protegê-la de Silano. Estamos em uma corrida pela redescoberta. Não vamos perdê-la por causa de uma fuga agora." Enoc estava furioso. Tentar escondê-lo seria um grande problema.

"Então, pelo menos, precisamos de um lugar seguro para Astiza e o medalhão", respondi. "É loucura mantê-lo aqui agora. E se eu for roubado ou morto, é imperativo que não encontrem o medalhão comigo. De fato, seu eu for seqüestrado, a sua ausência vai ser a única coisa que pode me manter vivo. Astiza pode ser usada como refém. Até Napoleão notou meu... interesse por ela." Mantive meus olhar desviado enquanto disse isso. "Enquanto isso, Bonaparte está prestes a liderar um grupo de cientistas até as pirâmides. Talvez, com isso, descobriremos algo para despistar Silano."

"Não se pode deixar uma mulher jovem e linda por conta própria", disse Enoc.

"Então, onde uma mulher pode ser escondida no Egito?"

"Harém", sugeriu Ashraf.

Confesso que algumas fantasias eróticas relacionadas a essa misteriosa instituição borbulharam em minha mente. O conceito ocidental das piscinas de banho rasas, escravos com abanadores e mulheres seminuas famintas por sexo era inevitável. Será que eu poderia visitar um deles? Mas, se Astiza fosse para um harém, ela conseguiria sair de lá?

"Não serei trancada em um palácio", disse Astiza. "Não pertenço a homem nenhum."

Bem, você pertence a mim, pensei, mas não era a hora de tocar no assunto.

"Em um harém, nenhum homem, exceto o amo, pode entrar, ou mesmo saber o que está acontecendo", insistiu Ashraf. "Eu sei de um nobre que não fugiu dos franceses, Yusuf al-Beni. Ele manteve a posse de sua casa e de seus pertences. Tem um harém para suas mulheres e poderia refugiar a sacerdotisa. Não como uma das mulheres do harém, mas como uma convidada."

"Pode-se confiar em Yusuf?"

"Ele pode ser comprado, eu acredito."

"Eu não quero ficar alheia aos acontecimentos e perder meu tempo costurando com um bando de mulheres tontas", disse Astiza. Maldição, mulher. Ela era independente. E essa era uma das coisas que eu gostava nela.

"Mas você também não quer estar morta ou pior", respondi. "A idéia de Ashraf é excelente. Escondê-la como uma hóspede, com o medalhão, enquanto vou até as pirâmides, e Enoc e eu resolvemos esta situação. Não saia de lá. Não dê ao colar nenhuma importância especial, caso alguém no harém o veja. Nossa esperança é que o esquema de Silano possa ser sua destruição. Que Bonaparte possa ver através dele e perceber que o conde quer esses poderes para si mesmo, não para a França."

"É tão arriscado quanto me deixar sozinha", disse Astiza.

"Você não estará sozinha, você vai estar com um bando de mulheres bobas, como você mesma disse. Fique escondida e espere. Eu encontrarei o Livro de Thoth e volto para te buscar."

Capítulo Dezesseis

A visita de Napoleão às pirâmides foi uma excursão maior do que a que eu havia feito antes com Talma e Jomard. Mais de cem oficiais, soldados de escolta, guias, serviçais e cientistas cruzaram o Nilo e subiram o platô de Gizé. Era algo parecido com um passeio de feriado com direito a um comboio de burros carregando esposas, amantes e uma cornucópia de frutas, doces, carnes e vinhos. Guarda-sóis eram erguidos contra o Sol. Carpetes eram estendidos na areia.

Nós iríamos jantar ao lado da eternidade.

Silano era notado por sua ausência. Soube que ele estava conduzindo suas próprias investigações no Cairo. Fiquei feliz por ter tirado Astiza do caminho e a colocado em segurança.

Conforme penávamos em direção à inclinação, contei a Bonaparte sobre a horrenda morte de Talma para medir sua reação e incitar dúvida sobre meu rival. Infelizmente, minhas notícias pareceram ser mais irritantes que chocantes para nosso comandante. "O jornalista não tinha nem começado minha biografia! Ele não deveria ter saído por aí antes de o país ser pacificado."

"Meu amigo desapareceu quando Silano chegou, general. Coincidência? Temo que o conde possa estar envolvido. Ou Bin Sadr, o saqueador beduíno."

"Aquele saqueador é nosso aliado, *monsieur* Gage. Assim como o conde, que é um agente de Talleyrand. Ele me garantiu não saber nada sobre Talma e, de qualquer forma, não teria nenhuma razão. Teria?"

"Ele disse que queria o medalhão."

"Que você disse ter perdido. Numa nação com milhões de nativos descontentes, por que você suspeita das únicas pessoas que estão do nosso lado?"

"Mas eles estão do *nosso* lado?"

"Eles estão do meu lado! Assim como você vai estar, quando começar a solucionar o mistério. Foi para isso que o trouxemos aqui! Primeiro você perde o medalhão e o calendário e, depois, você faz acusações contra nossos colegas! Talma morreu! Homens morrem na guerra!"

"Eles não têm suas cabeças entregues num jarro."

"Já vi partes piores serem entregues. Escute aqui. Você viu a derrota da nossa frota. Nosso sucesso está em perigo. Estamos isolados da França. Rebeldes mamelucos se reúnem no Sul. A população ainda não se conformou com a nova situação. Insurgentes cometem atrocidades exatamente para colher o tipo de terror e confusão que você está mostrando. Fique firme, Gage! Você foi trazido aqui para resolver mistérios, não para criá-los."

"General, estou fazendo o melhor que posso, mas a cabeça de Talma foi uma mensagem clara..."

"De que o tempo é essencial. Não posso me dar ao luxo de ter simpatia, porque simpatia é uma fraqueza, e qualquer fraqueza da minha parte é um convite à destruição. Gage, eu tolerei a presença de um americano porque me disseram que você poderia ser útil na investigação dos antigos egípcios. Você conseguiu encontrar alguma lógica para as pirâmides ou não?"

"Estou tentando, general."

"Não tente, faça. Porque no momento em que você não tiver utilidade para mim, eu posso jogá-lo na prisão." Reprimenda dada, ele olhou atrás de mim. "Ah, elas são grandes, não são?"

A mesma admiração que sentimos na minha primeira visita era experimentada por outras pessoas conforme elas alcançavam o campo de visão da Esfinge e das pirâmides atrás dela. O papo-furado parou enquanto nos aglomeramos como formigas na areia. A presença do tempo era quase palpável. Nossas sombras eram distintas na areia assim como as das pirâmides. Mas eu não fiquei preso aos fantasmas dos trabalhadores e faraós, mas sim ao espírito sereno das próprias estruturas.

Napoleão, entretanto, escrutinou os monumentos como um contramestre. "Tão simples como se uma criança tivesse construído, mas, certamente, tem porte. Veja o volume das pedras, Monge! Seria necessário reunir um exército para construir essa grandona. Quais as dimensões, Jomard?"

“Ainda estamos cavando para tentar encontrar a base e os cantos”, o oficial respondeu. “A Grande Pirâmide tem pelo menos duzentos e vinte e oito metros em cada lado e mais de cento e trinta e sete metros de altura. A base cobre treze acres e, mesmo sendo gigantesca, calculo que existam dois milhões e meios de pedras. O volume é grande o suficiente para comportar qualquer uma das catedrais da Europa. É a maior estrutura do mundo.”

“Tanta pedra”, Napoleão murmurou. Ele perguntou as dimensões das outras duas pirâmides e, usando um lápis de Conté, começou a fazer contas. Ele brincava com matemática do mesmo jeito que outros homens faziam com rabiscos e desenhos. “Onde você acha que eles conseguiram as pedras, Dolomieu?”, ele perguntou enquanto calculava.

“Em algum lugar perto daqui”, o geólogo respondeu. “Estes blocos são de calcário, o mesmo material que forma o leito rochoso do platô. É por isso que elas parecem desgastadas. Calcário não é muito duro e corrói fácil com a água. Na verdade, formações de calcário são normalmente perfuradas por cavernas. Podemos encontrar algumas por aqui, mas devo admitir que este platô é sólido por causa da aridez. Também há relatos de granito dentro da pirâmide que deve ter vindo de locais muito distantes. Acredito que o calcário externo também tenha vindo de uma pedreira diferente, e melhor.”

Napoleão mostrou seus cálculos. “Vejam, é absurdo. Com as pedras destas pirâmides poderíamos construir um muro em volta da França com dois metros de altura e um metro de espessura.”

“Espero que você não espere que o façamos, general”, Monge brincou. “Seriam milhões de toneladas para levar para casa.”

“Sem dúvida.” Ele riu. “Pelo menos, eu encontrei um governante que ofusca minha própria ambição! Fico diminuto perante ti, Queóps! Mesmo assim, por que não simplesmente cavar um túnel numa montanha? É verdade que os saqueadores de túmulos árabes não encontraram nenhum corpo lá dentro?”

“Não há evidência de que alguém tenha sido enterrado lá”, Jomard disse. “A passagem principal estava bloqueada por tampões de granito que pareciam estar guardando... nada.”

“Então, nos vemos diante de outro mistério.”

“Talvez. Ou, talvez, as pirâmides tenham outro propósito, que é minha teoria. Por exemplo, o posicionamento da pirâmide, perto do paralelo trinta, é intrigante. É quase exatamente a um terço do caminho entre o Equador e o Pólo Norte. Como expliquei ao Gage, os antigos egípcios deviam entender a natureza e o tamanho de nosso planeta."

"Se sabiam, então, eles estão à frente de metade dos oficiais do meu exército", Bonaparte disse.

"Do mesmo modo, a Grande Pirâmide e suas companheiras estão orientadas na direção dos pontos cardeais de maneira mais precisa que a maioria dos medidores modernos especifica. Se você traçar uma linha do centro da pirâmide até o Mediterrâneo, ela vai cortar exatamente o delta do Nilo. Se você traçar linhas diagonais do canto de cada pirâmide até o lado oposto e estendê-los – um indo para o Nordeste e outro para o Noroeste –, eles formam um triângulo que engloba o delta perfeitamente. A localização não foi ao acaso, general."

"Intrigante. Uma localização simbólica para ligar o alto e o baixo Egito, talvez. A pirâmide é um instrumento político, não acha?"

Jomard estava encorajado pela atenção a suas teorias já que os oficias riam delas. "Também é interessante considerar a apótema da pirâmide", ele disse entusiasmado.

"O que é apótema?", interrompi.

"Se você fizer uma linha bem no meio de uma das faces da pirâmide", o matemático Monge explicou, "da ponta até a base, ou seja, dividindo o triângulo em dois, esta linha seria a apótema."

"Ah."

"A apótema", Jomard continuou, "parece ter exatamente cento e oitenta e dois metros, ou seja, a medida da estádia grega. É uma medida comum utilizada em várias partes do mundo Antigo. Seria a pirâmide um padrão de medição ou foi construída baseada num padrão que precedeu, por muito tempo, os gregos?"

"Possivelmente", disse Bonaparte. "Mas usar um monumento desses como ferramenta de medição parece mais absurdo que fazê-la de tumba."

"Como você sabe, general, cada grau tem sessenta minutos de latitude ou longitude. A apótema também tem um décimo de um minuto de um grau. Não pode ser coincidência. E tem mais: o perímetro da base da pirâmide parece ser igual a meio minuto e dois circuitos formam um minuto inteiro. Além disso, o perímetro da base da pirâmide também parece ser igual à circunferência de um círculo cujo raio é a altura da pirâmide. É como se a pirâmide tivesse sido dimensionada para codificar as dimensões de nosso planeta."

"Mas dividir a Terra em trezentos e sessenta graus é uma convenção moderna, não é?"

"Ao contrário, esse número remonta à Babilônia e ao Egito. Os Antigos escolheram trezentos e sessenta porque representa os dias do ano."

"Mas o ano tem trezentos e sessenta e cinco", interferi. "E vinte e cinco minutos."

"Os egípcios adicionaram cinco dias santos quando isso se tornou aparente", Jomard disse, "assim como nós revolucionários adicionamos feriados ao nosso calendário de trinta e seis semanas de dez dias cada. Minha teoria é de que o povo que construiu esta estrutura conhecia o tamanho e o formato da Terra e incorporou suas dimensões à estrutura para que elas não fossem perdidas caso o conhecimento decaísse no futuro. Talvez eles tenham antecipado a Idade das Trevas."

Napoleão parecia impaciente. "Mas, por quê?"

Jomard deu de ombros. "Talvez para reeducar a humanidade. Talvez simplesmente para provar que sabiam. Construímos monumentos para Deus e para conquistas militares. Eles podiam construir monumentos para a matemática e a ciência."

Parecia improvável que um povo soubesse tanta coisa há tanto tempo. E ainda havia alguma coisa fundamentalmente *certa* sobre a pirâmide, como se ela tentasse transmitir verdades eternas. Franklin, uma vez, mencionou uma sensação similar nas dimensões dos templos gregos, e lembro de Jomard vinculando tudo àquela estranha seqüência numérica de Fibonacci. Novamente, pensei se esses jogos matemáticos tinham alguma coisa a ver com o segredo do meu medalhão. Matemática deixava minha mente nublada.

Bonaparte virou para mim. "E o que nosso amigo americano pensa? Qual a visão vinda do Novo Mundo?"

"Americanos acreditam que as coisas devem ter propósito", eu disse, tentando parecer mais sábio do que realmente era. "Somos práticos, como você disse. Então, qual o uso prático para este monumento? Talvez a idéia de Jomard esteja certa e ela é mais que uma tumba."

Napoleão não caiu na minha enrolação. "Bem, a pirâmide serve para alguma coisa, pelo menos." Rimos por obrigação. "Venham. Quero olhar lá dentro."

Enquanto a maioria da comitiva se contentou com o piquenique, um pequeno grupo entrou pelo buraco escuro na face norte da pirâmide. Havia um portal de calcário no local da entrada original construída pelos antigos egípcios. Jomard explicou que essa entrada só foi encontrada quando os muçulmanos começaram a retirar pedras da pirâmide para construir a cidade do Cairo. Em tempos antigos, ela foi inteligentemente escondida por uma porta de pedra. Ninguém sabia ao certo onde estava. Então, antes que isso fosse revelado, árabes medievais tentaram saquear a pirâmide simplesmente começando a construir sua própria entrada. Em oitocentos e vinte, o califa Abdullah Al Mamun, sabendo que os historiadores registraram uma entrada do lado norte, fez com que um bando de engenheiros e pedreiros cavassem um túnel para dentro da pirâmide esperando que eles alcançassem a estrutura de corredores e passagens. Por sorte, ele começou abaixo de uma das portas mais antigas. Foi por essa escavação que entramos.

Enquanto a escolha do local de entrada estava errada, os árabes logo encontraram uma passagem estreita dentro da pirâmide. Ela tem apenas um metro e vinte centímetros de altura e desce da entrada original em um ângulo que Jomard calculou ser de trinta e três graus. Engatinhando para cima, os árabes encontraram a entrada original para o lado de fora e uma segunda passagem que subia pela pirâmide na mesma inclinação que a outra descia. As histórias antigas nunca mencionaram uma passagem que subia e estava bloqueada com pedras de granito tão duras, que era impossível furá-las. Achando que tinha achado uma passagem secreta para o local do tesouro, Al Mamun ordenou que seus homens cavassem, circulando esses granitos. Estava quente e o local era sujo, ou seja, o trabalho era insalubre. Eles descobriram que a primeira pedra de granito era seguida de mais uma, e mais outra, e assim por diante. Depois de um grande esforço, eles encontraram outra passagem que subia, mas esta, agora, estava fechada por uma pedra de calcário. Determinados, escavaram mais. Finalmente, eles conseguiram entrar e encontraram...

"Nada", disse Jomard. "E também algumas coisas. Que vocês verão hoje."

Sob orientação do geógrafo, fizemos um reconhecimento dessa confusão arquitetônica de entradas e junções, e, em seguida, começamos a descer pela primeira passagem que os árabes encontraram. A escuridão era total no fim da passagem.

"Por que uma rampa e não degraus?", Napoleão indagou.

"Para escorregar coisas, talvez", disse Jomard. "Ou, talvez, isso não seja uma entrada, mas sirva para outras funções, como tubulação ou um telescópio apontando para alguma estrela em particular."

"O maior monumento do mundo", disse Bonaparte, "e não faz sentido. Há algo aqui que ainda não sabemos."

Com a ajuda de tochas carregadas por guias locais nós, cuidadosamente descemos uns cem metros, apoiando os pés nas laterais. Blocos trinchados deram lugar a uma passagem lisa de calcário que acabou em uma sala que mais parecia uma caverna com uma cova num piso desigual. Dava a impressão de estar inacabada.

"Como podem ver, esta passagem parece levar a lugar algum", disse Jomard. "Não encontramos nada interessante."

"Então, o que estamos fazendo aqui?", perguntou Bonaparte.

"A falta de qualquer propósito óbvio é que é mais intrigante aqui, não acha? Por que cavaram aqui embaixo? E espere, tudo isso melhora. Vamos subir novamente."

Fizemos isso, suando e ofegando. Poeira e esterco de morcego manchavam nossas roupas. O ar dentro da pirâmide era morno, úmido e embolorado.

De volta à junção de túneis e passagens, subimos, agora, acima do ponto de entrada original e entramos numa passagem muito bem escavada pelos homens de Al Mamun. Ela subia no mesmo ângulo que a inicial descia e, de novo, era muita baixa para que pudéssemos ficar em pé. Não havia degraus e era íngreme demais para escalar. Depois de sessenta metros, suados e com falta de ar, chegamos a uma junção. Acima, havia outra passagem baixa que levava para uma grande sala, com o teto triangular, que os árabes nomearam a Sala da Rainha, apesar de nossos guias garantirem que nunca houve nenhuma evidência de que uma rainha tivesse sido enterrada lá. Engatinhamos até lá e ficamos de pé. Havia uma alcova de um lado, possivelmente, para uma estátua ou para um caixão de pé, mas estava vazia. A simplicidade da sala fazia com que fosse espetacular. Seus blocos de granito eram lisos, sem imagens, e cada um pesava várias toneladas, mas eram encaixados tão perfeitamente, que era impossível passar um pedaço de papel entre eles.

"O teto triangular deve distribuir o peso da pirâmide para as paredes da sala", disse Jomard.

Napoleão, impaciente com a situação precária, prontamente ordenou que retornássemos para a junção cuja passagem continuava a subir. Queríamos ver a Sala do Rei, que ficava mais acima.

Agora a passagem minúscula para anões tornou-se um corredor para gigantes. O duto ascendente estreitou-se e ficou mais alto, formando uma galeria inclinada que terminava em um console quase dez metros acima de nossas cabeças. Novamente, não havia degraus; era como subir uma rampa. Felizmente, os guias prenderam uma corda. Mais uma vez, o trabalho de pedras era perfeito e simples. A altura dessa seção era tão inexplicável quanto as dimensões diminutas das passagens anteriores.

Isso teria sido construído por humanos?

Um árabe segurou sua tocha no alto e apontou para o teto. Vimos marcas escuras lá em cima, em perfeita simetria, mas não dava para saber o que eram.

"Morcegos", cochichou Jomard.

Asas vibravam e rangiam nas sombras.

"Vamos nos apressar", ordenou Napoleão. "Estou com calor e quase asfixiado." A fumaça da tocha tremulava.

A galeria tinha quarenta e sete metros de comprimento, Jomard anunciou depois de enrolar a fita, e, novamente, não se via propósito óbvio. Então, a subida acabou e tivemos que nos inclinar para avançar horizontalmente de novo. Finalmente, entramos na maior sala da pirâmide, construída um terço acima da massa da estrutura.

A Sala do Rei era um retângulo construído com colossais blocos de granito vermelho. Novamente, a simplicidade era ímpar. O teto era plano e o piso e as paredes desinteressantes. Não havia nenhum livro sagrado ou deus com cabeça de pássaro. O único objeto que se via era um sarcófago de granito preto do outro lado do salão. Ele não tinha tampa e estava tão vazio quanto a própria sala. Com dois metros e vinte centímetros de comprimento, um metro de largura e noventa centímetros de altura, ele era grande demais para caber na estreita passagem que acabamos de subir, e, assim, deve ter sido colocado no lugar enquanto a pirâmide estava sendo construída. Mas Napoleão parecia intrigado, pela primeira vez, inspecionando o esquife de pedra cuidadosamente.

"Como eles podem ter colocado isso aqui?", perguntou.

"As dimensões da sala também são muito interessantes, general", disse Jomard. "Medi dez metros e meio de comprimento por cinco e vinte de largura. As dimensões da sala representam um quadrado duplo."

"Que coisa, hein!", eu disse, sendo mais irônico do que eu pretendia.

"Ele quer dizer que seu comprimento é duas vezes sua largura", explicou Monge. "Pitágoras e os gregos tinham muito interesse na harmonia de tais retângulos perfeitos."

“A altura da sala é metade da largura de sua diagonal”, acrescentou Jomard, “ou seja, cinco metros e setenta centímetros. Gage, me ajude aqui e lhes mostrarei outra coisa. Segure esta ponta da fita naquele canto.”

E, assim, o fiz. Jomard estendeu a fita diagonalmente até a parede oposta, exatamente a metade de seu comprimento. Em seguida, segurei a fita no meu canto, ele levou sua ponta da fita em direção ao outro lado da sala e a medida da diagonal, agora, ocupava toda a parede onde eu estava. “*Voilà*!”, ele gritou, e sua voz ecoou na sala de pedra.

Mais uma vez, não mostrei tamanha excitação.

“Não o reconhece? Foi o que conversamos no topo da pirâmide! O número dourado!”

Agora podia vê-lo. Se você dividir esta sala retangular em dois quadrados, medir a diagonal de um desses quadrados e levar essa linha para uma das paredes da sala, a razão entre o comprimento e o que sobrou é o supostamente mágico mil seiscentos e dezoito.

“Então, você está dizendo que esta sala possui os números de Fibonacci, da mesma maneira que a própria pirâmide”, eu disse, tentando fazer com que soasse normal.

As sobrancelhas de Monge se ergueram. “Números de Fibonacci? Gage, você sabe mais de matemática do que eu imaginava.”

“Ah, fui aprendendo um pouquinho aqui, outro pouco ali.”

“Então, qual é o uso prático dessas dimensões?”, perguntou Napoleão.

“Representa a natureza”, eu arrisquei.

“E comporta as unidades básicas de medição básica do reino egípcio”, disse Jomard. “Em seu comprimento e proporções, acredito que signifique um sistema de cúbitos, assim como podemos desenhar o sistema métrico nas proporções de um museu.”

“Interessante”, disse o general. “Mesmo assim, construir tudo isso... É um quebra-cabeça. Ou uma lente, talvez, como uma lente focaliza e concentra a luz.”

“Foi isso que senti”, disse Jomard. “Qualquer pensamento que possamos ter e qualquer oração que sejamos capazes de fazer parecem amplificados pelas dimensões desta pirâmide. Escutem isso.” Ele começou um zunido baixo e aumentou o tom. O som ecoava estranhamente e parecia vibrar por nossos corpos. Parecia uma nota musical voando pelo ar.

Nosso general balançou a cabeça. “Exceto por esse foco... o quê? Eletricidade?” Ele se virou para mim.

Se eu dissesse um grandioso "sim", ele provavelmente, teria me dado uma recompensa. Em vez disso, eu me mostrei vazio como um idiota.

"A caixa de granito também é muito interessante", disse Jomard para preencher o silêncio assustador. "Seu volume interior é exatamente a metade de seu volume exterior. Embora seu tamanho fosse para encaixar um homem, suspeito que suas dimensões precisas não são acidentais."

"Caixas dentro de caixas", disse Monge. "Primeiro esta sala, depois o exterior do sarcófago, depois o interior... para quê? Temos uma série de teorias, mas nenhuma de minhas respostas é conclusiva."

Olhei para cima. Senti como se estivéssemos sendo pressionados por milhares de toneladas, ameaçando nossa existência a qualquer instante. Por um momento, tive a impressão de que o teto estava descendo! Mas não... pisquei, e a sala permaneceu como antes.

"Deixem-me", Bonaparte ordenou de repente.

"O quê?"

"Jomard está certo. Sinto poder aqui. Vocês não o sentem?"

"Parece opressivo e vivo ao mesmo tempo", comentei. "Como um túmulo, mas, mesmo assim, podemos sentir a luz, porém sem sustância."

"Quero ficar um tempo aqui sozinho", disse o general. "Quero ver se consigo sentir o espírito desse faraó morto. Talvez seu corpo não esteja mais aqui, mas sua alma permanece. Talvez Silano e sua mágica sejam reais. Quem sabe eu não consiga sentir a eletricidade de Gage. Deixem-me no escuro com uma tocha apagada. Descerei quando estiver pronto."

Monge parecia preocupado. "Talvez um de nós devêssemos ficar de guarda ..."

"Não." Ele subiu na borda do sarcófago preto e se deitou, olhando para o teto. Olhamos para ele e ele deu um leve sorriso. "É mais confortável do que parece. A pedra não é nem tão quente nem tão fria. Nem sou tão alto, estão surpresos?", ele riu de sua piadinha. "Não que eu pretenda ficar aqui para sempre."

Jomard parecia transtornado. "Sabemos de pessoas que entram em pânico..."

"Nunca questione minha coragem."

Ele se inclinou. "Ao contrário, eu o saúdo, meu general."

Então, saímos obedientemente, e tocha por tocha desaparecia pelo pequeno *hall* de entrada até que nosso comandante foi deixado sozinho no escuro. Caminhamos para baixo pela galeria principal, apoiando-nos na corda. Um morcego voou e bateu as asas perto de nós, mas um árabe balançou a tocha e a criatura cega se afastou e parou novamente no teto. Quando chegamos à passagem menor, que levava à entrada da pirâmide, eu estava ensopado de suor.

"Esperarei por ele aqui", disse Jomard. "Vocês podem esperar lá fora."

Não precisava dizer duas vezes.

O dia parecia iluminado por mil sóis quando, finalmente, saímos da pirâmide pela rampa de areia. Nuvens de poeira saíam de nossas roupas imundas. Minha garganta estava seca e a cabeça doía. Encontramos sombra no lado leste da estrutura e aguardamos sentados, bebendo água. Os membros da equipe que ficaram do lado de fora se espalharam pelas ruínas. Alguns circulavam pelas outras duas pirâmides. Outros montaram pequenas tendas e almoçavam. Alguns subiram até a metade da estrutura acima de nós, enquanto outros competiam para ver quem podia arremessar pedras mais longe da lateral da pirâmide.

Franzi a testa, consciente de que ainda estava longe de resolver o mistério do medalhão. "Toda essa pilha enorme para apenas três pequenas salas?"

"Não faz sentido, faz?", concordou Monge.

"Sinto como se existisse algo muito óbvio que não estamos vendo."

"Acho que deveríamos ver números, como disse Jomard. Pode ser um quebra-cabeça criado para intrigar a humanidade por séculos." O matemático tirou do bolso um papel e começou a fazer seus próprios cálculos.

Bonaparte ficou lá dentro uma hora inteira. Finalmente, gritou e entramos novamente para encontrá-lo. Assim como nós, ele saiu de lá sujo e piscando, levantando poeira e areia sob seus pés. Mas, quando saiu, vi que estava pálido demais, com seus olhos fora de foco, com o olhar de um homem que acordara de um sonho bem real.

"Por que demorou tanto tempo?", perguntou Monge.

"O que é tanto tempo?"

"Uma hora, pelo menos."

"Verdade? O tempo não existia lá dentro."

"E?"

"Cruzei meus braços no sarcófago, como aquelas múmias que vimos."

"*Mon Dieu,* general."

"Eu ouvi e vi ...", ele balançou a cabeça para clarear os pensamentos. "Ou será que...?" Ele parou.

O matemático segurou seu braço e perguntou. "Ouviu e viu o quê?"

Ele piscou. "Vi imagens de minha vida, ou, pelo menos ,eu acho que sejam da minha vida. Não tenho nem muita certeza se era o futuro ou o passado." Ele olhou em volta, mas não sei se pretendia ser evasivo ou brincar conosco.

"Que tipo de imagens?"

"Eu... foi muito estranho. Não falarei sobre isso, eu acho. Eu não..." Em seguida, fixou o olhar em mim. "Onde está o medalhão?", ele pediu de repente.

Ele me surpreendeu. "Está perdido, lembra-se?"

"Não. Você está enganado." E me olhou atentamente com seu olhar acinzentado.

"Ele afundou com o *L'Orient*, general."

"Não", disse ele com convicção e trocamos olhares incômodos.

"Você gostaria de beber um pouco de água?", Monge perguntou preocupado.

Napoleão balançou sua cabeça novamente como se colocasse as idéias no lugar. "Não entrarei lá novamente."

"Mas general, o que o senhor viu?", insistiu o matemático.

"Não falarei sobre isso novamente."

Todos ficamos incomodados. Reparei como a expedição dependia da energia de Bonaparte, agora que o vi zonzo. Ele era imperfeito como homem e como líder, mas tão inspirado e tão dominante em seu propósito e intelecto, que todos nós o seguíamos e idolatrávamos inconscientemente. Ele era a chama e o norte. Sem ele, nada disso estaria acontecendo.

A pirâmide parecia olhar para nós.

"Devo descansar", disse Napoleão. "Vinho, não água." Ele estalou os dedos e um serviçal correu para apanhar uma taça. Então, virou-se para mim. "O que faz aqui?"

Ele perdeu todos os sentidos?

"O quê?", eu estava confuso com sua confusão.

"Você veio com um medalhão e uma promessa de que ele faria sentido. Você alega que perdeu o primeiro e não cumpriu o segundo. O que foi que eu senti lá dentro? Eletricidade?"

"Possivelmente, general, mas não tenho o instrumento para dizer. Estou tão intrigado como todos."

"E eu estou intrigado com você, um suspeito de assassinato e um americano, que vem na nossa expedição, parece não servir para nada, e mesmo assim está em todos os lugares! Estou começando a perder a confiança em você, Gage, e não é confortável ser um homem em quem eu não confio."

"General Bonaparte, tenho trabalhado para ganhar sua confiança, no campo de batalha e aqui! Não faz sentido fazer declarações sem nexo. Dê-me tempo para trabalhar minhas teorias. As idéias de Jomard são intrigantes, mas não tive tempo de avaliá-las."

"Então, se sentará aqui na areia até que o faça." Ele tomou a taça e bebeu.

"O quê? Não! Eu tenho anotações no Cairo!"

"Você não voltará ao Cairo até que volte e me diga algo útil sobre esta pirâmide. Não histórias antigas, mas o que é e como pode ser aproveitada. Há alguma força aqui e eu quero saber como utilizá-la."

"Eu também desejo a mesma coisa! Mas como devo fazer isso?"

"Você é um cientista, supostamente. Descubra como fazer. Use o medalhão que você diz ter perdido." E ele saiu andando.

Nosso pequeno grupo olhou para ele estupefato.

"Que diabos aconteceu com ele?", disse Jomard.

"Acho que teve alucinações no escuro", disse Monge. "Deus sabe que eu não ficaria lá sozinho. Nosso córsico tem culhões."

"Por que ele se concentrou em mim?" Seu antagonismo me balançou.

"Porque você esteve em Abukir", disse o matemático. "Eu acho que a derrota o incomoda mais do que ele possa admitir. Nosso futuro estratégico não é bom."

"E eu devo acampar aqui estudando esta estrutura até que seja desvendada?"

"Ele se esquecerá de você em um dia ou dois."

"Não até que sua curiosidade seja sanada", disse Jomard. "Tenho que ver os registros antigos novamente. Quanto mais conheço esta estrutura, mais fascinante parece ser."

"E sem sentido", resmunguei.

"Será, Gage?", perguntou Monge. "Há precisão demais para ser sem sentido, eu acho. Não apenas muito trabalho, mas muito pensamento. Fazendo outro cálculo agora, me ocorreu outra correlação. Esta pirâmide é realmente um brinquedo matemático."

"O que quer dizer?"

"Tenho que checar minha suposição com os números de Jomard, mas se extrapolarmos a inclinação de subida da pirâmide até seu pico original, um pouco mais alto do que é agora, e compararmos sua altura com o comprimento de duas laterais, eu acredito que chegaremos a um dos números mais fundamentais da matemática: Pi."

"Pi?"

"A razão do diâmetro de um círculo para sua circunferência, Gage, é considerado por muitas culturas um número sagrado. É aproximadamente vinte e duas partes para sete, ou seja 3,1415... o número nunca foi totalmente calculado. Mesmo assim, todas as culturas tentaram chegar o mais próximo possível. Os antigos egípcios chegaram ao número 3,160. A razão da altura da pirâmide para a soma de dois de seus lados parece se aproximar desse número."

"A pirâmide significa o Pi?"

"Foi construída, talvez, para obedecer ao valor egípcio desse número."

"Mas, de novo, por quê?"

"Novamente, estamos diante de mistérios antigos. Mas é interessante, não é, que seu medalhão incluía um diâmetro dentro de um círculo? Pena você ter perdido. Você perdeu, certo?"

Interessante? Era uma revelação. Por semanas estive viajando às cegas. Agora, parecia que eu sabia definitivamente para o que apontava o medalhão: a pirâmide, nas minhas costas.

Capítulo Dezessete

Contra a minha vontade, fiquei para ajudar Jomard e Monge a tirar mais medidas da pirâmide, dividindo a tenda armada próximo da Esfinge. Depois de prometer retornar em breve, eu estava incomodado de estar tão longe de Astiza e do medalhão, especialmente com Silano no Cairo. Mas, se ignorasse a ordem explícita de Napoleão, eu me arriscaria a ser preso. Além disso, eu sentia que me aproximava da descoberta do segredo. Talvez o medalhão fosse um mapa para alguma outra passagem naquela pilha de pedras que estava próxima à porta. E, dentro de dois meses, chegaria o dia vinte e um de outubro, a data que eu decifrei no calendário antigo que pode, ou não, significar alguma coisa. Eu ainda não sabia como tudo isso se encaixa, mas talvez os cientistas encontrassem mais alguma pista. Então, enviei uma mensagem para a casa de Enoc, explicando meu caso e perguntando se ele poderia mandar uma mensagem sobre meu atraso para o harém de Yusuf. Pelo menos, eu sabia para que tipo de coisa eu deveria estar atento, acrescentei, eu simplesmente não tinha idéia do que seria.

Meu exílio temporário da cidade não foi inteiramente ruim. Sentia-me confinado na casa de Enoc e a cidade do Cairo era barulhenta, enquanto o silêncio do deserto era relaxante. Uma companhia de soldados nos vigiava para nos proteger de beduínos e mamelucos, e eu achei que ficar aqui por algumas noites poderia ser mais seguro para Astiza e Enoc, porque minha ausência deveria desviar a atenção deles. Silano tinha engolido atravessado a idéia de que o medalhão estava no fundo da baía de Abukir. Eu não havia me esquecido do pobre Talma, mas as provas de seu assassinato, e vingança, teriam que esperar. Ou seja, eu tentava me convencer, como é costume do ser humano, de que tudo isso teria um desfecho positivo.

Como disse, há três grandes pirâmides em Gizé e todas elas possuem pequenas passagens e salas vazias. A pirâmide de Quéfren ainda está coberta, no seu topo, por um tipo de pedra calcária que permita que as três estruturas tivessem suas superfícies lisas e polidas. Elas deviam brilhar como prismas de sal! Usando instrumentos de pesquisa, calculamos que a Grande Pirâmide tinha uma altura de cento e quarenta metros, trinta metros a mais que o pináculo da Catedral de Amiens, a mais alta da França. Os egípcios usaram apenas duzentas e três camadas de alvenaria para alcançar essa prodigiosa altitude. Medimos a inclinação de seu lado em cinqüenta e um graus, precisamente a necessária para fazer com que a altura e metade de sua circunferência sejam ambas iguais a Pi e à seqüência de Fibonacci, calculada por Jomard.

Apesar da coincidência ímpar, eu ainda não sabia o propósito da pirâmide. Como obras de arte, eram sublimes. Quanto a sua utilização, pareciam sem sentido. Esses prédios, na época de sua construção, eram tão lisos, que uma pessoa não podia ficar em pé em cima delas; seus corredores eram tão estranhos, que humanos mal podiam utilizá-los; esses dutos levavam a salas que pareciam nunca ter sido ocupadas; e seus códigos matemáticos são obscuros demais para qualquer pessoa, exceto um especialista.

Monge disse que a coisa toda provavelmente tinha a ver com religião. "Daqui a cinco mil anos, as pessoas conseguirão compreender os motivos por trás da Catedral de Notre Dame?"

"É melhor que os padres não escutem você dizendo isso."

"Padres são obsoletos; a ciência é a nova religião. Para os antigos egípcios, a religião era sua ciência, e a magia uma tentativa de manipular o que não podia ser compreendido. A humanidade avançou de um passado no qual cada tribo e nação tinham seus próprios grupos de deuses para um tempo onde várias nações adoram um só deus. Mesmo assim, existem muitos tipos de fé, e cada uma chama a outra de herege. Agora temos a ciência, baseada não na ciência, mas na razão e na experimentação, e centralizada não em uma nação, papa ou rei, mas na lei universal. Não importa se você é chinês ou alemão, se fala árabe ou espanhol: a ciência é a mesma. É por isso que ela triunfará, e é por isso que a Igreja temeu Galileu. Mas esta estrutura em particular foi construída por um povo particular com crenças particulares, e, talvez, nunca redescobriremos suas razões porque foram baseadas num misticismo religioso que não conseguimos compreender. Ajudaria se, algum dia, pudéssemos decifrar os hieróglifos."

Eu não podia discordar dessa predição – eu era o homem de Franklin, afinal de contas – e, mesmo assim, eu tinha que imaginar por que a ciência, se era assim tão universal, já não varrera tudo o que viera antes dela. Por que as pessoas eram ainda tão religiosas? A ciência era inteligente, mas fria, explanatória e, ainda assim, silenciosa em suas maiores questões. Respondia a maneira, mas não o motivo, e por essa razão as pessoas permaneciam ansiosas. Eu suspeito que as pessoas do futuro compreenderão Notre Dame, assim como nós compreendemos um templo romano. E, talvez, o adorem e o temam da mesma maneira. Aos revolucionários, em seus fervores racionais, ainda lhes faltava algo, eu pensei, e o que faltava era o coração ou a alma. A ciência teria espaço para isso, ou esperanças de vida após a vida?

Não disse nada disso; somente respondi: "E se for mais simples que isso, doutor Monge? E se essa pirâmide for apenas um túmulo?"

"Eu tenho pensado sobre isso, o que me parece um paradoxo fascinante, Gage. Suponha que, em princípio, era para ser apenas um túmulo. Seu tamanho por si só já é um grande problema, não é? Quanto mais elaborada for uma pirâmide para manter a salvo uma múmia, mais você chama a atenção para a localização dessa múmia. Deve ter sido um dilema para faraós que queriam preservar seus restos mortais para sempre."

"Eu pensei em outro dilema também", respondi. "O faraó deseja descansar sem ser perturbado para sempre. Mas o crime perfeito é aquele que ninguém imagina que possa acontecer. Se você quiser roubar o túmulo de seu mestre, a melhor maneira é fazê-lo antes que ele seja fechado para sempre, porque, assim que isso acontecer, ninguém poderá descobrir quem é o ladrão! Se isto é um túmulo, eles precisavam ter fé naqueles que o fechariam. Em quem o faraó confiava?"

"Mais uma crença sem provas!", Monge disse e riu.

Mentalmente, me lembrei do que sabia sobre o medalhão. Um círculo dividido em suas partes iguais: um símbolo, talvez, para Pi. Um mapa da constelação de Draco contendo a antiga Estrela Polar em sua metade superior. Um símbolo para água. Marcas confusas distribuídas em um delta como uma pirâmide. Talvez a água fosse o Nilo, e as marcas representassem a Grande

Pirâmide, mas por que não gravar ali uma simples pirâmide? Enoc disse que o emblema parecia incompleto, mas onde encontrar o resto? O cajado de Min estava em algum templo perdido. Parecia uma piada. Tentei pensar como Franklin, mas não consegui fazer nenhuma relação. Ele poderia brincar com relâmpagos num dia e encontrar uma nova nação no dia seguinte. Alguma chance de que as pirâmides tenham atraído raios e os transformaram em granito? E se toda a pirâmide fosse algum tipo de garrafa de Leyden? Eu não tinha escutado um ruído de trovão, ou visto uma gota de chuva, desde que cheguei ao Egito.

Monge nos deixou para se juntar a Bonaparte para o batismo oficial do novo Instituto do Egito. Lá, os cientistas trabalhavam em qualquer coisa, desde aparelhos para fermentar álcool ou assar pão (usando sementes de girassol como combustível, já que o Egito não produzia madeira adequada) até catalogação da vida selvagem do país. Conté montou um ateliê para repor equipamentos, como impressoras, que foram perdidas com a destruição da frota em Abukir. Ele era aquele tipo de inventor que poderia transformar qualquer coisa em outra coisa. Jomard e eu permanecíamos no deserto, desenrolando fitas, movendo pedras e medindo ângulos com instrumentos de pesquisa. Gastamos três dias e noites vendo as estrelas dando voltas em torno dos picos das pirâmides e discutindo a utilidade do monumento.

Na manhã do quarto dia, aborrecido com a meticulosidade do trabalho e a especulação conclusiva, parei para observar um ponto panorâmico de Cairo sobre o rio. Ali, observei algo curioso. Conté aparentemente conseguiu produzir hidrogênio suficiente para inflar o balão. A bolsa de seda parecia ter aproximadamente doze metros de diâmetro e seu topo estava coberto com uma rede de onde caíam cordas que seguravam uma cesta de vime. Estava suspenso sobre uma corda a uns trinta metros do chão, juntando uma pequena multidão. Observei o veículo pelo telescópio de Jomard. Todos aqueles que o observavam pareciam ser europeus.

Até agora os árabes mostraram pouco interesse pela tecnologia ocidental. Eles nos viam como intrusos temporários e infiéis, obcecados por aparelhos mecânicos e despreocupados com nossas almas. Um pouco antes, tinha oferecido ajuda a Conté para montar um gerador de fricção para guardar a eletricidade – Franklin chamaria aquilo de bateria –, e fui convidado pelos cientistas para dar um leve choque em alguns professores e estudiosos do Cairo. Os egípcios deram as mãos uns aos outros, eu apliquei ao primeiro uma descarga de uma garrafa de Leyden e todos pulavam quando a descarga passava através deles, provocando grande consternação e gargalhadas. Mas, depois do impacto inicial, eles pareciam mais surpresos do que curiosos. Eletricidade era magia barata, que não servia para nada além de brincadeiras em feiras.

Enquanto observava o balão, notei uma larga coluna de soldados franceses no portão sul do Cairo. Sua regularidade contrastava com aquela da multidão de mercadores e condutores de camelos que se amontoavam ao redor da entrada da cidade. Os soldados formavam uma linha de branco e azul e suas bandeiras de regimento balançavam com o ar quente. As fileiras não pararam de sair até que toda uma divisão estivesse fora dos muros. Alguns montavam cavalos, e duas peças de artilharia eram puxadas por animais.

Chamei Jomard, que também focalizou sua lente. "É o general Desaix, pronto para sair à procura das tropas fugitivas de Murad Bey", ele disse. "A expedição vai explorar e conquistar o alto Egito, uma região que poucos europeus conhecem."

"Então, a guerra não acabou."

Ele riu. "Estamos falando de Bonaparte! A guerra nunca acabará para ele." Ele continuou a observar a coluna. "Acho que também vejo seu velho amigo."

"Velho amigo?"

"Aqui, veja você mesmo."

Perto da coluna havia um homem de bata e turbante com meia dúzia de beduínos servindo como escolta. Um desses homens tinha um guarda-sol sobre sua cabeça. Podia se ver o florete pendurado em sua cintura e o garanhão preto que ele havia comprado no Cairo: Silano. Alguém menor montava um cavalo a seu lado, mas estava envolvido por uma bata. Um serviçal pessoal, talvez.

"Boa sorte a eles."

"Eu os invejo", disse Jomard. "Imagine as descobertas que eles vão fazer!"

Silano desistiu do medalhão? Ou teria ido procurar alguma parte que faltava no tal templo sul, como Enoc disse? Também vi Bin Sadr. Ele liderava a guarda beduína, montando com facilidade um camelo.

Escapei deles? Ou estariam fugindo de mim?

Olhei novamente para seu acompanhante menor, coberto com roupas pesadas e me senti desconfortável. Acho que esperei demais na pirâmide obedecendo às ordens de Napoleão. *Quem* era aquele cavalgando ao lado de Silano?

Eu sabia dele, ela me confirmou.

E ela nunca me explicou o que, exatamente, quis dizer.

Eu fechei o telescópio. "Tenho que retornar ao Cairo."

"Você não pode ir embora. São as ordens de Bonaparte. Precisamos de uma hipótese convincente primeiro."

Mas eu temia que algo desastroso tivesse acontecido na minha ausência, pois fiquei muito tempo longe e, inconscientemente, deixei de lado a tarefa de decifrar o medalhão e vingar a morte de Talma. Minha demora pode ter sido fatal. "Sou um cientista americano, não um soldado francês. Ao diabo com as ordens."

"Ele pode mandar que atirem em você!"

Mas eu já descia a rampa, passando pela Esfinge, em direção do Cairo.

A cidade parecia mais agourenta na minha volta. Mesmo que a divisão de Desaix tenha tirado as tropas francesas de algumas casas, milhares de habitantes que saíram depois da Batalha das Pirâmides estavam retornando. O Cairo tentava se levantar do choque causado pela invasão e voltava a ser o centro nervoso do Egito novamente. Conforme a cidade recuperava seu movimento, os habitantes também ficavam mais confortáveis e passaram a andar pelas ruas como se o lugar ainda pertencesse a eles e não a nós. E eles estavam em maior número.

Embora patrulhas militares andassem com certa tranqüilidade, o mesmo não se aplicava a um estrangeiro solitário como eu. Essa sensação me lembrou das peculiaridades da eletricidade, especialmente do arrepio que as mulheres consideravam tão erótico nas feiras em Paris. O Cairo estava elétrico por causa da tensão. As notícias da derrota em Abukir chegaram rapidamente e acabaram com aquela impressão de que os francos eram invencíveis. Pois é, estávamos na corda bamba e notei que ela começava a balançar.

Comparada às demais ruas, o logradouro de Enoc era bastante tranqüilo. Onde estavam as pessoas? A fachada da casa estava do mesmo jeito que a deixei, com a mesma sobriedade de todas as casas egípcias. Entretanto, quando cheguei perto, senti que algo estava estranho. A porta não estava fechada como de costume. Dei uma espiadela e senti que estava sendo observado, embora não conseguisse ver ninguém.

Quando empurrei a porta, ela deslizou um pouco. "*Salaam*?", meu cumprimento ecoou e dividiu o espaço com o barulho das moscas. Empurrei mais, mas era como se alguém fizesse força do outro lado, e, finalmente, consegui espaço suficiente para me esgueirar. E, então, pude ver a obstrução. O gigante negro Mustafá estava morto e impedia a abertura da porta. O rosto dele estava afundado por um tiro de pistola. A casa exalava o inexorável aroma da morte.

Olhei para uma janela e notei que tinha sido destruída pelos intrusos.

Fui conferindo sala por sala. Onde estavam os outros serviçais?

Rastros de sangue estavam em todo o lugar, como se alguém tivesse arrastado corpos depois de uma batalha e de um subseqüente massacre. A decoração era caótica com mesas tombadas, tapeçarias arrancadas e almofadas reviradas e rasgadas. Os invasores procuravam por alguma coisa e eu sabia o que era. Minha ausência não poupou ninguém. Por que eu não insisti para que Enoc se escondesse em vez de deixá-lo com seus livros? Por que diabos eu achei que tanto a minha ausência quanto a do medalhão o manteria a salvo?

Logo cheguei à sala de antiguidades, cujas estátuas e esquifes estavam quebrados e revirados. Subi as escadas até a biblioteca e passei pela porta derrubada. Estava tudo escuro, mas a sala cheirava a fogo. Com o coração na mão, encontrei uma vela e acendi.

Marcas de fogo estavam em todo o lugar. Prateleiras reviradas e livros e pergaminhos amontoavam-se num canto, como folhas de outono, mas estavam semiqueimadas e ainda queimavam lentamente, mas sem soltar fumaça. Imaginei que não havia nada vivo na sala, mas aí alguém gemeu. Notei que alguns papéis se moveram e uma mão rompeu a barreira, como uma vítima de uma avalanche que lutava para sair da neve. Os dedos estavam contorcidos pela dor.

Segurei a mão e provoquei mais dor, então, soltei e comecei a tirar os papéis de cima do pobre coitado. Era Enoc, jogado sob uma pilha de livros em brasa. Ele estava chamuscado, suas roupas estavam semidestruídas e seus braços e peito estavam totalmente queimados. Ele estava, literalmente, numa fogueira literária.

"Thoth", ele gemia. "Thoth."

"Enoc, o que aconteceu?"

Ele não conseguia me ouvir em seu delírio. Fui até sua fonte e usei uma vasilha antiga para trazer água, que, por sua vez, estava rósea por causa do sangue derramado durante a luta. Joguei um pouco em seu rosto e lhe dei um gole. Ele babou, mas logo sugou tudo como um bebê faminto. Seus olhos, finalmente, me localizaram.

"Eles tentaram queimar tudo." Era um gemido muito baixo.

"Quem?"

"Me soltei e corri para dentro das chamas. Eles nem tentaram me impedir." Tossiu.

"Meu Deus, Enoc, você se jogou no fogo?"

"Estes livros são a minha vida."

"Foram os franceses?"

"Os árabes de Bin Sadr. Eles não pararam de perguntar onde ele estava, sem dizer o que queriam. Fiz de conta... que... não sabia. Eles queriam a mulher… e eu disse que ela tinha… ido… com você. Eles não acreditaram. Se eu não corresse... para o... fogo… eles teriam me feito... falar mais. Espero que os empregados... não tenham falado"

"Onde estão todos?"

"Os serventes foram presos... nas despensas. Ouvi gritos."

Eu me sentia um perfeito inútil: apostador bobo, soldado diligente e metido a sábio. "Causei tudo isso a você."

"Você não fez... nada que… os deuses... não quisessem." Ele gemeu novamente. "Meu tempo acabou. Os homens… estão mais gananciosos. Eles… eles querem… a ciência e a magia para... ter... poder. Quem quer... viver... num mundo desses? Mas saber de alguma… e o conhecimento... não são as mesma coisa." Ele apertou meu braço. "Você tem que impedir!"

"Impedir o quê?"

"Estava em meus livros… no final das contas."

"O quê? O que eles queriam?"

"É uma chave. Você... deve... inserir em algum… lugar." Ele estava apagando.

Cheguei mais perto. "Enoc, diga-me, por favor, Astiza está a salvo?"

"Não sei."

"Onde está Ashraf?"

"Não sei."

"Você descobriu algo sobre o vinte e um de outubro?"

Ele apertou meu braço novamente. "Você precisa... acreditar em algo... americano. Acredite nela."

E morreu.

Caí sentado, em desespero. Primeiro Talma, agora isso. Cheguei tarde demais para salvá-lo e para saber o que ele descobriu. Fechei os olhos de Enoc com meus dedos que tremiam por causa da raiva e da sensação de impotência. Tinha acabado de perder minha melhor fonte para os mistérios antigos. Será que alguma coisa que pudesse explicar o medalhão ainda estava inteira na pilha de livros queimados? Mas como eu saberia qual deles?

Havia um livro curiosamente grosso, encapado com couro e com as bordas queimadas, perto do peito de Enoc. Estava escrito em árabe. Teria algo a ver com nossa busca? Peguei o volume e olhei sem entender sua escrita ornamental. Bem, talvez Astiza consiga entender.

Se ela ainda estiver no Cairo. Demorou, mas comecei a imaginar quem a pequena figura encapuzada ao lado de Silano poderia ser.

Ansioso e perdido em minhas preocupações, voltei à escadaria em direção à sala de antiguidades sem nenhum cuidado. Isso quase custou minha vida.

Um grito de guerra angustiado antecipou a saída de uma lança detrás da estátua de Anúbis. Ela me atingiu no peito e me jogou longe. Atingi um sarcófago de pedra e fiquei sem ar. Quando parei, fiquei confuso e olhei para meu peito. A lança havia atingido o livro de Enoc em cheio. As últimas páginas separaram a ponta da arma do meu coração.

Ashraf segurava a lança. Ele cerrou os olhos.

"Você!"

Tentei falar, mas só engasgava.

"O que você está fazendo aqui? Os franceses disseram que você estava nas pirâmides! Pensei que você fosse um dos assassinos e estava procurando pelos segredos de meu irmão!"

Finalmente, consegui ar suficiente para falar. "Vi Silano deixando a cidade com o general Desaix e rumando em direção ao Sul. Não sabia o que aquilo podia significar, então, voltei correndo."

"Eu quase matei você!"

"Este livro me salvou." Empurrei o volume e a ponta da lança para o lado. "Não consigo ler, mas Enoc estava segurando ele. O que você acha, Ash?"

Usando sua bota para segurar o livro enquanto puxava a lança, o mameluco parou e abriu. Fragmentos voaram como esporos. Ele leu por um momento. "Poesia." E jogou para o lado.

Ah, é assim que escolhemos morrer. Poeticamente.

"Preciso de ajuda, Ashraf."

"Ajuda? Você é o conquistador, lembra? Você é aquele que está trazendo ciência e civilização para o pobre Egito! E isto é o que você trouxe para a casa de meu irmão: carnificina! Todo mundo que conhece você morre!"

"Foram os árabes que fizeram isso, não os franceses."

"Foi a França, não o Egito, que bagunçou com a ordem das coisas."

Não tinha como responder. E também não podia negar que eu era parte daquilo. Escolhemos sempre as razões mais absurdas para revolucionar o mundo.

Respirei fundo. "Preciso achar Astiza. Ajude-me, Ash. Não como prisioneiro, ou mestre e escravo, não como empregado, mas como amigo. De guerreiro para guerreiro. Astiza está com o medalhão. Ela vai ser brutalmente morta por causa dele, do mesmo jeito que mataram Talma, e não confio no exército para pedir ajuda. Napoleão também quer o segredo. Ele vai ficar com o medalhão para ele."

"E será amaldiçoado como todos que tocam aquela coisa."

"Ou vai descobrir o poder capaz de escravizar o mundo."

A resposta de Ashraf foi o silêncio, o que me fez pensar como estava sendo enganado pelo general que eu seguia. Bonaparte era um salvador republicano ou tirano potencial? Já tinha visto pistas disso em seu caráter. Como diferenciar esses dois tipos? Ambos exibem charme e ambição. Talvez uma pequena parcela do conhecimento de Thoth fosse capaz de guiar o coração de Napoleão para o outro lado, ou afundá-lo em ambição. Enoc tinha me dado uma âncora. Acredite *nela*. Como Jefferson escreveu, o Eu, a vida, e a liberdade para buscar a felicidade eram fundamentais. Do jeito que ele falava, e tinha fama de ser um sábio, ele chegaria a presidente.

"Meu irmão ajudou você e olha o que aconteceu com ele", Ashraf disse amargamente. "Você não é amigo. Eu errei quanto trouxe você ao Cairo. Você deveria ter morrido em Imbaba."

Eu estava desesperado. "Se você não vai me ajudar como amigo, então eu ordeno que você me ajude como cativo e servo. Eu paguei por seu serviço!"

"Você ainda tem coragem de dizer isso depois de tudo?" Ele pegou uma bolsa e jogou em mim. Moedas rolaram pelo chão de pedra. "Eu cuspo no seu dinheiro! Vá! Encontre a mulher sozinho! Preciso preparar o funeral para o meu irmão."

Então, eu estava sozinho. Pelo menos, tive a integridade de deixar o dinheiro onde estava, mesmo sabendo que um pouco de dinheiro ajudaria. Eu estava quebrado. Peguei as coisas que tinha deixado num sarcófago vazio: meu rifle longo e a machadinha.

Passei novamente pelo corpo de Mustafá e voltei para as ruas do Cairo.

Eu não voltaria mais lá.

A casa de Yusuf al-Beni, o harém onde Astiza estava escondida, era mais chamativa que a de Enoc. Chegava a lembrar uma fortaleza com torres de combate que avançavam sobre a rua. As janelas frontais eram altas, mas sua porta era protegida por um arco pesado e grosso digno de um castelo medieval. Cheguei disfarçado até a entrada. Minhas armas estavam enroladas num carpete e eu me vesti com roupas egípcias caso os franceses estivessem a minha procura para me levar de volta às pirâmides.

Será que tinha chegado tarde demais novamente?

Bati na porta e um porteiro do tamanho de Mustafá me confrontou. Enorme, barbeado e com uma brancura inversamente proporcional à negritude de Mustafá. Cada uma das casas ricas daqui tinha um *troll* humano?

"O que você quer, mercador de tapetes?" Eu já entendia um pouco de árabe àquela altura.

"Não sou mercador. Preciso ver seu mestre", respondi em francês.

"Você é francês?", ele perguntou na mesma língua.

"Americano."

Ele rosnou. "Não aqui." E começou a fechar a porta.

Tentei um blefe. "O sultão Bonaparte procura por ele." O gigante parou. Foi o suficiente para confirmar que Yusuf estava lá dentro. "O general tem assuntos a tratar com uma mulher que é convidada aqui, uma donzela chamada Astiza."

"General querer escrava?", o tom era de total descrença.

"Ela não é escrava, é uma estudiosa. O sultão precisa consultar seus conhecimentos. Se Yusuf não está, então, você deve entregar a mulher para o general."

"Ela não mais aqui."

Era a resposta em que eu não queria acreditar. "Vou ter que trazer um pelotão de soldados? O sultão Bonaparte não é um homem que gosta de ficar esperando."

O porteiro balançou sua cabeça me dispensando. "Vá, americano. Ela ser vendida."

"Vendida?"

"Para beduíno mercador de escravos." Ele ia bater a porta na minha cara, mas coloquei a ponta do carpete e interrompi o movimento.

"Você não pode vendê-la, ela é minha!"

Ele pegou a ponta do tapete com uma mão como se segurasse o cabo de uma frigideira. "Tire tapete da minha porta ou tapete fica aqui", ele alertou. "Você não ter mais negócios aqui."

Girei o tapete na direção da cintura dele e enfiei a mão onde estava a empunhadura do rifle. O clique do gatilho foi audível o suficiente para que ele repensasse sua atitude. "Quero saber quem a comprou."

Estudamos um ao outro. Ele também devia estar pensando se era rápido o suficiente para me vencer. Finalmente, ele resmungou. "Espera."

Ele desapareceu e me deixou feito bobo, ou penitente. Como ele se atreveu a vender Astiza? "Yusuf, venha aqui, seu bastardo!" Meu grito ecoou pela casa. Fiquei em pé por longos minutos, pensando se seria simplesmente ignorado. Se fosse, eu entraria atirando.

Finalmente, ouvi os passos pesados do porteiro que retornava. Ele preencheu o espaço da porta quando chegou. "Essa mensagem ser do comprador da mulher. É simples. Ele dizer: você sabe o que precisa para comprar ela de volta." A porta bateu.

Isso significava que Silano e Bin Sadr estavam com ela. E também significava que eles não tinham o medalhão e também sabiam que ele não estava comigo.

Eles a manteriam viva na esperança que eu o levasse. Ela era uma refém, vítima de seqüestro.

Enquanto pensava no que fazer, dei um passo atrás na porta. Onde estava o medalhão? E, então, algo fino passou pela minha orelha pousando na areia. Olhei para cima. Uma mão feminina fechava uma janela gradeada lá em cima. Peguei o que ela jogou.

Era um pacote de papel. Quando desenrolei, encontrei o Olho de Hórus de Astiza e uma mensagem em inglês, com a letra dela. Meu coração se apertou:

"Vá até a parede sul à meia-noite. Leve uma corda."

Capítulo Dezoito

Nada diferenciava mais a mentalidade dos invasores e dos egípcios do que as mulheres. Para os muçulmanos, os arrogantes francos eram dominados por fêmeas grosseiras que combinavam ostentação com pedidos imperativos e ridicularizavam qualquer homem que tivessem contato com elas.

Os franceses, por outro lado, acreditavam que o Islã escondia sua maior fonte de prazer em prisões opulentas, mas soturnas, e deixavam de lado a inspiração gerada pela companhia feminina. Se os muçulmanos diziam que os franceses eram escravos de suas mulheres, os franceses pensavam que os muçulmanos tinham medo das suas.

A situação ficou mais tensa quando algumas mulheres egípcias decidiram se tornar concubinas dos conquistadores. Enquanto desfilavam nas carruagens dos oficiais, elas ficavam com braços e pescoços descobertos e apareciam em público sem véu. Deslumbradas com liberdades que ganharam dos franceses, elas aproveitavam qualquer oportunidade de gritar para janelas gradeadas: "Vejam nossa liberdade!". Os imãs nos consideram corruptos, os sábios encaravam o Egito como medieval e os soldados só estavam interessados em boa companhia na cama.

Embora as ordens fossem claras para não molestar as mulheres muçulmanas, não havia nenhuma proibição quanto a se pagar por elas. E algumas queriam, e muito, ser compradas. Outras damas egípcias defendiam suas virtudes como Virgens Vestais, a menos que um oficial prometesse casamento e boa vida na Europa.

O resultado foi muito desentendimento e atrito. Todo esse segredo em torno das mulheres islâmicas fazia delas alvos mais desejados ainda.

As burcas que cobriam as mulheres muçulmanas tinham o objetivo de controlar a luxúria masculina, mas tinha o efeito contrário nos franceses. Eles especulavam a idade e as formas de cada mulher que passava. Eu não estava imune a essa discussão, já que os tesouros da casa de Yusuf alimentaram minha imaginação por anos com as histórias de Sherazade e *As Mil e Uma Noites*. Quem nunca ouviu as famosas histórias vindas do harém do sultão em Istambul? Ou sobre as hábeis concubinas e os eunucos castrados nesta estranha sociedade, onde era possível que um filho de escravo crescesse e se tornasse um mestre? Era um mundo que eu lutava para tentar entender.

A escravidão serviu aos otomanos como meio de injetar sangue novo e realeza numa sociedade peculiarmente traiçoeira. Poligamia também servia como uma espécie de recompensa por lealdade política. Até mesmo a religião tão sagrada era a justificativa para a impossibilidade de aumento de posses.

Perguntava-me se o medalhão ainda estava dentro do harém, mesmo que Astiza tivesse partido. Era minha única esperança. Ela podia ter convencido seus seqüestradores de que eu ainda estava com a jóia e deixado uma mensagem para mim. Mulher esperta. Encontrei um lugar para esconder meu rifle num beco próximo e fui comprar roupas e outros itens. Se Astiza estivesse nas mãos de Silano, eu a queria de volta. Mesmo que não tivéssemos um relacionamento propriamente dito, eu sentia uma mescla de inveja, protecionismo e solidão que me surpreendia. Ela era a pessoa mais próxima de ser chamada de amigo de verdade por aqui. Já tinha perdido Talma, Enoc e Ashraf. Estaria perdido se a perdesse também.

Mesmo com meu porte europeu, não atraí muita atenção ao andar vestido como árabe. O fato de o Império Otomano ser uma miríade de cores e povos ajudou muito. Entrei nos corredores do bazar de Khan al-Khalili, um lugar tomado pelo ar pesado, pela mistura de haxixe e carvão, e por pilhas de tecidos e alimentos. Depois de comprar comida, uma capa e um cobertor para as frias noites do deserto, retornei ao beco para guardar tudo e saí novamente para negociar um cavalo ou camelo com o dinheiro que sobrou. Eu nunca tinha cavalgado um camelo, mas eles eram a melhor opção para uma longa jornada. Minha mente estava fervilhando com idéias e perguntas.

Bonaparte sabia que Silano seqüestrou Astiza? O conde estava seguindo as mesmas pistas que eu? Se o medalhão era uma chance, onde estava a fechadura? Por causa da minha preocupação, fiquei desatento e dei de cara com uma patrulha francesa.

Os soldados quase passaram por mim, mas o tenente sacou um pedaço de papel de seu cinto, olhou para mim e gritou para a companhia parar. "Ethan Gage?"

Fingi não entender.

Vários mosquetes foram apontados para mim. A tradução se fez desnecessária. "Gage? Eu sei que é você. Não tente correr ou vamos atirar."

Fiquei parado, tirei o turbante e tentei blefar. "Por favor, não quebre meu disfarce, tenente. Estou numa missão para Bonaparte."

"Ao contrário, você está preso."

"Acredito que esteja enganado, tenente."

Ele olhou para o retrato no papel. "Denon fez um rascunho rápido da sua cara e é você mesmo. O homem desenha bem."

"Estou prestes a retornar a meus estudos na pirâmide..."

"Você é procurado por assassinato de um estudioso e imã chamado Qelab Almani, também conhecido como Enoc ou Hermes Trismegisto. Você foi visto saindo de sua casa com uma arma e uma machadinha."

"Enoc? Você está louco? Estou tentando *desvendar* o assassinato dele."

Ele leu o papel novamente. "Você também é procurado por deixar as pirâmides sem permissão, insubordinação e por não vestir seu uniforme."

"Sou um sábio! Não tenho um uniforme!"

"Mãos ao alto!" Ele balançou a cabeça negativamente. "Não vai fugir de seus crimes agora, americano."

Fui levado a um quartel mameluco que foi transformado numa prisão. As autoridades francesas usavam o lugar para julgar rebeldes, criminosos comuns, desertores, aproveitadores e prisioneiros de guerra desde o início da invasão. Meus protestos foram ignorados e fui jogado numa cela que parecia um encontro de poliglotas, o problema é que eles eram ladrões, charlatões, renegados e, de certo modo, senti como estivesse de volta aos salões de Paris.

"Exijo saber as acusações contra mim!", gritei.

"Não tem por quê", rosnou o sargento que trancou a porta.

Ficar preso pela morte de Enoc só não era mais desesperador do que perder meu encontro à meia-noite no muro sul da casa de Yusuf. Quem quer que tenha jogado o Olho de Hórus provavelmente não teria muitas chances para ajudar um homem estranho a entrar no harém. E se meu misterioso aliado desistisse e o medalhão fosse vendido ou perdido? De qualquer forma, se Astiza estiver nas garras de Silano e foi levada para o sul com a expedição de Desaix, ela ficava mais distante a cada hora que passava. Eu estava imobilizado justamente no momento da minha vida em que eu não tinha um minuto a perder. E isso era enlouquecedor.

Um tenente surgiu para registrar meu nome nos livros da prisão.

"Pelo menos, consiga uma audiência com Bonaparte, por favor", pleiteei.

"É mais sábio ficar longe dele, a não ser que queira ser alvejado imediatamente. Você é suspeito deste assassinato por causa de registros anteriores ligados à morte de uma cortesã em Paris. Alguma coisa sobre dívidas também está registrada...", ele estudou os papéis. "Uma senhoria chamada madame Durrell?"

Fiquei furioso. "Eu não matei Enoc! Eu descobri o corpo!"

"E você informou as autoridades?" O tom era tão cínico quanto o de todos a quem eu devia.

"Escute bem, toda a expedição pode estar em perigo se eu não conseguir finalizar meu trabalho. O conde Silano está tentando monopolizar segredos importantes."

"Não tente incriminar Silano. Foi ele quem forneceu os antecedentes sobre seu caráter com depoimentos de madame Durrell e de um lanterneiro. Ele informou que você ficaria tentado a ter uma recaída desse seu comportamento destrutivo." Ele leu novamente. "Características dignas do Marquês de Sade."

Então, foi isso. Enquanto eu segurava a fita métrica nas pirâmides, Silano ficou ocupado no Cairo denegrindo minha reputação.

"Tenho o direito à representação legal, não tenho?"

"Um defensor do exército vai falar com você dentro de uma semana."

Eu estava amaldiçoado? Tudo isso era muito conveniente para meus inimigos, já que eu estava trancafiado e não podia seguir os passos do conde, estava impedido de me defender e, claro, de comparecer a meu encontro no harém! O sol se escondia através da janela da cela e o jantar parecia ervilha podre e purê de lentilha. Tínhamos um barril cheio de água para dividir e a única privada era um balde.

"Preciso de uma audiência agora!"

"É possível que você seja levado a Paris para responder às acusações lá."

"Isso é insano!"

"Melhor a guilhotina do que um pelotão de fuzilamento aqui, não é?" Ele deu de ombros e saiu.

"Como assim, melhor?" Eu gritei enquanto despencava no chão.

"Coma um pouco de purê", disse um soldado, preso por tentar vender um canhão para um ferro velho. "O café da manhã é pior."

Recusei.

Bem, eu apostei e perdi, certo? Eu não conseguia ganhar em Paris, é claro que eu não teria nenhuma sorte aqui também. Se eu tivesse seguido os sermões de Franklin, eu teria uma profissão decente, mas seu conselho 'durma cedo, acorde cedo' era algo contra a natureza humana. Uma das coisas de que eu gostava nele é que ele nem sempre seguia seus próprios conselhos. Mesmo perto dos oitenta, ele estava sempre pronto para a farra se alguma mulher bonita estivesse presente.

Logo escureceu. E a cada minuto que passava, Astiza ficava mais longe.

Ouvi meu nome enquanto ficava mais deprimido no canto da minha cela por conta do meu desespero. "Ethan!"

De onde veio isso?

"Ethan?" A voz estava baixa e ansiosa. "O americano? Ele está aí?"

Abri caminho entre os presos e coloquei o rosto na pequena abertura. "Quem está aí?"

"Sou eu, Ashraf."

"Ash! Pensei que você tivesse me abandonado!"

"Pensei melhor nisso tudo. Meu irmão gostaria que eu ajudasse. Você e a sacerdotisa são a única esperança de salvar os segredos que ele tanto lutou para proteger. E aí fico sabendo que você foi preso! Como você se mete em tanta confusão tão rápido?"

"É um dom."

"Agora preciso tirar você daí."

"Mas, como?"

"Fique o mais longe possível da janela, por favor. E tape os ouvidos."

"O quê?"

"Ah, também seria uma boa idéia ficar agachado." Ele desapareceu.

Era de se esperar. Os mamelucos tinham um jeito bem direto de fazer as coisas. Empurrei meus companheiros de cela, e fui para o canto mais distante, e tentei falar com os prisioneiros. "Acho que algo dramático está prestes a acontecer. Por favor, venham para este lado do aposento, cavalheiros."

Ninguém se moveu.

Tentei de novo. "Tenho haxixe aqui. Se vocês se aproximarem, eu divido com todos."

Eles formaram um belo escudo humano instantes antes da explosão. A parede externa da cela, logo abaixo da janela, explodiu e uma bala de canhão arrebentou a porta de madeira e ferro que trancafiava a prisão. Quando a porta caiu, aproveitei a chance. "Agora! Derrubem o carcereiro!"

Quando os outros correram e dispararam pelo corredor, eu fui pelo outro lado, escalei os escombros e sai pelo buraco que Ash tinha acabado de abrir. Ele estava agachado nas sombras. Esperando. Reconheci imediatamente o mosquete, as duas pistolas e a espada que eu tomei dele quando o capturei. Bem, lá se foram meus troféus.

"De onde diabos você conseguiu um canhão?"

"Ele estava posicionado aqui atrás, parece ser evidência de algum crime."

"Evidência?" Ah, sim. O soldado que tentou vendê-lo. "Eles deixaram carregado?"

"Para usar contra os prisioneiros, caso alguém tentasse uma fuga."

Ouvimos tiros de mosquete e corremos.

Passamos pelas ruas escuras esgueirando como ladrões. Pegamos minhas armas, minha corda e provisões onde eu as havia deixado. Então, observamos o trajeto da Lua, esperando pela hora certa. Quando chegamos à parede sul da casa da Yusuf, eu não sabia o que esperar. Uma porta pesada e grossa contava com um grande cadeado de ferro. Era ela que guardava a entrada reservada às mulheres. Não poderíamos entrar por ali.

Então, a única coisa a fazer era esperar silenciosamente abaixo da janela da parede. E torcer para que as patrulhas francesas que infestavam a cidade depois da fuga não passassem por ali.

"Agora, também fiz de você um fugitivo", sussurrei.

"Os deuses não deixariam você vingar a morte do meu irmão sem mim."

A noite avançava e o silêncio era completo. Tanto na rua quanto nas janelas acima de nós. Perdi a hora? Ou meu informante foi capturado? Impaciente e impulsivo, peguei o Olho de Hórus do meu bolso e o joguei para o alto em frente à janela. Para minha surpresa, ele não caiu.

Em vez disso, ele ficou flutuando quando prendeu num fio de seda que estava pendurado ali. Amarrei minha corda no fio e observei enquanto ela era puxada para cima. Esperei até ela ser amarrada, dei um puxão para testar, e apoiei meu pé na parede. "Espere aqui", disse a Ashraf.

"Você acha que meu olhar não é tão atento quanto o seu?"

"Eu sou o especialista em mulheres. Segure o rifle."

A janela do harém ficava a cerca de vinte e cinco metros para o alto. A veneziana da janela era grande suficiente para eu passar minha cabeça e ombros. Empolgado pela perspectiva da visão, venci a altura rapidamente. Levava apenas minha machadinha presa ao cinto. Levando em conta tudo que tinha acontecido naquele dia, eu estava mais que preparado para usá-la.

Felizmente, fui puxado por braços jovens para dentro da sala. O que melhorou muito o meu humor. Quando vi minha assistente anônima, notei que ela era jovem, bonita, vestindo roupas desapontadoras e usava até mesmo o véu. Mas ver seus olhos amendoados era o suficiente para morrer de amores por ela. Talvez esse fosse o método para levar um muçulmano à loucura. Ela levou o dedo para onde seus lábios estariam e sinalizou para que ficasse quieto. Ela me deu um novo pedaço de papel e sussurrou, "Astiza."

"*Fayn*?" Perguntei. *Onde?*

Ela balançou a cabeça e apontou para o papel. Desdobrei a folha. "Está escondido para ser visto", dizia em inglês. Era a letra de Astiza.

Então, ela *deixou* o medalhão para trás! Olhei ao redor e notei vários pares de olhos me observando como animais numa floresta. Várias mulheres do harém acordaram em silêncio, mas estavam vestidas como minha jovem guia. Todas pediram silêncio com os dedos. Entendi o recado.

Minhas fantasias sobre piscinas cristalinas, dançarinas e roupas exóticas tinham caído por terra. Os aposentos do harém pareciam mais simples e modestos que as salas públicas que eu tinha visto e nenhuma delas parecia preparada e empolgada para uma eventual visita noturna de Yusuf. Eu estava na ala reservada para que as mulheres pudessem cozinhar, costurar e fofocar sem invadir o território masculino.

Elas me olhavam com medo e fascínio.

Comecei a andar pelo ambiente sombrio procurando pelo medalhão. Escondido para ser visto? Seria uma janela? Todas eram protegidas com telas de *mashrabiyya*. O harém tinha uma sala central e labirintos de quartos menores. Cada um deles tinha uma cama desarrumada, um baú de roupas, cabides cheios de roupas, algumas reveladoras e outras misteriosas. Era um mundo do avesso, com cores, pensamentos e prazeres limitados, confinados.

Onde eu já tinha escondido o medalhão? No sapato, num canhão, num penico. Nenhum desses era "escondido para ser visto", pelo menos, acho que não. Abaixei para levantar um cobertor, mas a jovem senhorita segurou minha mão. Notei que elas estavam esperando que eu o encontrasse. Seria a prova de que era eu quem deveria encontrá-lo. Entendi o recado e a obviedade da minha tarefa ficou evidente. Endireitei o corpo para olhar mais amplamente. Escondido à vista de todos, ela queria dizer. No pescoço de alguém, numa mesa, em cima...

Uma prateleira de jóias.

Se existe uma coisa universal na cultura humana é a paixão pelo ouro. O que estas mulheres nunca mostrariam na rua, elas vestiriam para Yusuf e qualquer outro aqui dentro: anéis, moedas, braceletes e tornozeleiras, brincos, tiaras e correntes de cintura. Uma penteadeira estava repleta de ouro. Parecia como um eco diminuto do tesouro do *L'Orient*. E, no meio de tudo aquilo, largado casualmente como uma moeda numa mesa de bar, estava o medalhão. Vários outros objetos o cobriam. Bin Sadr e Silano nunca entraram aqui e ninguém pensou em procurar por ele.

Desembaracei o disco e, quando terminei, um brinco pesado rolou pela mesa e caiu no chão fazendo muito barulho.

Fiquei congelado. De repente, outras cabeças surgiram nas camas. Rostos mais velhos. Uma delas me viu, se cobriu com as roupas mais próximas e falou rispidamente. As mais jovens responderam impacientes.

Uma conversa áspera em árabe começou. Comecei a me mover em direção à janela. As mais velhas gesticulavam para que eu deixasse o medalhão, mas ignorei o pedido e coloquei em volta do meu pescoço. Não era isso que elas queriam? Aparentemente não. A mais velha gritou e várias outras começaram a gritar junto. Um eunuco berrou do lado de fora da porta, e outras vozes masculinas vinham do andar de baixo. Aquele anel era feito de pedra? Era hora de ir embora.

Quando corri para a janela, as mulheres mais velhas tentaram me barrar balançando os braços e, dessa maneira, revelando-os. Pareciam morcegos gigantes. Avancei mesmo assim e uma delas, que tentou agarrar meu pescoço, caiu gritando. Um sino começou a badalar e ouvi um tiro de alerta. Elas iam acordar toda a cidade! Segurei na borda da janela e chutei com força. Metade da tela voou longe e alguns pedaços caíram lá embaixo. Saí da janela e comecei a descer pela corda. Lá embaixo, vi que a porta traseira estava aberta e dela saíam servos armados com porretes e varas. Outros homens invadiram o harém atrás de mim. Mesmo enquanto descia, alguém tentou puxar a corda para cima.

"Pule!" Ashraf gritou. "Eu pego você!"

Por acaso ele sabia quanto eu pesava? E eu não queria largar simplesmente porque não estava disposto a me desfazer da corda que tinha comprado naquela tarde. Peguei a machadinha e cortei o fio bem acima da minha cabeça. Ela rompeu e eu despenquei os últimos dez metros. Caí sobre algo macio e fedido. Era uma carreta que Ash encontrou no beco e usou para amortecer minha queda. Rolei para o lado, amarrei o que sobrou do cabo e me preparei para lutar.

Houve um estrondo quando Ash disparou seu mosquete e um dos homens voou para trás. Ele jogou meu rifle nas minhas mãos, eu atirei no segundo homem, avancei como um índio e rachei a cabeça do terceiro com a machadinha. Os outros recuaram confusos. Ashraf e eu disparamos na direção oposta.

Um bando de homens de Yusuf veio atrás de nós, mas eles atiravam de qualquer jeito. Parei para recarregar o rifle. Ash desembainhou a espada. Agora, só precisávamos escapar da cidade...

"Lá estão eles!"

Era uma patrulha militar francesa. Xingamos, demos meia volta e corremos para o lugar de onde viemos. Ouvi a ordem francesa de apontar e atirar, então, agarrei o braço de Ash e o puxei comigo para o chão sujo. Veio o disparo e várias balas passaram zunindo acima de nós. E, então, ouvimos gritos de dor mais à frente. Eles acertaram os homens de Yusuf.

Aproveitamos a cobertura da fumaça para entrar numa rua lateral. Pelo que ouvi, mais tiros foram disparados e balas voavam para todos os lados.

"Que tipo de excremento era aquele em que caí?" perguntei a Ash.

"Bosta de burro. Você caiu naquilo que os francos chamam de *merde*, meu amigo."

Outra bala passou perto de um poste de pedra. "E põe merda nisso."

Fugimos pelas ruas até chegarmos a uma avenida próxima ao portão sul. Tudo indicava que tínhamos conseguido despistar nossos perseguidores.

"Também perdemos as provisões. Maldita velha!"

"Moisés encontrou maná no deserto."

"E o rei Jorge vai deparar com bolo em sua mesa de chá, mas não sou ele, sou?"

"Você está ficando de mau-humor."

"Já era hora."

Estávamos quase nos muros do Cairo quando um esquadrão de cavalaria francesa virou na nossa rua. Eles estavam numa patrulha de rotina e ainda não nos tinham visto, mas bloquearam o caminho.

"Vamos nos esconder naquele recuo", Ashraf sugeriu.

"Não. Não precisamos de cavalos? Amarre a corda naquela pilastra. Na altura do ombro de um oficial a cavalo." Eu peguei a outra ponta e fiz o mesmo do outro lado da rua. "Quando eu atirar, prepare-se para roubar um cavalo."

Fiquei parado no meio da rua de frente para os cavaleiros. Tirei meu rifle naturalmente e deixei que o vissem.

"Quem vem lá?", um dos oficiais falou. "Identifique-se!"

Eu atirei e derrubei seu chapéu.

Eles vieram em carga máxima.

Pulei para a sombra, deixei o rifle de lado e segurei uma ponta da corda. Puxei. Os primeiros soldados foram jogados de suas selas como bonecos e atingiram em cheio os que vinham atrás. Os cavalos recuavam e os homens ficavam dependurados. Eu saltei e derrubei um cavaleiro. Ashraf também tomou um cavalo à força. Tiros de pistola foram disparados, mas as balas não tinham direção. E partimos o mais rápido possível.

"Os franceses vão começar a repensar de que lado você está", Ash falou ofegante quando começamos a galopar e olhávamos para os soldados.

"Eu também."

Cavalgamos em direção ao muro e ao portão. "Abram! Mensageiros de Bonaparte!", gritei em francês. Eles viram animais da cavalaria e abriram antes que pudessem nos ver mais de perto. Quando notaram as roupas árabes, já era tarde demais. Voamos entre os sentinelas e seguimos em direção ao deserto. Nenhum dos tiros dos guardas sequer chegou perto.

Eu tinha fugido e estava com o medalhão. Podia resgatar Astiza, encontrar o Livro de Thoth e me tornar Senhor do Mundo – ou, pelo menos, salvá-lo.

Mas, agora, eu estava à mercê de cada beduíno, mameluco e cavaleiro francês do Egito.

Capítulo Dezenove

O deserto egípcio a oeste do Nilo era um oceano sem fim de areia e rochas. Os poucos oásis da região pareciam ilhas no meio da vastidão seca. A oeste do Nilo, e sul do Cairo – um platô estéril separado do Mar Vermelho por montanhas que deveriam ser parecidas com as da Lua – era mais vazio ainda, uma frigideira inalterada desde a criação do mundo. O céu azul era interminável e a aridez da terra seria capaz de mumificar cada tarde maldita. Não havia água, sombra, pássaros, plantas, nem mesmo insetos. Por milênios, magos e monges peregrinaram aqui para encontrar Deus. Quando fugi para cá, fiquei com a impressão de Tê-lo deixado bem para trás, onde as águas do Nilo eram fartas e nas grandes florestas verdes da minha pátria.

Ashraf e eu cavalgamos naquela direção justamente por ser a mais insana. Passamos pela Cidade dos Mortos, no Cairo, um complexo de tumbas muçulmanas. Trotamos rapidamente pelas fazendas que acompanhavam o Nilo e desviamos dos cães que latiam com nossa passagem. Muito antes do nascer do Sol éramos apenas dois pequenos pontos distantes na planície árida.

O sol nasceu e, com ele, veio o calor. Encontramos cantis nas selas de nossos cavalos, mas eles duraram apenas até o meio-dia. A sede passou a ser o maior problema. Era tão difícil respirar, e meus olhos ardiam contra o brilho claro do deserto que lembrava a neve. A corrente do medalhão queimava em meu pescoço. Uma miragem de um lago cintilava fora de nosso alcance, a armadilha já era mais do que familiar naquele momento.

Então, isso é o Hades, pensei comigo. É isso que acontece com homens sem objetivos que bebem, trepam e jogam pelo pão de cada dia. Eu torcia para encontrar um pouco de sombra para me proteger e dormir para sempre.

"Precisamos ir mais rápido", Ashraf disse. "Os franceses estão em nosso encalço."

Olhei para trás. Uma trilha de pó se movia com o vento. Em algum lugar lá atrás, um pelotão de hussardos seguia nossa trilha recente.

"Como vamos fazer isso? Nossos cavalos não têm água."

"Então, temos que achar água para eles." Ele apontou para colinas ondulantes que pareciam pães cortados em fatias.

"Numa jazida de carvão?"

"Mesmo uma jazida de carvão pode esconder um diamante. Vamos despistar os franceses nos desfiladeiros e vales. E, depois, encontramos um lugar para beber."

Forçamos o passo e entramos no terreno mais alto seguindo vales arenosos e tortuosos. A única vegetação visível eram espinhos. Ashraf estava procurando por alguma coisa, e logo encontrou: uma formação de rocha tão seca e queimada pelo Sol, que se abria em três desfiladeiros. Era só escolher um deles. "Aqui podemos cobrir nosso rasto." Entramos no chão de pedra e os rastos cessaram. Escolhemos o desfiladeiro do meio por ser mais estreito e menos simpático: talvez os franceses pensem que fomos para outro lado. O lugar estava tão quente, que era como cavalgar para dentro de um forno. Em pouco tempo, ouvimos os gritos de nossos perseguidores, que, frustrados pelo fim do rastro, discutiam sobre qual caminho tomar.

Perdi o senso de direção e apenas seguia meu amigo mameluco. As cristas rochosas ficavam cada vez mais altas e eu comecei a ver os contornos das montanhas de verdade. Aqui estava a formação que separava o Vale do Nilo do Mar Vermelho. Não havia um sinal sequer de água ou vegetação. Excetuando o barulho de nossos cavalos e o atrito das roupas, o silêncio era desesperador. Com um deserto desses, até entendo toda a preocupação dos egípcios com a morte. O contraste entre os campos fartos e a desolação da areia poderia ser a origem da idéia da expulsão do Éden? Essa sensação deve ter servido como lembrete da breve duração da vida e alimentou sonhos de imortalidade. Com certeza, o calor seco mumificava os corpos naturalmente mesmo antes de os egípcios fazerem isso religiosamente. Imaginei alguém encontrando minha carcaça daqui alguns séculos e vendo minha expressão de arrependimento.

Finalmente, as sombras ficavam maiores e os sons da perseguição foram diminuindo. Os franceses deveriam estar tão sedentos como nós. Eu estava tonto, meu corpo doía e minha língua estava grossa.

Paramos em frente ao que parecia ser uma armadilha rochosa, um beco sem saída. Rochedos altos nos cercavam, a única saída era a passagem estreita por onde havíamos acabado de entrar. As paredes eram tão elevadas, que projetavam uma sombra mais que bem-vinda.

"E agora?"

Ashraf sentou. "Agora, você me ajuda a cavar." Ele ajoelhou na areia na base do rochedo, num lugar que poderia comportar o lado de uma cachoeira, se é que algo tão absurdo pudesse existir ali. Mas talvez já tenha acontecido: a rocha tinha manchas negras, como se, ocasionalmente, a água tivesse fluído por ali. Ele começou a cavar com as mãos.

"Cavar?" Ele ficou maluco por causa do sol?

"Ajude, se você não quiser morrer! Uma tormenta assola esse lugar uma vez por ano ou, talvez, a cada dez anos. Como o diamante no meio do carvão, alguma água pode ter ficado por aqui."

Comecei a cavar. O esforço parecia inglório em princípio e as mãos queimavam com a areia. Entretanto, a areia começou a ficar gradualmente mais fria e, surpreendentemente, estava úmida. Quando senti a sensação e o cheiro da água, comecei a jogar areia para o lado como um *terrier*. Pelo menos, encontramos umidade de verdade. A água começou a pingar, mas estava tão grossa com o sedimento, que parecia sangue coagulado.

"Não posso beber barro!" E continuei cavando.

Ashraf agarrou meu braço e nos jogou para trás. "O deserto pede paciência. Esta água pode estar aqui há um século. Podemos esperar um pouco mais."

E, enquanto eu olhava impacientemente, o maravilhoso líquido começou a empoçar na depressão que cavamos. Os cavalos relincharam e se moveram.

"Ainda não, meus amigos, ainda não", Ash acalmou.

Era um fio de água, mas foi tão bem-vindo como se fosse um rio. Depois de uma eternidade, abaixamos para beijar nossa poça, como os muçulmanos se curvam em direção a Meca. Fiquei arrepiado e aliviado. Somos verdadeiros sacos de água! Totalmente indefesos se não formos constantemente reabastecidos! Bebemos tudo até virar lama novamente, então, sentamos e rimos. A água criou um círculo úmido e limpo em torno de nossas bocas, enquanto o resto do rosto continuava tomado pela areia. Parecíamos palhaços.

Esperamos a água brotar novamente, tomamos mais um pouco e deixamos um pouco para os cavalos. Passamos o anoitecer levando água para nossas montarias, bebericando um pouco mais e jogando o que restou em nossas cabeças e mãos. Eu quase me sentia humano novamente.

As primeiras estrelas surgiram e me dei conta de que já não ouvia mais nenhum som dos franceses há um bom tempo. Então, todo o firmamento surgiu e as rochas brilhavam prateadas.

"Bem-vindo ao deserto", Ashraf disse.

"Estou faminto."

Ele deu um sorriso largo. "Isso quer dizer que você está vivo."

Fiquei com frio, mas, mesmo que tivéssemos madeira, não arriscaríamos acender o fogo. Em vez disso, começamos a conversar, e nos confortamos ao dividir a dor pelas mortes de Talma e Enoc, e também falamos sobre futuros possíveis: com Astiza ao meu lado e o Egito independente para Ash.

"Os mamelucos são exploradores. É verdade", ele admitiu. "E podemos aprender coisas com seus franceses, assim como eles aprenderiam conosco, mas o Egito deve ser governado pelo povo que vive aqui, Ethan, não pelos franceses branquelos."

"Não é possível a coexistência dos dois?"

"Não acho. Paris aceitaria um árabe em seu conselho municipal mesmo que esse imã tivesse a sabedoria de Thoth? Não. Não é a natureza humana. Imagine que um deus desça do céu com as respostas para todas as nossas perguntas. Escutaríamos ou pregaríamos ele numa cruz?"

"Todos sabemos a resposta para essa questão. Então, cada um deve ficar em sua terra, Ash?"

"E dar sabedoria ao lugar. Eu acho que era isso que Enoc estava tentando fazer: manter a sabedoria do Egito preservada e escondida de acordo com os desejos dos antigos."

"Mesmo que ela ensinasse a levitar rochas ou garantir a vida eterna?"

"Coisas que vêm muito fáceis perdem o valor. Se uma nação ou homem conseguir erguer uma pirâmide por mágica, então, ela fica tão sem valor quanto uma simples colina. E viver para sempre? Qualquer um que tenha olhos pode ver que isso é contra a natureza. Imagine um mundo cheio de velhos, com poucas crianças. Um mundo sem perspectiva de avanço porque cada negócio é propriedade de patriarcas que são trezentos anos mais velhos que você. Não seria o paraíso, seria um inferno de cautela e conservadorismo, idéias anacrônicas e discursos prontos. Apenas velhos rabugentos cheios de memórias. Temos medo da morte? Claro. Mas é a morte que possibilita a vida, e o ciclo da vida é tão natural quanto a cheia do Nilo. Morrer é nossa última, e maior, obrigação."

Esperamos um dia para garantir que os franceses não estavam a nossa espera. Então, apostando que a falta de água os empurrou de volta ao Cairo, rumamos para o sul e viajamos de noite para evitar o calor. Tomamos um curso paralelo ao Nilo. Mas, vários quilômetros para o leste para evitar sermos avistados, e enfrentamos colinas tortuosas e desgastantes.

Nosso plano era encontrar a tropa principal de Desaix, onde Silano e Astiza deveriam estar. Agora era minha vez de perseguir o conde do mesmo jeito que os franceses perseguiam os insurgentes mamelucos rio acima. Na hora certa, eu resgataria Astiza e Ashraf teria sua revanche sobre quem quer que tenha matado o pobre Enoc. Precisávamos encontrar o cajado e Min, voltar correndo para a Grande Pirâmide e encontrar o tal livro perdido de Thoth para, então, protegê-lo do Rito Egípcio. E, então, pensaríamos se seria melhor mantê-lo guardado, destruí-lo ou levá-lo conosco. Eu saberia o que fazer quando a hora chegasse, como o velho Ben dizia. Infelizmente, não era tão simples.

Enfim, encontramos pequenos sinais de vida no deserto em nosso trajeto. Um monastério copta com torres abobadadas brotou na aridez como cogumelos numa floresta de pedra. Um jardim repleto de palmeiras dava sinais da existência de um poço. O hábito mameluco de levar a riqueza para a batalha mostrava outra função mais útil: Ashraf recuperou a bolsa que jogou em mim e lá dentro havia moedas suficientes para comprar comida. Matamos a sede e compramos bolsas de água maiores. Mais poços abasteceram nosso caminho enquanto rumávamos ao sul. Eram como estalagens numa estrada invisível.

Vez por outra passávamos perto do Nilo e Ashraf ia até uma das vilas para conseguir comida e água, e eu ficava observando das colinas próximas. O vento trazia sons de camelos e burros, também de crianças rindo e o chamado para a oração. Eu ficava sentado. Observando de maneira quase alienígena. Ash retornava na madrugada e cavalgávamos mais alguns quilômetros até que o sol ressurgisse, o sinal para esperarmos em cavernas e lugares mais frescos como encostas de rochedos que ele conhecia.

"Estas são tumbas dos antigos", explicou Ash, quando arriscamos acender uma fogueira para cozinhar e fazer uma refeição acompanhada por chá. "Estas cavernas foram abertas há milhares de anos." Elas estavam cheias de areia, mas ainda impressionavam. Colunas suportavam o teto. Murais brilhantes decoravam as paredes. Diferentemente do granito sem graça da Grande Pirâmide, encontrei representações de vida, em vez de morte, pintadas em centenas de cores. Eram garotos brincando, meninas dançando, redes recolhendo peixes e os antigos reis apareciam envolvidos em árvores de vida, cujas folhas representavam os anos de sua jornada. Animais vagavam por florestas imaginárias e barcos flutuavam em rios pintados onde hipopótamos e crocodilos nadavam. O ar era cheio de pássaros. Não vi sinal dos mórbidos crânios e corvos típicos da Europa ou da América. Tudo era mais animado, feliz, agradável e selvagem do que no Egito que eu atravessava agora.

"Pelo jeito eles viviam no paraíso naquela época", eu disse. "Verde, riqueza, menos gente e com muitas certezas. Sem medo de invasão ou pavor pelo novo tirano. É como Astiza disse, melhor naquele tempo que em qualquer outro depois."

"Nos anos mais felizes, todo o país era unido da parte alta do Nilo até a terceira ou quarta catarata", Ashraf concordou. "Navios egípcios navegavam do Mediterrâneo até Aswan, e caravanas traziam riquezas da Núbia e terras como Punt e Sheba. Extraíamos ouro e gemas das montanhas. Monarcas negros trouxeram marfim e temperos. Reis caçavam leões no deserto. E, a cada ano, o Nilo enchia e renovava o vale com sedimentos, da mesma maneira que faz hoje. Ele vai chegar ao auge na data que o seu calendário indicou, vinte e um de outubro. Todo ano, os sacerdotes olhavam as estrelas e o Zodíaco para calcular os melhores períodos para semear e colher e também para medir o nível do Nilo." Ele apontou para algumas figuras. "As pessoas daqui, mesmo os mais nobres, traziam oferendas ao templo para garantir que o ciclo continuasse. Existiam templos magníficos em vários pontos perto do Nilo."

"E os sacerdotes aceitavam as oferendas."

"Sim."

"Para uma cheia que acontecia todo ano independente deles."

Ele sorriu. "Sim."

"Aí está uma profissão para mim. Prever que as estações vão passar, que o sol vai nascer e ganhar dinheiro às custas da gratidão das pessoas."

"Exceto que não era previsível naquela época. Em alguns anos, a cheia não acontecia e isso causava fome. Você, provavelmente, não gostaria de ser um sacerdote naquele tempo."

"Aposto que eles tinham uma boa desculpa para a falha e pediam para a população dobrar o tributo." Eu tinha faro para trabalho fácil e já imaginava como era o sistema de vida deles. "E o que é essa escritura?", perguntei apontando para as letras acima de algumas pinturas. "Não reconheço a linguagem. É grego?"

"Copta", Ashraf disse. "A lenda diz que os primeiros cristãos se esconderam nestas cavernas para fugir da perseguição dos romanos. Somos os últimos numa longa tradição de fugitivos que passou por aqui."

Outra parede atraiu minha atenção. Outro tipo de escrita definia uma série de marcas confusas. Alguns trechos pareciam claros: um risco representava "um", três significava "três", e assim por diante. Algo soava familiar naquele padrão e fiquei pensando o que poderia ser enquanto sentei perto da entrada da caverna.

Pouco depois, fez todo o sentido do mundo.

Peguei o medalhão.

"Ash, veja isso. Esse pequeno triângulo de riscos no meu medalhão... parece com as marcas na parede!"

Ele olhou de um para o outro. "Realmente. Mas, e daí?"

E daí? Isso podia mudar tudo. Se eu estivesse certo, a parte de baixo do medalhão não representava a pirâmide, ele representava números! Eu carregava algo que continha algum tipo de conta ou somatória! Os sábios podiam ser alucinados por matemática, mas minhas semanas de sacrifício e vida dura estavam valendo a pena – eu tinha acabado de encontrar um padrão que, em outras circunstâncias, teria passado despercebido. Tudo bem, eu ainda não sabia o que fazer com eles, já que aparentavam ser apenas grupamentos de um, dois e três.

Mas eu estava chegando perto do mistério.

Depois de muitos dias e quilômetros, chegamos a um pico de calcário desgastado perto de Nag Hammadi, onde o Nilo fazia uma curva e era acompanhado por campos verdes na margem oposta. Lá, do outro lado do rio, avistamos nossa presa.

Desaix e sua divisão de soldados com três mil e dois homens.

Eles formavam uma fileira com mais de um quilômetro e meio de comprimento, que marchava lentamente ao lado do rio. Para nossa vantagem, parecíamos insetos andando sobre um gigantesco quadro. Foi naquele momento que percebi o quão impossível era a tarefa a que os franceses haviam se proposto. Do ângulo em que eu estava, olhei para as tropas e imaginei não só a vastidão do Egito, mas também o restante da África e os demais territórios. Essa visão fez a força francesa parecer insignificante como uma mosca nas costas de um elefante. Como este ínfimo punhado de homens seria capaz de subjugar este império desértico cheio de ruínas e infestado por tribos a cavalo? A idéia era tão audaciosa quanto a de Cortez, mas Cortez tinha como alvo o coração de um Império, enquanto o pobre Desaix já havia capturado o coração e, agora, perseguia os braços feridos, mas desafiadores, nos ermos de areia. O problema dele não era derrotar o inimigo, mas sim encontrá-lo.

E o meu problema não era encontrar meu inimigo – que deveria estar em algum lugar naquela coluna –, mas sim colocar as mãos nele agora que eu era um fora-da-lei para os franceses. Também esperava encontrar Astiza ali e precisava encontrar um jeito de me comunicar com ela. Meu único aliado era um mameluco; e mesmo minhas roupas eram árabes. Eu nem sabia por onde começar agora que a divisão estava a nosso alcance. Atravessar o rio e galopar com força exigindo justiça? Ou tentar assassinar Silano sorrateiramente? E que provas eu tinha de que ele era meu inimigo afinal de contas? Se eu o matasse, eu seria enforcado.

"Ash, algo me diz que pareço com um cachorro que corre atrás de um carro de bois: não sei ao certo o que fazer com o meu prêmio quando pegá-lo."

"Não seja um cachorro, então", o mameluco disse. "O que você quer realmente?"

"A solução para o mistério, uma mulher e vingança. Mas ainda não tenho certeza de que Silano seja o responsável por qualquer coisa. E também não sei direito o que fazer com ele. Não tenho medo de enfrentar o conde. Só tenho dúvida sobre o que ele merece. Era mais fácil cavalgar pelo deserto. É vazio. E sem complicações."

"Ainda assim, meu amigo, no final, um homem não pode se unir ao deserto tanto quanto um barco com o mar – ambos passam pela superfície. O deserto é um caminho, não o destino."

"E, agora, chegamos ao fim da jornada. O exército vai proteger Silano? Vão me considerar um fugitivo? E onde Achmed Bin Sadr está se escondendo?"

"Sim, Bin Sadr. Não vejo o bando dele com os soldados."

Em resposta, um pedaço de rocha voou perto de nós e, em seguida, ouvimos o som do disparo.

"Está vendo com os deuses respondem a todos nós?" Ashraf apontou.

Virei minha sela para o Norte, atrás de nós. No alto das colinas de onde viemos estavam doze homens. Todos com roupas árabes, montados em camelos e trotando em grande velocidade. Eles tremulavam com o reflexo do calor. O homem que vinha na liderança carregava algo longo demais para ser um mosquete. Era um cajado de madeira.

"Bin Sadr. O demônio em pessoa", murmurei. "Ele mantém os beduínos longe da retaguarda dos franceses. E, agora, ele nos viu."

Ahsraf sorriu. "E ele vem a mim tão facilmente depois de ter matado meu irmão?"

"A cavalaria deve ter pedido a ele que procurasse por nós."

"Azar o dele, então." O mameluco estava pronto para a carga.

"Ash, pare! Pense! Não podemos atacar doze homens de uma vez!"

Ele olhou para mim com desprezo. "Você está com medo de algumas balas?"

Mais fumaça apareceu perto dos árabes e mais pedaços de pedras voaram em nossa volta. "Sim!"

Meu companheiro levantou a manga de sua blusa e mostrou o buraco de uma bala. Ele sorriu novamente. "Senti um vento quando essa daqui passou. Então, sugiro sair daqui logo."

Aceleramos e descemos em direção à ribanceira e viramos para longe do Nilo o mais rápido que podíamos para ganhar distância e cobertura. Por mais que os cavalos superassem os camelos numa arrancada, eles tinham mais resistência para nos alcançar mais tarde. Os dromedários podiam ficar semanas sem água e, então, bebiam uma quantidade capaz de matar qualquer outro animal. A cavalaria francesa ficaria para trás com facilidade, mas os guerreiros do deserto, sem dúvida, seriam mais persistentes.

Conseguimos manter uma boa distância por uma hora, mas com o calor e a falta de água os cavalos começaram a cansar. Era de se esperar, afinal de contas, eles não pastavam nem bebiam há dias. Tentamos despistá-los ao subir numa ribanceira e descer pelo lado oposto, mas a poeira servia como um localizador perfeito.

"Você pode diminuir o ritmo deles?", Ash, finalmente, pediu.

"Estou ao alcance deles, mas, na velocidade em que estão, vou ter apenas um tiro. Demora quase um minuto para recarregar." Paramos num ponto alto e tirei o rifle das minhas costas. Ele ficou pendurado ali, incomodando por quinhentos quilômetros, mas, em momento algum, pensei em deixar aquele peso reconfortante para trás. Ele não reclamava e era mortal. Mirei sem desmontar. O alvo era Bin Sadr, pois, se ele morresse, a perseguição acabaria imediatamente. Eram longos quatrocentos passos de distância. Não havia vento, o ar estava seco e o alvo vinha direto para mim... mas também estava a uma distância suficiente para que a imagem se turvasse e parecesse uma bandeira tremulando ao vento. Droga, onde ele estava exatamente? Apontei alto para compensar a queda da bala, conferi a mira e atirei. Meu cavalo se mexeu com o tiro.

Demorou um pouco para a bala chegar. E o camelo dele levou um tranco.

Acertei? Todos os beduínos pararam e formaram um círculo em torno dele, enquanto gritavam consternados e tentavam atirar em nós, mesmo estando fora de alcance. Virei minha montaria e galopamos o mais rápido que pudemos. Pelo menos, ganhamos um pouco de tempo, era o que esperávamos. Ash olhou para trás.

"Seu amigo tirou um de seus companheiros do camelo e está montando. O outro sujeito está pegando uma carona. Eles virão com mais cuidado agora."

"Mas ele sobreviveu." Paramos, e eu recarreguei, e isso nos custou mais do que o tempo que tínhamos ganhado. Eu não queria ser encurralado num tiroteio, porque eles cairiam sobre nós na hora de recarregar. "E ainda estão vindo."

"É o que parece."

"Ash, não podemos lutar contra todos eles."

"Parece que não."

"O que eles vão fazer se pegarem a gente?"

"Antes eles só iriam nos estuprar e matar. Mas, agora, que você matou o camelo dele, suspeito que vamos ser despidos, estuprados, empalados no deserto e eles vão usar escorpiões para nos atormentar enquanto morremos de sede e calor. Se tivermos sorte, uma serpente vai nos achar primeiro."

"Você não me disse isso antes de eu atirar."

"Você não disse que ia acertar o camelo!"

Entramos num desfiladeiro sinuoso e torcemos para que não terminasse num beco sem saída como aquele no qual encontramos água. Mesmo com as manobras, nosso rastro era óbvio e os cavalos babavam. Logo eles cederiam.

"Sabe, não vou dar o medalhão a ele. Não, depois de Talma e Enoc. Vou enterrar, comer, jogar num buraco. Mas não vai ficar com ele."

"Eu não cavalgaria com você se pensasse diferente."

O desfiladeiro acabou numa ladeira de pedregulhos que levava à borda da formação. Desmontamos e puxamos nossas montarias exaustas pelos arreios. Eles avançaram alguns metros na marra e, depois, se recusaram a continuar. Estávamos tão cansados quanto eles. Tentamos puxá-los, mas eles resistiam à nossa força e continuavam a nos puxar para trás.

"Temos que encontrar outro caminho!", eu gritei.

"É tarde demais. Se voltarmos agora, vamos encontrar Bin Sadr. Vamos deixar os cavalos." Soltamos os arreios e os animais desceram para dentro do desfiladeiro e fugiram na direção dos árabes.

Ficar a pé no deserto é o mesmo que pedir para morrer.

"Estamos perdidos, Ashraf."

"Os deuses deram duas pernas e inteligência para você usá-las, certo? Vamos, o destino não nos trouxe tão longe para acabar com a gente." Ele começou a subir a pé mesmo quando os árabes chegaram, gritaram em triunfo e começaram a atirar na nossa direção. Quando as rochas atrás de nós começaram a explodir com os tiros, eu encontrei uma energia que não imaginava ter. Felizmente, eles tiveram que parar para recarregar e aproveitamos para correr para o alto. Aquela ladeira íngreme seria um desafio para os camelos também. Escalamos o último obstáculo e encontramos um cenário de desolação e nenhuma forma de vida à vista. Corri para a próxima ravina...

E logo parei impressionado.

Demos de cara com um grupo de pessoas abrigadas numa das depressões rochosas.

Um grupo de cinqüenta negros estava agachado e a única parte do corpo visível era o branco dos olhos. O resto era pó. Só notamos serem negros ao chegarmos mais perto. Eles estavam nus, com feridas e atormentados por moscas. Todos estavam presos por grilhões, homens e mulheres. Seus grandes olhos viraram em nossa direção. Aquelas pessoas estavam tão chocadas em nos encontrar como nós estávamos em relação a elas. Meia dúzia de árabes com armas e chicotes estavam por perto. Traficantes de escravos!

Os traficantes estavam agachados com suas vítimas, sem dúvida, intrigados pela troca de tiros. Ashraf gritou alguma coisa em árabe e eles responderam, a conversa parecia empolgante. Depois de um tempo, ele acenou com a cabeça.

"Eles estavam descendo pelo Nilo e viram os franceses. Bonaparte tem confiscado as caravanas e libertado os escravos. Então, eles subiram aqui para esperar a passagem de Desaix e seu exército. Eles ouviram tiros e ficaram confusos."

"O que vamos fazer?"

Em resposta, Ash apontou seu mosquete calmamente e atirou. Ele atingiu em cheio o peito do líder da caravana. O homem caiu para trás sem fazer um pio e, antes que ele caísse no chão, o mameluco havia sacado duas pistolas e atirado no rosto do segundo traficante e no ombro do terceiro.

"Lute!", ele gritou.

O quarto infeliz começava a sacar sua pistola quanto eu o matei sem pensar. Ash já avançava com sua espada. Em segundos, o homem ferido e o quinto mercador estavam mortos e o sexto corria alucinadamente pelo caminho de onde vieram.

A ferocidade repentina de meu amigo me deixou chocado.

O mameluco foi até o líder e vasculhou o corpo com a ponta de sua espada. Ele levantou a lâmina e um anel cheio de chaves. "Estes traficantes são vermes", ele disse, "eles não capturam seus escravos em batalha, eles compram essas pessoas em troca de bugigangas e ficam ricos à custa do sofrimento deles. Eles merecem morrer. Recarregue suas armas enquanto eu tiro as correntes."

Os negros ficaram tão ansiosos e felizes que enroscaram as correntes. Ash encontrou dois deles que falavam árabe e deu ordens diretas. Eles entenderam e gritaram para seus companheiros em sua língua nativa. O grupo ficou parado o suficiente para que fossem soltos, e, seguindo as ordens de Ash, eles pegaram as armas dos árabes, que eu prontamente recarreguei, e pedras.

Ashraf sorriu para mim. "Agora temos nosso pequeno exército. Eu disse que os deuses têm seus meios." Ele gesticulou e levou nossos novos aliados para o alto da passagem. Nossos perseguidores devem ter parado por causa dos sons da batalha, mas, agora, estavam vindo atrás de nós e puxavam seus camelos relutantes. Ash e eu ficamos esperando no campo de visão e os capangas de Bin Sadr gritaram. Eles pareciam tão excitados como se tivessem avistado um cervo ferido. Acho que aparentávamos estar debilitados por causa do contraste com o céu azul às nossas costas.

"Entregue o medalhão e eu prometo não machucar vocês!", Bin Sadr disse em francês.

"Aí está uma promessa em que eu acredito", eu sussurrei.

"Peça misericórdia ou eu vou queimar você do jeito que você queimou meu irmão!" Ashraf gritou de volta.

Então, cinqüenta negros recém-libertos surgiram da encosta e formaram uma linha em cada um dos lados. Os árabes ficaram parados, sem saber o que fazer, e muito menos entendendo como eles acabaram entrando em uma armadilha. Ash deu um comando e os negros urraram. O ar foi tomado por pedras e pedaços de correntes pesadas. Enquanto isso, nós dois atiramos. Bin Sadr e outro homem tombaram. Os escravos nos passaram as armas dos traficantes mortos e atiramos com elas também. Beduínos e camelos começaram a rolar gritando de terror. Nossos perseguidores formaram uma pequena avalanche de pedregulhos e os que não caíram, mal conseguiam mirar por causa da péssima posição em que estavam. Outra chuva de pedras caiu sobre os árabes.

Matamos ou ferimos vários deles em sua fuga. E, quando os sobreviventes se reuniram na base do desfiladeiro, eles nos olharam como cães repreendidos e disciplinados.

Bin Sadr estava segurando o braço.

"A cobra tem a sorte do demônio", eu vociferei. "Eu só o feri."

"Sempre podemos rezar para que infeccione e gangrene", Ashraf disse.

"Gage!", Bin Sadr berrou em francês. "Entregue o medalhão! Você nem sabe para que ele serve!"

"Mande Silano ir para o inferno!", gritei de volta. Nossas palavras ecoavam no desfiladeiro.

"Entregamos a mulher em troca dele!"

"Diga a Silano que vou buscá-la!"

Os ecos se perdiam. Os árabes ainda tinham mais armas e eu estava desconfiado sobre como liderar escravos libertos ladeira abaixo para um combate. Bin Sadr também estava medindo os riscos. Ele ponderou e montou, nitidamente sentindo dores. Seus seguidores fizeram o mesmo.

Ele começou a cavalgar para longe, mas virou seu camelo e olhou para mim. "Quero que você saiba", ele disse, "que seu amigo Talma gritou antes de morrer!" A palavra *morrer* reverberou inúmeras vezes e parecia não ter fim.

Ele estava fora de alcance agora, mas não longe do meu campo de visão. Atirei em frustração. A bala bateu a cem passos de onde ele estava. Ele riu e o som foi amplificado pelo desfiladeiro, e, então, o restante de seus capangas trotou na mesma direção.

"Assim como você também vai", murmurei. "Você também vai."

Sem cavalos, pegamos dois camelos que os traficantes de escravos usavam e deixamos os outros quatro com os libertos. Eles tinham provisões suficientes para iniciar a longa jornada de volta para sua terra natal. Também entregamos algumas das armas para caçar e se defender de outros traficantes que, com certeza, tentariam recapturá-los. Ensinei a eles como carregar e atirar, tarefa que eles aprenderam com entusiasmo.

Todos caíram de joelhos para nos agradecer tão fervorosamente, que precisamos levantá-los com dificuldade. Nós os libertamos, é verdade, mas eles também nos ajudaram. Ashraf rascunhou um caminho pelas colinas do deserto, longe do Nilo, até chegarem à primeira catarata. E os deixamos.

Foi minha primeira vez num camelo. Um animal tão barulhento, rabugento e feio, que carregava sua própria comunidade de pulgas e mosquitos-pólvora. Mas ele era bem treinado e, razoavelmente, dócil. Seguindo a orientação de Ash, eu sentei e segurei o arreio enquanto o camelo levantou. Foram necessários alguns gritos – Hut! Hut! – para que ele se movesse, mas, depois, seguiu tranqüilamente o animal de Ash. O ritmo era diferente, como pequenos solavancos, e demorou um pouco para me adaptar, mas não era de todo ruim. Lembrei-me da sensação de estar num navio em alto-mar. Serviria até encontrar outro cavalo e eu precisava achar a expedição francesa antes de Bin Sadr. Seguimos o Nilo até uma balsa e, lá, atravessamos para o outro lado do rio.

Cruzamos com a trilha do exército e atravessamos uma plantação de bananas antes de chegarmos, novamente, ao deserto e rumar para oeste. A tarde já avançava quando encontramos a coluna novamente. Eles acampavam ao longo do curso do Nilo. Sombras das palmeiras cobriam o chão.

"Se partirmos agora, poderemos entrar nas defesas antes do pôr-do-sol", eu disse.

"Um bom plano. E deixo em suas mãos, amigo."

"O quê?", fiquei passado.

"Fiz o que precisava fazer: tirar você da cadeia e te guiar até aqui, certo?"

"Mais do que precisava. Estou em débito com você."

"Assim como também lhe devo pela minha liberdade, confiança e companheirismo. Eu estava errado em culpá-lo pela morte do meu irmão. A maldade acontece e quem sabe o motivo? Forças opostas agem nesse mundo, sempre em tensão. O Bem deve combater o Mal, é uma constante. E vamos combatê-lo, mas cada um a seu modo. Preciso voltar para o meu povo agora."

"Seu povo?"

"Bin Sadr tem homens demais para manter longe do flanco francês. Eu ainda sou mameluco, Ethan Gage, e o exército de Murad Bey está em algum lugar no deserto. Meu irmão Enoc estava vivo até a França chegar, e temo que muitos outros morram até que essa presença estrangeira deixe meu país."

"Mas, Ashraf, sou parte desse exército!"

"Não. Você é tão francês quanto mameluco. Você é algo estranho e deslocado, americano, e foi mandado para cá pela vontade dos deuses. Não sei ao certo qual será seu papel, mas sinto que devo deixá-lo para que possa cumprir sua missão e também acho que o futuro do Egito depende da sua coragem. Então, vá para a sua mulher e faça o que os deuses dela pedem para ser feito."

"Não! Não somos apenas aliados, somos amigos! Não somos? E eu já perdi amigos demais! Preciso da sua ajuda, Ashraf. Vingue a morte de Enoc comigo!"

"A vingança vai acontecer na hora em que os deuses escolherem. Se não fosse assim, Bin Sadr teria morrido hoje, pois você quase nunca erra. Acredito que ele tenha um destino diferente, talvez algo mais terrível. Enquanto isso, o que você precisa é descobrir o que esse conde Silano sabe e cumprir seu destino. O que quer que aconteça em campos de batalha no futuro não será capaz de alterar os laços que criamos nestes últimos dias. Que a paz esteja com você, amigo, até que você encontre o que procura."

E, assim, ele e seu camelo desapareceram em direção ao pôr-do-sol. Mais sozinho do que nunca, eu comecei a pensar em como encontrar Astiza.

Capítulo Vinte

Eu tinha noção exata que entrar galopando na divisão de Desaix atirando em Silano causaria nada mais que minha prisão. Mas o que me faltava em poder eu compensava em posses: eu tinha o medalhão; e meu rival, não. Logo notei que seria mais fácil fazer Silano vir até mim.

Era quase anoitecer quando me aproximei. Eu estava com os braços erguidos. Vários deles correram com mosquetes, já que aprenderam a ver a aproximação de qualquer egípcio como suspeita. Muitos franceses desatentos haviam morrido numa guerra que ficava cada vez mais cruel.

Assumi o risco de apostar que as notícias de minha fuga do Cairo não tivessem chegado a estes acampamentos. "Não atire! Sou o americano recrutado para a companhia de estudiosos de Berthollet! Fui enviado por Bonaparte para continuar minhas investigações sobre os antigos!"

Eles me olharam com suspeita. "Por que você está vestido como um nativo?"

"Você acha que eu ainda estaria vivo sem escolta e vestido como europeu?"

"Você veio sozinho do Cairo? Ficou maluco?"

"O bote em que eu navegava bateu numa rocha e precisou de reparos. Fiquei impaciente e segui em frente. Espero que existam ruínas aqui."

"Eu o reconheço", um dos homens disse. "O homem de Franklin". Ele cuspiu.

"Sem dúvida, você aprecia a oportunidade de estudar o magnífico passado", disse calmamente.

"Enquanto Murad Bey nos assedia, sempre a alguns quilômetros adiante, nós o derrotamos. E o rechaçamos de novo. E de novo. Toda vez ele foge, e, depois, volta. E a cada investida mais alguns de nós não voltarão mais à França. Agora esperamos em ruínas enquanto ele escapa cada vez mais dentro do deserto deste maldito país. Ele está tão fora de alcance como uma miragem."

"Se você pelo menos pudesse ver a miragem", outro completou. "Mil soldados feriram os olhos com a poeira e o sol, e outra centena é de mancos e cegos. Parece uma brincadeira de mau-gosto. Preparados para o lugar? Sim, senhor! Aqui está seu efetivo de mosqueteiros cegos!"

"Cegueira! É o menor dos problemas", incluiu um terceiro. "Cagamos duas vezes o nosso peso do Cairo até aqui. Hemorróidas não melhoram. Bolhas viram queimaduras. Temos até casos de peste. Quem não perdeu meia dúzia de quilos só nessa marcha?"

"Ou ficou tão cheio de vontade a ponto de poder trepar com os ratos ou as mulas?"

Todos os soldados gostavam de reclamar, mas, sem dúvida, a desilusão com o Egito aumentava. "Talvez Murad esteja prestes a ser derrotado", eu disse.

"Então, vamos derrotá-lo!"

Bati no meu rifle. "Meu trabuco teve tanto trabalho quanto o de vocês, meus amigos."

Agora eles ficaram interessados. "Esse é o rifle longo americano? Ouvi dizer que ele pode matar um índio a mil passos."

"Nem tanto, mas se você só puder dar um tiro, esta é a arma! Há pouco tempo derrubei um camelo a quatrocentos passos." Não precisava dizer a eles no que eu estava mirando.

Eles se aproximaram. Homens se unem para admirar boas ferramentas e, como eu disse, esta era uma bela peça, uma jóia entre as porcarias dos mosquetes da infantaria.

"Hoje minha arma descansa, pois tenho uma missão diferente, mas não menos importante. Estou aqui para conversar com o conde Alessandro Silano. Vocês sabem onde posso encontrá-lo?"

"No templo, acho", um sargento disse. "Pelo jeito, ele quer morar lá."

"Templo?"

"Longe do rio, depois de uma vila chamada Dendara. Paramos para que Denon fizesse mais retratos, Malraux medisse mais pedras e Silano ficasse murmurando mais feitiços. Belo circo de lunáticos. Pelo menos, ele trouxe uma mulher."

"Uma mulher?" Tentei não demonstrar meu interesse pessoal.

"Ah, aquela", um soldado concordou. "Dormi com ela nos meus sonhos". Ele sorriu enquanto gesticulava com o punho para cima e para baixo.

Resisti à tentação de arrebentá-lo com meu rifle. "Qual o caminho para o templo?"

"Você pretende ir vestido como um bandido?"

Endireitei a postura. "Acho que pareço um xeique."

Todos gargalharam. Eles indicaram o caminho e ofereceram escolta, mas eu recusei. "Preciso conversar com o conde sozinho. Se ele já não estiver nas ruínas e vocês o encontrarem, transmitam esta mensagem. Digam que ele pode encontrar o que procura à meia-noite."

Apostava que Silano não me prenderia. Primeiro, ele me faria encontrar o que ambos procuramos e, depois ,o trocaria por Astiza.

O templo brilhava sob as estrelas e a Lua. Era um imenso santuário com pilastras e um teto reto de pedra. Ele e seus templos anexos eram unidos por um muro de tijolos de barro com um quilômetro quadrado de circunferência gasto e semi-enterrado. O portão principal projetava-se da areia com espaço apenas para uma pessoa passar por baixo. Tinha entalhes de deuses egípcios, hieróglifos, um sol alado flanqueado por cobras. Mais adiante, o espaço era abundante em dunas como as ondas do oceano. O luar pálido iluminava a áreia tão macia quanto a pele de uma egípcia, sensual e esculpida. Sim, havia uma coxa, depois um quadril e um obelisco enterrado parecido com um mamilo...

Estou longe de Astiza há muito tempo, não estou?

O edifício principal tinha uma fachada lisa, com seis pilares imensos saindo da areia até o teto de pedra. O topo de cada coluna exibia a face desgastada de uma deusa robusta. Ou melhor, quatro faces: em cada pilar, ela olhava para os pontos cardeais. Seu cabelo penteado descia por trás parecendo as orelhas de uma vaca. Com seu grande sorriso e enormes olhos amigáveis, Hathor mostrava uma serenidade bovina. Notei que o cabelo era colorido com tinta apagada, um indício de que a estrutura havia sido colorida de forma chamativa. O longo período de abandono do tempo era aparente pelas dunas que o ocupavam. Sua parte frontal parecia com uma doca sendo consumida pela maré crescente.

Olhei ao redor, mas não vi ninguém. Tinha meu rifle, minha machadinha e nenhum plano definido. Só esperava que este fosse o templo que acolhesse os seguidores de Min, que Silano viesse a meu encontro aqui e que eu conseguiria vê-lo antes que ele me visse.

Subi numa duna e atravessei a entrada central. Por causa do acúmulo de areia, eu não fiquei muito distante do teto assim que entrei. Quando acendi uma vela emprestada pelos soldados, pude admirar um teto pintado de azul e coberto com estrelas amarelas de cinco pontas. Elas pareciam com estrelas do mar, ou a cabeça, braços e pernas de homens que assumiram seus lugares no céu noturno. Também havia fileiras de urubus, sóis alados com decoração vermelha, dourada e azul. Embora olhássemos para o teto da Capela Sistina, o topo do templo era tão decorado quanto ela. Conforme eu avançava pelo primeiro e maior salão, a areia diminuía e fui me afastando do teto. Nessa hora, comecei a ter a noção da altura que os pilares realmente tinham. O interior parecia uma clareira de árvores meticulosamente adornado e pintado com símbolos. Perambulei admirado por entre dezoito colunas gigantes, cada uma coroada com uma das quatro faces da deusa. Os pilares se aproximavam conforme subiam. Aqui havia uma fileira de cruzes de ansada, a chave secreta para a vida. As figuras egípcias imóveis faziam oferendas aos deuses. Havia hieróglifos indecifráveis. Alguns deles estavam encapsulados em cilindros que, erroneamente, os franceses tomaram como cartuchos. Havia pássaros, najas, folhagens e animais velozes esculpidos.

Cada canto da sala tinha o teto mais elaborado ainda com decorações dos símbolos do Zodíaco. Uma enorme mulher nua – esticada como borracha – se enrolava em torno deles: uma deusa do céu, imaginei. Sem dúvida, a soma de tudo aquilo era impressionante e estonteante, uma camada tão grossa de deuses e símbolos, que parecia estar andando dentro de um jornal ancestral. Eu era um homem mudo numa ópera.

Examinei a área procurando rastros. Nenhum sinal de Silano.

Nos fundos deste grande salão estava a entrada para um outro ambiente, tão alto quanto, mas menor e mais intimista. Ela dava acesso a várias outras salas com paredes e teto igualmente decorados, mas vazias e sem propósito definido por mais de mil anos. Então, surgia um degrau para outra entrada, e mais um depois daquele, e cada sala ficava menor que a anterior. Diferentemente de uma catedral cristã, que ficava mais ampla conforme uma pessoa avançava, os templos egípcios pareciam encolher. Quanto mais sagrado fosse o ambiente, menos luz ele tinha e raios de luz eram exclusivamente projetados para iluminar tais salas em poucas, e raras, ocasiões num ano.

Poderia ser este o significado de minha data em outubro?

Fiquei tão maravilhado com a decoração, que me esqueci de minha missão por um certo tempo. Via cobras e flores de lótus bruxuleando, barcos flutuando no céu e terríveis e letais leões. Havia babuínos e hipopótamos, crocodilos e pássaros exóticos. Homens marchavam carregando oferendas em gloriosas procissões. Mulheres ofereciam seus seios, assim como suas vidas. Deidades aguardavam opulentas como imperadores com paciência em poses laterais. Essa mistura de animais e deuses com cabeças de feras parecia rude e idólatra, mas, pela primeira vez, notei como os egípcios eram bem mais próximos de seus deuses do que somos dos nossos. Nossos deuses estão no céu, distantes, fora deste mundo, enquanto os egípcios podiam ver Thoth toda vez que uma íbis pisasse num lago. Eles podiam ver Hórus em cada vôo do falcão. Eles podiam dizer aos vizinhos que haviam conversado com uma moita em chamas e todos aceitariam serenamente.

Ainda não havia sinal de Silano ou Astiza. Será que os soldados me enganaram? Ou eu estava entrando direto numa armadilha? Pensei ter ouvido passos, mas, quando prestei mais atenção, não havia nada. Encontrei uma escada e comecei a subir num padrão tortuoso como um falcão em ascensão. As paredes eram pintadas com uma longa procissão de oferendas escada acima. Devem ter acontecido cerimônias lá em cima. Cheguei ao teto do templo, que era cercado por um baixo parapeito. Mais uma vez, fiquei sem saber para que estava olhando: eu andava entre pequenos santuários. Em um deles, pequenos pilares encimados por Hathor formavam uma cena semelhante a um gazebo que lembrava um parque em Paris. No canto noroeste, havia uma porta que levava a um santuário com duas salas. Um desenho em baixo-relevo na câmara interna mostrava um faraó, ou um deus, se levantando dos mortos e mais que uma maneira: seu pênis estava ereto e triunfante. Ele me lembrou do intumescente deus Min. Poderia ser a lenda de Ísis e Osíris que me contaram quando vinha para o Egito? Um falcão flutuava sobre o ser recém-ressuscitado. Novamente, minha mente fraca não encontrava nenhuma pista útil.

Por outro lado, a câmara externa me deixou empolgado. No teto, duas mulheres nuas flanqueavam uma espetacular saliência cheia de figuras. Depois de estudá-la por um tempo, decidi que o desenho deveria significar a representação do céu sagrado. Elevado por quatro deusas e oito representações de Hórus e suas cabeças de falcão – seriam uma representação dos doze meses? – havia um disco circular pintado em azul e amarelo que simbolizava o paraíso. Olhei para os símbolos do Zodíaco de novo, não muito diferente da versão conhecida pelo mundo moderno: o touro, o leão, o caranguejo, os peixes gêmeos. Havia uma série de trinta e seis figuras, homens e animais, na circunferência. Poderia representar a semana de dez dias egípcia e francesa?

Cocei o pescoço enquanto tentava encontrar alguma lógica para tudo isso. No eixo nordeste do Templo, estava a figura de Hórus, o falcão, que parecia ancorar todos os demais. Para o leste, estava Taurus, o touro, representando a era em que as pirâmides foram construídas. No sul, estava a criatura meio-peixe e meio-cabra e, perto dela, um homem jogava água de duas jarras... Aquário! Este era o símbolo da Era do Futuro, séculos atrás, e também representava a vital cheia do Nilo. Aquário, como o símbolo da água no medalhão; e Aquário, como o signo no calendário perdido no *L'Orient* que me mostrou a indicação de vinte e um de outubro.

A abóbada do telhado me lembrou de uma bússola. Aquário era direcionado a sudoeste.

Precisava sair um pouco para tentar encontrar a direção certa. Uma escada de pedra levava até o parapeito na parte traseira do templo, então, subi para olhar. A sudoeste havia outro templo menor, mais decaído do que neste em que eu estava. Enoc disse que haveria um pequeno templo de Ísis e, lá dentro, talvez, o misterioso cajado de Min. Depois dele restavam apenas as dunas sobre o muro de proteção e colinas distantes brilhavam prateadas sob as estrelas gélidas.

Senti o medalhão no meu peito. Seria eu capaz de completá-lo?

Um segundo lance de escadas me levou de volta ao térreo. Era tão íngreme, que eu parecia mergulhar com o falcão que havia subido do outro lado. Nenhum homem com oferendas descia. Estava no templo principal novamente, mas uma porta levava à areia. Olhei para cima e vi o muro do templo com duas cabeças de leão ameaçadoras como gárgulas.

Meu rifle estava pronto. Andei para os fundos na direção do templo menor que eu havia visto. Palmeiras haviam crescido nas ruínas do lago sagrado à minha direita. Tentei imaginar este lugar em seu tempo de glória, sem a invasão das dunas, com caminhos pavimentados e brilhantes, jardins bem cuidados e um lago cintilante com sacerdotes se banhando. Que oásis deve ter sido! Agora, ruínas. Na traseira do templo eu virei e parei abruptamente. Figuras gigantescas estavam esculpidas no muro. Elas tinham dez metros de altura.

Pelas coroas, imaginei serem um rei e uma rainha que faziam oferendas a uma deusa de seios fartos, talvez Hathor ou Ísis. A rainha era uma mulher esguia e estilizada com uma coroa vertiginosa, braços lisos e pernas longas e magras. Sua peruca era trançada e um tipo de naja dourada pousava sobre sua testa.

"Cleópatra", respirei fundo. Se Enoc estiver certo, tinha que ser ela! Ela estava no lado oposto a seu pequeno templo de Ísis, o que significava uns vinte metros ao sul da construção principal.

Olhem em volta. Exceto por mim, o complexo continuava sem vida. Tive o pressentimento de que o lugar estava em suspensão, esperando. O quê?

O templo de Ísis foi construído num terreno mais elevado, por isso havia um canal de areia entre ele e a escultura de Cleópatra. Metade do pequeno templo era um santuário murado como o maior. A outra metade estava exposta e semi-arruinada, nada mais que uma massa obscurecida de pilares e vigas a céu aberto. Escalei alguns blocos quebrados até a porta da área murada. "Silano?" O eco da minha pergunta voltou para mim.

Mesmo hesitante, entrei. Estava muito escuro e a única luz vinha da porta e de outras duas aberturas que mal permitiam a entrada de pombos. A altura da sala era maior que sua largura e comprimento, o que gerava uma sensação claustrofóbica, além de ter um cheiro cáustico.

Dei mais um passo.

De repente, uma revolução de asas se manifestou e abaixei instintivamente. Um vento morno me atingiu e apagou minha luz. Os morcegos passaram chiando e batendo em minha cabeça com o couro de suas asas. Então, eles se afunilaram até a saída. Reacendi minha vela. Minha mão tremia.

Mais uma vez, deparei com paredes repletas de entalhes e traços de tinta antiga. Uma mulher dominava as cenas. Ísis. Não vi sinal de Min e seu cajado, ou qualquer outra coisa. Será que eu estava caçando o vento? Eu sempre tive a sensação de estar tateando às cegas com pistas que nenhum homem racional conseguia entender. O que eu deveria ver?

Finalmente, percebi que esta sala era consideravelmente menor que o perímetro do templo, ou seja, tinha que existir outra sala. Voltei para o pórtico e descobri uma segunda porta e outra sala alta, mais estreita que a primeira e igualmente abafada. Esta, entretanto, tinha uma mesa de pedra, como um altar. O pedestal tinha o tamanho de uma pequena escrivaninha e ficava posicionado no centro do ambiente. Era lisa, intocada e eu teria passado direto não fosse uma ocorrência peculiar: conforme me curvei sobre o altar, a corrente se soltou do meu pescoço, bateu no pedestal, o medalhão se soltou e caiu no chão de pedra sem fazer um ruído sequer. Isso nunca tinha acontecido antes. Xinguei alto, mas, quando abaixei para pegá-lo, o que vi me deixou estarrecido.

Duas letras V esmaecidas pelo tempo estavam gravadas na laje do chão. Uma sobrepunha a outra como compasso e esquadro. Os egípcios tinham esse estilo geométrico, mas a semelhança era clara.

"Pelo Grande Arquiteto", falei baixo. "Como pode?" Lembrei-me da estrutura de Enoc: *A cripta vai guiá-lo ao paraíso.*

Coloquei o medalhão novamente e bati o pé no piso. Ele se moveu. Havia um espaço oco ali embaixo.

Ajoelhei empolgado. Deixei o rifle de lado e usei a lâmina da machadinha para conseguir segurar a laje. Ela subiu como uma porta pesada e soltou uma brisa de ar estagnado – indício claro de que ela não havia sido aberta por um longo tempo. Com a ajuda da vela, olhei lá dentro. A luz dançava contra o chão lá embaixo. Seria um tesouro? Deixei a arma de lado por um momento e deslizei um pé primeiro. Soltei. Despenquei três metros e caí como um gato. Meu coração estava acelerado ao extremo. Olhei para cima. Seria fácil demais para Silano colocar a placa no lugar se estivesse me vigiando. Ou ele estava esperando para ver o que eu encontraria?

Havia passagens para duas direções.

Novamente, dei de cara com um turbilhão de gravuras. O teto continha um campo de estrelas de cinco pontas. As paredes eram repletas de deuses, deusas, falcões, abutres, cobras. Os motivos se repetiam ininterruptamente. A primeira passagem virava um beco sem saída e terminava num monte de ânforas de barro. Eles eram sujos, opacos e não aparentavam conter nada de valor. Só para ter certeza usei a machadinha para abrir uma delas. Quando ela rachou, levantei a vela.

Pulei assustado. Dei de cara com o rosto horripilante de um babuíno mumificado e suas enormes órbitas oculares vazias. A mandíbula mostrando os dentes completava a cena. Que diabos?

Quebrei outra jarra e encontrei outro babuíno. Pelo que lembrava, era outro símbolo para o deus Thoth. Então, esta era uma catacumba bizarra cheia de múmias de animais. Seriam oferendas? Levantei a vela para perto do teto e vi que o corredor acabava ali mesmo, mas pequenas coisas se moviam nas sombras. Pareciam insetos.

Dei meia volta e segui na direção da outra passagem. Comecei a querer sair da cripta o mais rápido possível, mas, se a pista de Enoc tivesse algum uso, ele estaria aqui embaixo. Entretanto, não poderia ficar muito tempo: a haste da vela diminuía cada vez mais. Notei que havia mais movimento, algo rastejava pelo chão.

Conferi com a luz fraca da vela e vi rastros de uma cobra na areia e também uma rachadura por onde ela deve ter se esgueirado. Eu estava suando. Bin Sadr estava aqui também? Por que eu deixei o bendito rifle?

E, então, algo brilhou.

O segundo túnel acabou, mas sem jarros desta vez. Em vez disso, encontrei uma representação da agora familiar figura fálica de Min – provavelmente, um elemento de grande fascínio para a sensual Cleópatra. Ele era rijo como uma tábua. Em mais de um sentido. Seu membro era ereto e... brilhava impressionantemente.

Min não era ornamentado com tinta, mas sim com ouro. Seu falo era delineado com dois bastões de ouro. Uma das pontas deste par de "cajados de Min" era ligada a uma dobradiça – metade obscenidade e metade instrumento da vida. Uma pessoa que não conhecesse o enigma do medalhão consideraria a peça como mero ornamento sagrado.

Mas acho que Cleópatra tinha outra coisa em mente. Talvez ela tenha deixado esta peça no Egito, caso ela realmente o tenha levado a Roma, para garantir que o segredo ficasse seguro em sua terra natal. Forcei o membro dourado até que ele saísse na minha mão e, depois, me concentrei na dobradiça. Agora, as hastes douradas formavam um 'V'. Peguei o medalhão, abri seus braços e o deitei atravessando este novo V. Quando criei um símbolo familiar à Maçonaria – um compasso cruzado com um esquadro –, os entalhes dos braços do medalhão encaixaram. O resultado foi um diamante de braços sobrepostos balançando sob o disco, mas, é claro, sem a letra 'G'.

Esplêndido. O medalhão estava completo e, talvez, eu tivesse acabado de encontrar a origem de um símbolo da minha fraternidade.

E ainda não fazia idéia do que ele significava.

"Ethan".

O som era fraco, quase um suspiro ao vento, mas era a voz de Astiza. Eu sabia que o chamado vinha de algum lugar lá fora. Foi como se eu tivesse sido atingido por um raio. Coloquei o recém-completado medalhão no pescoço e corri em direção à passagem. Para meu alívio, vi que a tampa ainda estava aberta e consegui sair rápido da cripta. Minha arma estava intocada onde eu a havia deixado. Peguei o rifle e agachei. Tudo estava em silêncio. O chamado de Astiza teria sido fruto da minha imaginação? Rapidamente, fui em direção à entrada e espiei com cuidado o lado de fora. Pude ver Cleópatra no muro do templo principal.

"Ethan?" Era quase um soluço e vinha dos pilares próximos à câmara em que eu estava.

Saí do templo e avancei tão silencioso quanto um índio. O rifle estava em prontidão.

"Astiza?" Minha voz ecoava entre as colunas.

"Você conseguiu?"

Dei a volta em um pilar e lá estava ela. Eu parei, confuso.

Ela estava vestida como as mulheres em minhas fantasias sobre os haréns. Sua roupa de linho era transparente, podia ver suas pernas através do vestido, ela usava jóias pesadas e tinha os olhos maquiados. Sem dúvida, vestida para seduzir. Ela estava com braços levantados, pois seus pulsos estavam acorrentados a grilhões que estavam presos a uma viga de pedra mais acima. Por conta da posição, seus seios estavam levantados e ela se contorcia um pouco. O efeito era uma inevitável sensação erótica de desamparo – o retrato clássico da princesa em perigo. Parei estupefato por essa aparição saída de um conto de fadas. Ela parecia pálida.

"Ele está completo?", ela perguntou baixinho.

"Por que você está vestida assim?" Tinha centenas de perguntas pipocando em minha cabeça como bolas na tacada inicial do bilhar, mas esta foi a mais realista que surgiu. Eu podia jurar que estava alucinado.

A resposta veio com a ponta de uma espada pressionando minhas costas. "Porque ela é a distração", o Silano sussurrou. "Solte o rifle, *monsieur*." Ele apertou a espada um pouco mais. Desta vez, doeu.

Tentei pensar. A arma fez um baque seco quando caiu no chão.

"Agora, o medalhão."

"É seu, se você desacorrentar Astiza e deixar a gente partir", tentei.

"Soltá-la? Mas... por que se ela pode simplesmente abaixar os braços?"

E, quando Astiza obedeceu, seus punhos simplesmente se soltaram dos grilhões. Sua expressão era de pena. As correntes caíram levemente. Era tudo falso. Os véus cobriam o corpo dela como a uma estátua clássica e suas roupas íntimas chamavam atenção apenas para os lugares que cobriam. Ela aparentava estar embaraçada por causa do engodo.

Fui um tolo mais uma vez.

"Você já percebeu que ela está comigo agora, certo?", Silano disse. "Mas você é americano, não é? Muito direto, confiante, idealista e ingênuo? Você viajou até aqui fantasiando sobre como resgatá-la? Você não só nunca entendeu o medalhão como nunca entendeu Astiza."

"É mentira." Olhei para ela enquanto falava. Esperava uma confirmação. Ela permaneceu tremendo, massageando os pulsos.

"Será?", Silano disse atrás de mim. "Vamos entender a verdade. Talma foi a Alexandria fazer perguntas sobre ela não por ser seu amigo, mas porque ele era um agente de Napoleão."

"Outra mentira. Ele era um jornalista."

"Que fez um acordo com o córsico e seus cientistas. Ele prometeu ficar de olho em você em troca de participação nas grandes decisões da expedição. Bonaparte quer descobrir o segredo, mas não confia em ninguém. Então, Talma poderia vir se espionasse você. Entretanto o jornalista suspeitava de Astiza desde o início. Quem era ela? Por que ela tinha vindo com você como um cão obediente, acompanhando um exército, entrando para um harém? Por afeição ao seu charme desajeitado? Ou pelo fato de ela ter trabalhado para mim o tempo todo?"

Ele, certamente, gostava de se gabar. Astiza olhava para as colunas arruinadas.

"Meu caro Gage, você por acaso entendeu alguma coisa do que aconteceu com você? O jornalista descobriu algo perturbador sobre nossa bruxa Alexandrina: que, diferentemente do que ela disse, quem a alertou sobre sua chegada não foram os ciganos. Fui eu. Sim, estávamos em contato. Porém, em vez de te matar, como eu recomendei, ela queria usá-lo para descobrir o segredo. Quando desembarquei em Alexandria, Talma pensou que pudesse me espionar também, mas Bin Sadr o pegou. Eu disse àquele tolo que se juntasse a mim – poderíamos vender o segredo pelo preço mais alto para um rei ou general, inclusive Bonaparte –, mas não houve argumento com ele. Ele ameaçou ir até Bonaparte e nos denunciar. Ele também insistiu na fantasia de que o medalhão estava perdido, mas dei a ele uma última chance de pegar de quem quer que o possuísse, mas ele se recusou. No fim das contas, o pequeno hipocondríaco foi mais leal do que você merecia e um patriota francês convicto."

"E você não é." Minha voz estava fria.

"Minha família perdeu tudo que tinha com a Revolução. Você acha que eu tenho contato com a ralé por ligar para a liberdade? A liberdade deles tomou tudo de mim e, agora, vou usá-los para conseguir tudo de volta. Eu não trabalho para Bonaparte, Ethan Gage. Sem saber, Bonaparte trabalha para mim."

"Aí você mandou Talma para mim numa jarra." Eu estava muito tenso, com os punhos tão cerrados, que meus dedos estavam brancos. O céu parecia se mover e as correntes lembravam um pêndulo num dos truques de Mesmer. Eu só tinha uma chance.

"Uma baixa de guerra", Silano respondeu. "Se ele tivesse me escutado, ele estaria mais rico que Croesus[17]."

"Mas eu não entendo. Por que seu lanterneiro Bin Sadr simplesmente não pegou o medalhão naquela primeira noite em Paris, no momento em que coloquei o pé na rua?"

"Porque eu pensei que você o tinha dado para a puta e não sabíamos onde ela morava. Mas ela não disse nada mesmo quando o árabe deixou claro que ela seria degolada. E meus homens também não acharam nada no seu apartamento. Francamente, eu nem tinha certeza da importância do medalhão – só confirmei isso depois de fazer algumas perguntas. Eu achava que poderia tirar de você numa prisão, mas você fugiu em conluio com Talma e estava a caminho do Egito como um estudioso – que beleza! – antes que eu tivesse certeza de que aquela quinquilharia era o que todos nós estávamos procurando. Eu ainda não sei onde você escondeu o medalhão naquela primeira noite."

"No meu penico."

Ele riu. "Ironia, ironia! A chave para o maior tesouro da Terra e você o cobriu com merda! Que palhaço. Mas que sorte você teve, devo admitir, já que escapou das emboscadas em Toulon e em Alexandria, fugiu de cobras, saiu ileso de grandes batalhas e chegou até aqui. Você é muito sortudo! E, no fim das contas, você chega até a mim trazendo o medalhão. Tudo por uma mulher que não permitiu ser tocada por você! A mente masculina! Ela disse que só precisaríamos esperar, contanto que Bin Sadr não o pegasse primeiro. Aliás, ele te achou?"

"Eu atirei nele."

"Sério? Uma pena. Você tem causado muitos problemas, Ethan Gage."

"Ele sobreviveu."

"Mas é claro. Ele sempre sobrevive. Você não vai gostar de encontrá-lo novamente."

"Não esqueça que ainda estou na companhia dos cientistas, Silano. Você quer responder a Monge e Berthollet pela minha morte? Bonaparte dá ouvidos a eles e ele tem um exército. Você vai para a forca se me ferir."

"Acredito que isso se chame autodefesa." Ele empurrou levemente sua espada e

---

[17] N. do T.: Rei da Lídia conhecido por sua riqueza.

senti uma pontada. E uma gota de meu sangue. "Ou seria a tentativa de capturar um fugitivo da justiça revolucionária? Ou um homem que mentiu sobre ter perdido o medalhão mágico para mantê-lo para si mesmo? Qualquer um vai servir. Mas sou um nobre e tenho meu próprio código de honra, então, me deixe oferecer minha misericórdia. Você é um fugitivo procurado, sem amigos ou aliados, e não ameaça mais ninguém, se é que algum dia ameaçou. Então, eu fico com o medalhão... em troca de sua vida. *Se* você prometer me contar o que Enoc descobriu."

"O que Enoc descobriu?" Do que ele estava falando?

"Seu debilitado mentor pulou numa fogueira com um livro antes que pudéssemos torturá-lo. Soldados franceses estavam chegando. Então, o que havia no livro?"

O vilão se referia ao triste apego de Enoc ao livro de poesia árabe. Eu estava suando. "Eu ainda quero a mulher."

"Mas ela não quer você, quer? Alguma vez ela disse que vocês eram amantes?"

Olhei para ela. Astiza estava se segurando com as mãos em uma das algemas e nos olhava com pesar. "Ethan, era o único jeito", ela suspirou.

Provei da mesma desilusão que Bonaparte havia experimentado quando ficou sabendo da traição de Josefina. Cheguei tão longe por isso? Para ficar sob a ponta da espada de um aristocrata arrogante? Ser humilhado por uma mulher? Privado de tudo pelo que havia lutado? "Tudo bem." Minhas mãos foram para o meu pescoço e tirei o talismã. Segurei o objeto na minha frente como se fosse um pêndulo. Mesmo de noite ele brilhava gelidamente. Notei que os dois engoliram em seco quando viram o novo formato. Eles me guiaram e eu havia encontrado a parte que faltava.

"Então *é* a chave", Silano ofegava. "Agora, tudo que temos de fazer é compreender os números. Você vai me ajudar, sacerdotisa. Gage? Vire devagar e entregue o medalhão."

Eu obedeci, movendo-me um pouco para longe de seu florete. Eu só precisava de uma leve distração. "Você não está mais próximo de resolver o mistério do que eu", avisei.

"Não estou? Eu resolvi muito mais que você. Minha jornada pelo Mediterrâneo me levou a muitos templos e bibliotecas. Encontrei evidências de que a chave estaria em Dendara, o templo de Cleópatra. Sabia que deveria olhar para Aquário. E, aqui ,no sul, encontrei o templo da própria Cleópatra, que idolatrava a adorável e todo-poderosa Ísis, Hathor, sua cabeça de vaca e suas orelhas e tetas bovinas. Ainda assim, não sabia o que procurar."

"Há uma cripta com o deus fálico, Min. O pedaço que faltava estava lá."

"Que sábio de sua parte encontrá-lo. Agora, passe para cá."

Lentamente, ainda sob a ameaça do florete, entreguei a ele. Ele pegou com a voracidade de uma criança triunfante. Quando ele o levantou, o símbolo dos maçons parecia dançar. "Estranho como a memória sagrada é transmitida mesmo por aqueles que não compreendem suas origens, não é?", Silano disse.

E foi naquela hora que eu ataquei.

A machadinha esteve a milímetros da ponta da espada nas minhas costas. Só precisava de um instante para pegá-la – justamente quando estava de frente para ele e sua atenção triunfante estava voltada para o medalhão. O teste, porém, seria saber se Astiza gritaria quando visse o que eu estava fazendo.

Ela não gritou.

O que quer dizer que, talvez, ela não estivesse do lado de Silano, afinal de contas. Que aquele homem fosse um mentiroso. E que eu não era tão imbecil.

Fui rápido. Muito rápido. Mas Silano foi mais rápido. Ele se abaixou e a machadinha passou girando perto de sua orelha e foi parar na areia. Mesmo assim, o arremesso tinha desequilibrado o conde, que precisou de um instante para se recuperar. Era o suficiente para pegar meu rifle! Eu levantei...

E ele avançou, ágil e certeiro, colocando a lâmina de seu florete dentro da boca do meu rifle. "*Touché, monsieur* Gage. E, agora, estamos num impasse, não é?"

Acho que parecíamos ridículos. Eu estava paralisado com meu trabuco apontado para o peito dele. Ele também ficou parado, perfeitamente equilibrado, com a espada na boca da minha arma.

"Exceto", ele continuou, "por eu ter uma pistola". E colocou a mão dentro do casaco.

Puxei o gatilho.

Meu rifle explodiu, levei um solavanco forte e fragmentos do cano e da espada voaram sobre a cabeça de Silano. Nós dois saímos rolando. Minhas orelhas zuniam e meu rosto estava cheio de cortes por causa da explosão.

Silano berrou.

E houve um chiado e um estrondo.

Olhei para cima. Uma coluna de pedra, precariamente equilibrada e semideslocada por algum terremoto distante, balançava. Uma corrente estava enrolada em volta da rocha e Astiza puxava com toda a sua força.

"Você moveu as correntes", Silano disse estupidamente, olhando confuso para Astiza.

"Sansão", ela respondeu.

"Você vai matar todos nós!"

O bloco deslizou da coluna e caiu como um martelo, batendo num pilar inclinado e iniciando sua queda também. As colunas de sustentação eram um castelo de cartas. Houve um chiado forte e outros sons crescentes conforme toda a parte superior do edifício começava a ruir. Saí dali o mais rápido que pude enquanto toneladas de rocha despencavam e chegavam a deslocar o solo. Ouvi um estalo quando a pistola de Silano disparou e pedaços de rocha voaram como estilhaços de metralhas, mas o som foi abafado pela queda das colunas que rolavam e se amontoavam.

Astiza surgiu e começou a me puxar para a borda da plataforma do templo em meio a todo o caos. "Corra, corra! O barulho vai atrair os franceses!" Pulamos e uma nuvem de poeira nos acompanhou conforme a seção de um dos pilares caia sobre nós como um rolo compressor. Ele bateu nos pés de Cleópatra. Enquanto isso, na sacada destruída, Silano gritava e amaldiçoava. Sua voz vinha do meio daquela bagunça de poeira, areia e destroços.

Ela parou e me devolveu a machadinha. "Podemos precisar disso."

Perplexo, olhei para ela. "Você derrubou todo o templo."

"Ele se esqueceu de cortar meu cabelo. Ou de segurar seu prêmio." O medalhão, grande e desajeitado com seu novo formato, balançava em seu punho como um brinquedo.

Levantei a machadinha. "Vamos voltar e acabar com ele."

Mas ouvimos gritos dos franceses vindo da frente do complexo de templos e tiros de aviso das sentinelas. Ela balançou a cabeça. "Não temos tempo."

Por isso, nós corremos, saindo por um portão traseiro no muro oeste e fomos em direção ao deserto. Sem armas, sem cavalos, sem comida, sem água e sem roupas adequadas. Ouvimos tiros e mais tiros, mas nenhuma bala passou perto.

"Depressa", ela disse. "O Nilo está quase no máximo!"

O que aquilo significava?

Não tínhamos nada, a não ser minha machadinha e o medalhão amaldiçoado.

E tínhamos um ao outro.

Mas, na verdade, quem era a mulher que eu havia salvado e que também tinha me salvado?

Capítulo Vinte e Um

As águas do Nilo estavam altas, marrons e poderosas. Era outubro, o período da cheia anual, e a data sugerida pelo calendário circular se aproximava. Roubamos um pequeno barco e descemos pelo rio em direção à Grande Pirâmide, onde Monge imaginou que a chave para este enigma pudesse estar. Era a última chance de resolver o assunto, se não fosse possível, eu seguiria meu caminho até o Mediterrâneo. Só não tinha a menor idéia se a mulher estranha que estava ao meu lado me acompanharia.

Quando o sol nasceu, já estávamos há milhas de distância do exército de Desaix por causa da corrente. Eu podia ter relaxado, mas aí surgiu um batedor francês galopando pela margem do rio, olhou para nós, e depois trotou para longe quando seguimos por um braço do rio. Sem dúvida, ele sabia de nossa fuga. Baixei o botaló para que a vela nos desse mais velocidade. O barco inclinou um pouco com o forte vento e a água assobiava nas laterais conforme avançávamos. Passamos por um crocodilo que bocejava. Sua aparência era pré-histórica e horrenda. A água batia em seus escamas e seus olhos de pálpebras amarelas nos contemplavam. Bom, comparado a Silano, ficar ao lado dele é mais reconfortante.

Que belo par, hein? Eu vestia roupas árabes e Astiza parecia uma cortesã real e estávamos a bordo de uma *felucca* enlameada que fedia a peixe. Ela tinha falado pouco depois que nos reencontramos, ficava olhando para o Nilo e alisando o medalhão – agora em seu pescoço – com seus dedos. Parecia até que ela era a dona. Eu não havia pedido de volta. Ainda.

"Andei muito para achar você", eu, finalmente, toquei no assunto.

"Você seguiu a estrela de Ísis."

"Mas você não estava acorrentada como parecia."

"Não. Nada era o que parecia. Eu, você e ele."

"Você já conhecia Silano?"

Ela suspirou. "Ele era mestre e amante antes de se dedicar às artes das trevas. Ele acreditava que a magia do Egito é tão real quanto Berthollet acredita na química. Ele esperava encontrar segredos ocultos aqui se seguisse os passos de Cagliostro e Kolmer. Ele não dava a mínima para o mundo. E só pensava apenas nele por causa da mágoa que ele tem por ter perdido tudo na Revolução. Quando percebi o quão egoísta ele era, nós brigamos. Fugi para Alexandria e encontrei abrigo com meu novo mestre, o guardião. Os sonhos de Silano são superficiais. Alessandro quer os segredos do Egito para ser poderoso, talvez imortal, então, eu fiz jogo duplo."

"Ele te comprou de Yusuf?"

"Sim. Foi propina para o velho libertino."

"Libertino?"

"Yusuf não era tão altruísta. Eu precisava sair de lá. Ele viu meu livro. "Não se preocupe, ele não me tocou."

"Aí você voltou para seu antigo amante."

"Você não voltou das pirâmides. Silano me disse que não te encontrou na casa de Enoc. Ir com o conde era o único jeito de fazer algum progresso sobre o medalhão. Nenhum de nós sabia sobre Dendara, ele sim. O lugar estava esquecido por séculos. Eu falei para Alessandro que você estava com o medalhão e, então, ele deixou aquela mensagem para você saber onde me achar no harém. Nós dois sabíamos que você viria atrás da gente. E, então, eu pude cavalgar sem estar amarrada. Os franceses fariam muitas perguntas se me vissem presa."

Alessandro! Não gostou de ver tanta intimidade ao usar o primeiro nome. "E você derrubou o templo em cima dele."

"Ele acredita que é irresistível. Assim como você."

E ela também, brincando com nós dois como meios para seus propósitos. "Você perguntou em que eu acreditava, Astiza. Em quem *você* acredita?"

"Como assim?"

"Você ajudou Silano porque também quer o segredo."

"Claro. Mas quero guardá-lo, não vender para algum tirano mesquinho como Bonaparte. Você consegue imaginar aquele homem no comando de um exército de imortais? Em seu apogeu, o Egito era defendido por um exército de apenas vinte mil homens e parecia imbatível. Aí, então, alguma coisa aconteceu, algo se perdeu, e as invasões começaram."

"Ficando ao lado dos homens que assassinaram Talma..."

"Silano sabia de coisas que eu desconhecia e vice-versa. Você teria encontrado o Templo de Dendara sozinho? Não sabíamos a qual templo os livros de Enoc se referiam, mas Silano sabia por causa dos estudos em Roma, Istambul e Jerusalém. Nunca teríamos encontrado os outros braços do medalhão sozinhos, do mesmo jeito que ele não o conseguiria completar sem você e Enoc. Você tinha algumas pistas. Ele outras. Os deuses fizeram nossos caminhos se cruzarem."

"Os deuses, ou o Rito Egípcio? Não foi nenhum cigano que contou sobre minha viagem ao Egito."

Ela olhou para longe. "Eu não podia contar a verdade porque você entenderia tudo errado. Alessandro mentiu dizendo que você tinha roubado o medalhão dele. Fiz de conta que o ajudaria para poder usá-lo. Você sobreviveu à tentativa de assassinato. E, então, Enoc convenceu Ashraf a tentar achar vocÊ no meio da batalha – você, o homem com a casaca verde, que, convenientemente, chamava a atenção em cima de uma carreta. Ele queria ver esse medalhão que tinha deixado todos nós curiosos. Tudo aconteceu como deveria ter acontecido, menos a morte do pobre Talma."

Minha mente estava alucinada. Talvez eu *fosse* mesmo ingênuo. "Então, somos todos ferramentas para você: eu pelo medalhão e Silano pelo conhecimento do ocultismo? Sem diferenças. Apenas peças para serem usadas?"

"Eu não me apaixonei por Silano."

"Eu não disse que você estava apaixonada por ele, eu disse..." Parei. Ela estava olhando para longe de mim. Astiza estava tensa, tremia e seu longo cabelo dançava ao vento morno que provocava pequenas ondas no rio. Apaixonada? Por *ele*. Isso queria dizer que, talvez, minha insistência, meu charme e minhas boas intenções tinham servido para algo? Eu realmente não a conhecia. E o amor era um terreno muito perigoso para um homem como eu, sem dúvida, uma perspectiva mais apavorante que uma carga mameluca ou uma salva de canhões navais. Que diabos eu, realmente, sentia por esta mulher que parecia ter me traído, mas, talvez, não tenha?

"Quero dizer que também não me apaixonei por ninguém", pisei em falso. A resposta não foi das melhores. "Na verdade, nem sei se o amor existe."

Ela me provocou. "Como você sabe que a eletricidade existe, Ethan?"

"Bem." De fato, era uma ótima pergunta; já que ela é, naturalmente, invisível. "Por faíscas, acredito. Você pode senti-la. Ou por um relâmpago."

"Exatamente." Agora, ela olhava para mim e sorria como a Esfinge – enigmática e inalcançável. A porta estava aberta e tudo que eu precisava era dar um passo para dentro. O que Berthollet tinha dito sobre meu caráter mesmo? Que eu ainda não tinha compreendido meu potencial? Essa era a chance de crescer, de me comprometer não com um ideal, mas com uma pessoa.

"Eu nem sei de que lado você está", vacilei.

"Estou do *seu* lado."

Que lado seria esse? Então, antes que a conversa nos levasse a algum tipo de desfecho agradável, ouvi o estalo de um tiro vindo do rio.

Olhamos rio abaixo. Uma *felucca* vinha em nossa direção, sua vela estava esticada e o passadiço lotado de homens. Consegui reconhecer o braço enfaixado de Achmed Bin Sadr mesmo a uma distância de trezentos metros. Por toda a porcelana da China não era possível me livrar deste homem? Não me sentia tão incomodado com a presença de alguém desde que Franklin recebeu John Adams para jantar e eu tive de escutar suas opiniões irritantes sobre metade dos políticos dos Estados Unidos.

A única arma que tínhamos era minha machadinha e ela não ajudaria em nada. Virei o leme e levei o barco para a margem. Talvez encontrássemos uma caverna para nos escondermos. Mas não seria possível, já que um esquadrão de hussares de casacas vermelhas e azuis descia velozmente a nosso encontro no banco de areia. Cavalaria francesa! Não desci nem trinta quilômetros?

Pensando bem, melhor eles que Bin Sadr. Eu seria levado a Bonaparte, enquanto o árabe faria coisas comigo e com Astiza que eu nem queria imaginar. Quando chegássemos a Napoleão, ela poderia simplesmente dizer que foi seqüestrada e eu confirmaria. Pensei bastante em pegar o medalhão daquele belo pescocinho e jogá-lo no Nilo, mas não conseguiria. Já tinha apostado muito naquilo. Além disso, como todo mundo, eu também estava curioso para descobrir seu segredo. Ele era nosso único mapa para o Livro de Thoth.

"É melhor você esconder isso", eu disse.

Ela o escondeu entre seus seios.

Aportamos em um banco de areia e deixamos o barco. A *felucca* de Bin Sadr ainda estava brigando contra a correnteza para subir até nossa posição. Os árabes gritavam e atiravam para o alto. Os doze cavaleiros franceses formaram um semicírculo em nossa volta e fecharam qualquer alternativa de fuga. Levantei minhas mãos e me rendi. Rapidamente, fomos totalmente cercados por cavalos empoeirados.

"Ethan Gage?"

"A seu dispor, tenente."

"Por que você está vestido como um bárbaro?"

"É mais refrescante."

Seus olhos eram atraídos por Astiza, mas ele não ousou perguntar por que ela estava vestida como uma prostituta. Ainda havia um pouco de boas maneiras em mil setecentos e noventa e oito. "Sou o tenente Henri d'Bonneville. Você está preso por roubo de propriedade do Estado, destruição de antiguidades, assassinato, invasão e desordem no Cairo, por fuga, má fé, espionagem e traição."

"Nada de assassinato em Dendara? Espero ter matado Silano."

Ele ficou empertigado. "O conde está se recuperando dos ferimentos e já organiza um grupo para nos ajudar na perseguição."

"Você se esqueceu do seqüestro." Sinalizei para Astiza.

"Eu não esqueci. Assim que capturada, a mulher vai cooperar com a acusação ou também será interrogada e julgada."

"Só não concordo com a acusação de traição", eu disse. "Sou americano. Eu não precisaria ser francês para trair o seu país?"

"Sargento, amarre os dois."

A *felucca* chegou. Bin Sadr e o resto de seu bando de cortadores de garganta vieram com toda a disposição. Eles empurravam os cavalos franceses como se fossem negociantes num bazar de camelos. "Ele é meu!", o árabe rosnou, enquanto agitava seu cajado com a cabeça-de-cobra. Fiquei satisfeito ao ver que seu braço esquerdo estava numa tipóia. Bom, se eu não podia matar esta dupla maldita de uma vez, eu podia ir fazendo o trabalho aos poucos – membro por membro –, assim como os franceses estavam fazendo com Nelson.

"Vejo que se tornou um marujo, Achmed", saudei. "Caiu do camelo, foi?"

"Ele vem para o meu barco!"

"Sinto em discordar, *monsieur*," o tenente d'Bonneville disse. "O fugitivo Gage rendeu-se para a minha cavalaria e é procurado para interrogatório por autoridades francesas. Ele está sob jurisdição do exército agora."

"O americano matou alguns dos meus homens!"

"Isso você pode resolver com ele quando terminarmos, se é que vai sobrar algo a ser feito."

Bem, aí está uma idéia animadora.

Bin Sadr olhou furioso. Ele tinha uma queimadura na outra bochecha e pensei se ele tinha algum problema de pele ou se Astiza tinha aprontado mais alguma coisa. Ela bem que podia deixar o sujeito com lepra, ou a peste talvez, não?

"Então, vamos levar a mulher." Seus homens concordaram com a idéia.

"Acho que não, *monsieur*." O tenente olhou rapidamente para seu sargento, que, por sua vez, sinalizou para os soldados. As carabinas deixaram de apontar para mim, viraram-se para a direção do bando de Bin Sadr. Em resposta, os mosquetes também se voltaram para a cavalaria francesa. Era um alívio, finalmente, não ter ninguém apontando armas para mim. Tentei pensar como poderia tirar proveito daquilo.

"Não me faça ser seu inimigo, francês" Bin Sadr vociferou.

"Você é um mercenário sem autoridade alguma", d'Bonneville respondeu agressivamente. "Se você não voltar para o seu barco imediatamente, vou prendê-lo por insubordinação e vou considerar se não seria melhor enforcá-lo também." Ele olhou ao redor impaciente. "Isto é, se eu conseguir achar uma árvore."

O silêncio incômodo que durou um longo minuto e a intensidade do sol faziam com que tudo e todos parecessem, literalmente, fritar. O silêncio foi quebrado por um cavaleiro francês que tossiu e levou um solavanco. Enquanto ele caía da cela, ouvimos o som do tiro distante que o matou ecoando pelas colinas do Nilo. Ouvimos mais tiros e um dos homens de Bin Sadr grunhiu e caiu.

Naquele momento, todas as armas miraram na direção da ribanceira. Uma fileira de homens descia a toda velocidade com suas roupas ondulantes e lanças brilhantes. Era uma companhia de mamelucos! Fomos pegos por uma unidade de Murad Bey e parecia que eles estavam em diferença de cinco para um contra nós.

"Desmontar!", d'Bonneville gritou. "Formem uma linha de combate!" Ele olhou para os árabes. "Lutem conosco!"

Mas os árabes estavam correndo para sua *felucca*. Eles subiram de qualquer jeito no barco e tentaram escapar nas águas do Nilo.

"Bin Sadr, seu covarde maldito!", d'Bonneville vociferou.

A resposta foi um gesto obsceno do árabe.

Os franceses ficaram sozinhos contra o ataque mameluco. "Fogo!" A ordem do tenente resultou numa salva das carabinas da infantaria, que não era, nem de longe, disciplinada e organizada quanto um quadrado de infantaria. Poucos mamelucos caíram e, então, eles nos sobrepujaram. Sinceramente, eu esperava pelo golpe de uma lança enquanto pensava em quais seriam as chances de encontrar não um, mas três inimigos num mesmo ponto do rio de uma vez só. Um mameluco se aproximou. Eu ia morrer. Mas ele desceu se abaixou em sua sela, esticou seu braço e me tirou do chão como se eu fosse um abacate caído. Segundos depois, eu estava montado no cavalo.

Eu gemi e vacilei, mas seu braço segurava firme em torno do meu peito. Então, ele disparou por entre os soldados franceses e foi em direção ao barco árabe, amaldiçoando e desafiando, enquanto eu cambaleava. A mão livre carregava uma espada e ele guiava sua montaria com os joelhos. "Vou vingar meu irmão! Fique e lute, víbora!"

Era Ashraf!

Atingimos a beira do rio e a água subia em borrifos. Bin Sadr voltou e nos enfrentou na proa de seu barco. Também lutava com um braço. Ash girou a espada e o cajado da cabeça-de-cobra veio ao seu encontro. Houve um clangor, como aço atingindo aço, e percebi, finalmente, que a parte interna do bastão era feita de algum tipo de liga metálica. A carga do mameluco foi tão furiosa que o árabe foi jogado para trás, mas, quando ele caiu perto, seus companheiros atiraram e Ash foi forçado a desviar. O barco se afastou em direção às águas mais profundas.

Cavalgamos para longe deixando os ruídos da batalha. Eu parecia um saco de trigo na sela. A velocidade era tamanha, que quase desmaiei com o vento e era praticamente impossível ver através da nuvem de poeira em nosso rastro. Só consegui identificar que d'Bonneville havia sido abatido e um mameluco se agachava sobre ele com uma faca. Outro hussardo se arrastava com uma lança cravada nas costas e tentava cortar a garganta do inimigo antes de morrer. A captura era pior que a morte e os soldados vendiam suas vidas a um preço muito alto. Os árabes de Bin Sadr deslizavam para longe e não tentaram sequer atirar para ajudar os franceses.

Galopamos até o topo de uma duna, de onde podíamos contemplar o Nilo. Ash me soltou e eu caí em pé. Enquanto cambaleava, notei que ele demonstrava algum tipo de dor.

"Sempre tenho que resgatá-lo, meu amigo. Daqui a pouco minha dívida pela Batalha das Pirâmides será paga."

"Já foi mais que paga", disse ofegante. Vi outro cavalo galopando em nossa direção com Astiza sendo carregada do mesmo jeito que eu fui. O guerreiro a largou no chão sem cerimônia alguma. Olhei para o rio e a pequena escaramuça havia acabado. Os franceses estavam deitados e imóveis. Bin Sadr içara velas e demandava rio acima em direção a Desaix e Dendara para relatar minha provável morte. Algo me dizia que o bastardo tentaria levar crédito por isso. Mas é claro que Silano faria questão de ter certeza.

"Então, você se uniu ao bey", eu disse.

"Murad vai vencer, mais cedo ou mais tarde."

"Bons homens acabaram de ser chacinados."

"Tão bons quanto meus amigos massacrados nas pirâmides. Na guerra bons homens morrem."

"Como nos encontrou?"

"Encontrei meu povo e segui você. Imaginei que Bin Sadr faria o mesmo. Você leva jeito para se enfiar em confusão, americano."

"E para escapar delas, graças a você." Vi uma mancha vermelha em suas roupas. "Você está ferido!"

"Bah! Outro arranhão do ninho de cobras. Suficiente para não me deixar acabar com o covarde agora, mas não para me matar." Mesmo assim, ele estava se abaixando – claramente ferido. "Um dia eu vou pegá-lo sozinho e, então, veremos quem sai arranhado. Ou, talvez, o destino tenha outra mazela guardada para nós. Só posso esperar."

"Você precisa cuidar dessa ferida!"

"Deixe-me ver", Astiza disse.

Ele desmontou sem jeito, respirava pesado e ficou constrangido quando ela abriu seu robe e olhou seu torso para avaliar os danos.

"A bala atravessou como se você fosse um fantasma, mas você está perdendo sangue. Vamos usar seu turbante para contê-lo. O ferimento é sério, Ashraf. Você vai ficar um tempo sem cavalgar, a não ser que esteja ansioso demais para chegar ao Paraíso!"

"E deixar vocês dois sozinhos?"

"Talvez isto também seja desígnio dos deuses. Ethan e eu devemos acabar com isso sozinhos."

"Se eu virar as costas por um segundo, ele vai se enrascar de novo!"

"Vou cuidar dele agora."

Ashraf ponderou. "Sim, você vai." E assobiou. Duas montarias formidáveis vieram trotando. Ambos estavam selados e balançavam suas crinas e rabos. Foram os melhores cavalos que eu tive na vida. "Levem estes dois e rezem pelos homens que os guiavam. Tome esta espada de Murad Bey, Gage. Se algum mameluco tentar prender vocês, mostre a ele e você será deixado em paz." Ele olhou para Astiza. "Vocês estão voltando para as pirâmides?"

"É onde o Egito começa e termina", ela disse.

"Cavalguem sem parar, pois os franceses e árabes logo estarão em seu encalço. Protejam a magia que vocês carregam ou a destruam, mas não deixem que caia nas mãos de nossos inimigos. Tome, uma proteção contra o sol." Ele deu a ela uma capa e, em seguida, virou para mim. "Onde está seu famoso rifle?"

"Silano enfiou a espada nele."

Ele ficou confuso.

"Foi a coisa mais estranha. Ele enfiou o florete no cano e eu fiquei tão enfurecido, que puxei o gatilho e meu mais fiel amigo explodiu. Então, Astiza derrubou o teto sobre ele. Foi bem-feito! Mas o bastardo sobreviveu."

Ashraf chacoalhou a cabeça. "Ele tem a sorte do deus demônio, Ras-al-ghul. E, algum dia, meu amigo, quando os franceses partirem, vamos sentar juntos e tentar entender o que você acabou de dizer!" Mesmo com dores, ele montou novamente e cavalgou ao encontro dos outros entre os destroços e corpos.

Galopamos para o Norte, seguindo o rio, como Ash orientou. Seriam mais que trezentos quilômetros até as pirâmides. Os cavalos carregavam bolsas com pão, tâmaras e água, mas, ao entardecer – sem ter dormido na noite anterior –, estávamos exaustos por causa da viagem e da tensão. Paramos numa pequena vila ao lado do Nilo e recebemos abrigo de acordo com a hospitalidade simplista que os egípcios mostravam. Dormimos antes mesmo de terminar o jantar. A caridade da qual desfrutamos foi espantosa, especialmente por vir de pessoas exploradas pelos mamelucos e saqueadas pelos franceses sem misericórdia. Mesmo passando por tudo isso, o pouco que os camponeses tinham eles dividiram conosco e, depois que dormimos, nos cobriram com seus próprios cobertores – depois de limparem e cuidarem de nossos ferimentos.

Seguimos a orientação dos moradores e acordamos duas horas antes do amanhecer. Novamente, avançamos rumo ao Norte.

Na segunda noite, estávamos doloridos, mas, de algum modo, mais recuperados e nos abrigamos perto de palmeiras próximas do rio, ou seja, longe de casas, humanos e cães. Precisávamos de um tempo sozinhos. Desde o ataque dos mamelucos, não tivemos nenhum contato com tropas de ambos os lados, só tínhamos contato com vilas e seus ciclos de vida com ritmo próprio, alheio ao mundo externo. Os habitantes trabalhavam em jangadas de junco, já que a cheia do Nilo tinha alagado seus campos, trazendo, do misterioso centro da África, uma nova camada do sedimento fundamental para a agricultura.

Usei uma pederneira e a espada de Ash para fazer fogo. A noite chegou e, de alguma forma, a proximidade ao Nilo reafirmava a promessa de que a vida continuaria. Nós dois estávamos em choque por causa de tudo que aconteceu nas últimas semanas e sentíamos que este pequeno momento de paz não duraria muito. Em algum lugar no Sul, sem dúvida, Bin Sadr e Silano já deviam ter descoberto que não estávamos mortos e começariam a nos perseguir. Por isso, éramos gratos pela quietude das estrelas, o conforto da areia e pelo carneiro e frutas que recebemos na última vila.

Astiza vestia o medalhão novamente e, admito, ficava muito melhor nela do que em mim. Decidi confiar nela, pois ela poderia ter alertado Silano sobre a machadinha, fugido de lá com o medalhão depois que os pilares caíram, ou me abandonado depois da luta no rio. Ela ficou e me lembrei do que ela disse no barco: que ela não amava a *ele*. Essa frase revirava na minha cabeça desde aquele dia, mas ainda não sabia muito bem o que fazer com ela.

Em vez de tocar no assunto, perguntei outra coisa. “Você ainda não tem certeza do que é essa porta secreta que vamos procurar?”

Ela sorriu com ar triste. “Nem tenho certeza de que ela deve, ou pode, ser encontrada. Mas por que Ísis teria nos deixado chegar tão longe se não fosse por alguma razão?”

A meu ver, Deus não ligava muito para razão, mas eu não podia dizer isso a ela. Em vez disso, juntei coragem e fiz minha aposta. “Eu já encontrei o *meu* segredo”, disse.

“O quê?”

“Você.”

Mesmo com a luz do fogo pude ver que ela corou quando virou o rosto. Então, coloquei minha mão em sua bochecha e a virei de volta para mim.

"Escute, Astiza, já gastei muitos quilômetros de deserto pensando nisso. O sol é quente demais e a areia queima mesmo com as botas. Passei por dias em que eu e Ashraf vivemos na lama e comíamos gafanhotos fritos. Mas eu nem penso nessas coisas. Eu penso em você. Se este Livro de Thoth é um livro de sabedoria, talvez ele simplesmente diga para encontrar o que você já tem, e aproveitar o dia em vez de ficar se preocupando com o amanhã."

"Isto não soa como meu incansável aventureiro."

"A verdade é que eu também me apaixonei por você", confessei. "Praticamente quando tirei os escombros de cima de você e notei que era uma mulher. Só era difícil de assumir isso para mim mesmo." Eu a beijei. Que se dane se ela não beijasse de volta do jeito que eu imaginava. Enfrentar a adversidade e o perigo é o melhor jeito de aproximar um homem e uma mulher.

Felizmente, Ísis não é uma deusa tão pudica quanto as deidades modernas e Astiza sabia muito bem o que queria assim como eu. Se o medalhão ficava bonito em suas roupas sedutoras, definitivamente era glorioso em seus seios. Deixamos que a lua nos vestisse, fizemos uma pequena cama com nossas vestimentas e vivemos aquela noite como se não houvesse amanhã.

O medalhão pinicou quando ficou entre mim e ela. Então, Astiza o retirou e deixou na areia por um tempo. Sua pele era perfeita como as esculturas do deserto e seu perfume era tão doce quanto a flor de lótus. A alma e a presença de uma mulher são mistérios mais sagrados que qualquer pirâmide empoeirada. Eu a adorei como deusa e a explorei como um templo. E ela sussurrou no meu ouvido: "*Isso* é imortalidade por uma noite."

Mais tarde, enquanto estávamos deitados sob as estrelas, ela pegou o medalhão e apontou para o céu e a lua crescente. "Veja", ela disse. "A adaga de Thoth."

Capítulo Vinte e Dois

Nossa cavalgada de volta ao Cairo foi uma jornada pelo tempo. Montes de vegetação demarcavam os restos de antigas cidades, de acordo com os camponeses. Dunas recentes revelavam o topo de um templo enterrado aqui, um santuário ali. Encontramos dois colossais babuínos de pedra perto de Minya. As estátuas gordas e polidas contemplavam serenamente o sol nascente. Eles eram duas vezes maiores que um homem e estavam adornados com o que parecia ser uma capa de penas, como se fossem tão nobres e antigos quanto a Esfinge. É claro que os macacos gigantes eram manifestações do misterioso Thoth.

Passamos por centenas de vilas feitas de tijolos enquanto cavalgávamos pelo deserto ao lado de inúmeras palmeiras que, por sua vez, formavam um mar verde. Vimos mais um punhado de novas pirâmides, algumas delas tão desgastadas, que não passavam de colinas e outras ainda exibindo os traços de sua forma original. Astiza e eu seguimos caminho em nossa pequena bolha de satisfação e contentamento – mesmo com a importância da missão e uma possível perseguição. Nossa união criou o refúgio para a ansiedade e o peso do fardo. Dois, agora, eram um só, a ambigüidade deu lugar ao comprometimento e a confusão se tornou propósito. Como Enoc sugeriu, eu encontraria algo em que acreditar. Não em impérios, medalhões, mágica ou mesmo eletricidade, mas sim no companheirismo da mulher ao meu lado. Era um belo ponto de partida para qualquer outra coisa.

O trio de pirâmides que procurávamos, finalmente, surgiu no horizonte do deserto como ilhas aparecem no oceano. Cavalgamos intensamente para chegar em vinte e um de outubro – a data que eu acreditava ter algum significado misterioso. A temperatura diminuiu um pouco, o céu formava um domo azul perfeito, e o sol servia como a carruagem dos deuses para realizar sua travessia diária rumo ao paraíso. Só era possível ver o Nilo por seu cinturão de árvores. Andamos por horas com a impressão de que a distância para os monumentos continuava a mesma. Só perdemos essa sensação com a chegada do entardecer quando elas começaram a inflar como um dos balões de Conté – enormes, chamativas e inalcançáveis. Elas surgiam dos confins da Terra e seu ápice poderia muito bem ter vindo diretamente do submundo.

Aquela imagem me deu uma idéia.

"Deixe-me ver o medalhão", perguntei, de súbito, a Astiza.

O metal dourado parecia em chamas com o reflexo do sol enquanto ela o tirava. Olhei para os 'Vs' dos braços, um apontado para cima e o outro para baixo. "Isso parece duas pirâmides, não parece? Suas bases estão unidas e cada um dos picos aponta numa direção oposta?"

"Ou o reflexo de apenas uma num espelho ou na água."

"Como se ela existisse tanto na superfície quanto no subterrâneo, como a raiz de uma árvore."

"Você acha que existe algo embaixo da pirâmide?"

"Encontrei coisas sob o templo de Ísis. Mas, e se o medalhão representar a parte interior, não a exterior? Quando exploramos o interior com Bonaparte, os dutos internos desciam como os lados da pirâmide. Os ângulos eram diferentes, mas, claramente, eram um eco deles. Suponha que não seja um símbolo, mas um mapa dos dutos?"

"Você quer dizer, corredores que sobem e descem?"

"Sim. Havia uma tábua no navio que me trouxe do Egito." Eu me lembrei da tábua prateada e negra do cardeal Bembo que Monge mostrou dentro do *L'Orient*. "Ela mostrava vários níveis e figuras. Parecia ser um mapa ou diagrama para algum lugar subterrâneo com camadas diferentes."

"Existem histórias de antigos livros que mostravam aos mortos como atravessar os perigos e monstros do submundo", ela disse. "Thoth mediria seus corações e seus livros os guiariam por najas e crocodilos. Se o guia fosse adequado, eles emergiriam do outro lado. No paraíso. E se algo dessas histórias for verdade? E se, de alguma maneira, os corpos enterrados na pirâmide efetivamente fizessem uma jornada por desafios cavernosos?"

"Poderia ser a explicação pela ausência das múmias", deixei a imaginação voar. "Mas, quando exploramos a pirâmide, confirmamos que todos os corredores descendentes não tinham saída. Eles não sobem novamente na direção oposta como no medalhão. Não encontrei nenhum 'V' descendente."

"Assim são os corredores que conhecemos", Astiza disse, repentinamente, empolgada. "Mas de qual lado da pirâmide está a entrada?"

"Norte."

"E qual constelação o medalhão mostra?"

"Alpha Draconis, a Estrela Polar quando as pirâmides foram construídas. Então?"

"Segure o medalhão como se a constelação estivesse no céu."

Fiz o que ela pediu. O disco circular foi colocado contra o céu boreal e a luz brilhava através das minúsculas perfurações no padrão de Draconis, o dragão. Os braços do medalhão ficaram perpendiculares ao norte.

"Se o medalhão for um mapa, os dutos estariam em quais lados da pirâmide?", Astiza perguntou.

"Leste e oeste!"

"O que pode significar que as entradas ainda não foram descobertas nos flancos leste e oeste das pirâmides", ela concluiu.

"Mas, por que ainda não foram encontradas? Já escalaram todos os pontos da estrutura."

Astiza franziu a testa. "Não sei."

"E por que as conexões com Aquário, a cheia do Nilo e esta época do ano?"

"Também não sei."

E, então, vimos um fragmento branco no deserto.

Era uma cena curiosa. Oficiais franceses, assistentes, sábios e serviçais estavam arranjados num semicírculo para um piquenique no deserto com seus cavalos e burros amarrados mais atrás. A comitiva estava de frente para as pirâmides. Mesas de campo foram colocadas de uma ponta a outra e cobertas com linho branco. As velas das *feluccas* foram usadas como coberturas para tendas erguidas com lanças capturadas dos mamelucos e os sabres da cavalaria serviam como pregas para as pontas do tecido.

Taças de cristal da França e cálices dourados do Egito dividiam a mesa com as pesadas pratas européias e peças de porcelana. Garrafas de vinho semivazias completavam o banquete ao lado de cestas de frutas, pães, queijo e carne. Enquanto as velas não eram acesas, Napoleão sentava ao lado de vários de seus generais e cientistas. Todos conversavam amigavelmente. De longe, vi meu amigo Monge, o matemático.

Como estávamos vestidos como árabes, o auxiliar do grupo veio nos espantar como fazia com qualquer beduíno curioso. Mas ele percebeu meu porte e a beleza de Astiza, a essa altura, coberta apenas com uma capa esfarrapada que ela tentava vestir da melhor maneira possível. Ele ficou mais atento a ela, claro. Aproveitei o silêncio do rapaz para chamar sua atenção em francês.

"Sou Ethan Gage, o sábio americano. Estou aqui para relatar que minhas investigações estão quase completas."

"Investigações?"

"Dos segredos da pirâmide."

Ele foi cochichar minha mensagem e Bonaparte levantou, observando como um leopardo. "É Gage. Surgindo do nada como o demônio em pessoa", ele disse aos outros. "E trouxe a mulher com ele."

Ele acenou para que fôssemos até ele. Os soldados olhavam com volúpia para Astiza, que manteve o olhar acima deles e andou com tanto decoro quanto nossos costumes permitiam. Os homens evitaram comentários mais vulgares, pois perceberam que havia algo de diferente acontecendo entre nós, eu acho, alguma coisa sutil dando indícios de uma relação de companheirismo e propriedade. Éramos um casal e, por isso, ela deveria ser respeitada. Então, os olhares de todos saíram dela e focaram em mim.

"O que está fazendo com esta fantasia?", Bonaparte interpelou. "E você não tinha desertado?" Ele olhou para Kleber. "Pensei que ele tinha desertado."

"Maldito cafajeste! Fugiu da cadeia e despistou a patrulha que o perseguia, se me lembro bem", o general disse. "Desapareceu no deserto."

Felizmente, as notícias de Dendara ainda não haviam chegado aqui. "Ao contrário, enfrentei muitos riscos a seu serviço", disse displicentemente. "Minha companheira foi seqüestrada por Silano e o árabe Achmed Bin Sadr: sua vida seria trocada pelo medalhão do qual falamos. Por causa da coragem dela e de minha determinação, escapamos para continuar nossos estudos. Vim procurar pelo doutor Monge para consultá-lo sobre uma questão matemática que espero possa iluminar nossa descoberta sobre as pirâmides."

Bonaparte me fitou com descrença. "Você acha que sou idiota? Você disse que o medalhão foi perdido."

"Disse isso apenas para mantê-lo longe do conde Silano, que não compartilha seus interesses e aqueles da França em seu coração."

"Então, você mentiu."

"Eu disfarcei para proteger a verdade daqueles que a utilizariam para fins escusos. Por favor, general, escute. Não estou preso, nem capturado e muito menos fugindo. *Eu* vim procurando pelo senhor, pois eu acredito que estejamos perto de uma grande descoberta. Tudo que preciso agora é da ajuda dos outros sábios."

Ele intercalava olhares entre mim e Astiza, meio furioso, meio deslumbrado. A presença dela me concedeu uma curiosa imunidade. "Não sei se te dou uma recompensa ou se atiro em você, Ethan Gage. Sabe, existe algo ardiloso em você, algo que vai além de seus rudimentares modos americanos e sua educação rústica."

"Apenas tento o melhor que posso, senhor."

"O melhor que você pode!" Ele olhou para os outros, pois tinha a chance de dar mais uma de suas lições. "Nunca é o suficiente *fazer* o melhor, você deve *ser* o melhor. Não é verdade? Eu faço o que é necessário para realizar a minha vontade!"

Fiz uma reverência. "E eu sou um apostador, general. Minha vontade é irrelevante se as cartas não são favoráveis. Mas existe alguém cuja sorte não mude? Não é verdade que você foi um herói em Toulon, depois ficou um curto período na prisão depois da queda de Robespierre, e, então, tornou-se herói novamente quando seus canhões salvaram o Diretório?"

Ele ficou zangado por um momento, mas pareceu compreender o argumento e, finalmente, sorriu. Napoleão podia não suportar os tolos, mas ele gostava do estímulo de um debate. "Está certo, americano. Está certo. Vontade e sorte. Em um dia eu deixei um hotel barato em Paris e a dívida do meu uniforme para ter minha própria casa, carruagem e criadagem. Em um dia de sorte!" Ele se dirigiu aos demais. "Vocês sabem o que aconteceu com Josefina? Ela foi presa também e iria para a guilhotina. Numa manhã o carcereiro levou seu travesseiro embora – dizendo que ela não precisaria dele ao anoitecer, já que ela não teria mais cabeça! Mas, algumas horas depois chegou a notícia de que Robespierre estava morto, assassinado, e de que o Terror tinha acabado e, em vez de ser executava, ela estava livre. Oportunidade *e* destino: que jogo!"

“O destino nos prendeu no Egito”, disse Kleber, semi-embriagado. “E a guerra não é um jogo.”

“Ao contrário, Kleber, a guerra é o maior de todos os jogos, já que as apostas se limitam a morte ou glória. Recuse a partida e a derrota é a única opção. Certo, Gage?”

“Nem todo jogo deve ser jogado, general.” Que homem estranho. Ele misturava esclarecimento político com inquietação emocional e os maiores sonhos com o pior do cinismo. Ele nos desafiava a cobrir sua aposta e enfrentá-lo. Um jogo? É isso que ele tem a dizer aos mortos?

“Não? A própria vida é uma guerra, e todos nós somos derrotados pela morte no final. Por isso fazemos o que podemos para sermos imortais. O faraó escolheu a pirâmide. Eu escolhi... fama.”

“E alguns homens escolhem o lar e a família”, Astiza disse calmamente. “Eles vivem por meio de seus filhos.”

“Sim, isto é suficiente para eles. Mas não para mim, ou para os homens que me seguem. Queremos a imortalidade da história!” Bonaparte tomou um gole de vinho. “Você me transformou num belo filósofo nesta refeição, Gage! Tome sua mulher como exemplo. A sorte é uma mulher. Pegue-a hoje ou, talvez, você não possa ficar com ela amanhã.” Ele sorriu perigosamente. “Uma belíssima mulher”, ele disse a seus companheiros, “que tentou atirar em mim.”

“Na verdade, ela estava tentando atirar em *mim*.”

Ele riu. “E vocês formam um casal! Mas é claro! A sorte também transforma inimigos em aliados, e estranhos em confidentes!” Mas, abruptamente, ele ficou sério. “Mas não vou deixar vocês dois correndo por aí vestidos como egípcios até que essa questão com Silano seja esclarecida. Não entendo o que está acontecendo entre você e o conde, mas eu não gosto disso. Precisamos estar todos no mesmo lado. Estamos discutindo o próximo passo de nossa invasão: a conquista da Síria.”

“Síria? Mas Desaix ainda está perseguindo Murad Bey no Alto Egito.”

“São apenas escaramuças. Temos como investir contra o Norte e o Leste ao mesmo tempo. O mundo espera por mim, mesmo que os egípcios não vejam como eu melhoraria suas vidas.” Seu sorriso foi apertado, sem esconder o óbvio desapontamento. Sua promessa de tecnologia ocidental e governo não conquistou a população. O reformista que eu vi na cabine do *L'Orient* estava mudando e seus sonhos de iluminação colidiam com o povo confuso que ele havia vindo salvar. A última gota de inocência de Napoleão tinha secado com o calor do deserto. Ele espantou uma mosca. "Enquanto isso, eu quero o mistério da pirâmide resolvido!"

"Que eu posso solucionar melhor sem a interferência do conde, general."

"Que você *vai* solucionar com a cooperação do conde. Certo, Monge?"

O matemático parecia intrigado. "Creio que dependa do que o *monsieur* Gage acredita ter descoberto."

E, então, ouvimos um ribombar parecido com um raio distante.

Olhamos para o Cairo, com seus mirantes acompanhando o Nilo. Em seguida, outro estouro, e mais outro. Eram canhões.

"O que é aquilo?" Napoleão perguntou a quem pudesse responder.

Uma coluna de fumaça começou a subir no céu limpo. Os disparos continuaram, menos ruidosos, e mais fumaça apareceu. "Tem alguma coisa acontecendo na cidade", Kleber disse.

"É obvio." Bonaparte voltou-se para seus assistentes. "Recolham tudo isso. Onde está meu cavalo?"

"Acredito que possa ser um levante", Kleber incluiu inquieto. "Havia rumores nas ruas e os mulás chamavam de suas torres. Não levamos a coisa muito a sério."

"Não. Os egípcios é que não *me* levaram a sério."

O pequeno grupo perdeu todo o foco em mim. Camelos se movimentaram, cavalos relincharam e os homens correram para suas montarias. Conforme os sabres eram retirados da areia, as tendas começaram a cair. Os egípcios estavam se rebelando no Cairo.

"E quanto a ele?", o assistente de campo disse, apontando para mim.

"Deixe-o por enquanto", disse Bonaparte. "Monge! Você e os sábios vão levar Gage e a garota com vocês. Volte ao Instituto, feche as portas e não deixe ninguém entrar. Vou mandar uma companhia da infantaria para proteger vocês. O resto de vocês, me siga!" E ele partiu, galopando pelas areias em direção aos botes que os transportaram pelo rio.

Enquanto os soldados e serventes empacotavam tudo rapidamente, Astiza pegou uma vela sem ser notada. Então, eles também partiram seguindo o rastro dos oficiais. Em minutos, estávamos sozinhos com Monge. Além de nós, só restavam as pegadas e marcas do banquete na areia. Uma ventania passou e ficamos sem ar novamente.

“Meu caro Ethan”, Monge disse, finalmente, enquanto assistíamos ao êxodo em direção ao Nilo, “você sempre chega trazendo problemas.”

“Estou tentando ficar longe deles desde Paris, dr. Monge, mas sem sucesso algum.” O som da rebelião ecoava pelo rio.

“Venha. Nós, cientistas, vamos ficar a salvo do perigo durante esta emergência.”

“Não posso voltar ao Cairo com você, Gaspard. Meu negócio é com a pirâmide. Veja, tenho o medalhão e estou prestes a compreendê-lo, acredito.” Com um gesto, Astiza mostrou a peça. Monge ficou surpreso com seu novo *design* e a semelhança com o símbolo maçônico.

“Como você pode ver”, continuei, “encontramos outra parte. O medalhão é um tipo de mapa para lugares secretos dentro da Grande Pirâmide, aquela que você diz conter o Pi. A chave é este triângulo de riscos no disco central. Concluí que eles devem representar números egípcios enquanto explorava uma tumba no sul. Acredito que seja uma pista matemática, mas do quê?”

“Riscos? Deixe-me ver novamente.” Ele pegou o medalhão de Astiza e o estudou com sua lente de aumento.

“Imagine que cada grupo de riscos seja um dígito”, eu disse.

Ele contou silenciosamente, movimentou os lábios sutilmente e pareceu surpreso. “Mas é claro! Por que eu não vi isso antes? O que temos aqui é um padrão estranho, mas apropriado para onde estamos. Meu Deus, que decepção.” Ele me olhava com pena e meu coração começou a ficar agoniado. “Gage, você já ouviu falar do Triângulo de Pascal?”

“Não, senhor.”

“Batizado por Blaise Pascal, que escreveu um tratado sobre esta progressão numérica específica há apenas cento e cinqüenta anos. Veja bem, é um tipo de progressão piramidal.” Ele pegou um sabre e começou a rabiscar na areia e desenhou um padrão numérico parecido com isso:

1

1 1

1 2 1

1 3 3 1

1 4 6 4 1

“Pronto! Você vê o padrão?”

Eu devo ter ficado parecendo um bode tentando ler Tucídides. Sofrendo por dentro, consegui me lembrar de Jomard e dos números de Fibonacci.

"Exceto pelos números um", Monge disse pacientemente, "você pode notar que cada número é a soma dos dois números do mesmo lado na fileira de cima. Vê o primeiro 'dois'? Acima dele temos dois uns. Este é o triângulo de Pascal. E é só o começo dos padrões que você pode encontrar aqui, mas o fato é que o triângulo pode se estender indefinidamente. Agora, vejamos os traços no seu medalhão."

I

I I

I II I

I III III I

"É o começo do mesmo triângulo!" Eu concluí. "Mas o que isso significa?"

Monge devolveu o medalhão. "Quer dizer que este objeto não pode ser do Egito Antigo. Sinto muito, Ethan, mas se é o Triângulo de Pascal, toda sua busca foi inútil."

"O quê?"

"Nenhum matemático antigo conhecia este padrão. O medalhão deve ser uma fraude moderna, sem dúvidas."

A sensação foi a mesma de levar um soco no estômago. Fraude? Isso era só um truque do velho Cagliostro? Tudo isso, inclusive a morte de Talma, não valia nada? "Mas ele parece com a pirâmide!"

"Ou a pirâmide parece com o triângulo. Ligar esta velharia às pirâmides do Egito é um ótimo jeito de fazer dinheiro. Essa coisa deve ser algum brinquedo de um estudioso ou algo que dava sorte, com Pi e as aletas de um compasso. Talvez fosse somente uma brincadeira. Quem sabe? Apenas suspeito, meu amigo, que você foi enganado por algum charlatão." Ele colocou a mão no meu ombro. "Não fique constrangido. Todos nós sabemos que você não é um sábio de verdade..."

Eu não conseguia acreditar. "Tinha certeza de que estávamos tão perto..."

"Gosto de você, Ethan, e não quero que você se machuque. Então, deixe-me dar um conselho. Não volte ao Cairo, só Deus sabe o que está acontecendo lá." Os sons de tiros ficavam cada vez mais altos. "Bonaparte suspeita que você seja um inútil e ele está ficando cada vez mais impaciente por causa da frustração. Pegue um barco até Alexandria e leve Astiza com você num navio para a América. É só você explicar suas razões e os ingleses vão deixá-lo ir. Vá para casa, Ethan Gage." Trocamos um aperto de mãos. "Vá para casa."

Fiquei em choque. Não conseguia compreender que todo o meu sofrimento não serviu para nada. Eu tinha certeza de que o medalhão apontava o caminho para dentro da pirâmide e, agora, o maior matemático da França disse que eu havia sido enganado! Monge deu um sorriso triste. E, então, pegou suas coisas, montou no burrinho e começou a ir lentamente de volta à cidade e seu Instituto. Os tiros aumentavam à distância.

Ele virou novamente. "Queria poder fazer o mesmo, Ethan!"

Astiza olhava para Monge com incredulidade. Ela estava sombria. Quando ele chegou longe o suficiente para não nos escutar, ela explodiu. "Aquele homem é um idiota!"

Fiquei estarrecido. "Astiza, ele é uma das melhores mentes de toda a França!"

"E, aparentemente, acredita que o aprendizado começa e termina em suas pomposas opiniões e seus ancestrais europeus. Ele sabe como construir uma pirâmide? Claro que não! E, ainda assim, ele insiste que o povo que as construiu sabia menos do que ele, ou do que esse Pascal, sobre números."

"Ele não disse isso."

"Olhe os padrões na areia! Eles não parecem com a pirâmide à sua frente?"

"Sim."

"E isso não tem absolutamente nada a ver com o fato de estarmos aqui? Não acredito nisso."

"Mas, qual é a conexão?"

Ela olhava para a areia e para a pirâmide, para a pirâmide e para a areia. "Deve ser óbvio, acho. Estes números correspondem aos blocos da pirâmide. Apenas um no topo, só que esse não está mais lá. Aí dois, três e continuam. Fileira depois de fileira, bloco atrás de bloco. Se você seguir este padrão, cada bloco vai corresponder a um número. Esse Monge é cego!"

Será que ela estava certa? Senti a empolgação retornar. "Vamos completar mais algumas fileiras na areia."

Logo, o padrão tornou-se aparente. A próxima linha, por exemplo, mostrava 1, 5, 10, 10, 5, 1. A seguinte, 1, 6, 15, 20, 15, 6, 1. E assim por diante com cada fileira ficando mais larga e seus números maiores. Lá pela décima terceira fileira, o número central era 924.

"Por qual número estamos procurando?" perguntei.

"Não sei."

"Então, para que serve isso?"

"Vai fazer sentido quando virmos."

E continuamos. Conforme o Sol afundava no horizonte do oeste, a sombra das pirâmides ficava maior. Astiza tocou em meu braço e apontou para o sul. Havia uma nuvem de poeira naquela direção, ou seja, um grupo considerável se aproximada. Fiquei inquieto. Se Silano e Bin Sadr sobreviveram é de lá que eles viriam. Ao norte, podíamos ver o brilho das chamas e ouvir o constante, e organizado, fogo da artilharia francesa. Uma batalha de larga escala se desenrolava na capital, que, supostamente, deveria ter sido pacificada. O controle de Napoleão era mais frágil do que ele imaginava. Vi um saco ovalado começar a subir. Era uma dos balões de Conté sendo usado por observadores para ajudar no combate.

"É melhor corrermos", disse.

Comecei a inserir números mais rapidamente, mas cada fileira adicionava uma seqüência com mais dois números. E ficava mais complicado. E se errarmos? Astiza ajudou, fazendo contas de cabeça com uma velocidade impressionante. E nossa pirâmide cresceu. Era como se a construíssemos na areia. Em pouco tempo, minhas costas começaram a doer e os olhos embaçaram. Números, números, números. Se Monge estava certo, por que os antigos egípcios criariam um engodo tão obscuro e cheio de pistas como este?

Finalmente, depois de cerca de cento e cinqüenta linhas abaixo do topo, encontramos uma pedra que tinha os mesmos dígitos que, de acordo com Monge, representavam o valor egípcio para Pi: 3160.

Fiquei sem ação. É claro! O medalhão era o mapa para um ponto específico na pirâmide! Face norte. Imagine uma porta e um duto nas faces leste e oeste. Lembre-se de Pi. Procure um bloco com o valor de Pi com este jogo numérico. Chegue no período correspondente a Aquário, como os egípcios representavam a cheia do Nilo, e... entre.

Se eu estivesse certo.

A face oeste da pirâmide estava rosada quando começamos a escalada. A noite se aproximava, o sol estava baixo e gordo, bem parecido com o balão de Conté. Nossos cavalos estavam amarrados lá embaixo e os sons de tiros no Cairo ficavam abafados por causa do gigante monumento entre nós e a cidade. Subi os degraus contando para encontrar a fileira onde deveria estar o bloco que correspondia a Pi, o número eterno, devidamente codificado nas dimensões da pirâmide.

"E se os números se referem a pedras externas que foram removidas?", eu disse.

"Eles corresponderiam aos internos, espero. Ou algo assim. O medalhão vai nos guiar até a pedra que dá acesso ao centro da pirâmide."

Estávamos ofegantes ao chegar na qüinquagésima terceira fileira quando Astiza apontou. "Ethan, olhe!"

Um grupo de cavaleiros fazia a curva na pirâmide mais próxima. Um deles nos viu e os outros começaram a gritar. Mesmo com a fraca luz do entardecer, não foi difícil reconhecer as bandagens nos braços de Bin Sadr e Silano. Se isso não funcionasse estaríamos mortos – ou pior, se Bin Sadr fizesse do seu jeito.

"É melhor achar aquela pedra logo."

Continuamos contando. Eram milhares de blocos na face oeste e, quando chegamos a um possível candidato, ele não tinha absolutamente nada de diferente. A rocha estava corroída pelo tempo, pesava várias toneladas e estava muito bem presa pelo peso colossal acima dela. Empurrei, chutei, tentei levantar, mas nada funcionou.

Uma bala atingiu as pedras.

"Pare! Pense!", Astiza pediu. "Deve haver um jeito especial ou qualquer um poderia ter tropeçado nisso." Ela segurou o medalhão contra o céu. "O local exato tem que ter algo a ver com isso."

Mais tiros chegaram perto de nós.

"Somos alvos fáceis aqui em cima", eu disse.

Ela olhou para baixo. "Não. Ele não pode nos matar até descobrir o que sabemos. Bin Sadr vai ficar fazendo a gente falar."

Era verdade. Silano gritava com os homens que atiravam e baixava seus mosquetes enquanto os empurrava em direção à pirâmide.

"Ótimo."

De repente, eu percebi que a sombra da segunda pirâmide incidia sobre a que estávamos. Seu longo triângulo subia pela areia e chegava até nossa posição. O pico dela estava intacto e, em seu ápice, parecia apontar para um bloco à nossa direita, mas algumas fileiras para baixo de nossa posição. A cada dia, a sombra tocava uma pedra diferente e, hoje, era a data sugerida pelo calendário. Acho que erramos por pouco em nossa contagem.

Cheguei ao ponto imediatamente acima da sombra e segurei o medalhão contra o sol. A luz atravessou os pequenos buracos e projetou a formação de Draconis na pedra...

"Ali!" Astiza apontou. Uma marca leve de buracos, ou melhor, marcas de formão, aparecia perto da base da pedra. Ela reproduzia o padrão encontrado no medalhão. E, abaixo dela, a junção entre a pedra e a de baixo era um pouco mais larga que as demais. Agachei e assoprei. Quando a poeira voou, dei de cara com o mais sutil dos símbolos da Maçonaria talhado na pedra.

Eu já podia ouvir os árabes gritando quando começaram a escalar. "Gage, desista!", Silano dizia. "Você chegou tarde demais!"

Foi aí que lembrei do nome que várias pessoas deram ao medalhão desde que o consegui. Chave. Tentei colocar o disco na abertura, mas ele era levemente convexo e não encaixou.

Olhei para baixo e tanto Silano quanto Bin Sadr também subiam os degraus.

Então, inverti o medalhão. Os braços prenderam, eu sacudi, e eles moveram um pouco mais...

Subitamente, ouvi um clique. E, como se fossem puxados por cordões, os braços da peça entraram ainda mais na pedra. O disco quebrou e saiu quicando para baixo na direção de Silano. Ouvi vários ruídos das pedras se movendo e ralando.

Os homens abaixo de nós gritavam.

Como num passe de mágica, a pedra perdeu seu peso e levantou alguns milímetros em relação à rocha de baixo. Empurrei e, agora, ela rodava e subia como se fosse feita de plumas. Ela se moveu e revelou um túnel escuro inclinado exatamente como o corredor que explorei com Napoleão. Um bloco de dez mil libras tinha acabado de ficar leve como uma pena. A chave desapareceu na rocha.

Descobrimos o segredo. Onde estava Astiza?

"Ethan!"

Girei e vi que ela tinha descido para pegar o disco. A mão de Silano apertava sua garganta. Ela se livrou e correu para cima, enquanto ele ficou segurando apenas trapos. Peguei a espada de Ash e baixei para ajudá-la a subir. Silano desembainhou um novo florete. Seus olhos brilhavam.

"Atire nele!" Bin Sadr gritou.

"Não. Agora ele não pode fazer nenhuma gracinha com o rifle. Ele é meu."

Decidi deixar o estilo de lado. Era hora de desespero e de força bruta.

Mesmo com sua lâmina passando muito perto do meu torso, gritei feito um *viking* e desci a espada com a força que usaria para cortar uma tora de madeira. Aproveitei a vantagem da altura e fui tão rápido, que ele foi forçado a aparar o golpe, sem poder atacar. As lâminas se chocaram e a espada de Silano entortou com a força do meu ataque. Não quebrou, mas torceu seu pulso. Ainda devia estar ferido por causa da explosão do meu rifle.

Quando ele tentou virar para pegar sua empunhadura novamente, perdeu o equilíbrio e caiu sobre outros mercenários. Todos eles rolaram pirâmide abaixo. Os homens tentavam se agarrar às pedras para evitar uma queda mais violenta. Tentei acertar Bin Sadr e joguei a espada como se fosse uma lança, mas ele desviou e a lâmina atingiu outro homem em cheio – ele foi jogado para trás com o golpe.

Ele veio para cima de mim com uma lâmina mortífera saindo da ponta de seu cajado de cabeça-de-cobra. Ele golpeou. Eu desviei, mas não rápido o suficiente. A arma afiada entrou levemente no meu ombro. Antes que ele pudesse virar o bastão e cortar mais, uma pedra atingiu seu rosto em cheio. Astiza estava atirando pedaços da pirâmide.

Bin Sadr também estava ferido e segurava o cajado com apenas uma mão por causa da bala. Senti uma oportunidade para derrubá-lo. Agarrei o bastão e puxei para cima. Com o susto, ele puxou para baixo enquanto piscava por causa do bombardeio de Astiza. Relaxei por um momento e ele quase caiu para trás. Aí puxei de novo e o empurrei de uma vez. Ele caiu e rolou vários degraus abaixo. Seu rosto estava ensangüentado e eu tinha ficado com o precioso cajado. Pela primeira vez, notei uma ponta de medo.

"Devolva!"

"Vai virar carvão, bastardo!"

Astiza e eu voltamos para o buraco, nossa única rota de fuga, e rastejamos para dentro. Precisamos escorar nossa descida com os braços para não escorregarmos. Conseguimos empurrar a pedra da entrada de volta à sua posição original. Bin Sadr subia como um maluco e rosnava de raiva. O bloco encaixou tão facilmente quanto havia saído, mas, conforme retornava, ele ganhou seu peso novamente e selou a passagem na cara do vilão. De um instante para o outro, estávamos mergulhados na escuridão.

Ouvimos a frustração dos árabes que batiam na pedra por fora. Foi o determinado Silano quem ordenou a solução. "Pólvora!"

Não tínhamos muito tempo.

Estava tudo completamente escuro até que Astiza bateu em algo contra a lateral do duto e eu vi fagulhas. Ela conseguiu acender a vela que pegou da mesa de Napoleão. Estava tão escuro que aquela luz minúscula fazia brilhar toda a passagem. Pisquei e respirei fundo. Havia um recuo perto da entrada e dele saia uma saliência com um braço suspenso à porta de pedra pela qual entramos. O corredor era todo dourado e impressionava por ter pelo menos cinco centímetros de grossura. O ouro, provavelmente, protegia o material da corrosão ou deterioração. Tudo aquilo era uma espécie de mecanismo que aliviava o peso da porta, movendo-a para cima e para baixo como um pistão. Havia um soquete conectado à máquina e um poço que descia no escuro. Não tinha idéia de como funcionava.

Tentei forçar a porta. Ela estava presa como uma rolha, só que infinitamente mais pesada. Recuar parecia impossível. Estávamos temporariamente salvos e permanentemente presos. Porém, percebi um detalhe que havia me escapado antes. Enfileiradas ao longo da parede do túnel encontrei tochas secas, praticamente mumificadas pela dessecação.

Alguém queria que encontrássemos o caminho até o fundo.

Capítulo Vinte e Três

O túnel oposto também parecia projetado para almas deslizarem e não para homens escalarem. Descemos intercalando escorregões com esbarrões. Por que não tinha degraus? Será que, algum dia, algum tipo de carrinho ou trenó descia por aqui? Vai ver os construtores nunca pensaram em usar estas passagens. Ou elas seriam utilizadas para criaturas ou transportes que nem imaginamos? Passamos por três espaços vazios no teto do túnel nos trinta metros. Quando levantei minha tocha pude ver blocos suspensos de granito negro. Para que eles serviam?

Continuamos descendo. Em certo ponto, o arenito deu lugar a paredes de calcário ainda perfeitamente refiladas e tratadas. Passamos por baixo de toda a pirâmide e chegamos à base do platô de calcário sobre o qual a estrutura foi construída. Adentramos mais ainda nas entranhas da Terra, muito mais abaixo do túnel que explorei com Jomard e Napoleão. A passagem começou a ficar sinuosa. Uma corrente de ar deixou uma trilha de fumaça atrás de nós. O cheiro era de rocha empoeirada.

De repente, o corredor se transformou num túnel tão baixo, que precisamos engatinhar. Mas, logo depois, ele cresceu novamente. Quando levantamos e erguemos a tocha, vimos que estávamos numa caverna de calcário.

Um canal gasto mostrava onde a água costumava bater. O topo estava tomado por estalactites. Enquanto o teto era obra da natureza, as paredes eram repletas de hieróglifos e desenhos, que, novamente, não compreendíamos. As pinturas mostravam criaturas agachadas que rosnavam e obstruíam passagens sinuosas cheias de línguas de fogo e piscinas mortais.

"O submundo", Astiza cochichou.

Estátuas de deuses e faraós perfilavam-se pelas paredes como sentinelas protetoras com seus semblantes orgulhosos, olhos serenos, lábios cerrados e poderosos músculos. Najas entalhadas demarcavam as portas. Uma fileira de babuínos formava uma coroa no teto de pedra. Uma estátua de Thoth com cabeça de pássaro ficava ao lado da porta. Sua mão esquerda segurava a balança para pesar o coração humano.

"Meu Deus, o que é esse lugar?", murmurei.

Astiza estava grudada ao meu lado. Estava frio na caverna e ela tremia com suas roupas finas. "Acho que essa é a verdadeira tumba. Não aquela sala vazia que você descreveu para mim. As lendas de Heródoto sobre a verdadeira câmara funerária sob a pirâmide podem estar certas."

Coloquei o braço em volta dela. "Por que construir uma montanha monstruosa em cima dela?"

"Para esconder, demarcar, selar, para confundir", ela teorizou. "Seria um jeito de manter a tumba oculta para sempre ou para esconder alguma coisa dentro dela. Por outro lado, os antigos poderiam querer sempre ser capazes de achar a caverna e, para isso, precisavam marcá-la com algo tão gigantesco que nunca seria perdido: a Grande Pirâmide."

"Porque a caverna era o verdadeiro local de descanso do Faraó"

"Ou algo mais importante."

Olhei para a estátua com a cabeça de pássaro. "Você quer dizer esse troféu que todos querem, o tal mágico Livro de Thoth, que contêm todo o conhecimento."

"Acho que este pode ser o lugar onde vamos achá-lo."

Eu ri. "Então, tudo que temos que fazer é encontrar o caminho para fora daqui!"

Ela olhou para o teto. "Você acha que os antigos abriram essa caverna?"

Não. Dolomieu, nosso geólogo, disse que o calcário é que se desgasta com a água corrente e, como sabemos, o Nilo está bem perto daqui. Em algum momento no passado, o rio ou algum afluente, provavelmente correu por este platô. A área pode estar cheia de bolhas como um favo de mel. Quando os egípcios descobriram este lugar, eles conseguiram um esconderijo ideal...

mas somente se pudessem mantê-lo em segredo. Acho que você está certa. Construa uma pirâmide e todo mundo vai olhar para *ela*, não para o que está embaixo."

Ela segurou meu braço. "Talvez os dutos que Napoleão explorou servissem simplesmente para convencer os trabalhadores e arquitetos menos importantes de que o faraó seria enterrado lá."

"Enquanto isso, um outro grupo construía o duto que acabamos de descer e escrevia estes hieróglifos. Eles desceram até aqui e voltaram, certo?" Tentei soar convincente.

Astiza apontou. "Não, eles não voltaram."

Um pouco à frente, passando os pés de Thoth, vi um carpete de ossos e crânios cobrindo a caverna de um lado ao outro. A morte estava em todo lugar. Passamos por eles com medo. Havia centenas de corpos humanos deitados em filas. Não havia marca de armas em seus restos.

"Escravos e sacerdotes", ela disse, "envenenados ou com as gargantas cortadas para que não contassem os segredos a ninguém. Esta tumba foi sua última obra."

Cutuquei um crânio. "Vamos garantir que não seja a nossa. Venha. Sinto cheiro de água."

Atravessamos a câmara de ossos da melhor maneira que pudemos, com os mortos tilintando conforme passávamos até que chegamos a uma câmara com uma fossa no meio. Havia uma borda em torno do buraco e quando olhamos para baixo, o brilho de nossa tocha refletiu na água. Era um poço. Acima dele subia um buraco estreito com uma haste idêntica àquela que vimos na entrada da pirâmide. Seria a mesma? A caverna podia ter feito uma volta e nos trazido diretamente abaixo da entrada secreta e essa construção poderia ser a mesma que controlava o peso do bloco por onde entramos.

Toquei a peça. Ela subiu e desceu gentilmente como se flutuasse. Olhei com mais cuidado. Lá embaixo, no poço, havia uma bola dourada cujo diâmetro era a altura de um homem, que permitia que a haste subisse e descesse de acordo com o nível da água. Encontrei um medidor de água ao lado do fosso. "O velho Ben Franklin adoraria adivinhar para que isso serve."

"Estas marcações são semelhantes àquelas que usamos nos medidores do Nilo para controlar a cheia do rio", Astiza disse. "Quanto mais altas, mais ricas seriam as safras do ano e maiores seriam as taxas que o faraó cobraria. Mas por que medir aqui embaixo?"

Ouvi água corrente por perto. "Porque isso está conectado a um braço subterrâneo do Nilo", tentei adivinhar. "Conforme o rio enche, este poço sobe e leva a haste junto."

"Mas, por quê?"

"Porque é um portão sazonal", concluí. "Uma trava temporal. Lembra que o calendário apontava para Aquário na data de hoje, vinte e um de outubro? Quem quer que tenha criado a porta de pedra por onde entramos, a construiu de modo que ela pudessse ser aberta no período de cheia máxima, por alguém que conhecesse o segredo do medalhão. Durante o período de seca, a caverna fica perfeitamente selada."

"Mas, por que temos que entrar quando o Nilo enche?"

Fiquei incomodado enquanto balançava a haste. "Boa pergunta."

Continuamos em frente. A caverna serpenteava e, em pouco tempo, já não sabia mais para qual lado estávamos indo. Nossas primeiras tochas queimaram até o final e acendemos novas. Não tenho medo de espaços pequenos, mas senti como se estivesse enterrado lá embaixo. Sem dúvida, o Submundo de Osíris! E, então, chegamos a uma grande sala que fazia todas as outras parecerem diminutas. Uma câmara subterrânea tão espaçosa, que as tochas não conseguiam iluminar os cantos mais distantes. Encontramos uma espécie de lago de água negra.

Paramos na borda e notamos o teto de pedra. No meio do lago imóvel e opaco havia uma pequena ilha. Uma tenda de mármore com quatro pilares e teto. Algo ocupava o centro. Baús, estátuas, e pilhas de peças menores que, mesmo a uma distância considerável, brilhavam e cintilavam rodeando a estrutura central.

"Tesouro." Tentei dizer casualmente, mas quase engasguei.

"É como Heródoto descreveu." Astiza respirou fundo como se ainda não acreditasse no que via. "O lago, a ilha... este é o verdadeiro túmulo do Faraó. Inexplorado, nunca roubado. Que dádiva ver isso!"

"Estamos ricos", incluí. Meu estado de iluminação espiritual chegava perto da ganância comum. Não me orgulho de meus instintos comerciais, mas eu comi o pão que o diabo amassou nos últimos meses e um pouco de dinheiro seria uma boa compensação. Fiquei abestalhado na mesma proporção quando vi as riquezas no depósito do *L'Orient*. O valor histórico pouco importava naquela hora. Eu só queria pegar um pouco, encher os bolsos e dar um jeito de cair fora desse sepulcro e escapar do exército francês.

Astiza apertou minha mão. "É sobre isso que as lendas têm falado, Ethan. Conhecimento eterno, tão poderoso que tem de ficar escondido até que homens e mulheres sejam sábios o suficiente para usá-lo. Acredito que vamos encontrá-lo naquele pequeno templo."

"Encontrar o quê?" O brilho do ouro ainda tinha toda minha atenção.

"O Livro de Thoth. O cerne sobre a verdade da existência."

"Ah, sim. Mas estamos preparados para suas respostas?"

"Devemos protegê-lo dos hereges como os do Rito Egípcio até estarmos prontos."

Encostei minha bota na água. "Uma pena não termos um feitiço para andar sobre a água. A água parece gelada demais."

"Não, veja. Existe um bote para levar o faraó para o céu."

Encostado ao lado do lago havia um bote branco estreito e gracioso, tão belo quanto uma escuna, que descansava num berço de pedra. Ele tinha uma proa alta e parecia com os que eu tinha visto nas pinturas da parede do templo. Era grande o suficiente para carregar nós dois e tinha um remo dourado para empurrá-lo. Como não apodreceu? Porque não foi feito com madeira. Os construtores usaram alabastro oco e juntas de ouro. A pedra era tão polida que parecia translúcida.

"Vamos navegar com pedra?"

"Com pedra fina", ela disse. Conduzimos o veículo cuidadosamente até a água. Ondulações apareceram em vários pontos do lago.

"Você acha que tem alguma coisa viva na água?", perguntei totalmente desconfortável.

Ela subiu a bordo. "Vamos saber quando chegarmos ao outro lado."

Embarquei e empurrei com o cajado de Bin Sadr. Então, deslizamos em direção à ilha, sempre olhando para os lados, atentos para algum monstro que resolvesse aparecer.

Não era longe e o templo era bem menor do que imaginei. Encostamos e fomos em direção ao faraó. Havia uma carruagem de ouro com lanças de prata, mobília de ébano e jade, baús de cedro, armaduras incrustadas com jóias, deuses com cabeça de cachorro, e jarros com óleo e especiarias. A ilhota brilhava com pedras preciosas como esmeraldas e rubis. Também vi turquesa, feldspato, jaspe, cornalina, malaquita, âmbar, coral e lápis-lazúli.

Um sarcófago de granito vermelho, sólido como uma fortificação, com um tampo de rocha pesado demais para ser levantado sem a ajuda de pelo menos doze homens. Haveria alguém lá dentro? Não tinha o menor interesse em descobrir. A idéia de invadir a cova de um faraó não me atraía. Pegar o tesouro, sim.

Astiza não dava atenção a nada disso. Ela mal olhou para as jóias, roupas, jarros e travessas de ouro. Ela parecia em transe enquanto andava pelo caminho prateado até o templo, com seus pilares gravados com as cabeças de babuíno de Thoth. Eu segui.

Encontramos uma mesa de mármore sob o teto também de mármore. Sobre ela estava uma caixa de granito vermelha, com um dos lados abertos e, dentro, ela encerrava um cubo dourado com aberturas em ouro. Tudo isso por um livro ou, mais precisamente, rolos de pergaminho? Puxei e ele abriu como se estivesse azeitado.

Coloquei minha mão dentro...

E não encontrei nada.

Tateei em todas as direções e só sentia a camada de ouro. Bufei.

"E lá se vai a sabedoria."

"Não está aí?"

"Os egípcios não sabiam muito mais do que sabemos. É tudo mito, Astiza."

Ela ficou paralisada. "Então, para que este templo? Por que a caixa? Qual a razão de todas as lendas?"

Dei de ombros. "Talvez a biblioteca tenha sido a parte fácil. Escrever o livro é que deve ter sido impossível."

Ela olhou ao redor com cuidado. "Não. Ele foi roubado."

"Acho que nunca esteve aqui."

Ela balançou a cabeça. "Não. Eles não construiriam um cofre de granito e ouro por nada. Alguém esteve aqui antes. Alguém de alta patente com o conhecimento suficiente para entrar e, ainda assim, orgulhoso e furioso demais para não respeitar a pirâmide."

"E não levar todo esse ouro?"

"Este profeta não ligava para ouro. Ele estava interessado no outro mundo, não nesse. Aliás, ouro é lixo comparado ao poder desse livro."

"Um livro de mágica."

"De poder, sabedoria, graça e serenidade. Um livro de morte e renascimento. Um livro de felicidade. Capaz de inspirar o Egito a se tornar a maior nação do mundo e, então, levar outro povo a influenciar o mundo."

“Outro povo? Quem o levou?”

Ela apontou. “Ele deixou a identidade ali.”

Encostado no canto do templo de mármore havia um cajado de pastor. Ele tinha uma extremidade curvada para prender o pescoço de ovelhas. A madeira parecia maravilhosamente preservada e, diferentemente de qualquer outro bastão, era notavelmente polido e levava a figura de um anjo com asas na extremidade curva e a cabeça de uma cobra na outra. No meio identifiquei dois querubins estendendo suas asas e um suporte prendendo-os ao cajado. Era um objeto bastante modesto em meio às maravilhas do faraó.

“Que diabos é aquilo?”

“O cajado do mago mais famoso da história”, Astiza disse.

“Mago?”

“O príncipe do Egito que se tornou o libertador.”

Olhei para ela. “Você está dizendo que Moisés esteve aqui?”

“Não faz sentido?”

“Não, é impossível.”

“Será? Um fugitivo criminoso que falou com Deus, volta do deserto com a extraordinária tarefa de liderar os escravos hebreus para a liberdade. De repente, ele tem o poder de operar milagres – uma habilidade que ele nunca demonstrou antes?”

“Poder concedido por Deus.”

“Será? Ou pelos deuses, sob a forma de um único e grande Deus?”

“Ele estava *lutando contra* os deuses egípcios e seus ídolos falsos.”

“Ethan, eram homens lutando contra homens.”

Ela parecia uma daquelas malditas revolucionárias francesas. Ou com Ben Franklin.

“O salvador de seu povo não só levou os hebreus e destruiu o exército do faraó”, Astiza continuou. “Ele levou o talismã mais poderoso do mundo. Seu poder era tamanho, que os imigrantes escravos conseguiram conquistar a Terra Prometida.”

“Um livro.”

“Um repositório de sabedoria. Receitas de poder. Quando os judeus chegaram à Terra Prometida, os exércitos defensores foram varridos diante de seus olhos. Moisés encontrou comida, curou os doentes e puniu os blasfemos. Ele viveu mais que o normal. Algo manteve os hebreus vivos no deserto por quarenta anos. Foi esse livro!”

Tentei me lembrar das histórias da Bíblia de novo. Moisés era o bebê hebreu que foi resgatado por uma princesa, criado como príncipe, e que matou um capataz de escravos num momento de fúria. Ele fugiu, voltou décadas mais tarde e, quando o faraó se recusou a libertar seu povo, ele invocou as Dez Pragas sobre o Egito. Quando o faraó perdeu seu primogênito na décima, e pior das tragédias, ele libertou os hebreus da escravidão. E esse deveria ter sido o fim da história se o faraó não tivesse mudado de idéia novamente e perseguido Moisés e os hebreus com seiscentas carruagens. Por quê? Porque ele descobriu que Moisés tinha levado mais que os escravos. Ele levou a fonte do poder egípcio, seu maior segredo, sua posse mais importante. Ele a levou e...

Abriu o mar.

Teriam eles levado esse livro de poder até o Templo de Salomão, supostamente erguido pelos ancestrais dos maçons?

"Não pode ser. Como ele chegou até aqui e saiu?"

"Ele veio até o faraó pouco antes da cheia do Nilo", Astiza disse. "Você não percebe, Ethan? Moisés tinha sido um príncipe egípcio. Ele conhecia os segredos sagrados. Ele sabia como entrar aqui e sair, algo que ninguém havia ousado. Naquele ano, o Egito não perdeu só uma nação de escravos, um faraó e um exército. Ele perdeu seu coração, sua alma, sua sabedoria. E essa essência partiu com uma tribo nômade que, quarenta anos depois, a levou..."

"Para Israel." Sentei no pedestal vazio. Minha mente não parava de trabalhar.

"E Moisés, tão ladrão quanto profeta, nunca teve permissão de seu próprio Deus para entrar na Terra Prometida. Talvez ele tenha sentido culpa por ter libertado algo que deveria ter permanecido escondido."

Fiquei olhando para o vazio. Esse livro, ou pergaminho, estava desaparecido há mais de três mil anos. E aqui estávamos eu e Silano perseguindo um cofre vazio.

"Estamos procurando no lugar errado."

"Ele pode ter se tornado parte da Arca da Aliança", ela disse empolgada, "como as Tábuas dos Dez Mandamentos. Os mesmos conhecimentos e poderes responsáveis pela construção das pirâmides foram passados aos judeus, que passaram de um povo obscuro à condição de uma das tribos cujas tradições seriam a fonte das três grandes religiões! Ele pode ter ajudado a derrubar os muros de Jericó!"

Minha mente não parava de girar. Heresia! "Mas, por que os egípcios enterrariam um livro desses?"

"Porque conhecimento sempre traz recompensas, mas existem riscos. Ele pode ser usado para o Bem e para o Mal. Nossas lendas dizem que os segredos do Egito vieram do mar, de um povo esquecido mesmo quando as pirâmides foram erguidas, e Thoth concluiu que tal conhecimento deveria ficar escondido. Pessoas são criaturas emocionais, mais espertas que sábias. Talvez os hebreus tenham percebido isso também, já que o livro desapareceu. Eles podem ter aprendido que usar o Livro de Thoth é perigoso demais."

Eu não acreditei em nada daquilo, claro. A mistura de deuses era uma blasfêmia absurda. E sou um homem moderno, um homem da ciência, um americano cético a exemplo de Franklin. E, mesmo assim, ainda existiria uma força divina que envolvia todas as maravilhas do mundo? Existia mesmo um capítulo da história da humanidade que nossa Era Revolucionária esqueceu?

Nesse momento ouvimos o eco de um *boom*, um trovejar longo, e a brisa se movimentando. A caverna tremeu. Uma explosão.

Silano achou a pólvora.

Enquanto o eco da explosão continuava a ocupar a câmara, levantei do pedestal. "Você ainda não respondeu minha outra pergunta. Como Moisés saiu daqui?"

Ela sorriu. "Talvez ele não tenha fechado a porta por onde ele entrou e saiu por lá mesmo. Ou, mais provavelmente, exista mais que uma entrada. O medalhão não sugere mais de um duto? Um a oeste e um a leste? Ele fechou a parte oeste, mas saiu pela leste. A boa notícia é que sabemos que ele conseguiu. Chegamos até aqui, Ethan. Vamos encontrar o caminho para fora. O primeiro passo é sair dessa ilha."

"Não antes de eu me servir."

"Não temos tempo para isso!"

"Uma pitada deste tesouro é o suficiente para comprarmos todo o tempo do mundo."

Eu não tinha um saco decente ou uma mochila. Como posso descrever as riquezas que tentei vestir? Enrolei colares suficientes para me causar uma bela dor nas costas e coloquei mais braceletes que uma puta babilônica. Coloquei cintos de ouro ao redor da minha cintura e até peguei os querubins de Moisés e coloquei nas minhas ceroulas. Ainda assim, não tinha tocado em praticamente nada do tesouro que descansava sob a Grande Pirâmide. Em contrapartida, Astiza não tocou em nada.

"Roubar dos mortos é a mesma coisa que roubar dos vivos", ela alertou.

"Exceto pelo fato de que os mortos não precisam mais", argumentei, mergulhado em minha ganância ocidental e meus instintos empreendedores que diziam para não perder uma oportunidade única como esta. "Quando sairmos daqui, vamos precisar de dinheiro para continuar procurando pelo livro", justifiquei. "Pelo amor de Deus, coloque um anel ou dois nos dedos."

"É má sorte. Pessoas morrem quando saqueiam tumbas."

"É uma simples compensação por tudo que passamos."

"Ethan, tenho medo da maldição."

"Sábios não acreditam em maldições e americanos acreditam em oportunidades claras como esta. Não vou embora enquanto você não pegar algo para você."

Ela colocou um anel com prazer similar ao de um escravo prendendo seus grilhões. Eu sabia que ela pensaria como eu tão logo saíssemos de lá. Só aquele anel, com um rubi do tamanho de uma cereja, valia o salário de uma vida toda. Entramos rapidamente no bote e deixamos a ilha. Percebi que a superestrutura acima de nós tremia e continuava a estalar e chiar com o efeito da explosão. Torci para que o idiota não tivesse usado pólvora demais e comprometido o teto.

"Devemos levar em conta que Bin Sadr e seus assassinos virão da mesma direção que viemos, se o arrombamento com a pólvora funcionou", eu disse. "Mas, se o medalhão mostrou um 'V' com dois dutos, o outro caminho está no túnel leste. Com sorte, podemos sair do lado de lá, fechar a porta e estar longe quando eles descobrirem que saímos."

"Eles vão ficar entorpecidos pelo tesouro também", Astiza previu.

"Quanto mais, melhor."

O barulho perturbador continuava e foi acompanhado por um assobio, como uma cascata de areia caindo. Será que a explosão acionou algum tipo de mecanismo antigo? A estrutura parecia viva e descontente. Consegui ouvir os gritos dos capangas de Silano vindo em nossa direção.

Levei Astiza até o portal leste. O cajado de Bin Sadr ainda estava comigo. Encontramos dois túneis, um descendo e outro subindo. Escolhemos o que subia. Era quase certeza de que ele nos levaria a um duto ascendente oposto ao que usamos para descer. Ele subia no mesmo ângulo em direção à face leste da pirâmide. Mas quanto mais alto escalávamos, mais alto os sons ficavam.

Descobrimos o motivo rapidamente. Aqueles vazios que notamos no duto oeste também estavam aqui. E da boca de cada um deles descia um bloco gigante de granito que selaria a passagem e qualquer fuga. Um segundo descia depois do primeiro, e um terceiro além dele. A areia deveria servir de contrapeso para manter as pedras no lugar. Agora, com a delicadeza de Silano, o sistema foi acionado para liberar as travas. Com certeza, os portais estavam se fechando no túnel por onde entramos também. Nesta altura, estávamos presos sob a pirâmide com os homens de Bin Sadr.

"Rápido! Talvez possamos passar antes que eles fechem!" Comecei a avançar.

Astiza me agarrou. "Não! Você vai ser esmagado!"

Mesmo enquanto tentava me soltar, eu sabia que ela estava certa. Eu conseguiria passar pelo primeiro e, talvez, pelo segundo. Mas o terceiro me esmagaria, ou, mais provavelmente, me deixaria enclausurado pela eternidade entre ele e seu irmão.

"Tem que haver outro caminho", eu disse mais esperançoso do que confiante.

"O medalhão só mostrava dois dutos." Ela me puxou de volta pelos colares como se fosse um cachorro de coleira. "Eu disse que isso era má sorte."

"Não, existe o túnel descendente que deixamos para trás. Eles não fechariam a saída para sempre."

Corremos de volta e voltamos ao lago subterrâneo e sua ilha. Conforme chegávamos perto, vimos um brilho e confirmamos o pior. Vários árabes estavam na ilha do tesouro, gritando com a mesma alegria que eu senti e brigando pelas melhores peças. Então, eles viram nossas tochas. "O americano!" Bin Sadr gritou. Suas palavras ecoaram pela água. "Quem matar o desgraçado recebe em dobro! E o dobro disso se me trouxer a mulher!"

Onde estava Silano?

Eu não resisti e balancei o cajado na direção do bastardo. Foi como agitar uma capa em frente a um touro.

Bin Sadr e dois homens subiram no bote de alabastro e quase tombaram, mas deslizaram com o impulso. Os outros três pularam na água e começaram a nadar.

Sem outra opção, corremos pelo túnel descendente. Ele também dava a impressão de levar para o leste, mas para as profundezas do leito de calcário. Temia encontrar um beco sem saída, como o corredor que vimos com Napoleão. Ouvi outro som aumentar de volume. Era o rugido profundo e gutural de um rio subterrâneo.

Talvez fosse a saída!

Chegamos a uma cena de Dante. O túnel acabava numa plataforma de pedra que dava acesso a uma outra caverna levemente iluminada por um brilho vermelho. A fonte de luz era um fosso tão profundo e enevoado cujo fundo eu não consegui ver. Era uma luminescência que parecia não ser deste mundo, turva, mas pulsante, como se viesse do reino de Hades. Rochas se acumulavam em suas bordas e areia escorria em direção à Lua. Algo misterioso se movia lá embaixo, pesado e grosso. Uma ponte de pedra quebrada, sinalizada e sem corrimão atravessava a fossa. Ela era coberta por estrelas amarelas sobre uma base de esmalte azul, como uma versão invertida do teto de um templo. Quem escorregasse nunca conseguiria voltar.

A ponte terminava numa escadaria de granito. Um pequeno curso d'água corria dos degraus em direção ao poço. Possivelmente, era a fonte do vapor. Foi dali que ouvi o barulho do rio. Mesmo sem poder ver, imaginei que havia um braço subterrâneo do Nilo ali, correndo pelo lado mais distante da câmara como um canal de irrigação. O canal deveria estar no topo da escadaria molhada, um pouco acima da plataforma em que estávamos.

"Essa é a saída", eu disse. "Só precisamos chegar lá primeiro." Eu podia ouvir os árabes vindo atrás de nós enquanto eu corria para a ponte.

De repente, um dos blocos que continha uma das estrelas cedeu e minha perna ficou presa no buraco. Quase cai na fossa. Foi sorte eu ter conseguido me agarrar na borda da ponte e me levantar. O bloco fez um barulho enorme quando bateu no chão, depois de um bom tempo. Olhei para a névoa vermelha. O que estava se mexendo lá embaixo?

"Pelas barbas do profeta, acho que há cobras lá embaixo", eu disse, tremendo, enquanto saia da ponte. Ao mesmo tempo, os gritos dos árabes ficavam mais altos.

"É um teste, Ethan, para punir aqueles que entram sem o conhecimento. Há algo de errado com a ponte."

"Com certeza."

"Por que pintar o céu no piso da ponte? Porque o mundo está de cabeça para baixo aqui, porque... o disco do medalhão! Onde está?"

Depois que Astiza o recuperou nos degraus da pirâmide, eu o enfiei no bolso. Um *souvenir* depois de tanto trabalho. Tirei o objeto e dei a ela.

"Veja", ela disse, "a constelação de Draco. Não é a Estrela do Norte, Ethan. É o padrão que temos que seguir." E antes que eu sugerisse discutirmos o assunto, ela passou por mim e pisou numa pedra específica da ponte. "Toque apenas nas estrelas que estão na constelação!"

"Espere! E se você estiver errada?"

Um mosquete disparou e a bala ricocheteou na câmara. Bin Sadr vinha com tudo.

"Que escolha temos?"

Segui Astiza e usei o cajado de Bin Sadr para me equilibrar.

Mal começamos quando os árabes saíram do túnel e pararam na borda do poço assim como nós. Eles ficaram ressabiados com a peculiaridade ameaçadora do lugar. Então, um deles correu. "Eu pego a mulher!" Porém ele só avançou alguns centímetros quando outro bloco cedeu e ele foi surpreendido. Sem a sorte que eu tive, ele escorregou na ponte, bateu, gritou e tentou se agarrar com os dedos, mas caiu e foi batendo nos lados do poço até sumir lá embaixo. Os árabes foram até a borda da ponte para olhar. Alguma coisa se mexeu e, rapidamente, o grito da vítima parou.

"Esperem!", Bin Sadr disse. "Não atire neles! Vejam! Devemos pisar onde eles pisam!" Ele estava me acompanhando tão cuidadosamente quanto eu acompanhava Astiza. Ele pulou para onde eu estava. A ponte se manteve. "Sigam-me!"

Era bizarro. Todos nós imitávamos os saltos de uma mulher. Outro árabe errou e caiu gritando quando mais um bloco cedeu. Todo mundo parou para olhar. "Não, não, *aquele* ali!" Bin Sadr alertou, apontando. O jogo mortal recomeçou.

Quando cheguei no meio do caminho, não era possível ver o fundo de jeito nenhum. Que espécie de fossa vulcânica era aquela? Era isso que a pirâmide deveria selar?

"Ethan, mais rápido", Astiza implorou. Ela estava esperando para ter certeza de que eu pisaria nas pedras certas. Isso dava tempo para Bin Sadr memorizá-las também. Finalmente, ela chegou até a escadaria, diminuindo a tensão, e eu dei meu último salto chegando à Estrela Polar. Dei uma passada triunfante até os degraus de granito e virei, segurando o cajado de Sadr, pronto para golpeá-lo. Talvez ele errasse!

Mas não, ele continuou implacável. Seus olhos brilhavam. "Você não tem para onde fugir, americano. Se você me der o cajado, vou te poupar para ver o que vamos fazer com a mulher."

Ele estava a alguns passos de distância. Seus três capangas sobreviventes se amontoaram atrás dele. Se eles avançassem, estaria perdido.

O árabe parou. "Você vai se render?"

"Vá para o inferno."

"Atirem nele agora!", Bin Sadr ordenou. "Eu me lembro das últimas estrelas." Mosquetes e pistolas começaram a subir.

"Pegue aqui", eu ofereci.

Joguei o cajado para cima, alto, para que ele pegasse. Ele cerrou os olhos. Instintivamente, ele se esticou, inclinou e segurou o bastão com a velocidade de um réptil e, durante o processo, moveu seu pé esquerdo inconscientemente para se apoiar.

A peça-chave da ponte cedeu.

Os árabes congelaram, ouvindo a pedra se despedaçar enquanto ricocheteava fosso abaixo.

Houve um ruído e o som de pedras se desfazendo. Olhamos para baixo. O bloco iniciou o desmantelamento. A conexão da ponte com o piso de granito se dissolvia enquanto as demais pedras se soltavam e caiam. Bin Sadr cometeu seu erro fatal. Os capangas gritaram e começaram a correr sem se preocupar em quais pedras pisar, e mais delas caíam.

Bin Sadr saltou para a escadaria de granito.

Se tivesse largado seu cajado, ele poderia ter conseguido alcançar ou, pelo menos, ter me agarrado com uma das mãos e me arrastado com ele. Mas ele ficou tempo demais com sua arma favorita. Seu outro braço ainda estava ferido e fraco e sua mão escorregou na rocha úmida e ele começou a deslizar para dentro do abismo, tentando segurar a si mesmo e o cajado. Finalmente, ele largou o bastão, segurou numa pequena rocha e parou sua queda. A arma sumiu de vista. Ele estava pendurado no precipício, a corrente de água passava por ele e se dissolvia em vapor. Enquanto isso, seus companheiros gritavam em pânico quando a ponte despencou para o inferno e os levou junto. Eles mergulharam verticalmente e caíram batendo-se contra as paredes. Vi quando eles desapareceram na névoa.

Bin Sadr se segurava a duras penas. Ele olhava para Astiza com ódio. "Queria ter assassinado essa puta como aquela que matei em Paris", ele disse por entre os dentes.

Peguei minha machadinha e apontei para seus dedos. "Isto é por Talma, Enoc, Minette e todos os outros inocentes que você vai encontrar no outro lado." E levantei o braço.

Ele cuspiu em mim. "Vou esperar por você lá." E se jogou.

Ele caiu girando em direção ao fundo, sem dar um grito. Pequenas rochas caíam em seu caminho. E, então, havia apenas o silêncio.

"Ele morreu?", Astiza cochichou.

Estava tudo tão quieto, que tive medo de que ele tenha encontrado um jeito de escalar de volta. Olhei para baixo. Alguma coisa se movia lá, mas eu não conseguia ouvir nada além do barulho da água escada acima. Mas, aí, comecei a ouvir, bem baixo no começo, sons de um homem começando a gritar.

Eu já tinha ouvido minha cota de gritos tanto em batalha quanto de gente ferida. Entretanto havia algo diferente neste som. Era um grito abominável carregado de um terror tão absoluto, que meu estômago ficou embrulhado por pensar no que quer que estivesse lá embaixo. Os gritos aumentaram e chegaram até o topo. Eu sabia, com uma certeza macabra, que era a voz de Achmed Bin Sadr. Independente de minha inimizade com o homem, eu estremeci. Ele estava sofrendo o horror dos amaldiçoados.

"Apófis", Astiza disse. "O deus-serpente do Submundo. Ele está encontrando o que ele idolatrava."

"Isso é mito."

"É?"

Depois do que pareceu ser uma eternidade, os gritos deram lugar a palavras ensandecidas. E, então, pararam. Estávamos sozinhos.

Eu estava com calafrios, de medo e frio. Nos abraçamos, o mais apertado que podíamos. A luz vermelha do fosso era apenas luz fria. Enfim, começamos a subir a escadaria e senti o cheiro do Nilo na cascata. Qual seria o próximo teste do submundo que enfrentaríamos? Eu não tinha energia – o desejo, Napoleão diria – para seguir adiante.

Chegamos a uma vala que corria no topo da escada. A água do Nilo corria de uma abertura parecida com um cano na parede da caverna até a borda e, então, desaparecia por outro túnel na outra extremidade da escadaria. A corrente jorrava com tanta força, que era impossível subir. Nossa única saída seria seguir o fluxo da água. E isso significava entrar no tubo sombrio.

Eu sabia que não encontraríamos ar lá dentro.

"Não acho que Moisés veio por aqui."

Capítulo Vinte e Quatro

"Moisés era um príncipe egípcio que sabia como a câmara foi construída", Astiza disse. "Ele não acionou os cilindros de granito como aquele tolo do Silano. Ele saiu por um dos dutos."

"E ele pode ter saído por aqui se entrou num período de baixa do rio", eu disse. "Mas com o fluxo dessa maneira, que é quando a porta abre do nosso jeito, está cheio até a boca. Não tem ar lá dentro. Se entrarmos, precisamos usar a saída certa ou ficaremos presos."

"Mas, então, por que uma ponte que testa nosso conhecimento sobre a constelação?", Astiza perguntou. "*Deve* ser possível sair por aqui, mas apenas para pessoas que conheçam os perigos. Talvez esse seja o último recurso dos arquitetos, caso algum erro os deixasse presos aqui. Pode ser um teste de fé e *podemos* sair daqui."

"Diga que você não está pensando em se jogar nesse tubo até o Nilo, por favor!"

"É pior do que esperar por uma morte lenta aqui?"

Ela tinha um jeito especial de chegar ao ponto crucial das coisas. Poderíamos ficar sentados naquela escadaria pela eternidade, contemplando a ponte quebrada e o granito lá em cima, ou arriscar no canal. Talvez Thoth tivesse senso de humor. Lá estava eu, com o medalhão usado e quebrado, fugitivo, vencido por um profeta do deserto com uns três mil anos de diferença na corrida atrás do livro, cansado, dolorido, apaixonado e fantasticamente rico, isto é, se algum dia pudesse usar o metal que carregava no corpo.

"Sufocar é mais rápido que morrer de fome", concordei.

"Você *vai* se afogar se não se livrar de boa parte desse tesouro."

"Você só pode estar brincando! Se vamos pular dentro desse jato de água, não seria possível, talvez, que o teto se abra em algum lugar lá na frente, ou que a saída para o Nilo não esteja tão longe? Não cheguei tão longe para ir embora sem nada."

"E o que você chama de nada?" Seu sorriso era enganador.

"Bem, tirando você." Realmente parecíamos um casal; uma pessoa sabe disso quando começa a se enrolar com o que fala. "Só quis dizer que é muito bom ter um incentivo financeiro no mundo lá em cima."

"Primeiro temos que salvar o mundo."

"Vamos começar nos preocupando em salvar nosso pescoço." Olhei para o jato de água negra. "Antes de tentarmos, acho melhor eu te beijar. Caso seja a última vez, sabe."

"Uma precaução sensível."

E eu a beijei.

Ela foi tão bondosa em retornar o favor, que comecei a ter todos os tipos de idéias.

"Não." Ela empurrou minha mão boba para o lado. "Sua recompensa estará do outro lado. Acredite em mim, Ethan." E, dizendo isso, ela se jogou sobre a pequena mureta, caiu na água, apontou os pés para baixo e se soltou. Em um segundo, ela estava onde o teto tocava a água. Ela conseguiu tomar fôlego uma última vez, mergulhou a cabeça e desapareceu.

Pelas jóias de Cleópatra, a mulher tinha coragem! E nem amarrado eu ficaria sozinho nessa tumba. Então, antes que eu pudesse teorizar mais sobre o assunto, pulei... mas, em vez de flutuar como uma rolha, eu afundei como um navio a pique.

Era o tesouro.

Eu estava tão impotente quanto um rato preso ou uma bala no cano do rifle. Tentei alcançar o teto para conseguir ar, mas não cheguei perto. Eu ia batendo no fundo como se estivesse preso a uma âncora. Amaldiçoando minha sorte, ou estupidez. Comecei a arrancar tudo. Colares dourados caíram, esvaziei os bolsos das preciosas gemas, livrei meus braços dos braceletes. E lá se foram também os cintos milionários e a tornozeleira que valia tanto quanto uma bela casa no interior. Anéis caiam como migalhas de pão. Assim que eu soltava cada uma das peças, elas se perdiam para sempre. A não ser que alguém revirasse toda a lama do Nilo ou começasse a abrir as barrigas dos crocodilos.

Com toda essa descarga, comecei a boiar um pouco. Saí do fundo e deslizei pela galeria subterrânea. Minhas mãos iam arranhando as paredes na esperança de localizar algum bolsão de ar já que meus pulmões começavam a apertar e queimar. Não respire! Gritei mentalmente. Só mais um segundo. E mais um...

E outro.

E mais ainda. Joguei o resto do tesouro fora.

Meus pulmões queimavam, meus ouvidos estavam quase explodindo e eu estava cego no escuro.

Eu tinha medo de colidir com o corpo de Astiza, o que causaria tanto desespero que eu, provavelmente, engoliria todo Nilo. Confesso que era a imagem de vê-la esperando por mim do outro lado que mantinha minha determinação. *Acredite!*

Estiquei meu braço numa última tentativa desesperada de encontrar rochas úmidas e encontrei...

Absolutamente nada!

Minha cabeça irrompeu na superfície no mesmo momento em que minha respiração explodia internamente. Ar! Ainda estava completamente escuro, mas me esforcei para tomar fôlego. Então, bati no teto novamente e doeu. Fui sugado novamente. Ar, ar, só mais um pouco. Oh! Deus, como doía. Eu não conseguia mais agüentar... e, então, meu peso sumiu. Fui lançado em direção ao nada e a água caáa comigo. Fiquei surpreso e apavorado, enquanto rodava. Enjoei e vomitei antes de mergulhar numa piscina negra. Emergi babando, com os olhos piscando, e percebi que, novamente, estava numa caverna de calcário. Finalmente, pude respirar! E, mais impressionante ainda, eu conseguia enxergar. Mas, como? Sim! Um facho de luz vinha da água no outro lado da caverna, era o brilho do mundo lá fora! Mergulhei novamente e nadei com toda a força.

E emergi na margem do Nilo.

Lá estava Astiza, flutuando de costas. As roupas estavam transparentes e o cabelo negro boiava ao sabor da correnteza, mas seu corpo estava pálido perto de um baixio cheio dos juncos de papiro e flores de lótus. Não é possível que ela tenha se afogado!

Ela rolou e jogou água em mim. Seu sorriso era recompensador.

“Você se desfez de sua ganância e os deuses deram ar em retorno”, ela provocou.

Troquei o tesouro de Croesus por ar. Thoth *tinha* senso de humor.

Fomos até o raso e ficamos perto do junco, descansando no fundo lamacento apenas com as cabeças fora da água, enquanto pensávamos no que fazer em seguida. De algum modo, a noite tinha acabado e passava pouco do amanhecer. Um sol acalentador tocava nossos rostos e vimos uma trilha de fumaça saindo do Cairo. Ouvimos tiros e explosões da luta. A cidade ainda se rebelava e Bonaparte continuava determinado a suprimir o levante.

“Acho que já fiquei tempo demais no Egito, Astiza”, brinquei.

“A pirâmide está selada e o livro se foi. Não podemos fazer mais nada aqui. Mas o que foi perdido continua sendo uma arma potente. Acho que ainda temos que descobrir que fim ele levou.”

“Ele não foi visto pela última vez com um judeu fugitivo chamado Moisés, há três mil anos, sem nenhuma notícia desde então?”, ponderei.

“Nenhuma notícia? Como Moisés conseguiu realizar todas as suas façanhas? Foram apenas as Tábuas dos Dez Mandamentos que os hebreus carregavam na Arca da Aliança que garantiram suas vitórias ou eles tiveram mais alguma ajuda? Por que passar quarenta anos no deserto antes de invadir a Terra Prometida? Talvez eles estivessem arquitetando alguma coisa.”

“Ou, talvez, eles não tivessem nenhuma mágica e tiveram que fazer as coisas do modo tradicional, como montar um exército, por exemplo.”

“Não. O que é o livro se não outra fonte do mesmo conhecimento que você e outros cientistas tentam desvendar neste momento? O livro daria a sábios de qualquer nação as informações necessárias para dominar o mundo. Você acha que Silano e Bonaparte não pensaram nisso? Você acha que eles não sonham em ter os poderes dos grandes feiticeiros ou a imortalidade dos anjos?”

“Então, você quer passar quarenta anos no deserto procurando por ele?”

“Não no deserto. Você sabe onde o livro deve estar, justamente onde os romanos, árabes, cruzados, templários e turcos sabiam, e sempre procuravam: Jerusalém. Foi lá que Salomão construiu seu Templo e é onde a Arca foi guardada.”

“E nós vamos achar o que eles não conseguiram? O Templo foi destruído pelos babilônios e romanos umas três ou quatro vezes. Já, a Arca, se não foi destruída, bateu asas e fugiu para os ermos. Isso tudo é tão mítico quanto o Santo Graal.”

"Mas sabemos o que estamos procurando. Não é um Graal, nem um tesouro e muito menos uma arca."

Você sabe como são as mulheres. Quando grudam numa idéia, só largam se encontrarem algo mais interessante para fazer. Elas não entendem as dificuldades ou têm a certeza de que é você quem vai pegar no pesado se surgir alguma complicação. "Idéia! Vamos procurar por ele, mas só depois de resolver minhas pendências na América..."

Nossa discussão filosófica acabou quando ouvimos o estalo de tiros de mosquete e água começou a formar pequenos gêiseres em nossa volta.

Olhei para a margem. Uma patrulha francesa estava no alto de uma duna. O conde Alessandro Silano os acompanhava, vivo e saudável. Enquanto seus capangas correram para a morte certa, ele foi prudente e ficou do lado de fora.

"Os feiticeiros!", ele gritou. "Peguem-nos!"

Bem, pro inferno. O bastardo parecia ser indestrutível mesmo, mas aposto que ele estava pensando a mesma coisa de nós. E, claro, ele não tinha a menor idéia do que trouxemos de lá de dentro, ou melhor, não trouxemos. Astiza ainda tinha o disco do medalhão e eu me dei conta de que o querubim de Moisés continuava preso desconfortavelmente na minha cueca. Hum, talvez ainda conseguisse fazer algum dinheiro no fim das contas.

Começamos a nadar com toda a força a favor da corrente para aumentarmos a distância. Quando os soldados desceram da ribanceira para mirar melhor, já estávamos fora do alcance.

Ouvi Silano explodindo. "Para os barcos, seus idiotas!"

O Nilo tem cerca de oitocentos metros de largura no trecho das pirâmides, mas, nas condições em que estávamos, parecia ter o tamanho do oceano. A mesma corrente que nos afastava de Silano levava diretamente para a luta no centro do Cairo. Quando vencemos os últimos metros do rio e chegamos à margem, pude ver uma bateria de artilharia se posicionando fora dos muros da cidade e um dos balões de Conté perto do chão. Ele era inflado e seria utilizado como posto de observação. Era muito bonito, com suas cores patrióticas, e carregava vários sacos com pedras nas laterais para servirem como lastro. O balão me deu uma idéia. Poderia ser nossa única chance.

"Você já pensou em voar para longe de seus problemas?"

"Agora mais do que nunca." Ela estava tão molhada quanto um gato que escapou do afogamento.

"Então, vamos pegar aquele balão."

Ela limpou os olhos molhados. "Você consegue operar aquela coisa?"

"Os primeiros aeronautas franceses foram um galo, um pato e uma ovelha."

Saímos do Nilo e seguimos a ribanceira, andando na direção de Conté. O conde gritava e apontava para nos denunciar, mas todos os olhares estavam focados na luta na cidade. Seria por pouco. Peguei a machadinha, que consegui manter durante minha longa descida pelo turbilhão de água. Ela já aparentava bastante desgaste.

"Agora!"

Avançamos. Se alguém tivesse olhado na nossa direção, teria imaginado ver dois árabes rebeldes num primeiro momento e, depois de muito pensar, dois lunáticos seminus: molhados, sujos de areia, com olhos selvagens e desesperados. Mas a luta nos acobertou e deu o tempo que precisávamos para chegar até Conté no momento em que o balão terminava de ser inflado. Um artilheiro subia na cesta.

Astiza distraiu o cientista quando brotou na frente dele como uma prostituta desgrenhada e mostrou mais de seus dotes do que nós dois gostaríamos. Conté era um sábio, mas também era um homem, e ficou estupefato como se Vênus em pessoa tivesse aparecido diante dele. Enquanto isso, eu dei uma gravata no artilheiro e o derrubei de seu movimento. "Desculpe! Mudança de planos!"

Ele recuou e pensou em responder, mas estava confuso pelos trapos egípcios que eu vestia. Então, para evitar problemas futuros, coloquei-o para dormir usando a coronha da machadinha e tomei seu lugar na cesta. Vários soldados desembarcaram e se alinhavam para atirar, mas foram atrapalhados por Silano. Ele correu feito doido e parou na frente da linha de tiro.

"Sinto muito, Nicolas, mas temos que pegar sua nave emprestada", Astiza disse para Conté enquanto soltava as amarras que prendiam o balão ao chão. "Ordens de Bonaparte."

"*Quais* ordens?"

"Para salvar o mundo!" O balão estava subindo e ficou longe demais para alcançá-la, mas a corda corria perto no solo. Ela pulou e agarrou o cabo, mas ficou pendurada abaixo da cesta enquanto decolávamos. Conté correu atrás de nós balançando os braços e trombou com Silano, que vinha correndo e conseguiu saltar e segurar no último trecho da amarra. O aumento súbito de peso fez o veículo perder um pouco de altitude. Estava a apenas quinze metros do chão.

Silano começou a subir com tenacidade e força. Imaginei um *bulldog* subindo.

"Astiza! Rápido!"

A velocidade, porém, aumentava rapidamente.

Astiza subia lentamente por causa do cansaço e Silano se aproximava com um olhar de ódio. Estiquei o braço para baixo, e no momento que a mão dela se aproximou, ele agarrou seu calcanhar. "Ele me pegou!" Ela chutou, e ele xingou e balançou, mas continuou segurando na corda. E pegou sua perna novamente. "Ele parece uma sanguessuga!"

Apoiei-me na borda da cesta e me inclinei para puxá-la. "Vou trazer você para dentro e cortar a corda!"

"Ele está segurando com o outro braço também! Ele vai ficar preso em mim!"

"Dê um chute nele, Astiza! Lute!"

"Não consigo", ela gritou. "Ele travou minhas pernas."

Olhei para baixo. O maldito apertava as pernas dela como uma serpente sufocadora. Seu semblante era de pura determinação. Puxei, mas não agüentava com o peso dos dois. Juntos, eles pesavam mais ou menos cento e cinqüenta quilos.

"Diga o que você descobriu, Gage!", ele gritou. "Deixe-me subir ou vamos todos cair!"

O balão continuou a se mover com dificuldade a pouco mais de trinta metros do chão. Passamos sobre a ribanceira e deslizamos para cima do Nilo. Conté corria atrás de nós, paralelamente, na margem. Mais a frente, vi uma companhia de infantaria francesa virar e admirar a cena com espanto. Passaríamos tão perto que, eles poderiam nos matar se decidissem atirar.

"É o anel!", Astiza berrou lá de baixo. "O anel que você me fez usar! Esqueci de tirá-lo. É a maldição, Ethan, a maldição!"

"Não existe maldição!"

"Tire ele de mim!"

Mas suas mãos estavam firmes feito ferro na corda e longe demais, por isso eu não podia tirar a porcaria do anel da mão dela se não quisesse arrancar a mão fora. Silano estava mais longe ainda e não largava das pernas dela.

Isso me deu uma idéia.

"Pegue minha machadinha!", eu disse. "Abra a cabeça dele como uma noz!"

Ela soltou a mão direita – a que não levava o anel –, pegou minha arma e desceu com força na direção de Silano. Mas o desgraçado nos ouviu e, quando ela o golpeou, ele largou um pouco e desceu para que seus braços segurassem os tornozelos de Astiza. Com isso, ele deixou a cabeça fora do alcance. A lâmina passou perto do seu cabelo.

Tentei levantar a corda, mas falhei.

“Astiza!”, Silano gritou. “Não faça isso! Você sabe que eu te amo!”

Ela ficou paralisada ao ouvir aquelas palavras. Eu entrei em choque. Astiza piscava revirando a memória e milhares de dúvidas tomaram conta da minha mente. Ele a amava? Ela disse que não o amava, mas...

“Não acredite nele!”, eu disse.

Ela estava fora de si. E desceu a machadinha uma vez mais. “Ethan! Não consigo segurar! Puxe a corda!”

“Está muito pesada! Derrube esse maldito! Os soldados estão mirando! Eles vão atirar na gente se não subirmos!” Se eu tentasse descer para derrubar Silano, provavelmente, todos cairíamos.

Ela deu um tranco, mas o conde parecia uma craca. Ela soltou um dos pés.

“Astiza, eles vão atirar!”

Ela olhou para cima em pânico. “Não sei o que fazer.” Ela soluçava. Continuamos a deslizar pelo Nilo.

“Astiza, por favor”, o conde pedia. “Ainda temos tempo...”

“Chute! Chute! Eles vão atirar na gente!”

“Não consigo.” Ela estava engasgando.

“Chute!”

Astiza olhou para mim com lágrimas nos olhos. “Encontre-o”, ela sussurrou.

Ela girou a machadinha contra a corda, que se partiu com um estalo.

E, instantaneamente, ela e Silano desapareceram.

Sem o peso extra, o balão subiu como uma rolha de champagne. Perdi o equilíbrio com o tranco e caí no fundo da cesta. “Astiza!”

Mas não houve resposta. Ouvi apenas os gritos dos dois caindo.

Consegui levantar em tempo de ver um *splash* titânico no rio. A queda distraiu os soldados por um momento, mas logo os mosquetes viraram em uníssono em minha direção. Eu ganhava mais distância. O comando foi dado, vi os tiros serem disparados e a nuvem de fumaça que eles criaram.

Ouvi vi as balas zunindo, mas nenhuma chegou onde eu estava.

Vasculhei a superfície do rio. O sol nascente atrapalhava minha visão. Será que vi uma cabeça? Talvez duas? Algum deles sobreviveu à queda? Ou tudo que via era efeito da água que brilhava em todo o Nilo?

Quanto mais eu me esforçava, menos certeza eu tinha do que podia ver. Os soldados gritavam na ribanceira. Então, tudo ficou absurdamente embaçado. Perdi minha esperança, minha ambição virou poeira e meu coração estava profundamente sozinho.

Pela primeira vez em muitos anos, eu chorei.

O Nilo lembrava prata derretida e eu estava cego.

Continuei subindo. Conté estava lá embaixo, olhando estupefato para sua preciosidade perdida. Eu já estava tão alto quanto um dos mirantes e pude ver os telhados esfumaçados do Cairo. O mundo começava a parecer de brinquedo e o som da batalha também diminuía. O vento me levava para o Norte, rio abaixo.

O balão ultrapassou a altura das pirâmides e ficou tão alto quanto as montanhas. Comecei a imaginar se conseguiria parar e que, se continuasse,também seria queimado pelo Sol como Ícaro. Pude ver o Egito em toda sua glória. Uma porção esverdeada serpenteava em direção ao Sul até se perder de vista. Ao Norte, para onde eu ia, o verde abria espaço para o delta do Nilo, onde nascia um vasto lago de águas amarronzadas, repleto de pássaros e salpicado por palmeiras e tamareiras. Mais além estava o brilho do Mediterrâneo. Tudo era muito silencioso. As aventuras por que passei recentemente pareciam ser fruto de algum sonho barulhento e tenebroso. O vime do balão estalava e ouvi um pássaro cantar. Tirando isso, eu estava sozinho.

Por que a forcei a usar o anel? Fiquei sem tesouro e sem Astiza.

Por que diabos eu não dei ouvidos a ela?

Porque eu precisava do maldito Livro de Thoth para enfiar um pouco de senso nessa minha cabeça oca, pensei. Porque eu era o pior sábio do mundo.

Larguei meu corpo na cesta de vime. Tanta coisa havia acontecido. A pirâmide estava selada, Bin Sadr morto, o Rito Egípcio derrotado. Tive minha vingança pelas mortes de Talma e Enoc. Até mesmo Ash estava reunido com seu povo na luta pelo Egito. Eu não fiz nada de útil, além de definir em que eu acreditava.

Na mulher que eu tinha acabado de perder.

A busca pela felicidade, pensei amargamente. Qualquer chance para que aquilo acontecesse tinha acabado de cair no Nilo. Fiquei furioso, melancólico e sem vontade de viver. Queria voltar para o Cairo e descobrir o que aconteceu com Astiza, independente do preço que pagaria. Eu queria dormir por mil anos.

O balão não permitia nenhuma das duas coisas. Estava frio naquela altitude, minhas roupas ainda estavam molhadas e fiquei zonzo por causa da vertigem. Cedo ou tarde esta geringonça teria que descer, mas o que fazer depois?

O delta parecia uma terra encantada lá embaixo. As palmeiras formavam fileiras e os campos completavam o visual com padrões acolchoados. Tudo parecia limpo, em ordem e calmo. Pessoas apontavam e corriam atrás de mim, mas logo eles ficavam para trás. Burros andavam pelas antigas estradas. O céu era mais azul ainda. Eu estava vislumbrando o paraíso.

Flutuei para o nordeste a uma altura de quase um quilômetro e meio acima da terra. Em algumas horas avistei Rosetta, a boca do Nilo e a baía de Abukir, onde a frota francesa tinha sido destruída. Alexandria estava logo à frente. Cruzei a costa, as ondas pareciam camadas de creme, e fui em direção ao Mediterrâneo. Ótimo, eu morreria afogado no fim das contas.

Por que não deixei o medalhão no começo de tudo isso?

Foi quando vi um navio.

Uma fragata cruzava o Mediterrâneo na costa perto de Rosetta. O barco de brinquedo brilhava contra o sol. O mar estava cheio de espuma das ondas. Bandeiras balançavam ao vento.

"É o emblema inglês", falei comigo mesmo.

Não tinha prometido a Nelson que retornaria com informações mais ou menos nesse período? Independente de minha mágoa, idéias de sobrevivência começaram a surgir na minha mente.

Mas, como eu faria para descer? Agarrei as cordas e tentei estourar o balão. Não tinha mais minha machadinha nem meu rifle para furá-lo. Olhei para baixo e a fragata tinha mudado seu curso para me interceptar e marujos do tamanho de insetos apontavam em minha direção. Entretanto eles não me alcançariam de modo algum se eu não descesse até o mar. Foi nessa hora que lembrei que ainda tinha um pedaço de vela e uma pequena pederneira. Uma presilha de aço segurava os cabos sob o balão de gás. Descasquei um pedaço e abri espaço suficiente para bater minha pederneira contra o metal, o que gerou fagulhas suficientes para incendiar os fiapos da corda, que, por sua vez, foram suficientes para ascender minha vela. Protegendo a chama do vento, coloquei o fogo perto do balão de gás.

Conté me disse que o hidrogênio era inflamável.

Segurei a chama perto da seda e vi que o tecido mudava de forma...

E um jato de ar quente me atingiu em cheio. Caí na cesta apavorado.

O saco irrompeu em chamas!

O balão não explodiu já que o estouro inicial não foi tão violento, mas queimava como um pinheiro seco. Comecei a cair muito mais rápido do que queria.

Conforme as chamas aumentavam, eu soltava todos os sacos de areia para amenizar a queda. Eliminar o lastro ajudou muito pouco. O cesto balançava ferozmente em espiral e um rastro de fogo e fumaça ficava para trás. Rápido demais! Agora, o manto de espuma deu lugar a ondas individuais bem definidas. Uma gaivota gritou perto do balão incandescente que despencava do céu.

Segurei o melhor que pude e o cesto bateu com tudo. Uma grande quantidade de água subiu e o balão caiu, chiando ao apagar, nas águas do Mediterrâneo.

Felizmente, o cesto fazia água, mas numa velocidade lenta, e as chamas serviam como um sinal imperdível para os ingleses. A fragata vinha em minha direção.

Meu bote salva-vidas afundou na hora que um bote longo era baixado do navio. Fiquei na água por apenas cinco minutos antes de ser recolhido.

Mais uma vez, fui jogado todo ensopado no piso de madeira, enquanto tripulantes ficavam curiosos e um jovem marujo olhava para mim como se eu fosse o homem da Lua.

"De onde você veio?"

"Bonaparte", disse ofegante.

"E quem é você?"

"Um espião inglês."

"*Aye*, eu lembro dele", um dos tripulantes disse. "Nós o tiramos do mar na baía de Abukir. Ele brota da água como uma maldita bóia de pesca."

"Por favor", tossi. "Sou amigo de sir Sidney Smith."

"Sidney Smith, ah? Isso vamos ver!"

"Eu sei que ele não é querido pela Marinha, mas se você me colocar em contato..."

"Você pode tentar suas mentiras com ele agora mesmo."

Em pouco tempo, eu estava pingando no tombadilho superior, tão cansado, acabado, faminto, com sede e deprimido que tinha certeza de que iria definhar. O grogue que eles me deram desceu queimando tudo no caminho. Descobri que estava aos cuidados do capitão Josiah Lawrence, do *HMS Dangerous*.

Não gostei nem um pouco do nome.

Como disseram, Sidney apareceu. Vestido com o uniforme de um almirante turco, ele veio até mim depois de sair de alguma cabine lá embaixo, apos saber de meu resgate. Não sei dizer qual de nós estava mais ridículo: eu, ensopado como um rato, ou ele, bancando o potentado oriental.

"Por Deus, *é* mesmo Gage!", exclamou o homem que eu tinha visto no acampamento cigano.

"Ele diz ser seu espião", Lawrence anunciou com desgosto.

"Bem da verdade, prefiro me considerar um observador", disse.

"Pelo Coração do Carvalho[18]", gritou Smith. "Nelson disse que entrou em contato com você depois do Nilo, mas nenhum de nós, realmente, acreditava que você apareceria novamente." Ele bateu em minhas costas. "Parabéns, meu homem, parabéns! Acho que você nasceu para isso!"

Tossi. "Também não esperava reencontrá-lo, sir Sidney."

"Mundo pequeno, não é? Então, espero que você já tenha se livrado do maldito medalhão a essa altura?"

"Sim, senhor."

"Sabia que aquela coisa só traria problema. Só problema. E quais as novas de Bonaparte?"

"Há uma revolta no Cairo. E resistência mameluca no Sul."

"Esplêndido!"

"Entretanto não acho que os egípcios consigam derrotá-lo."

"Vamos ajudá-los. E você voou como um pássaro direto do ninho de Bona?"

"Peguei um de seus balões de observação emprestado."

Ele mostrou admiração com a cabeça. "Espetáculo fantástico, Gage! Que espetáculo! Cansado do radicalismo francês, acredito. De volta ao rei e à pátria. Não, espere – você é das colônias. Mas, agora, você *concorda* com o ponto de vista inglês?"

"Prefiro considerar meu ponto de vista como americano, sir Sidney. Tira um monte de problemas do caminho."

"Bem. Certo, certo. Depois de tudo isso, você ainda não consegue abandonar a indecisão nas horas difíceis, não é? Temos que acreditar em alguma coisa, certo?"

"Bonaparte está falando em marchar sobre a Síria."

"Eu sabia! O bastardo não vai descansar até ocupar o palácio do Sultão em Istambul! Síria, hein? Então, é melhor marcarmos nosso curso para lá e darmos o aviso. Qual o nome daquele *pasha*?" Ele se virou para o capitão.

[18] N. do T.: Referência a um dos hinos não-oficiais da Inglaterra, do orig. *Heart of Oak*.

"Djezzar", Lawrence respondeu. "O nome significa 'açougueiro'. Nascido na Bósnia, criado como escravo, e um homem conhecido por ser inusitadamente cruel numa região cruel por natureza. O bastardo mais sanguinário num raio de oitocentos quilômetros."

"Justamente o homem que precisamos para encarar os franceses!" Smith festejou.

"Não tenho mais nada a tratar com Napoleão", interrompi. "Só preciso saber se uma mulher com quem eu estava no Egito sobreviveu a uma terrível queda e, se possível, reencontrá-la se ela estiver viva. Depois disso, precisaria conseguir uma passagem para Nova York."

"Perfeitamente compreensível! Você cumpriu sua parte! Mas devo dizer que um homem como você seria valioso para alertar os crioulos sobre este maldito Bonaparte, não é? Quero dizer, você viu esse tirano cara a cara. Fale a verdade, Gage, você quer ver o Levante? É apenas a primeira pedra que atiraram no Cairo! Aliás, é o lugar onde você saberá sobre a tal mulher! Podemos colocar você lá dentro com a ajuda de nossos espiões infiltrados."

"Talvez se eu perguntar em Alexandria..."

"Mas é só você desembarcar lá e você vai ser alvejado imediatamente! Ou pior, enforcado por espionagem e roubo do balão! Ah, claro, os franceses vão afiar as guilhotinas para você! Essa opção não serve. Eu sei que você é um lobo solitário, mas deixe a marinha real dar uma ajudinha. Se a mulher estiver viva, vamos ficar sabendo pela Palestina e podemos organizar um ataque com boas chances de resgatá-la. Admiro sua coragem, mas agora é hora de ter a cabeça fria, homem."

Ele tinha razão. Acho que entrei para a lista negra de Napoleão e voltar correndo para o Egito sozinho vai ser mais suicídio do que valentia. Meu passeio de balão me deixou a aproximadamente cento e sessenta quilômetros de distância de Astiza, no Cairo. Talvez eu pudesse cooperar com sir Sidney até descobrir o que aconteceu. Assim que chegássemos a algum porto com El Arish ou Gaza, eu faria algum dinheiro com o querubim. Aí era só ganhar uma rodada de carteado, conseguir um rifle...

Smith continuava a falar. "Acre, Haifa, Jaffa, todas cidades históricas. Sarracenos, cruzados, romanos, judeus... quero dizer, sei exatamente o lugar onde você pode nos dar uma mãozinha!"

"Uma mãozinha?" Eu queria a ajuda deles, não o contrário.

"Alguém com suas habilidades poderia simplesmente entrar lá e observar enquanto faz perguntas sobre essa mulher. Lugar perfeito tanto para seus interesses quanto para os meus."

"Interesses?"

Ele acenou com a cabeça. Planos brotavam de sua mente como uma tempestade. Ele me tomou pelos braços como se eu tivesse caído do céu para resolver todos os seus problemas.

"Jerusalém!", ele gritou.

E, enquanto, eu realizava o desejo dos deuses e da sorte nas cartas, a proa do navio começou a virar.

O fim

REFERÊNCIA HISTÓRICA

A invasão de Napoleão Bonaparte ao Egito, em 1798, não foi apenas uma das maiores aventuras militares de todos os tempos, mas também uma virada de mesa tanto para a França, quanto para o Egito e para a história da arqueologia.

Para Bonaparte, o Egito provaria, ao mesmo tempo, ser derrota e ascensão, pois, dali, ele conseguiu o desespero e a fama necessários para tomar o controle absoluto da França.

Para o Egito, a invasão francesa foi o início da Era Moderna depois de séculos de domínio otomano e mameluco. O conflito não apenas abriu as portas para a tecnologia ocidental e comércio, como também começou uma turbulenta era de colonialismo, independência, modernização e tensão cultural que ainda existem.

Para a arqueologia, o fato de Napoleão ter incluído 167 estudiosos em sua força de invasão foi um divisor de águas. No início de 1799, soldados franceses descobriram a pedra de Rosetta, com inscrições em grego, demótico e escritas antigas que, mais tarde, seriam a chave para decifrar os hieróglifos. Esse fato – aliado à publicação do monumental *Description de l'Egypt*, em 23 volumes, entre 1809 e 1828 – gerou o nascimento da ciência chamada

Egiptologia. Também foi o começo da moda do visual egípcio e produziu a fagulha responsável pela fascinação que o Egito exerce até os dias de hoje.

A idéia de que a Grande Pirâmide de Gizé é mais que uma tumba e que o faraó pode estar enterrado em outro lugar existe desde o tempo de historiadores antigos como Heródoto e Diodorus. O quebra-cabeça ficou mais complicado quando os saqueadores árabes não encontraram nenhuma múmia, nenhum tesouro e nenhuma inscrição quando invadiram a estrutura no século nono.

Os últimos dois séculos foram marcados por muita fascinação, debate, estudo das dimensões das pirâmides, mistérios e explicações matemáticas. Enquanto os teóricos mais especulativos acusam os egiptólogos mais renomados de terem a mente fechada, e alguns acadêmicos apelidaram os mais modestos de "piramidiotas", ainda há lugar para um debate sério sobre a estrutura e seus propósitos.

Novos mistérios ainda são descobertos por robôs de exploração e ainda existem suspeitas de câmaras secretas. As pirâmides de Gizé realmente estão localizadas sobre um platô de calcário que poderia conter cavernas, e Heródoto relatou a existência de um lado subterrâneo imediatamente abaixo da estrutura.

Este romance segue o relato histórico da invasão militar de Bonaparte bem de perto. A maior parte dos personagens é real, incluindo o jovem Giocante Casabianca, de dez anos de idade, cuja morte na Batalha do Nilo inspirou um famoso poema do século 19 chamado "O Garoto que Ficou no Tombadilho em Chamas". Uma liberdade histórica que tomei foi a presença de Desaix no templo de Dendara três meses antes de sua chegada real.

O exército fez uma pausa no final de janeiro, em 1799, e o ressabiado artista Vivant Denon ficou tão abestalhado com a maravilha do templo que escreveu, "O que eu vi hoje fez valer a pena todo o meu sofrimento." Dias depois, quando a primeira divisão francesa encontrou as ruínas de Karnak e Luxor, as tropas pararam espontaneamente, aplaudiram e apresentaram armas.

Muitos detalhes históricos utilizados neste romance, incluindo a presença dos balões de Conté, são verdadeiros. Existe debate acadêmico sobre Napoleão ter efetivamente entrado na Grande Pirâmide e o que aconteceu com ele se ele o fez, mas o autor visitou o sarcófago de granito, assim como Bonaparte pode ter feito, e considerou a experiência impressionante.

Esta história mistura fatos militares e políticos, conhecimento maçônico, estudos bíblicos, especulações místicas e informações sobre o Egito Antigo. Para saber mais sobre a história da invasão, recomendo *Bonaparte in Egypt*, a premiada obra de J. Christopher Herold, de 1962. O livro contém relatos fascinantes de testemunhas oculares da expedição incluindo Vivant Denon, o capitão francês Joseph Marie Mouret e o egípcio Al-Jabarti. Algumas citações atribuídas a Napoleão neste romance foram extraídas de sua vida real, embora nem todas tenham sido ditas durante a Campanha no Egito. Suas próprias palavras o retratam como um homem fascinantemente complexo.

Existem centenas de trabalhos populares e acadêmicos sobre a egiptologia. A literatura especulativa e histórica sobre as pirâmides, deuses antigos e magia egípcia também é vasta. Uma boa introdução para as teorias alternativas sobre o Egito Antigo é o livro *Pyramid Quest*, de Robert Schoch e Robert McNally, de 2005. Ele menciona o nascimento do Rito Egípcio da Maçonaria.